م/ ياسمين هانم

كل المحبة

والاحترام

عبد الرحيم كمال

عبد الرحيم كمال

أبناء حورة

رواية

الكرمة

الكرمة

facebook.com/alkarmabooks

twitter.com/alkarmabooks

instagram.com/alkarmabooks

الطبعة الأولى ٢٠٢١

كمال، عبد الرحيم.

أبناء حورة: رواية / عبد الرحيم كمال - القاهرة: الكرمة للنشر، ٢٠٢١.

٤٢٤ ص؛ ٢٠ سم.

تدمك: 9789776743434

١- القصص العربية.

أ - العنوان.

رقم الإيداع بدار الكتب المصرية: ٩١٥٣ / ٢٠٢١

٢ ٤ ٦ ٨ ١ ٠ ٩ ٧ ٥ ٣

تصميم الغلاف: عمرو الكفراوي

مقدمة

من الجميل أن تكون لديك نافذة تطل على حديقة قريبة، ومن الأجمل لو أن إحدى أشجار تلك الحديقة القريبة فروعها تلامس النافذة، حينها من الوارد أن تتكرر صدفة وقوف طائر صغير على ذلك الفرع القريب، تستطيع أن تلمسه بعينيك، سيقفز من الفرع ويستقر على إفريز النافذة غير ملتفت ولا مكترث لوجودك، وستظل تراقبه طويلًا من دون أن تصدر عنك أي حركة تفزعه وتدفعه للطيران المفاجئ، تلك هي القاعدة؛ كلما قللت من حركاتك واحتفظت فقط بدوام النظر والمراقبة ستستمر في الفرجة.

كان يحرك رأسه يمنة ويسرة في إعجاب شديد بنفسه، إعجاب وثقة قلقة أيضًا ستبددها أي حركة قادمة، كان له حضور كبير رغم صغر حجمه، فهو ابن الشجر والسماء، القادر على ملء أكبر مساحة ممكنة بالطيران، يستطيع أن يفرد جناحيه ويحلق في أي لحظة، لن يعوقه شيء. كان ذلك مُذهلًا، القدرة على الطيران في أي لحظة من دون سابق تمهيد، من دون تردد أو حجز تذكرة أو الانتظار بالساعات

في الساحة على كراسٍ غير مريحة، من دون انتظار لموظف روتيني خلف «الكاونتر» ينظر لوجهك الحقيقي بتجهم، ثم ينظر لصورة وجهك في جواز السفر بتجهم أكبر، ثم يرفع يده في ضيق ويهوي على جوازك بختم كأنه لكمة تسمح لك بالمرور عبر ممر طويل يؤدي للطائرة، لتنتظر داخلها من يصف لك طرق النجاة من الموت عند الإقلاع، ثم تدور المحركات وتجري بك وبمن حولك الطائرة سريعًا على الممر قبل أن تنطلق إلى أعلى وأنت تتمتم بما تستطيع تذكره من آيات، كل ذلك سيختصره ذلك الطائر الصغير في فيمتو ثانية وسيطير، فقط سيفتح جناحيه ويطير.

كان غافلًا تمامًا عن نظرتي وخيالي حتى إنه فتح منقاره مُصدرًا نغمتين متتابعتين، ويبدو أنني كنت محظوظًا بالفعل حينما استقر ذلك الطائر على نافذتي غافلًا عن وجودي، ولكني للأسف خالفت قواعد الفُرجة حينما سمعت تلك التغريدة البديعة التي صدرت عنه، فحركت رأسي في طرب هامسًا: «الله».

فطار فزعًا وصارت النافذة فراغًا بلا حياة ولا موسيقى.

الباب الأول

حـــورة

الفصل الأول
الريشة والعمالقة

(١)

وحين ترك الإنسان الشوارع في السنة الثلاثين بعد الألفين والتزم بيته، لم تستعِد الأرض عافيتها فقط، بل استعادت أيضًا حشرات وحيوانات عافيتها بقدْرٍ مُبالغ فيه، فظهر الصرصار الذي يمتد طوله لمترين، والنملة الضخمة، وصارت السحالي تستريح في الميادين الكبرى، الواحدة منها في حجم النافورة، ومرت الخنافس بأرجلها من فوق البنايات الصغيرة، ولا نقول الشاهقة حتى لا نقع في المبالغة. وكانت معارك شرسة في السنة الحادية والثلاثين بعد الألفين بين البشر وما تضخم من تلك الكائنات، انتصر فيها البشر في بعض القارات، وانتصرت الحشرات والحيوانات في قارات أخرى. أما ما حدث في أفريقيا وفي شمالها تحديدًا، فهذا هو الأكثر عجبًا والأشد غرابة.

(٢)

مع مرور السنين ينسى الناس وينكرون ما حدث، وهذا ما توقعته حين بدأت الحكي بالأمس عما جرى بين البشر والحشرات والحيوانات المتضخمة. وليس معنى أن تمر سنوات أن يفقد البشر ذاكرتهم، لكنهم هكذا دائمًا تجاه الأحداث المرعبة. لا يهم، سأواصل حكي شهادتي عما جرى وما أتذكره أيًّا كان رد الفعل. البعض يشكك أيضًا في ذاكرتي، رغم أنني ذو ذاكرة قوية، وما زلت أتذكر تلك الواقعة كأنها حدثت أمس.

ظهرت في ثلاثة ميادين كبرى أو ربما أربعة، في ثلاث أو أربع عواصم أفريقية تطل على البحر المتوسط، بيضةٌ ضخمة كبيرة، قيل إنها كانت في حجم مجمع التحرير أو ربما ضعفَيه، لا يهم، المهم أنها ظهرت ثابتة مستقرة في المكان، وحين زال الرعب عن الناس واقتربوا قليلًا اكتشفوا أنها تنبض. نعم، بيضة بحجم مجمع التحرير تتوسط الميدان وتنبض نبضًا منتظمًا. خاف الناس، وانتشرت الأحاديث وتناثرت حول البيضة النبَّاضة، ولكن الرعب تَملَّك قلوبهم تمامًا حين همس أحدهم يحكي:

ـ لقد اقتربت منها جدًّا جدًّا، كنت على مسافة متر واحد وأصخت السمع جيدًا. لم يكن نبضًا فقط بل كان همسًا بأسماء، أسماء محددة، أسماء لرجال ونساء، وحين صمتٌ علا صوت الخوف.

ولكن غير المتوقع بالمرة هو ما حدث بعد ذلك!

(٣)

كانت ليلة صعبة على كل سكان العاصمة. طوابير ممتدة لأكثر من عشرة كيلومترات، ويبدأ الطابور بالصبي المقترب من البيضة الضخمة، يُقرب أذنه وهو على مسافة متر يسمع نبضها وهمسها بالاسم، فيميل على أذن الواقف خلفه ويهمس له، وتنتقل الهمسة من فم إلى أذن إلى فم إلى أذن، وآخر الطابور يقعد من يسجل تلك الأسماء في دفتر. لقد سجلوا من العاشرة مساءً إلى قُرب الفجر أكثر من خمسة آلاف اسم، وكل اسم تم تسجيله كان يعني أن عائلة بكاملها لن تنام هذه الليلة ولا الليالي المقبلة.

وكثرت التوقعات والتخمينات بشأن تلك البيضة النبَّاضة، ومتى وُضعت في هذا المكان، ومَن أمها! لا بد من أنها طائر ضخم يشبه طائر الرُّخ في الحكايات القديمة. ومتى سيهبط ذلك الطائر الأنثى ليرقد على بيضته؟ وهل سيتحمل الناس رؤية ذلك المنظر المفزع لطائر عظيم بجناحين يُغيِّبان السماء والشمس إن هبط نهارًا، ويغرق الميدان في الظلمة التامة إن هبط ليلًا؟ وماذا تعني الأسماء التي تهمس بها نبضات البيضة العملاقة؟ هل هي نهاية أصحاب هذه الأسماء؟

وبالفعل بدأ أصحاب تلك الأسماء ينتهون نهايات مأساوية، وزاد التوتر والرعب. وقرر أحد المتمردين أن يأتي ليلة بمِرْزَبَّة من حديد ويهوي بها على تلك البيضة مهما كلفه ذلك. كان قلبه يحترق على موت وحيده، الذي ذكرت البيضة اسمه قبل ثلاث ليالٍ، ليراه بعدها وهو يقفز من فوق السطح فجأة وبلا مبرر.

حمل الرجل مِرزبَّته واتجه إلى الميدان، واقترب من البيضة النبَّاضة، وارتعش جسده وهو يقترب أكثر، ويرفع المِرْزَبَّة ليهوي بها على البيضة، وإذا به...

(٤)

- ويرفع المِرْزَبَّة ليهوي بها على البيضة، وإذا به...

قاطعني أحدهم يسألني فجأة:

- هل حدث ما تحكيه في كل العواصم الأربع بالتفاصيل نفسها؟ وهل ذهب في كل عاصمة شخص يحمل مِرْزَبَّة حديدية ليحطم البيضة النبَّاضة؟

حاولت التذكر، وكان الأمر شديد الصعوبة. فمنذ أن صدر الأمر الدولي العالمي، رقم اثني عشر ألفًا ومائتين وخمسة عشر للسنة الثانية والثلاثين بعد الألفين، بمنع التصوير بكل أنواعه في أرجاء المعمورة، حُرِق ومُسِح كل ما تم تصويره في السابق، مع تجريم ومعاقبة كل من يحتفظ بصورة لديه، بالحبس مدى الحياة، حتى لو كانت صورة شخصية، وقتل وحرق من يمارس المهنة سرًّا. أصبح العالم بلا صورة، وكان الأمر في بدايته مُرعبًا، لكن الناس مع الوقت اعتادوا الحياة من دون صور، وغلت جدًّا أثمان المرايا.

أتذكر جيدًا ذلك المصور العجوز الذي تشبث بكاميراه وهو يصرخ:

ـ الصورة لا تنقل العدوى، هذا كذب، الصورة لا تنقل العدوى.

وكان هذا آخر ما قاله قبل أن يُحرق هو والكاميرا في ميدان عام، والرجال يهللون، والنساء يزغردن.

أفقت من ذكرياتي وعدت للسؤال الذي أبحث عن إجابة له، هل فعل كل الناس ما فعل ذلك الرجل؟ هل حملوا في كل البلدان مِرْزَبَّة حديدية ليكسروا بها البيضة النبَّاضة؟ لا أظن، فلقد تناقل البعض مثلًا أنهم في تونس أحاطوها بسور أبيض مربع، وجعلوها مزارًا سياحيًّا. وكانت للمزار قصة مرعبة سنصل إليها. وفي المغرب قيل إنها صارت مكانًا غامضًا، أقام على مبعدة منه بعض حاملي المباخر يُتمتمون. وكانت لهم قصة أعجب.

أما في مصر، التي ما زلنا نحكي عنها، فقد حمل الرجل المِرْزَبَّة ورفعها ليهوي بها على البيضة.

وإذا به يجد السماء قد أظلمت من فوقه إظلامًا تامًّا، وصوت رفرفةٍ يجعل الهواء يكاد يقتلعه من مكانه. كانت المِرْزَبَّة لِحظِّه العاثر قد طاشت من يده بفعل الخوف، ووقعت على البيضة فكسرت جزءًا صغيرًا من قشرتها، فكاد الهلع يُوقف قلبه عن النبض، وتباعد الناس للوراء وهم يصرخون، واستقر الطائر الأنثى الضخم على أرض الميدان فوق بيضته، وهو ينظر بغضب شديد نحو المسكين ضئيل الحجم الذي طاشت مِرْزَبَّته. لم يكن رأس الطائر بالرأس العادي للطيور. كان رأس سيدة ثلاثينية بشعر طويل بُنيٍّ ناعم مُنسدل، وعينين بُنيتين متسعتين، ورموش طويلة سوداء، ووجه أبيض مدور، وخدود كلثومية، وشفتين غليظتين.

وكان لها نهدان كالنساء، ولكن يحيط بهما الريش كفستان من فساتين النجمات في أوائل القرن. وأخذت أنثى الطير تُحدق والرجل يتراجع، ثم تنظر إلى البيضة في حضنها بحنان، ثم تُعاود التحديق إلى الرجل الذي خارت قواه تمامًا ونام على الأرض، ورفع يديه إلى أعلى مستنجدًا منها بالسماء. ومدت أنثى الطائر فمها إلى ساقيه والتقمتهما، وبدأت في تكسير بيضتها برأسه. كانت ترفع جسده في الهواء، وتهوي برأسه على قشرة البيضة مرات متتابعات، والناس يصرخون، إلى أن نجحت تمامًا في كسر بيضتها، وألقت بجثة المسكين بعيدًا بكل قوتها، فهوت في نهر النيل كحجر طائش، ونظر الناس إليها وإلى بيضتها المكسورة، فرأوا داخلها ما لا يتصوره عقل على الإطلاق.

(٥)

ونظر الناس إليها وإلى بيضتها المكسورة، ليجدوا داخلها ما سنسميه مجازًا بالأطفال السبعة، وليس الأفراخ السبعة. لقد كانوا سبعة أطفال بالفعل، رأس وذراعان ويدان وقدمان. كان الطفل الواحد يتجاوز طوله المترين ونصف المتر، ويصل وزنه إلى مائة وخمسين كيلوجرامًا. عُراة يختلفون عن أمهم، فهي برأس أنثى بشرية، وهم برأس طائر عادي، طائر كبير الرأس بمنقار أزرق.

نظرت الأم إليهم جميعًا بحنان بالغ وفاضت دموعها، وكتم الناس

أنفاسهم. وأشارت الأم بجناحها الأيمن، فتقدم أكبرهم وأضخمهم وأزال آثار البيضة المكسورة، وتوسط الميدان والناس في ذهول راكعون. وبدأ خطبته وصوته يتردد صداه في الميدان وقال:

- بسم الله، لم نقتل منكم إلا من حاول قتلنا. رجل أقبل يريد تكسير بيضتنا، فانتقمتْ منه أُمنا، وقبل هذا لم يمُت منكم إلا من خالطه الوهم، ولعبت برأسه الشياطين. فما تلك الأسماء التي سمعتموها إلا همسات كنا نهمس بها أوقات لعبنا داخل البيضة، وقادكم فضولكم لسماعها، وفادكم وهمكم إلى الموت بسببها. نحن الإخوة السبعة، أبناء السيدة المحترمة حورة، سنحكمكم سبع سنين بالعدل إن عدلتم، وبالفضل إن تفضلتم، وبالظلم إن ظلمتم، فما نحن إلا انعكاس لأفكاركم وسلوككم، فارجعوا إلى بيوتكم وكونوا حذرين، فهذا هو اليوم الأول في السنة الأولى من حكم أبناء حورة.

صمت زعيم السبعة، وقَبَّلت حورة أبناءها السبعة في مناقيرهم الزرقاء، وفردت جناحيها وطارت، وسقطت من عينها دمعة، في أثناء طيرانها، على أحد المتابعين لها، فاغتسل بالماء المالح الجارف الكاوي، الذي كوى جسده وأصابه بالحروق الخطيرة.

والتزم الناس بيوتهم، ولم تتدخل الحكومة الموجودة وقتها في شيء، وكان التواصل الإعلامي في ذلك الوقت يأتي عبر رسائل مكتوبة، تظهر على الحائط الموجود في كل غرفة معيشة. حائط زجاجي تُسلمه الدولة إجباريًّا لكل عروسين في بيتهما الجديد المجاني، المكون من غرفة نوم وغرفة معيشة وحمام ومطبخ. وفي

غرفة المعيشة، في ليلة الزفاف، يُرَكَّبُ حائط الأخبار الذي منه يعرف الناس الأخبار، ومنه أيضًا وعبره تعرف الدولة أخبارهم، وإذا أرادوا شيئًا أرسلوا عبر «كيبورد» في الحائط أسئلتهم المحدودة والمحددة، لا تتجاوز السؤال الواحد في اليوم، ولا يتجاوز عدد كلمات السؤال خمس كلمات.

كانت الرسالة ليلتها على حوائط الجميع واضحة:

تم تسليم الإدارة للسادة أبناء السيدة حورة السبعة،
وعلى الجميع التزام التعليمات التي سوف تَرِد تباعًا.

ولم يرد الناس على تلك الرسالة بأي سؤال. فقط التزموا الصمت، وحرمهم الترقب من النوم.

(٦)

منذ أن اختفى الإعلام بصورته القديمة التقليدية، واختفت معه الصورة، ونشرات الأخبار التي سيطرت على عقول الناس حتى نهاية الخمس الأول من القرن الحادي والعشرين، صار دكان حليم في قلب العاصمة بمثابة وزارة إعلام مصغرة.

حليم؛ الرجل الستيني النحيف الذي يبيع الخردوات، وألف صنف وصنف، وتبغ الغليون الذي أصبح المشروب الدخاني الوحيد المسموح به، منذ مُنعت الشيشة والسجائر منعًا تامًّا وقُرِّرَ تحريمهما. تتجمع عنده في الداخل مجموعات صغيرة من الزبائن يتحدثون

همسًا، ليدلي لهم حليم بدلوه؛ بعقلية رجل خبير عاصر الإعلام قديمًا، وأزمة «كورونا»، وكل تلك الأحداث الكبرى التي غيرت مجرى التاريخ. كان الحديث هذه المرة حزينًا، وهامسًا جدًّا لا يكاد يسمع. كان يحكي عن ثلاثة جيران اقتيدوا أمس إلى الميدان، وألقي بهم في المقر.

كانت كلمة «المقر» هي الكلمة الجديدة التي أضيفت إلى قاموس الناس، وهو بقايا وأطلال البيضة الكبيرة النبَّاضة، وهو غرف عدة بلا باب، لكون تكسير البيضة عشوائيًّا. وهمس حليم مُكملًا:

ـ أنا أيضًا تعجبت، كيف تكون البيضة بهذه الضخامة ولا نجد فيها إلا سبعة عمالقة؟ لا بد من أنها كانت مُعدَّة خصوصًا بهذا الحجم لتكون هي المقر.

قاطعني شعبان الصُّرَماتي، نعم صُرَماتي، فقد عاد الناس لتفصيل الأحذية بعد أن اختفت العلامات التجارية والأشياء الجاهزة تمامًا، وعاد كل شيء للتفصيل والتصميم اليدوي. هتف شعبان:

ـ فلتحترق البيضة واتساعها والمقر، المهم ماذا حدث للثلاثة الذين اقتادوهم؟ وما جريمتهم؟ وما العقوبة؟

هز حليم كتفيه وأخذ نفسًا عميقًا من الغليون:

ـ الأغرب مما حدث للثلاثة هو طريقة الاستدعاء نفسها يا شعبان.

ازداد فضول المستمعين وقلقهم وتوترهم، واتسعت أعينهم، وعجزت ألسنتهم حتى عن أن يقولوا لحليم أكمِل. لكنه تلفت حوله وأخذ نفسًا جديدًا وقال في شرود:

ـ الباب يُطرَق، والرجل يفتحه ولا يجد أحدًا أمامه، لكنه يخرج

ويواصل السير قسرًا حتى يجد نفسه عند أطلال البيضة؛ المقر. فيبتسم له أحد الإخوة السبعة، ويأمره بدخول غرفة من الغرف المفتوحة، والقعود في انتظار الحُكم.

فقد شعبان قدرته على الصبر:

- وماذا كانت جريمتهم يا حليم؟ نشفت ريقي!

صمت حليم طويلًا، ثم همس في شرود:

- إجابة سؤالك هذا يا شعبان هي فعلًا العجب العُجاب.

(٧)

همس حليم بصوت معدني جاف:

- لا أدري، هل يصح لي أن أقول لكم أم لا؟

استمتع حليم بالفضول المشتعل في أعين السمِّيعة، ثم واصل في هدوء لا يخلو من توتر:

- لقد وصلتني المعلومة من زوجة أحدهم، وحلَّفتني ألا أفشي السر، لكنني سأفشيه.

حملق في وجوههم، ثم اختار نبرة أكثر صدقًا وزينها ببحة خفيفة:

- سأفشيه من أجل مصلحة الجميع، مصلحتكم ومصلحتي.

ثم توقف عن الحديث واتجه إلى الباب، وتأكد من عدم وجود غريب متلصص، وعاد وقعد وسطهم وهو يُمسك الغليون من دون أن يسحب منه أنفاسه، وبدأ في الحكي المتمهل:

-لم يدرِ الثلاثة الذين ذهبوا بأرجلهم إلى المقر ما تهمتهم، وظل كل واحد في حجرته صامتًا دون أن يدخل عليه أحد. وبعد مرور سبع ساعات، دخل على أولهم أحد أبناء حورة السبعة، وسأله سؤالًا واحدًا: «هل أدركت ما جريمتك؟». فيهز الرجل رأسه بالنفي، ويخرج ابن حورة، ويتركونه ساعة، ثم يدخل ابن آخر ويسأله السؤال نفسه، والرجل يهز رأسه بالنفي. سبع ساعات، على رأس كل ساعة يدخل ابن من الأبناء السبعة، ويسأل السؤال نفسه ويخرج.

وهكذا فعلوا مع الجيران الثلاثة، ثم اقتادوهم إلى ساحة المقر، في منتصف أطلال البيضة حيث قعد السبعة وراء منصة مهيبة، ثلاثة من اليمين وثلاثة من اليسار، يتوسطهم الزعيم وأمام منقاره ميزان صغير كميزان الذهب، ودفتر كبير مفتوح وعليه ريشة ساكنة. والثلاثة المتهمون ينظرون في قلق.

تكلم الزعيم، ومع كلامه كانت الريشة تعلو فوق الدفتر وتهبط. قال: «لقد حذرناكم، وقلنا سنحكمكم بالعدل إن عدلتم، وبالفضل إن تفضلتم، وبالظلم إن ظلمتم، أمس بلَغَنا أن أحدكم نوى أن يسرق سطح جاره. ونوى الثاني أن يُلقي بطفل جاره الذي ما زال يحبو في النيل، ليحرق قلبه بعد خلاف في شراكة على مال. ونوى الثالث أن يمر على زوجة جاره كعادته معها. وحين أحضرناكم إلى هنا، منحناكم كل الوقت وسألنا كل واحد منكم سبع مرات هل عرف جريمته أم لا! ولو اعترف أحدكم وتاب خلال كل تلك الساعات

لسامحناه، ولكن قلوبكم أصرت على الجُرْم، وألسنتكم أصرَّت على الصمت، فما كان لنا إلا الحكم العادل فيمن ظلموا أنفسهم».

طارت الريشة من فوق الدفتر، ومرت مرورًا خفيفًا على فم كل واحد من المتهمين الثلاثة، ثم عادت مستقرة فوق الدفتر، وأكمل زعيم السبعة النطق بالحكم: «حكمنا نحن السبعة أبناء السيدة حورة بقطع ألسنتكم». وعاد الثلاثة إلى بيوتهم صامتين.

همس شعبان الصُّرَماتي في هلع:

ـ أيحاكموننا على ظنوننا ونيَّاتنا؟

هتف أحدهم، وهو نبيل السماك الذي لا يحب حليم وبينهما صراع خفي قديم على النجومية في الحكي:

ـ ولماذا لا يكون كل هذا محض خيال من حليم؟ فما أدراه بالقصة؟ وكيف عرفها وقد قُطعت ألسنة أصحابها؟ فبأي لسان حكى الرجل لزوجته وحكت زوجته لك؟

ونظر إلى حليم كأنه عاجله بالضربة القاضية. فابتسم حليم في غيظ مكظوم وقال:

ـ لقد كتب لها يا حلوف! ألا تعلم أن هناك رجالًا يجيدون الكتابة؟!

صمت الجميع، وبدأ كل واحد منهم يخرج من دكان حليم في صمت، من دون حتى أن يودعه بكلمة أو إيماءة، ما عدا نبيل السماك الذي قال في غضب قبل أن يغادر المكان:

ـ نبيل السماك ليس حلوفًا يا حليم.

وصار حليم بمفرده تمامًا، ولمَّا همَّ بإعادة ترتيب المحل، تسمر في مكانه وقد سمع صوتًا يناديه ويأمره بالخروج.

خرج ليتفقد ذلك الصوت، لكنه لم يرَ أحدًا خارج الدكان، ورأى نفسه يتحرك قسرًا إلى جهة المقر، من دون أن يملك حتى حق التردد أو الرفض!

الفصل الثاني
السماك والخردواتي

(١)

سنترك حليم يواصل طريقه الحتمي إلى المقر ليواجه هناك ما يواجه، وسنطير مع حورة التي ما زالت تطير ودموعها الحارة تسقط منها، فتصنع حُفرًا عميقة ينبع منها الماء الساخن. ما مر بجوار تلك الحفرة بشري إلا وتفجر قلبه بالحنان والحب. حتى وصلت بعد العديد من ضربات الجناح القوية إلى تونس، وتحديدًا إلى ساحة الاستقلال عند تمثال ابن خلدون، حيث بيضتها الثانية، بعد أن حكم عليها القدر أن تضع في كل عاصمة من العواصم الأفريقية الأربع، واحدةً من بيضاتها الأربع متفرقاتٍ. وهذا كان سر دموعها الحارة التي تسكبها كلما سافرت من عاصمة إلى أخرى، دموع شوق لبيضتها التي ستطير إليها، ممزوجة بدموع فَقْد للبيضة التي ودعتها. كانت قد اطمأنت قليلًا في القاهرة، حين أنقذت بيضتها بحدسها، في آخر لحظة، من مِرْزَبَّة ذلك المعتدي، وحين خرج أيضًا أطفالها

السبعة بصحة جيدة. وها هي تقترب من بيضتها الثانية في تونس، وتُظلم السماء، وترتفع الأعناق والأبصار نحوها، لتستقر راقدة على بيضتها، والناس يتابعون ذلك الطائر الخُرافي المؤنث الذي يحمل جسم طائر ورأس ونهدَي امرأة.

عَمَّ الصمت المكان، وأزاحت بجناحيها الأسوار الأربعة البيضاء التي بناها الناس حول بيضتها. ورمقتهم في صمت، وزاغت عينا المرشد السياحي نصار، ثم انحنى والتقط اللافتة الزرقاء التي وقعت من السور، والمكتوب عليها «مزار البيضة السياحي»، ومسحها في ملابسه، ودفعه شعور غامض إلى أن يحمل تلك اللافتة ويلوذ بالهرب الآن وفورًا، وعينا حورة تتابعان ذلك المرشد الهارب، الذي طالما حكى أساطير من وحي خياله للناس عن البيضة النبَّاضة، وكيف أنها بيضة ديناصور قديم، وأن داخلها كتابًا ضخمًا نادرًا لابن خلدون يحكي تاريخ أفريقيا، والناس كانوا يستمعون إليه في اقتناع شديد.

لا أدري لماذا شعر هذا النصار بكل هذا الرعب وحاول الهرب. ونجح بالفعل في أن يصل إلى آخر الساحة، ولكنها رفعت طرف جناحها وهوت به على ذلك المرشد الهارب، ليرى نفسه منكفئًا منسحقًا تحت الجناح الثقيل، وغير قادر على الحركة. وبضربة ثانية مِن الجناح غاب عن الوعي، وبالثالثة فارق الحياة. ثم لمت حورة جناحيها وواصلت الرقود على بيضتها ساعات طويلة لم تتحرك، والناس يتابعون ولا يستطيع أحدهم حتى أن يرمش بعينيه. ثم قامت وبدأت تتأمل قشرة بيضتها وهي تنهار بالتدريج، ويظهر داخل البيضة الكبيرة المُهدَّمة خمسة أطفال عمالقة، يتحركون في نشاط ويتجهون

نحو حورة التي تتفقدهم وتُقبلهم في مناقيرهم الزرقاء، ثم تنظر بحزن إلى جثتَي طفلين عملاقين على أرض البيضة المكسورة. تنهمر دموعها وتحتضنهما بجناحيها. ويتقدم أحد الأبناء الخمسة إلى الأمام، ويقف بجوار تمثال ابن خلدون، ويخطب في الناس برزانة:

ـ لم نقتل أحدًا منكم إلا ذلك الذي زوَّر القصص، وحكى ما ليس له وجود، وضرب بخياله فيما ليس له به علم، فعاقبَتْه أُمنا بثلاث ضربات موجعة، من الآن أنتم هنا تحت حكم أولاد حورة الخمسة، إن صدَقتم صدقناكم، وإن كذبتم كذبناكم، وإن خدعتم خدعناكم، وهذا هو يومكم الأول في شهركم الأول في سنتكم الأولى في حكمنا، فودِّعوا سيدتكم، وابكوا بحرقة على أَخَوَيْنا.

فاضت دموع الناس الصادقة، ولفت حورة جثتَي طفليها في شعرها، وأحكمت حولهما الضفائر، ثم فردت جناحيها وطارت وأعين الخلق تتطلَّع إليها، وأيديهم تُلوِّح لها، ودموع حورة ما زالت تسقط من عينيها.

وفيما قعد الشاب العشريني علي الرياحي بجوار تمثال ابن خلدون يسجل في دفتره الصغير كل ما رأى، من دون أن ينسى حرفًا واحدًا، قبض صديقه إسماعيل قبضة من الأرض التي وقعت عليها دمعة حورة ووضعها في جيبه، ولم يكن الرياحي وإسماعيل يعلمان بما سيجري لهما، لكنه القدر دائمًا يكتب في كتابه عن أفعالنا ما يريد.

أما في مصر، فقد أوشك حليم الخردواتي على الموت رعبًا، وهو يجلس في غرفة من غرف المقر ينتظر مصيره الغامض.

(٢)

هتف حليم بأعلى صوته من الرعب، مع دخول أول واحد من أولاد حورة، وقبل حتى أن يسأله:

ـ أنا أعترف، أنا مجرم، أنا أفشيت الأسرار، أنا نادم، أنا نادم، أنا نادم!

ولكن الطفل العملاق نظر إليه في صمت، ثم تركه وخرج. وزاد رعب حليم أضعافًا مضاعفة، وصار مع دخول كل عملاق من العمالقة السبعة عليه، على رأس كل ساعة، يصرخ ويعترف بأخطاء وجرائم لم يفعلها حتى، لعله ينجو بذلك، ولكن من دون جدوى. فقط كل واحد منهم ينظر إليه بعينيه العجيبتين، ويفتح منقاره الضخم من دون كلام، ثم يخرج. ويجد حليم نفسه وحيدًا باكيًا مقتولًا بالانتظار والخوف. وها هو الآن أخيرًا أمام هيئتهم الموقرة، يجلسون وراء منصتهم التي وصفها من قبل، وفي المنتصف يجلس زعيمهم الضخم وأمامه الميزان الصغير، والدفتر المفتوح الذي تستقر عليه الريشة.

غاص قلب حليم في صدره، وغامت الدنيا في عينيه، وتذكر حفيدته الوحيدة دودو التي لن يراها بعد اليوم، ولن تقول له في صبيحة كل جمعة: «صباح الخير يا جدو حليم يا عثل». سيُحرم من لثغة لسانها تلك، ومن عينيها اللتين لم يخلق الله في جمالهما.

وقبل أن يغيب حليم عن الوعي من الرعب، أتاه صوت الزعيم هادئًا رزينًا. صوت يتخلل مسام جلد حليم. وراحت الريشة تعلو رأس حليم والصوت يقول:

ـ حليم الطيب الثرثار المعترف بالأخطاء، الرحيم بحفيدته دودو، لما كنا نحكم بالحدس وبالكشف، فإننا ينقصنا الماضي حتى لا نظلم قومك أو لا نفهمهم، هذا سرك يا حليم، أن تكتب لنا ما حدث قبل أن تُكسر بيضتنا على أرضكم: كيف كنتم؟ وما عاداتكم؟ وما أعرافكم والأحداث الكبرى التي جرت لكم قبلنا؟ تُسطر ذلك في كتاب، والمهلة عام، ونوصيك أن تتحرى الصدق، لأنك حين تكتب الكذب سنعرف، والكاذب مقطوع الرأس يا حليم، عد إلى دكانك واكتب ولا تخبر أحدًا.

هل كان حليم يسير فعلًا؟ أم كان يطير؟ هل هو حليم فعلًا، ذلك الرجل الستيني، أم إنه طفل حديث الولادة؟ ولكن الفرحة الطاغية التي صاحبت روحه من المقر إلى الدكان، لم تمنع دموعه التي لم يحدد بعد هل هي دموع الفرح بالنجاة، أم إنها دموع القلق أيضًا من تلك المهمة! في الغالب كانت دموع الفرح، فالقلق لا دموع له، القلق لا يحرك العاطفة ويجلب الدموع من المآقي، لكنه يأكل القلب وينهش الصدر ويمنع الصبر ويحرم العينين من النوم. كان يتمنى الآن بالذات أن يمر على بيت ابنه جمال ويتمتع بحضن حفيدته دودو، لكنه نفَّذ الأمر وعاد إلى دكانه، وشحذ ذاكرته وفرد أوراقه وشرع في الكتابة، من دون أن يدري أن أعيُنًا أخرى ترصده، أعيُنًا لو قرأ حليم ما فيها من شر لتمنى الموت.

(٣)

كان الحديث في تونس كما هو في مصر، وكان الناس هناك أيضًا ينظرون إلى حائط الأخبار في غرفة المعيشة، ويتابعون الشريط الجديد المكتوب، الذي يخبرهم بأن الإدارة الجديدة ستكون في يد أولاد حورة الخمسة.

نظر الرياحي القعيد الستيني طويلًا إلى ابنه علي، وهو يحكي له بحماسٍ ما جرى في ساحة الاستقلال، عن العمالقة الخمسة وأمهم حورة. وتابع الرياحي الإنصات في صمت من دون رد، في حين وضعت عُليًّا، زوجته الخمسينية وأم علي، الحلوى وضحكت بطريقتها العجيبة حينما تسمع شيئًا جديدًا. ونظرت إلى الرياحي الصامت ولمست ركبته وقالت:

ـ لا تقلق يا حبيبي، لا جديد، لقد رأينا في السنوات الماضية كل شيء عجيب، حتى لم يعد هناك ما يجعلني أُفاجأ، وكم من طبول فوق الرأس دقت؟!

يهز الرياحي رأسه متذكرًا:

ـ نعم أذكر، ولن يكون ما تحكيه بأعجب من دولة اللاجئين يا علي، وكيف أسسها هؤلاء الهاربون من نيران الحروب في بلادهم إلى حدود البلدان الأخرى، بلا طعام ولا مأوى، وقد كانوا ينتظرون المعونة القادمة في صندوق عربة ضخمة، ويقفون أسفلها في ذل وهوان، يتطلعون في مسكنة إلى من يلقي لهم من أعلى بكراتين الطعام والمياه وعلب اللبن! ياه، من كان يُصدق

أن يتحول هؤلاء اللاجئون إلى دولة قوية في السنة الخامسة والعشرين بعد الألفين؟ ها؟

دولة متعددة الأعراق والأجناس والألوان والأديان، لا يجمع بينها إلا مأساة الاغتراب والهروب من الأوطان القديمة.

همس علي معترضًا:

ـ دولة اللاجئين في النهاية قصة واقعية بشرية. أما الذي حدث...

لم ينتبه لجملته أحد، وردت عُليًّا:

ـ لقد توحدوا بسرعة وكونوا دولة شرسة هاجمت جيرانها وانتقمت منهم شر انتقام، وكانوا وما زالوا أشرارًا يا رياحي.

ابتسم الرياحي لعُليًّا ووجه كلامه لعلي:

ـ عُليًّا لا تغفر أبدًا يا علي.

ابتسم علي مُدركًا مغزى كلام الأب، وردت عُليًّا بغضب سريع:

ـ عُليًّا أحبتك في كل أحوالك وحتى الآن، وليست مثل نيرة اللاجئة بنت اللاجئين التي امتصت شبابك وتركتك قعيدًا.

نظر علي إلى أمه محذرًا معاتبًا، ولكن ضحكة الرياحي طمأنته.

ونظر الرياحي إلى عُليًّا وقال مداعبًا متسامحًا:

ـ أحبك رغم طول لسانك! وكنت أستطيع أن أقبل عرض نيرة بالرحيل معها، وكانت ستوفر لي جنسية لاجئ، وهي أقوى جنسية على هذا الكوكب، ولكنني رفضت لأني أحب عُليًّا.

سخرت عُليًّا بانتقام وتشفٍّ قائلة:

ـ رفضت لأنك تريد أن تخدمك عُليًّا ولن يخدمك غيرها.

وأنهت جملتها بوضع الحلوى في فمه حتى لا يرد، فضحك علي من طريقتهما، وسأل في حيرة:

ـ وهل ستكون هناك بيضة أخرى وضعتها السيدة حورة في بلاد اللاجئين يا أبي؟

هز الأب رأسه بالنفي في حسم وقال:

ـ لا، تلك المعجزات انتهت تمامًا في كل الدنيا، ولن تقع إلا في بلادنا نحن فقط يا علي.

وهنا علت طرقات الباب بشدة، والتفت الرياحي في توتر نحو الباب، وذهبت عُليًّا إلى الداخل، وتحرك علي ليفتح الباب في تردد.

(٤)

كانت عينا نبيل السماك تخترقان دكان حليم الخردواتي من فتحة سرية، صنعها خصوصًا في الحائط الذي يفصل بينه وبين محلِّه. ولم يكن نبيل السماك يبيع السمك كما يوحي اسمه، لكنه كان يبيع أدوات التنظيف المنزلي. أما السماك فهو لقب الجد الثالث، الذي كان صاحب أكبر محل سمك في وسط البلد. لم يرث فريد السماك والد نبيل المهنة، ومات في هوجة «كورونا». وفتح نبيل السماك ذلك المحل الصغير للمنظفات في تلك المنطقة، واشتراه ملاصقًا لحليم الخردواتي، الذي شاركه في ثمنه، على أن يسدد بقية الثمن على أقساط لحليم، حليم الذي كان قبل فترة بسيطة صديقه الأقرب،

وأخاه الذي لم تلده أمه، وفي أول خلاف مادي بسيط بينهما، حين غالط نبيل السماك في القسط السابع، وأصر لحليم الخردواتي على أنه الثامن. ومنذ تلك اللحظة والعلاقة بينهما ليست على ما يرام. لكن الخردواتي كان يحمل قلبًا أكثر رقة وتسامحًا، أما نبيل السماك فيملك قلبًا يستدعي مع أول غضبة كل الشرور، ويتذكر كل المواقف السخيفة، أو ما يعتقد الآن عند لحظة الغضب أنها سخيفة، وهي تأويله الجديد لغالب الأفعال التي فعلها خصمه قبل ذلك. فتذكر أن الخردواتي نظر إلى وفاء زوجته ذات مرة نظرة ليست بريئة، وأنه تعمد إلقاء زبالة دكانه أكثر من مرة أمام مدخل محله، وأنه كان يعيِّره بطريقة غير مباشرة بعدم إنجابه، حين كان يحضر ابنه وحفيدته معه متعمدًا إلى دكانه، ويظل يلعب مع الحفيدة دودو ليرسل إلى نبيل رسائل الحسرة والألم والندم. هكذا أصبح حليم هو الشيطان الرجيم داخل قلب وعقل نبيل، وإن حافظ في الظاهر على بعض الود الكاذب بالقعود أحيانًا في دكان حليم وسط الناس، ليستمع لحكاياته.

ورغم كل ذلك الغضب داخل نبيل السماك تجاه حليم الخردواتي، كان على يقين أيضًا بأنه دفع سبعة أقساط فقط وليس ثمانية كما ادعى. والأغرب أن حليم هو الذي ارتبك وشك في نفسه، وظن أنها ثمانية بالفعل، وذلك لأن غضب نبيل من حليم في الحقيقة لم يكن لكل تلك الأسباب التي سردناها، غضبه الحقيقي كان سببه تلك الليلة التي قالت له فيها وفاء زوجته بعفوية وطفولية لا تليق بامرأة في منتصف الأربعين:

ـ حليم صديقك هذا يا نبيل، رغم سنه، يملك نظرة جذابة.

هذه كانت الجملة التي أشعلت النار في صدر نبيل، وها هو الآن يتجسس على جاره وصديقه السابق، ويرى حليم وهو يُخرج الأوراق ويُمسك بالقلم ويشرع في الكتابة، ودارت داخل رأس نبيل الأسئلة: «ماذا تكتب يا حليم؟ ولماذا تعرف أسرارًا أكثر مما نعرف؟ ولماذا وثقَتْ بك زوجة الرجل الذي قُطع لسانه وحكت لك أنت بالذات؟ هل كانت تعتقد أيضًا مثل زوجتي أن نظرتك جذابة؟ أم إنك...؟»، في هذه اللحظة، وعند عبارة «أم إنك» هذه، ارتاح شيطان نبيل، إنها العبارة المفتاح التي كان يبحث عنها من البداية. وأكمل نبيل الجملة: «أم إنك يا حليم جاسوس العمالقة السبعة علينا؟ إنهم في النهاية مجرد طيور، ولا بد لهم من رجل بيننا ينقل لهم الأخبار وينبئهم بأحوالنا».

نعم، حليم هو جاسوس أبناء حورة ومنهم يستمد قوته، وإن علم الناس هذا سرًّا فسيتجنبونه ويصاب بالكساد والفقر، وقد تراه وفاء في حالته الرثة، وتدرك وهي تنظر حينها إلى عينيه الذابلتين أنه لا يملك نظرة جذابة ولا نيلة.

استراح نبيل لهذه النتيجة جدًّا، وظهرت السعادة على ملامح وجهه، ولكنه شرد مرة أخرى: «أين دليلك يا نبيل؟ لا بد من أن أحصل على بعض من تلك الأوراق التي يكتب فيها أسرارنا للسبعة، وأنقلها إلى من أثق بهم، وهنا تبدأ خطتك يا نبيل».

أغلق نبيل الفتحة التي يتجسس منها على جاره حليم، وأغمض عينيه في راحة وسكينة وهو لا يعلم ماذا خبأ له القدر.

(٥)

عادت للفنان الشعبي مكانته ونجوميته، منذ أن تغير التاريخ وانتهى عصر الصورة، واختفت التلفزيونات والسينمات، ومُحي التراث البصري بالكامل لما يقرب من قرن ونصف قرن من الزمان، وكان ذلك سببًا لعودة المسرح والعروض الحية، التي صار أكثرها رواجًا وإقبالًا من الناس هو الفرجة على الفنان الشعبي المرتجل. وزاد التنافس، ودارت حرب نجومية طاحنة، جعلت في النهاية الأمر كله بين متنافسين اثنين فقط على لقب «المدهش»، أرفع الألقاب الفنية في ذلك الوقت، وهما عزت الأسمر وفريد الأشقر. كان لكليهما حضور طاغٍ، وقدرة عظيمة على الارتجال تجعل الواحد منهما يقف على خشبة المسرح بالثلاث ساعات، والجمهور يُقطع يديه من التصفيق مدهوشًا من تلك القدرات الفذة. كان عزت الأسمر ثلاثينيًّا بلهجة جنوبية وشعر أجعد وعينين واسعتين سوداوين، وأنف ضخم وعنق طويل وجسد نحيل، وبحة في الصوت. أما فريد الأشقر فكان أربعينيًّا وسيمًا جدًّا، وأقصر من الأسمر، وله شعر ناعم ويميل قليلًا للسمنة رغم اعتدال جسمه. اقتسما تقريبًا الجمهور، ودارت بين الجمهورين مناوشات صغيرة وصلت أحيانًا للتشابك بالأيدي في إحدى الحفلات الكبرى، التي كانت تقام في الميدان الكبير، قبل أن يتحول إلى مقر القيادة الذي يحكم منه أبناء حورة السبعة، وكان عليهما أن يجدا مكانًا بديلًا للعرض الذي اقترب موعده. وكانت النجومية في ذلك الوقت لا تعني الكثير من النقود والنفوذ، فالمواطنون جميعًا يعيشون

في الشقق نفسها، ولديهم الحائط نفسه (حائط الأخبار) الذي تُسلمه لهم الدولة، ولا توجد شقة أكبر من شقة، ولا عمل يدر دخلًا أكثر من عمل، فالجرَّاح والنجم وبائع اللبن والصُّرَماتي والخفير والأستاذ الجامعي، الكل يأخذ الراتب نفسه. أما الجماهير التي تدخل تلك العروض، فتدفع أثمان التذاكر للدولة وليس للنجم. ولكن هناك ميزة أخرى تمنحها الدولة لأولئك الذين بلغوا في مهنتهم درجة غير مسبوقة من التميز، وهي كارنيه أصفر صغير يحمل لقبًا مميزًا، وبه يستطيع الواحد أن يتلقى الخدمات أسرع، ويكون له مكان متقدم في الصفوف، وأولوية لركوب المواصلات العامة، والشراء من المتاجر الكبرى.

وكان عزت الأسمر قد حاز هذا الكارنيه منذ شهور، في حين لم يحصل فريد الأشقر عليه بعد، وها هي الأحوال تغيرت وصارت الأمور في يد السبعة، أبناء حورة، ولا نعرف ما مصير العروض الفنية أصلًا، وها هو الأسمر ونبيل السماك وحليم الخردواتي، والمواطنون المميزون كافة، ومن هم على وشك التميز مثل فريد الأشقر، يتجهون قسرًا نحو المقر، ويسيرون بجدية شديدة من دون حتى أن يفتحوا أعينهم. إنهم مُسرنَمون تمامًا، ومع ذلك كانوا يتحركون بهمة ونشاط، حتى إذا ما وصلوا إلى المقر، كان السبعة في انتظارهم عند المنصة التي يجلسون وراءها، ويتوسطهم الزعيم وأمامه كومة من الكارنيهات الحمراء. وبدأ الزعيم يلقي أوامره بصوت رزين هادئ طيب:

ـ لكم أن تعيشوا كما كنتم، وسنسحب كارنيهات التميز التي

لديكم، ونستبدل بها كارنيهات جديدة حمراء، تحمل لقبًا ظاهرًا يُثبته أحدكم في صدره ليل نهار، وهو ساري المفعول ما دمتم أحياء. ومن حين لآخر ستمرون على المقر وتسلمون الكارنيه، لنعرف منه إن كان الواحد منكم ما زال ظاهره كباطنه أم لا، فإن كان كذلك استعاد الكارنيه وأكمل حياته، وإن لم يكن احتجزناه لدينا لنعرف السبب، فإن أدرك وطلب الإصلاح أصلحناه، وإن أنكر أو جهل السبب عاقبناه.

ساد الصمت بين الجميع، وانشغل نبيل بمراقبة عينَي حليم وإلى أين تنظران، في حين انشغل فريد الأشقر بعزت الأسمر، وهل سيبادر ويفتح فمه قبله أم لا. ولكن لم يتكلم أحد، ووقف الجميع تلقائيًّا لتسليم الكارنيهات الصفراء واستلام الحمراء، وحين اقترب الأشقر ليسحب الكارنيه الأحمر همس في تردد:

ـ أنا لا أملك الكارنيه الأصفر، لكني كنت مرشحًا له.

لم يرد عليه أحد، ولكنه رأى كارنيهه الأحمر أمامه فسحبه بسرعة وارتباك، وعاد الجميع إلى أماكنه ينتظر التعليمات، وكانت بسيطة وواضحة:

ـ ستستمر حياتكم كما كانت، وكذلك تجارتكم وصناعتكم وحفلاتكم، وستعرفون موعد كل حدث بأنفسكم من دون إعلان أو خبر، فتتحركون إلى كل شيء في موعده، ولن يتغير إلا شيء واحد فقط.

صمتوا وتوقفت قلوبهم وتطلعت أعينهم، حتى إن نبيل السماك ترك النظر إلى حليم الخردواتي ونظر إلى المنصة.

أكمل الزعيم:

ـ وهو أن تتوقفوا من الآن وفورًا عن أكل الطيور!

انصرف الجميع، وكل واحد قد علق الكارنيه الأحمر على صدره، وصار جزءًا منه لم يثبته بخيط ولا لصق ولا مسمار، بمجرد وضعه فقط على صدره صار جزءًا من الجسد، حتى حين غيروا ملابسهم وجدوه مكانه لا يتزحزح، وحتى عند الاستحمام كان ينزلق من فوقه الماء من دون أن يؤثر فيه أو يغير لونه. ومرت الليالي والناس على أحوالهم، وحليم الخردواتي يكتب الماضي ونبيل السماك يراقبه، وحفلات الأسمر والأشقر تقام في مواعيدها في الساحات الجديدة التي يذهبان إليها، ويذهب إليهما فيها الجمهور تلقائيًّا ومن دون إعلان. وسار كل شيء هادئًا لا يعكر صفوه إلا زيادة عدد الطيور بالتدريج، في كل ركن من أركان المدينة.

الفصل الثالث
دولة اللاجئين

(١)

كانت جميلة في إيقاعها، تمشي كأنها ملكة تتبختر ذهابًا وإيابًا فيجن جنونه. يعلم أنها مُحرمة عليه، لكنه فقد صبره ولم يتمالك نفسه، وأمسك بها وجرى إلى الداخل وهو يحاول أن يكتم صوتها، وهي تحاول أن تنفلت منه من دون جدوى، وسرعان ما أمسك بالسكين في جنون، وهمس وتمتم بالبسملة والتكبير وفصل الرأس عن الجسد. في هذه اللحظة فقط صرخت أم وديدي صرختها المروعة، وهي ترى دماء البطة السمينة وقد أغرقت ملابس وديدي ابنها الأصغر ذي الستة عشر عامًا، فهرع إلى أمه في جنون، محاولًا منعها من الصراخ وهو يضع يده على فمها ويهمس في أذنها:

ـ ليالٍ طويلة وأيام وهي تتحرك أمام أعيننا يا أمي، لن أستطيع التحمل أكثر من هذا، لا تقلقي، لن يرانا أحد. اجعلي الماء

يغلي وانتفي ريشها وجهزيها، واجعلي كبدها أول ما يتذوقه لساني، فأنتِ لا تعرفين قدر الشوق الذي يتملكني.

كانت لحظة تاريخية. وجلس وديدي وأمه وأخواه الشايب وحمودة وأختهم كرمللة، في حين أقسم والد وديدي الحاج أنور ألا يشاركهم، وصار يتمتم وهو على سريره مضطجعًا:

ـ استر يا رب.

رقص وديدي طويلًا وهو يمسك بالكبد في يده، قبل أن يلقي بها داخل فمه الحالم. أغلق فمه عليها فإذا بطرقات الباب تتصاعد، وتتراجع الأيدي، وينقبض قلب أم وديدي، ويتحرك وديدي نحو الباب والكبد في فمه يخاف أن يبلعها.

لم يكن هناك أحد خارج الباب، ولكن وديدي أكمل طريقه نحو المقر. كان ذلك في اللحظة نفسها التي بدأ يتحرك فيها أيضًا نبيل السماك قسرًا لمراجعة كارنيهه الأحمر، وكانت هي اللحظة ذاتها التي كان يكتب فيها حليم الخردواتي ما يتذكره عن الحياة الماضية، ويخط بيده الآتي:

> وحتى بداية العام العشرين مِن القرن الحادي والعشرين في السنة المسماة عشرين عشرين، كان الإنسان هو السيد المطاع، هو من يأمر كل من هم دونه من الخلق، هو الذي استطاع أن يروض الوحوش ويسجنها في أقفاص، واستطاع أن يعتلي البحر، ويطير في الهواء ويخترق الغلاف الجوي، ويهبط على سطح القمر ويدور حول المريخ، ويتناول طعامه وهو قاعد على كرسي مريح في طائرة تبتعد عن الأرض آلاف

الكيلومترات، ثم يشاهد فيلمًا لطيفًا في شاشة أمام كرسيه. الآن كائن صغير لم يرقَ بعد إلى مستوى الخلية الحية، مجرد فيروس يحتاج إلى وسيط حتى يعيش فيه وعليه يسمى فيروس «كورونا»، يجعله يحسد الكلاب والقطط والطيور وجميع الحيوانات الأدنى منه رتبة على حريتها، بعد أن صار حبيس منزله.

توقف حليم عن الكتابة وهو يراجع هذه الجملة: «يحسد الكلاب والقطط والطيور وجميع الحيوانات الأدنى منه رتبة»، ومسح كلمة «الطيور» وهمس:

- كيف أقول إنهم أدنى رتبة وهم أصلًا يحكموننا؟ ستضيع من أجل كلمة يا حليم.

وحمد الله وواصل الكتابة في اللحظة التي وصل فيها نبيل السماك ووديدي إلى المقر، وما زالت كبد البطة في فم وديدي لم يبلعها ولم يبصقها.

(٢)

كان صوته حنونًا جدًّا:

- يا بني، لو أمسك بك طائر وقطع رأسك وأزال جلدك، ووضعتك أمه في الماء الساخن المغلي حتى تنضج، ثم ناولته كبدك حتى يأكلها، هل يكون ذلك شيئًا جيدًا؟

هتف وديدي بأعلى صوت ممكن:

ـ كلا، كلا، ليس جيدًا، أنا آسف، أنا آسف!

أكمل الصوت الحنون:

ـ لم نحكم عليك بشيء.

تهلل وجه وديدي وكاد يُقبل قدمَي العملاق الذي ربت على كتفه وأمسك ذقنه في حنان بالغ، وقال مكملًا:

ـ لم نحكم عليك بشيء إلا بما صنعته أنت.

لم يفهم وديدي للوهلة الأولى، ولكن مع دخول طائرين كبيرين المقر، واقتراب أحدهما من رقبته بمنقاره الحاد كمقص، وقصِّه لرقبة وديدي في لحظة بمهارة فائقة، كان نبيل السماك الذي يرى ذلك عن بُعد قد أغمي عليه من الرعب، ولم يشهد بقية الحكم من سلق وطهو.

وحين أفاق كان عليه أن يجيب عن السؤال:

ـ هل تغير ظاهرك عن باطنك يا نبيل؟

هتف معترفًا متسرعًا باكيًا لاهثًا:

ـ نعم، نعم تغير باطني وتجسست على حليم الخردواتي، وظننت أنه مقرب منكم، ورأيته يكتب لكم رسائل، وأنا أكرهه وأغار منه لأن وفاء زوجتي قالت لي ذات مرة إن نظرته جذابة، أنا أكره حليم، أنا أكرهه!

زادت صرخات نبيل السماك وأتاه الصوت العميق الحنون:

ـ لا تقلق، سيتم إصلاحك.

واقتيد نبيل السماك إلى دار الإصلاح، وهو مكان عجيب جدًّا وغريب جدًّا ليس له شبيه على الإطلاق، ونُزع الكارنيه الأحمر من فوق صدره، وأُمر بالدخول عاريًا.

(٣)

فتح علي الرياحي الباب ولم يجد أحدًا، فعاد إلى الداخل ليدفع الكرسي المتحرك بوالده إلى الخارج، وسط دهشة وصياح عُليًّا:

- إلى أين تدفع بأبيك يا علي؟

لم يلتفت علي ولا أبوه إلى عُليًّا، وانطلقا معًا من دون حَوْل منهما أو قوة، حتى وقفا في قلب ميدان الاستقلال بجوار تمثال ابن خلدون، ودخلا إلى المقر حيث يجلس الزعماء الخمسة يتطلعون إليهما في صمت. وأتى صوت الزعيم عميقًا:

- ستطير حورة إلى قرب حدود المغرب حيث بيضتها الثالثة، ولنا في تلك البيضة إخوة، والبيضة وُضعت في ساحة تابعة لدولة اللاجئين بين المغرب وإسبانيا، وإن هاجموها قبل أوانها وكسروها فستكون حربًا لا نريدها.

سكت الزعيم، وتطلع علي إلى أبيه ثم إلى الزعيم، وبلع الرياحي ريقه، وأكمل صاحب الصوت القوي:

- علمنا أن الرياحي عاشق وأن محبوبته في دولة اللاجئين لها سلطة ومكانة، فإن أقنعتها بأن تأمر العوام هناك بالابتعاد حتى تصل حورة في موعدها إلى بيضتها، نجيتهم من حرب ودمار.

همس الرياحي ساخرًا:

- ومتى يصل القعيد إلى محبوبته يا سيدي؟

اقترب الزعيم بمنقاره من الرياحي، حتى إن علي صدرت منه صرخة مكتومة خوفًا على أبيه، ولامس منقار الزعيم ركبتَي الرياحي وهمس في حسم:

ـ انهض!

نهض الرجل في الحال، وتهلل وجه الرياحي، وهتف علي:

ـ الله أكبر!

فتح الزعيم منقاره كأنه يضحك وقال:

ـ من السهل أيضًا بضربة جناح واحدة أن تكون يا رياحي أمام باب نيرة محبوبتك، ولكن الصعب هو أن تُقنع أنت يا علي أمك عُليًّا بما جرى.

وقبل أن يرتد إلى علي طرفه، كان أحد العمالقة الخمسة قد وضع الرياحي على أحد جناحيه، وضرب به ضربة واحدة فاختفى الرياحي تمامًا عن النظر.

وهتف الفتى علي:

ـ أبي.

فوضع الزعيم يده على كتف علي مطمئنًا:

هو الآن أمام بابها، يبدأ بالحب مهمة مقدسة ليمنع الحرب، وما عليك أنت إلا أن تخترع حُجة مُقنعة للسيدة عُليًّا، فنحن نعجز عن الكذب يا علي.

خرج علي من المقر، وسار في طريق العودة إلى بيته بمفرده، ومع كل خطوة يخطوها كان يفكر في ماذا سيقول لأمه حين تسأله: «أين أبوك القعيد يا علي؟».

وفي هذا الوقت كان الرياحي يقف مترددًا هناك في دولة اللاجئين، أمام باب نيرة الأزرق، المزين في أعلاه بعين واسعة تنظر إليه في فضول. وبعد تردد طويل، مد يده وطرق الباب.

(٤)

قد يتبادر السؤال المنطقي في هذه اللحظة إلى الذهن، ومن حقه طبعًا أن يتبادر، قبل أن نُلَسوع حصان السرد بكرباجنا ونجري به بلا رحمة.

هل البيضة الثالثة، التي هي في المغرب، هي نفسها البيضة التي تقع في دولة اللاجئين، والتي سافر لأجلها الرياحي في غمضة عين؟ والإجابة بالتأكيد: لا. فهن أربع بيضات، والثالثة ما زالت تستقر مكانها في الدار البيضاء، أو كازابلانكا في تسميتها الإسبانية، حيث أقام بجوارها بعض السحرة التقليديين، وأمسكوا بمباخرهم وألصقوا ظهورهم بها، وجلسوا يتمتمون يوميًّا من الصبح حتى المساء، ثم يقف أحدهم صارخًا ومخوِّفًا الناس:

ـ اقترب الموعد، اقترب!

ثم يعود للسكون والناس يتابعونهم، مرة في خشية ومرات كثيرة في سخرية، وهم لا يعلمون أن مقولة هؤلاء الكذبة أوشكت أن تكون حقيقة، وما هي إلا ساعات معدودة حتى تُظلِم السماء وتهبط فوقهم حورة. ولكنه القدر دائمًا ينطق على ألسنة البعض، ويضع غشاوة على أعين البعض الآخر.

وحيث إن الرياحي ما زال واقفًا يطرق باب نيرة الأزرق، توجد فرصة كبرى لنلتقط الأنفاس ونتحدث عن دولة اللاجئين، التي تكاد تكون جنة حقيقية صنعها الإنسان، فمنذ أن اجتمع اللاجئون في السنة الثانية والعشرين بعد الألفين، وقرروا أن يتخذوا من تلك البقعة أرضًا

لهم، وأعلنها كبيرهم، أمجد سادة مهيار الراغب: «لا لجوء بعد اليوم، هذه أرضنا ونحن أهلها، كل لاجئ هو أخ حقيقي لكل لاجئ».

وبدأت نواة تلك الدولة العجيبة، قيل إن أمجد سادة هو رجل يمني الأصل، وقيل إنه سوري، وقيل إنه عراقي، وتعددت الأقوال في أصوله. وحين سُئِل هو شخصيًّا:

ـ ما أصلك؟

رد رده التاريخي الحاسم:

ـ أنا أمجد اللاجئ، ولدت على الحدود لأصنع الوطن.

كان عظيمًا ونحيلًا وطويلًا وخمري اللون، ورغم أنه قُتِل شر قتلة في الهجوم الدولي الذي قادته الأمم المتحدة، بأوامر مباشرة من تلك الدولة التي كانت تقود العالم وقتها، كان قتلُه بداية حقيقية لتثبيت دولة اللاجئين على أرض الواقع، وصار كل زعيم بعده يتخذ الاسم نفسه، أمجد ثانٍ، وأمجد ثالث. وتحقق الحلم على يد أمجد الحادي عشر، الذي أعلن قيام دولة اللاجئين العظمى. وللمفارقة التاريخية كان هو اليوم نفسه الذي أحرق فيه مبنى الأمم المتحدة، واختفت فيه الدولة العظمى ذات العلم الذي يحمل خمسين نجمة من خريطة الوجود، وحُرم العالم الصورة.

منذ تلك اللحظة وخلفاء أمجد الحادي عشر يواصلون تحويل دولتهم، الممتدة من حدود المغرب بعد جبل طارق، وحتى قُرب البلاد المعروفة قديمًا بألمانيا، في مساحة تستغرق غالبًا ثُلث أوروبا القديمة، إلى جنة، فهي دولة مليئة بالثروات الطبيعية والحدائق الغنَّاء، والموسيقى تملأ الشوارع، موسيقى طبيعية، حيث تصطف

يوميًّا، من السابعة صباحًا وحتى الثامنة، جميع أنواع الطيور المغردة، وتبدأ في غناء لحن واحد خلاب، يخرج على أثره رجال ونساء دولة اللاجئين، ليبدأوا العمل اليومي. ويعودون أيضًا على صوته الشجي عند الساعة الثالثة، لتبدأ فترة الإعداد للغداء، وتعود الطيور المُغردة عند الغروب لتغني وصلتها الثالثة، وبعدها تبدأ فترة المرح، وهي خروج اللاجئين إلى الميادين للرقص، وليمنح بعضهم بعضًا الهدايا. وفي نهاية السهرة، يبدأ الكشف الجماعي اليومي على صحة الجميع بجهاز متطور، فمن كانت إشارته على الجهاز إضاءة خضراء عاد إلى بيته في سلام، وإن كانت إضاءة برتقالية ذهب إلى المشفى وتلقى العلاج، ليعود بعدها حين تستقر حالته إلى بيته.

والتعليم أيضًا في دولة اللاجئين على أعلى مستوى ممكن. يستطيع الطفل صاحب الثلاثة عشر عامًا أن يتخصص فيما يريد، فتجد الطفل مساعد الطبيب، والطفل مساعد المهندس، والطفل مساعد الفنان. إن كل شيء هنا يلامس الكمال. أما السيدة نيرة فهي الأخت الصغرى للسيد أمجد الرابع عشر، والمسؤولة الأولى عن الأطفال والسلاح في دولة اللاجئين، وهما أخطر مهمتين يمكن أن يتولاهما أحد بعد الحاكم. ورغم تجاوزها الثلاثين بثمانية أعوام، لم تتزوج بعد. قيل لأنها لا تحب الرجال، وقيل إنها تميل بطبعها للإدارة والعمل الصارم، ولا أنوثة لديها تشغلها عن ذلك. ولكن الحقيقة أن تلك السيدة الفخمة كان قد تعلق قلبها منذ سنوات بذلك التونسي اللطيف المسمى بالرياحي، والذي يقف الآن أمام بابها ينتظر.

(٥)

دخل نبيل السماك عاريًا إلى قاعة الإصلاح، وهي قاعة دائرية ليس فيها إلا المرايا، وبين كل مرآة ومرآة صنبور، وتحت قدميه كانت الأرضية زجاجًا شفافًا يرى بوضوح كل شيء من خلاله. وتحت الزجاج، أي تحت قدمَي نبيل السماك، عشرات التماسيح التي تسبح ببطء مخيف، وتفتح أفواهها وتغلقها، فيرفع نبيل قدميه كأنه ينجو من القضم، ليبدو في المرايا كأنه قزم يتقافز في رعب. وكلما قفز باتجاه عشوائي، انطلق من الصنبور سائل يغسل ويلون جزءًا من جسده العاري، وهو يسمع همسات بعيدة متكررة: «الصدر، القلب، بيت الشك، بيت الحسد، بيت الحقد، بيت الغيرة».

وظل نبيل السماك يقفز ويصرخ، والصنابير تنهمر فوقه، كل صنبور بلون، حتى فقدَ السيطرة تمامًا وتهالك على الأرضية الزجاج كومةً ملونة تتنفس بصعوبة. وقبل أن يغمض عينيه ويروح في غيبوبة طويلة، كان آخرَ ما رآه تمساحٌ ضخم يفتح فمه ويستعد لأن يقضمه، ثم ساد الظلام التام.

وحين أضاء نور الوعي مرة أخرى، كان نبيل السماك أمام المقر بكامل ملابسه، وعلى صدره الكارنيه الأحمر. كان أكثر خفة ونشاطًا، وشعر إلى حد كبير بالرضا. لم يبدُ عليه أي أثر من تعب أو إرهاق أو ألم، ولم تكن لديه أي رغبة في الكلام أو حتى في التجسس على حليم الخردواتي، بل كان يشعر بالكثير من الحب تجاه حليم، ويسأل نفسه لماذا لم يعد يجلس كثيرًا عنده كما كان يفعل في الماضي؟

لقد اختفى من داخل نبيل كل شعور سلبي تجاه حليم. لقد نسي كل شيء، حتى إنه نسي المغالطة في الأقساط، ونسي أيضًا تلك الجملة التي قالتها مرة زوجته عن حليم فأشعلت فيه سابقًا كل تلك الغيرة الحمقاء. وُلِد نبيل من جديد بالفعل، وعاد إلى بيته ونام نومًا عميقًا وطويلًا، لدرجة أن زوجته شكت في موته حين استمر نومه أربعًا وعشرين ساعة متواصلة، ولكنه بعد هز طويل ونداءات وصلت للصراخ، ابتسم مستيقظًا كطفل وقال لها:

ـ ما هذا الجمال الذي أنتِ فيه يا حبيبتي؟

دُهِشَت وفاء من هذه الجملة أكثر من دهشتها من طول فترة نومه، وشكَّت في أن الرجل قد جُنَّ جنونُه. فآخر مرة غازلها نبيل كانت منذ سنوات عدة. وضعت يدها على جبهته لتتأكد من خلوِّه من الحمى التي تدفع المرء للهذيان، فقبَّل نبيل يدها في رقة جعلتها تشعر بحنين مفاجئ تجاه ذلك الرجل الذي تبدلت أحواله، وتسأله برقة أيضًا لم تعتدها:

ـ ماذا يريد سيدي أن يأكل على الإفطار؟

* * *

واصل حليم الخردواتي الكتابة وهو يشعر بحماس غير عادي، فمنذ أن شرع في الكتابة عن الماضي أدرك إدراكًا قويًّا أنه يؤدي مهمة مقدسة، ليس فقط من أجل الزعماء السبعة ولكن من أجل العالم أجمع، العالم الذي نسي الماضي، فمنذ تحريم الصورة صار الناس بلا ذاكرة تقريبًا، لا يتحدثون إلا عن الأحداث القريبة. لكن مجرد تذكره الآن للأشياء التي مُنع حتى الكلام عنها، كان يثير حماسه ومتعته أيضًا. إنه يتذكر

الآن السينما والتلفزيون بقنواته المتعددة، وتلك المباريات الشهيرة لتلك اللعبة التي مُنِعَت أيضًا وكانت تُسمى لعبة كرة القدم. أسهب في وصفها وهو يلهث كأنه يشارك اللاعبين في تلك اللعبة، وكيف أنها كانت لها جماهير بالملايين أمام الشاشات، وبمئات الألوف في الملاعب، والكل يُتابع تلك الكرة الجلدية المنفوخة التي تتنافس عليها أقدام فريقين، كل فريق مكون من أحد عشر لاعبًا، وهناك مرمى لكل فريق، يحاول أن يضع كل فريق تلك الكرة في مرمى الآخر، وكيف كانت تُنفَقُ النقودُ الطائلة على تلك اللعبة ونجومها.

استراح حليم قليلًا وواصل الكتابة عن السينما وسحرها، ووصفها وجمهورها ومهرجاناتها، وكيف كانت تلك القاعات المظلمة التي توجد داخلها شاشة مضيئة تُروى عبرها القصص والحكايات المثيرة، وتجذب عقول وأموال الناس. واستشهد ببعض تلك القصص، ثم انتقل إلى التلفزيون وقنواته وما كان يُعرف وقتها بنشرات الأخبار، وواصل الكتابة المحمومة حتى وصل إلى اللحظة المؤلمة، وكتب بعد تفكر حزين وصمت:

> أشاع بعض الناس أن الفيروس القاتل ينتقل إليهم عبر الصور بكل أشكالها، الصور المتحركة والثابتة والمرسومة، وهاج الناس وكسروا كل ما يمت للصورة بصلة، وكانت ثورات عارمة في كل بلدان العالم وفي وقت واحد، واستغلها رجال السياسة في حينها، ولحسابات انتخابية أكدوا وقوفهم مع صحة الناس ضد الصورة الموبوءة، وصودرت آلات التصوير، وضُبِط كل من يقوم بفعل التصوير، وتعرض للقتل والحرق

والتنكيل، واختفت الصورة تمامًا من وجه الأرض، إلا عند رجل واحد وحيد كان يحتفظ بالكاميرا الخاصة به، ويصور سرًّا آلاف الصور ليلًا لأشياء لا معنى لها، فقط ليسجل تلك اللحظات. صوَّر نفسه وملابسه وحمامه وسريره والأطباق التي يأكل فيها، ولِحَظِّه السيئ رأته ذات ليلة جارته التي رفض الزواج بها بعد ترمُّلها، فأبلغت عنه السلطات، وأقسم لهم إن الصورة لا تنقل العدوى، وقال لهم إنه يصور منذ سنوات طويلة فلماذا لم يمُت؟ وراحت صرخاته سُدى وحُرِق هو وآله التصوير على رؤوس الأشهاد، وانتهى عصر بكامله.

كانت هذه الجملة هي آخر ما كتب حليم في هذه الليلة: «انتهى عصر بكامله».

شعر حليم بالإرهاق، وقرر أن يتوقف قليلًا عن الكتابة، وخرج من دكانه ليلتقط أنفاسه. كان الوقت قرب الفجر، وإذا بفرقة «الذنب الكبير» تمر بإيقاع بكائها الشجي الحزين، وحليم يتابعهم في حب، وهم جماعة من البكَّائين يسيرون جماعيًّا في الشوارع والحارات، يبكون بصوت عالٍ ويجأرون بطلب المغفرة عن الذنب الكبير. بدأ ظهورهم قبل أعوام عند ظهور الوباء الكبير، ومن أيامها وهم يخرجون في جماعات يطلبون من الله أن يقبل توبتهم، نيابة عن كل مجرم على ظهر الأرض، ويصرخون وهم ينهنهون من البكاء: «إلهي أنت الجميل فاغفر للبشر وسامحهم، إلهي إنا نستغفرك بالنيابة عن كل طاغية وكل قاتل وكل مجرم وكل ظالم، اللهم اجعل بكاءنا ونحيبنا تكفيرًا عن الذنب الكبير».

ويدورون هكذا حتى الفجر.

ظلت عينا حليم معلقتين بهم وهو يبتسم. كان يحب نبراتهم الصادقة ونحول أجسادهم وبساطة ملابسهم وعدم اكتراثهم بالدنيا. واصل حليم بعدهم طريقه إلى بيته، وخيوط الفجر تبدأ في الظهور، وأنور والد وديدي يحاول من دون جدوى أن يجعل أم وديدي تكف عن البكاء من أجل وديدي الذي خرج ولم يعد، وأنور يُتمتم لها بين الحين والآخر وسط بكائها الملتاع:

ـ لقد أخطأ وديدي وخالف القانون.

ولكن أم وديدي لم تقتنع ولم تتوقف عن البكاء، ولم تجف دموعها إلا حين دخل عليهما الشايب وحمودة وكرمللة بوجوه ممتقعة وهم يقولون:

ـ أمي، أبي، لا أثر للبطة تحت الغربال!

هرعت أم وديدي وأبو وديدي إلى المطبخ، ورفعت الغربال، ولم تجد أثرًا للبطة المطهوة، والتي ظلت كما هي مكانها منذ أن فتح وديدي الباب وخرج.

(٦)

طار النوم من عينَي حليم الخردواتي، وقام صارخًا بأعلى صوته، وانتبهت سعاد زوجته على صرخته وأمسكت بذراعه المتشنجة:

ـ مالك؟ مالك؟ كابوس؟

بلع حليم ريقه وهز رأسه وحمد الله على أنه ما زال على سريره، ورفض أن يحكي ما رأى رغم إصرار سعاد على ذلك، حتى إنه أعطاها ظهره في النهاية ليهرب من ذلك الإحساس، وأغمض عينيه وهو يقول لنفسه: «اللهم اجعله خيرًا، اللهم لا تجعل ما رأيت يتحقق أبدًا».

كان قد رأى نفسه أمام هيئة الزعماء في المقر، وهو يُسلمهم الكتاب الذي كتب فيه كل شيء، وبمجرد أن فتح الزعيم الكتاب حتى طار حليم في الهواء، وتعلق من رجليه في سقف غير مرئي، وقال الزعيم:

ـ بكل صفحة قطعة.

ثم سكت، ثم زاد غضب الزعيم وقال:

ـ بل بكل جملة قطعة.

تبادل العمالقة السبعة النظرات وعلا صوت الزعيم:

ـ بل بكل كلمة قطعة.

ثم ظهر منشار ضخم كأنه آتٍ من المجهول، واقترب وهو يئز أزيزًا عاليًا ويدنو من لحم حليم الذي أخذ يصرخ حتى استيقظ. لم يكن من المُجدي أن يحكي كابوسه لسعاد، ولا أن يفشي سره لها، وهناك كوابيس لا تُحكى، وإذا حُكيت تقع؛ كما كانت تقول جدته صبيحة.

ظل مُغمض العينين بلا نوم، وحين انتظم صوت شخير سعاد الخافت ترك حليم فراشه وخرج إلى الصالة وقعد مرتبكًا يسأل نفسه: «ماذا أغضبهم؟ هل عليَّ أن أراجع ما كتبته مرة أخرى؟ إنهم يعرفون كل شيء، فلماذا يطلبون مني أن أكتب؟ هل يختبرون صدقي؟ هل عليَّ أن أكتب كل شيء؟ أم أُخبئ أشياء؟ وهل يغضبون من الحقيقة

أم من الكذب؟ أي دوامة أوقعت نفسك فيها يا حليم؟ وهل كنت تملك أن تقبل أو ترفض؟».

ارتدى ملابسه على عَجَل، وعاد إلى دكانه وفتح كتابه وتأمل ما كتب وزادت حيرته: «أي ورطة هذه؟».

الكتابة هي أكبر خازوق عرفته الإنسانية، وها أنت تتألم به وحدك يا حليم، إن هؤلاء السبعة الذين لا أعرف إن كانوا طيورًا أم بشرًا يعرفوننا جيدًا، يتصلون مباشرةً بأفكارنا، ولا بد من أن هذا الكابوس كان حقيقة أو كان بروفة لحقيقة، يا حليم، عليك أن تكتب كل شيء، كل شيء، ما سمعته وما سمعت به، وما رأيته وما قيل إنه حدث، كل شيء يا حليم؛ فالمنشار لا يرحم.

وفتح كتابه وأمسك قلمه وكتب بحماس محموم:

> حدث أنه في يوم الخامس من يوليو من السنة السادسة والتسعين وتسعمائة بعد الألف، استطاع الإنسان أن يستنسخ نعجة أسماها دوللي، وعاشت تلك النعجة المستنسخة سبع سنوات، وماتت بالتهاب شديد في المفاصل نتيجة الشيخوخة المبكرة، في اليوم الرابع عشر من فبراير للسنة الثالثة بعد الألفين.
>
> وفي السنة التاسعة عشرة بعد الألفين، قيل في إشاعة قوية لم تؤكَّد ولم تُنفَ إن أحدهم نجح في معمل من تلك المعامل، في الدولة التي كان يحمل علمُها الخمسين نجمة، في الوصول إلى النسخة البشرية الأولى، وإنهم وصلوا إلى مائتي ألف نسخة جاهزة للحياة، ولأن خطوة كتلك لها الكثير من التداعيات الكارثية والأخلاقية والعلمية والتاريخية والاجتماعية

والقانونية، التي لم يكن العالم مستعدًّا لها بعد، كان لا بد من المُداراة على تلك الخطوة العلمية التي ستُربك حسابات العالم، فصدر أمر مباشر بتسريب فيروس مُخلَّق إلى خارج سقف المعمل، ومن هنا بدأت في السنة التاسعة عشرة بعد الألفين الموجة الأولى من الكارثة الإنسانية الكبرى.

طرقات على الباب جعلت حليم يتوقف عن الكتابة، بل جعلت الدماء تجف في عروقه، وذهب نحو الباب وهو يرتعد وفتحه ليجد أمامه نبيل السماك مبتسمًا وهو يحمل في يده علبة حلوى، ويتقدم من حليم بود خالص:

ـ أوحشتنا يا رجل! ما كل هذا البُعد والجفاء ونحن جيران والحياة قصيرة؟

(٧)

كانت دقات قلب الرياحي أعلى من دقات يده على الباب الذي فُتح أخيرًا، وظهرت السيدة نيرة أمام الرياحي، فأنار قلبه نورًا جعلها تضع يدها على عينيها، ولمع شعرها الحريري البُني وقالت مبتسمة في رضا:

ـ عشرون عامًا يا رياحي وأنا أنتظر أن ينبت في صدرك قلب يشتاق إليَّ كما أشتاق إليك، عشرون عامًا يا رجل وأنا أقسم الليل نصفين؛ نصف للشوق إليك ونصف لعتابك، والنوم الهارب

من جفوني يعاقبني بهذه الهالات حول العينين، عشرون عامًا يا عديم القلب!

لم تكن لدى الرياحي رغبة ولا قدرة على الكلام، فقد أصابه نوع من الخرس العجيب. كان يُدركُ أن الكلام مهما كان جميلًا فسيكون أقل جمالًا من حضورها أمامه. سحبته من يده كطفلة تلهو، وأدخلته من باب البيت الأزرق إلى حديقة صغيرة غنَّاء وهي تضحك:

ـ عشرون خادمة وخادمًا ومع ذلك أنا التي فتحت الباب لك يا رياحي، ما إن وصلت إلى أذني الطرقات حتى أمرتهم جميعًا ألا يتحركوا، وقلت إنني أنا سأفتح الباب، لأن هذه الطرقات لي أنا، طرقات لمست قلبي قبل أن تلمس خشب الباب يا رياحي.

قطفت عنقود عنب من عريشة ومسحته بيديها، وفرطت بضع حبات في كفها وقربتها من فم الرياحي:

ـ علَّ طعمه الحلو يُنسيك مرارة الصمت، ويشجع لسانك الشهي على الكلام.

كان لحبات العنب في فمه طعم لم يذُق مثله من قبل، طعم كأنه قُبلة شوق. وهمس الرياحي:

ـ هذا طعم العنب، فما طعم الكف يا نيرة؟

بسطت له كفها فقبَّل باطنها هامسًا:

ولــو قــدرت علــى الإتيــان جئتكــمُ
سـعيًا على الوجه أو مشـيًا علـى الراسِ

طفرت الدموع من عينيها وقالت:

ـ الحلاج. ساعات طويلة تقرأ لي في طواسين الحلاج كنت، فلا يفهمها عقلي ولكن قلبي يفهم أني أُحبك.

صمت الرياحي وابتسم، فأكملت قُربها بود خالص وعيناها مُعلقتان به:

ـ كيف حالك يا رياحي وحال ابنك وزوجتك؟ وأي جناح طيب حملك إلينا؟ فوالله لو لم يحدث لي بعد هذا اليوم شيء سوى أنني رأيتك يا رياحي، لكفاني كي أكمل أيامي في رضا وامتنان.

همس الرياحي:

ـ هل تعلمين أنني كُنت قعيدًا على كرسي متحرك، تدفعه زوجتي في الصباح كي أخرج من غرفة نومي إلى الحمام، وتدفعه في المساء كي أدخل من الصالة إلى غرفة نومي؟

ردت كأنها تعرف كل شيء:

ـ ومن الذي أعاد إليك قدميك؟ من الذي جعلك قادرًا على الحركة بل والطيران يا رياحي؟ إنه الحب، قلت لك منذ سنوات طويلة إن الحب قادر لكنك أنكرت وشككت وأضعت العمر سُدى...

قاطعها موضحًا:

ـ ليس الأمر كذلك بالضبط يا نيرة، لكنها مهمة كُلِّفتُ بها.

ابتسمت في حكمة:

ـ هكذا ترى الأمر، وهكذا أراه أنا.

ارتبك الرياحي ولم يفهمها وربتت على كتفه مُطمْئِنة:

ـ لا تتحدث الآن ودعني أغسل عن عينيك تراب البُعد.

ومدت يدها إلى الماء الخارج من فم تمثال لملاك أبيض، ومسحت وجه الرياحي فأبصر ابنه علي وهو يجلس أمام أمه عُليًّا مرتبكًا، وهي تواصل أسئلتها عن سر غياب الرياحي. كان يراهما كأنهما أمامه على مسرح أو في شاشة من شاشات السينما التي كانت في الأيام القديمة. ضحكت نيرة موضحة:

ـ وهكذا كنت أطمئن عليك حين أشتاق يا رياحي.

كان علي يقول لعُليًّا:

ـ أبي لم يعد معي لأن العمالقة الخمسة كلفوه بمهمة ما، لا بد له من أن ينجزها.

وترد عُليًّا منفعلة:

ـ أي مهمة لرجل قعيد يحتاج إلى الراحة؟ وكيف هان عليك؟ وكيف تركته هناك بمفرده يا علي؟ يا ألف خسارة، هل تركناك صغيرًا في الشارع حتى تترك الرياحي؟

ابتسم لها علي في عجز:

ـ وهل أملك أنا أو هو أن نقول لهم لا يا أمي؟

قاطعته:

ـ ومتى تنتهي تلك المهمة؟

مط علي شفتيه وهز كتفيه، وانهمرت دموع عُليًّا من البكاء، واختفت صورتهما من أمام وجه الرياحي. وقالت نيرة بنبرة لا تخلو من غيرة:

ـ تُحبك عُليًّا حُبًّا جمًّا، لكنني بالتأكيد أحبك أكثر، فهي تحبك بعد عِشرة وبينكما ولد قد صار شابًّا، أما أنا فأحبك بلا سبب

يا رياحي، أحبك حبًّا كما علمتني، إنه هو الحب حين قلت لي: «كل حب تعلق بسبب يزول بزوال السبب». يا رياحي لا تقلق ولا تُفكر ولا تحسب حسابك عند الكلام، فأنا أحبك في الغياب كما أحبك في الحضور، أحبك إن أكملت حياتك معي أو إن غادرتني الآن، فاحكِ حكايتك وأخبرني بمهمتك واطلب طلبك، وستجدني إن شاء الله من المحبين.

اطمأن قلب الرياحي وحكى لنيرة كل شيء من أول قصة البيضة وحورة، إلى الطلب الذي طلبه أبناؤها الخمسة منه وأرسلوه إليها من أجله، وهي تسمع في صمت تامٍّ من دون أن تُقاطعه، ولكن لون وجهها كان يتغير وتبدو غير مرتاحة لما تسمع، وحين انتهى الرياحي من كلامه لم ترد، وزادت حيرة الرياحي وتحولت حيرته إلى ارتباك وضيق، وطال الصمت، ثم أخذت تتحرك في الحديقة أمامه جيئة وذهابًا، وهو يزداد ارتباكًا وقلقًا. وظهر الخدم بإشارة منها، ومُدَّت الموائد، ووُضِعَت الأطباق الشهية، وهمست:

ـ لا بد من أنك جائع، سيعجبك طعامنا.

تناول الطعام الذي كان شهيًّا بالفعل، لكن القلق منع الرياحي من الاستمتاع بالطعام. وغسل يديه وانتقلا للقعود على أريكة تحت شجرة ضخمة وارفة، وأمرت لهما بفنجانين من القهوة، ومع الرشفة الأولى من الفنجان قالت:

ـ أتدري شيئًا عن تلك الشجرة التي نقعد في ظلها يا رياحي؟

قال بسرعة:

ـ لا.

فابتسمت في حسرة:

ـ هذه شجرة اللاجئين يا رياحي، وضع بذرتها أمجد الأول ودُفن تحتها، وظلت تنمو وتكبر حتى صارت دولتنا هي الأقوى، وها أنت ترى جذعها الضخم وظلها الظليل.

قال:

ـ نعم.

هزت رأسها في مرارة:

ـ وتأتي أنت اليوم لتطلب مني طلبًا بسيطًا جدًّا، أن أترك بيضة حورة في سلام وأمان حتى يأتي اليوم الذي تحط فيه على بيضتها، ويخرج من البيضة عمالقة لهم رؤوس طير وأجسام بشر يحكموننا، وتنتهي دولة اللاجئين وتُجتث شجرتنا من فوق الأرض يا رياحي!

هبطت كلمات نيرة على الرياحي كأنها صاعقة، وألجمته المفاجأة. لم يفكر على الإطلاق في أن طلبه البسيط تبدو فيه فعلًا نهاية هذه الدولة. ودارت به الدنيا ولم تكف عن الدوران، ولم يجد جملة يصلح أن ينطق بها لسانه كردٍّ على كلامها، سوى تمتمة غير مفهومة تجمع بين كلمات الاعتذار وعدم المعرفة، فأكملت في ضيق أشد:

ـ فإن رفضنا وتركنا العوام يعبثون ببيضة حورة وكسرناها قبل أوانها، فهي الحرب الدامية مع أبناء حورة الآخرين، وتهديد جديد لدولتنا، كأنك يا حبيبي رجعت بعد كل تلك السنين لتضع حبيبتك بين شِقَّي الرَّحى لتُطحن.

هتف:

ـ ليتني لم أجئ إلى هنا.

فردت معاتبة:

ـ هذا أجمل حدث في حياتي يا رياحي.

فقال في حزن:

ـ أبعد كل الذي قُلتِه ما زال مجيئي حدثًا سارًّا؟

ردت:

ـ نعم، أسعدت قلبي يا رياحي، أما مصائب الدنيا فهي لا شيء أمام قلبٍ سعيد.

غمغم الرياحي:

ـ والعمل يا نيرة؟

ابتسمت مبشرة إياه:

ـ لعل الشيخ صفي الدين لديه حل، فهو طيب القلب منير الوجه.

سأل في لهفة:

ـ الشيخ صفي الدين؟

قالت:

ـ نعم، شيخ اللاجئين، حاز مرتبة الذي بلا غرض منذ أكثر من ثلاثين عامًا، وهي مرتبة عُظمى، وانتقل منها إلى مرتبة النافع وهي مرتبة أعظم، ومنها إلى مرتبة العاشق وهي أعلى مراتب المشيخة، وعليه نُعوِّل وبه نثق وكلامه نُحب، فأبشر يا رياحي.

(٨)

من أي نقطة بدأت تلك القصة متعددة الأماكن؟

ومن الراوي، على الحقيقة؟

وإلى أي طريق تقودنا؟

ومَن حورة؟

ليس علينا الآن الإجابة عن هذه الأسئلة المهمة والضرورية، ولكن بالطبع سنكون على وعد لكم بالإجابة في الفصول القريبة المقبلة، لكن هناك أسئلة أقل أهمية وتحتاج إلى إجابات مُلحة وسريعة أكثر من تلك الأسئلة الكبرى، قبل الدخول في المقبل من الأحداث، كالسؤال الخاص بأبناء حورة مثلًا، وسر قوتهم وسطوتهم على البلدان التي يظهرون فيها، خاصة أنهم يخرجون من بيضتهم بلا سلاح ظاهر في أيديهم، فلماذا تُسلم لهم الإدارات القديمة كل شيء بهذه السهولة؟ ولماذا لا يظهر أي نوع من أنواع المقاومة؟

يقول أحد الذين كانوا من ذوي النفوذ في تلك الفترة، وكان في منصب من المناصب الكبرى داخل الإدارة، إنهم بمجرد خروج العمالقة من بيضتهم وظهورهم للناس، كانوا يجدون أنفسهم في الإدارة من تلقاء أنفسهم، يقومون إلى مكاتبهم وأدراجهم، ويُخرجون كل ملفاتهم، خاصة السرية منها، ويتجهون تلقائيًّا إلى المقر، ويتركون كل شيء هناك وينصرفون في هدوء. ليس هذا فقط، بل إنهم لا يتذكرون شيئًا على الإطلاق من تلك المعلومات التي كانت حاضرة في أذهانهم قبل ذلك، وقت إدارتهم لشؤون بلادهم، وتستمر حياتهم

بعد ذلك على منوال غريب، منهم من يظل في بيته غير قادر على الخروج لمدة يوم، ومنهم من يظل أسبوعًا، ومنهم من يظل شهرًا، ثم يجد نفسه بعد ذلك يعمل في أعمال جديدة مجهدة، تعتمد على العمل اليدوي اليومي، كصبي لنجار أو صبي لحداد. أما ذلك الذي يحكي لي، فقد وجد نفسه صبيًّا لحلاق. قالها ساخرًا:

ـ كنت قد تجاوزت الخمسين من عمري.

ثم ضحك وأكمل:

ـ تخيل وأنا رجل كبير وأُهرول ممسكًا بالمقص للأسطى الذي أعمل عنده، فيلتفت إليَّ موبخًا أمام الزبون: «قُلت الماكينة ولم أقل المقص يا...».

ويبدو أنه تحرج من ذكر الوصف، لكنه استرسل في الضحك حتى فاضت دموعه. وهمس بعدها:

ـ لقد تعلمنا بالفعل الأدب.

أما عن شكل الحياة عمومًا بعد ظهور أبناء حورة، فقد كانت حياة عادية لم يطرأ على سابقتها تغيُّر إلا في تفاصيل طفيفة، مثل غياب السجون والمحاكم والسجلات العقارية مثلًا، فلم يعد هناك داعٍ لوجودها، فقد كان كل إنسان، كما قلنا عند وقوعه في خطأ ما، يذهب بإرادته (أو هكذا يبدو) إلى المقر للحكم عليه. الشيء الآخر ـ والذي يبدو طريفًا وجيدًا أيضًا ـ هو سماحهم للمواطنين بالرسم، فبعد سنوات طويلة من تحريم الصورة والتصوير، صار مسموحًا في عهد أبناء حورة بالرسم، ويبدو أن أبناء حورة كانوا يحبون الرسم على نحو شخصي، ما جعلهم ليسوا فقط يسمحون

به بل ويشجعونه أيضًا، ويعقدون له المسابقات الكبرى ويمنحون فيها الجوائز، وصار كل إنسان يحاول أن يُشجع ابنه على تعلم الرسم، ولطبيعة البشر التي تميل إلى مجاملة ذوق الحُكام كان معظم الرسومات لطيور بأشكال مختلفة، وظهرت صور عملاقة مرسومة للطيور في كل مكان، وظهرت بعد فترة أول صورة مرسومة بالحجم الطبيعي للعمالقة السبعة، برؤوسهم المميزة وأجسادهم البشرية، واحتلت تلك الصورة مساحة كبيرة في الميدان قرب المقر، صحيح أنه بعد رسمها ذهب راسمها إلى المقر وحُوكم محاكمة طويلة، بعد أن تغير لون كارنيهه الأحمر وسُحب منه، وأُدخل غرفة الإصلاح وخرج سليمًا مُعافى الصدر، ورسم صورًا أخرى بعد ذلك لطيور بأحجام عادية ولبشر عاديين، لكن المقر جعل تلك الصورة التي رسمها ذلك الفنان في الميدان تأريخًا وتسجيلًا، وربما احتفالًا أيضًا بفترة حُكمهم.

وللحق والمصداقية أيضًا، فقد كانت الجوائز التي منحوها لأصحاب الصور المرسومة في مسابقاتهم السنوية، جوائز من دون تمييز لفنان من دون آخر، بل مُنحت غالبًا لصور متنوعة وليست فقط لتلك التي تصور الطيور، حتى فهم الناس مع الوقت، وبدأوا يتوقفون عن ذلك النوع من النفاق الفني لأبناء حورة، فبدأوا يرسمون كل شيء.

رسموا أنفسهم وشوارعهم وبيوتهم وحوائطهم وأشجارهم وحيواناتهم، حتى صارت المدينة متحفًا كبيرًا حقيقيًا لفن الرسم، وصارت مادة الرسم هي المادة ذات الدرجات الكبرى في المراحل التعليمية الأولى، وصارت مهنة رسام تحوز الاحترام والتقدير

الكبيرين، وكان من ضمن هؤلاء الموهوبين الذين برعوا في رسم الصور الخلابة، كرمللة أنور أخت وديدي الذي تتذكرونه بالتأكيد، والذي راح ضحية شهوة بطنه تجاه البطة المثيرة، التي اختفت من تحت الغربال بعد اختفاء وديدي نفسه بساعات.

برعت كرمللة في الرسم، وحصلت أكثر من مرة على جائزة كبرى، حتى تجرأت في النهاية ورسمت من الذاكرة صورة بالحجم الطبيعي لأخيها وديدي، كانت صورة طبق الأصل، ما دفع أمها وأباها وأخويها إلى البكاء المرير لساعات عدة، وزادت جرأة كرمللة ودخلت بها المسابقة الجديدة رغم عدم ارتياح والدها أنور للفكرة، وعدم معرفة أمها بذلك، وتحذير أخويها.

أُقيم المعرض الكبير، وانتظرت كرمللة أنور إعلان النتيجة، وطُرِق باب بيتهم طرقات ارتجف لها قلب أنور. ولم يتحرك تجاه الباب إلا المقصود، فتحت كرمللة أنور الباب، وواصلت طريقها المحتوم نحو المقر.

(٩)

كانت ليلة من ليالي العمر قضاها نبيل السماك وحليم الخردواتي، ليلة بين صديقين حقيقيين. وفي أثناء الضحكات وقِطَع الحلوى التي تذوب في الفم، همس حليم بسؤال مفاجئ:

ـ هل تكتم السر يا نبيل؟

هز نبيل رأسه بصدق، وانطلق حليم الخردواتي بالبوح هامسًا، وحكى كل شيء لنبيل الذي سأله في نهاية الحكي:

ـ ولماذا بُحت لي بالسر يا حليم؟

فردَّ حليم وهو يتلفت حوله:

ـ إنهم يريدون أن أكتب كل شيء وهم يعلمون كل شيء، وإن نسيت شيئًا بقصد أو من دون قصد فسأُعاقب بالتأكيد كما رأيت في الكابوس، وذاكرتي في النهاية محدودة يا نبيل، لن أتذكر كل شيء، وإن تذكرت فربما اختلطت عليَّ الأمور، فأنا في حاجة ماسة إلى ذاكرة أخرى تُعينني وتكتم سري، وأنت لن تترك صديقك، وستُعينني بالتأكيد، أنت هاروني الذي لم تلده أمي يا نبيل لتشد عضدي، وأنا موسى الذي يحتاج إلى أُخوَّتك.

صمت نبيل السماك ثم همس في توتر:

ـ وهم؟ ألا تظن أنهم سيعرفون؟ إنهم يعرفون كل شيء.

رد حليم بعد تفكير:

ـ لا أظن، إنهم يعرفون أشياء أخرى، أشياء ربما تتعلق بالقلب، لكن السلوك اليومي فلا، إنهم ليسوا مثل الإدارة السابقة التي وضعت لنا حائط الأخبار في بيوتنا لتعرف منه كل شيء، هؤلاء ليسوا مشغولين بالسلوك اليومي والفضائح، إنهم مشغولون بقلوبنا فقط. لا تقلق، وعاهدني على أن تكمل معي هذا المشوار يا نبيل!

تعاهد الصديقان واحتضن كل منهما الآخر، وجلس حليم سعيدًا يحكي لنبيل كل ما كتبه من قبل، من أول طقطق، إلى السلام عليكم.

أما في دولة اللاجئين، فكان الحاكم أمجد يبتسم في لطف شديد للرياحي الذي قدمته له أخته نيرة:

ـ إنه حبيبي التونسي يا أمجد، أتى ناصحًا كما أخبرتك بذلك النبأ العظيم.

هز أمجد رأسه وقال:

ـ وحبيب نيرة هو حبيبنا، لا بأس عليك عندنا، رغم مرارة ما حملت من أخبار، وها أنا وأنت ونيرة ننتظر بين لحظة وأخرى دخول الشيخ صفي الدين علينا، لعل ربي يضع على لسانه الخير والأمل ونخرج من هذا المأزق.

وما إن أتم أمجد جملته، حتى دخل الرجل الوضيء.

الفصل الرابع
الحُر الواثق

(١)

كانت أيامًا صعبة بالفعل، كان الناس في بيوتهم لا يستطيعون الخروج إلا ساعات قليلة لتوفير احتياجاتهم ثم يعودون، كان الخوف يُسيطر على الجميع والعدو لا يمكن رؤيته بالعين المُجردة، لم تعد هناك احتفالات بزواج، ولا سُرادقات عزاء، الموت حدث يقتصر على أقرب الأقربين وكذلك العُرس، تم اقتصاد الحياة إلى أقصى حد ممكن، وإعلان الأمر رسميًّا في العالم على أنه جائحة في الثاني والعشرين من شهر مارس في السنة المُرقمة بعشرين عشرين، والتزم الناس الترقب والانتظار، لم يكن معلومًا متى تنتهي، فقط نشرات الأخبار تعرض كل ليلة حصيلة الموتى والمرضى والمتعافين. الأمر كما حكاه الإعلام في البداية بدأ في الشرق في الصين في ولاية أوهان

الصناعية، وانتقل بعد ذلك إلى كل بلاد الدنيا. خرج رئيس حكومة البلاد التي كانت لا تغيب عنها الشمس قديمًا، ليطلب من الناس أن يستعدوا للأحزان بما يليق، وأن يودعوا أحبابهم، وخرج العجوز رئيس الدولة التي تحمل خمسين نجمة في علَمها بشعره المنكوش، وقال إن الأمر جِدٌّ خطير ولكننا مستعدون. وصرحت بلاد الغال قديمًا بأن مُستشارتها قد أُصيبت، وأصاب سهم الوباء بلاد الرومان، وحوَّل مُدنها الكُبرى إلى مدن رعب تمرح فيها الأشباح، وترطن بالإيطالية رطانة تسُب فيها أوروبا العاقة التي خانت العيش والبيتزا، ودخل الوباء بلاد الأندلس، وهاجم أيضًا مملكة اليهود والمحتلين فيها من عرب جبابرة، ولم يُفرق بين من احتَل ومن احتُل، ودخل بلاد فارس وهاجمها بضراوة جعلت كِسراها المُعمم يصرخ بأن الفيروس صناعة بشرية في بلاد الخمسين نجمة، ولم يُعلق أحد، وانتشرت الحكايات عن ذلك الفيروس الذي يهاجم بلادًا بعينها، ويهاجم أمراء ووزراء ورؤساء حكومات، ويبتعد عن الفقراء والمساكين واللاجئين والمظلومين من بني البشر، وعُلقت الأنشطة الإنسانية الترفيهية الكبرى كافة؛ من فنون ورياضات، وأُغلقت أبواب المدارس، وصار التعليم عبر شبكة الإنترنت، وكان قبلها في الرابع من مارس من السنة نفسها، وقبل إعلان الجائحة بثمانية عشر يومًا، في التاسع من رجب للسنة الواحدة وأربعين وأربعمائة بعد الألف من الهجرة، أن صدرت الأوامر بإخلاء المسجد الحرام والمسجد النبوي، وعُلِّقت رحلات العمرة والحج لأجل غير مسمى، وأُغلقت

كنيسة بيت لحم والمسجد الأقصى والفاتيكان، ولهج العامة والدراويش بأن أوان نزول السيد المسيح وظهور المهدي المنتظر والمسيخ الدجال قد آن، وصرخ المتشددون في شوارع روما وبلكونات الإسكندرية وقرب حائط المبكى وعند ساحة بطرس الأكبر: «لقد تجبرتم في الأرض وأتى صوت السماء، انتظروا لعنات أكبر، انتظروا صوت السماء». وظن البعض أنه يوحنا المعمدان أو أنه يحيى بن زكريا في النسخة العربية، وصار صوتًا في البرية يُبشر بملكوت الرب. كانت أيامًا صعبة لم يخرج منها سالمًا إلا أولئك البسطاء المطمئنون الذين تشخص أبصارهم دائمًا للسماء، ثم ترتد في تواضع للأرض ويهمسون بالحمد لله، البسطاء في كل دين وملة وفي كل بلد وتحت أي سماء كانوا هم الناجين من تلك الأيام العصيبة، التي قيل إنها بدأت بعد قرار كبير في الدولة ذات الخمسين نجمة في علَمها، بتسريب فيروس مُخلَّق لديهم بعد نجاحهم في أكبر عملية استنساخ بشرية.

كان الإحساس بالخطر وقرب النهاية دافعًا قويًّا للإنسان يجعله يُثمن عمره على نحو أكبر، وينظر إلى لحظات الحياة الممنوحة له بنظرة ممتنة ويحاول استغلالها. وكان منهم المتشائم، من يقوم صارخًا من كابوس يرى فيه الجثث في الميادين الكبرى، فيجري على الكباري الفارغة هاربًا ليجد البلكونات مفتوحة، وتخرج منها أيدي الموتى وهي تستنجد بالعدم. وكان منهم المتفائل الذي يُحب الحياة ويرى أن ذلك كله وهمٌ، وأن على الناس أن ينطلقوا إلى الشوارع ويُمارسوا حياتهم

> كما كانت وأكثر. وكان منهم المترقب والمُتفلسف والمذعور والمبالغ والمشحون بالغضب، ومن على وشك الانفجار والهادئ والمطمئن بفعل العقاقير، والصامت والثرثار، ومن يزداد كرمًا ومن يزداد بُخلًا، ومن يزداد إيمانًا ومن يزداد كفرًا. لقد كان حدثًا استثنائيًّا في تاريخ البشرية.

هذا هو الذي تذكَّره نبيل السماك في دفقة واحدة كتبها حليم الخردواتي بسرعة فائقة من دون أن يوقف نبيل في أي جملة. وحين انتهى من الكتابة قبَّل رأس نبيل وقال له في سعادة حقيقية:

- بوركت، أنقذتني، كنت أظن أن قصة الاستنساخ قصة مختلقة شاعت وقتها، لكنك الآن تؤكد لي أنها حقيقة، فلن تتفق ذاكرتانا على وَهْم.

ابتسم نبيل السماك لطيبة حليم:

- أنت طيب يا حليم، حتى اتفاقنا على المعلومة نفسها ليس دليلًا دامغًا على حدوثها، هكذا كان الناس يتحدثون، وأنا وأنت كنا في المجتمع نفسه وتحت تأثير الأقوال نفسها.

هز حليم العاطفي رأسه في عدم اقتناع وغمغم:

- لا يهم، لا يهم، المهم أننا اتفقنا.

همس نبيل السماك:

- لا أعتقد أن قصة الوباء وقصة الاستنساخ هما القصتان الأكثر أهمية يا صديقي.

نظر حليم ولم يرد.

فأكمل نبيل:

ـ أنت تفهم بالتأكيد أن الأكثر أهمية هو ما حدث بعد ذلك بثلاث سنوات.

وضع حليم يده على فم نبيل حتى لا يُكمل، وقال:

ـ هذا شيء لا يجوز ذكره.

اعترض نبيل:

ـ أنت قلت يجب أن نكتب كل شيء.

امتقع وجه حليم:

ـ ولكن ذلك لا يجوز، ومن الممكن أن...

ابتسم نبيل مقاطعًا:

ـ إما أن تكتب كل شيء، وإما أن تصمت تمامًا وتتحمل العواقب.

* * *

وصلت كرمللة إلى المقر، وكان السبعة يجلسون في هدوء ولوحتها إلى جوارهم. وقال الزعيم بصوت عميق جعل قلبها يغوص في صدرها وتفشل في التنفس المنتظم:

ـ ظلمَ أخوكِ نفسه، وما كنا له ظالمين، وحين عاقبناه كان لعقوبته وقت معلوم، وحين قطعنا رأسه بالمنقار وطهوناه لم يكن الهدف العذاب ولا الألم، لكنها التجربة، وحين بحثتم عن البطة تحت الغربال كانت قد عادت إلينا، ولأن المظلوم والمعاقب لا يموتان التقى وديدي مع البطة روحة، فلكل مخلوق اسم. وظل وديدي والبطة روحة في عالم يُشبه العالم، حتى يتعلم منها التآخي وتتعلم منه السماح، ويبدو أنها سامحت.

أشار بيده نحو اللوحة وأكمل:

ـ هذا إلهام نادر سالت له دموع الأم والأب، وأدركنا أن روحة قد سامحت وديدي، وأن وديدي قد صار لروحة أخًا كما كان لكرمللة أخًا.

انتهت الجلسة، وفُتح باب جانبي، وأقبل وديدي يجري إلى حضن كرمللة.

كان يومًا مشهودًا في بيت أنور، كادت فيه أم وديدي تموت من الفرحة، وسجد أنور حمدًا لله، وقذف الأخوان بوديدي في الهواء حتى كاد يُلامس السقف. وحين طلبا من كرمللة ووديدي أن يقصا ما حدث كانت الإجابة:

ـ غير مسموح، وإلا عوقبنا بالخرس نحن ومن نحكي له.

(٢)

ما كان لعلي الرياحي أن يترك أمه عُليًّا من دون أن يُطيب خاطرها، ويُبالغ في ذكر أهمية تلك المهمة التي يقوم بها أبوه لأجل العمالقة أبناء حورة وقداستها، حتى هدَّأ روعها قليلًا وصارت عُليًّا مع الوقت تتفاخر بزوجها مُرددة: «وهل يجدون مثل الرياحي؟ الرياحي ليس هناك رجل مثله!».

كان الشيخ صفي الدين ينظر إلى الرياحي مبتسمًا وهو يسأله مداعبًا:

ـ وكيف كان طعم العنب يا رياحي؟
ارتبك الرياحي ورد مُتلعثمًا:
ـ كان جميلًا يا سيدي!
فابتسم له الشيخ صفي ونظر إلى نيرة وقال:
ـ لكن باطن كف الحبيب أطعم! أتعرف يا مولانا أمجد لماذا حفظ الله دولة اللاجئين من كل شر؟
فاجأ السؤال أمجد وحاول أن يكون لبقًا وهو يرد مبتسمًا:
ـ ببركتكم يا مولانا!
فابتسم الشيخ صفي الدين:
ـ ولا بركتنا ولا حاجة، إنها بركة اللاجئين حيث ارتفعت عنهم عصبية القبيلة وشوفينية الوطن ونعرة العروق النبيلة، صاروا فعلًا إخوانًا لا يجمعهم إلا الحب فسادوا العالم، وما دام الحب هو الرابط كانت الدولة في أمان، لا فرق بين لاجئ ولاجئ إلا بالحب. وكيف حال تونس يا رياحي؟
رد الرياحي:
ـ بخير يا مولانا.
قال صفي الدين:
ـ أما ما كان من حيرتكم وطلبكم لي لأقول لكم رأيي فيما احترتم فيه، فذلك حُسن ظن عالٍ منكم.
سكت الثلاثة في دهشة، فهم لم يحكوا بعد للشيخ صفي الدين أي شيء.
وقالت نيرة شبه ضاحكة:

ـ لم نحكِ بعد يا مولانا!

فرد صفي ضاحكًا:

ـ وهل نضيع الوقت في الحكايات، والنظر بين المحبين أولى يا ست نيرة؟ أما رسالتهم إليكم عبر سيدي الرياحي فهي رسالة خير، ولو كانوا ينوون الشر لهاجمونا من دون إنذار ودافعوا عن بيضتهم، ولكنهم أرسلوا الرجل الطيب هذا، في بادرة حسنة لا يُرد عليها إلا بالطيب. الشيء الثاني، هم لديهم قوتهم ونحن لدينا بيضتهم. ثالث أمر يا بلقيس عصرك...

ونظر إلى نيرة فأضاء وجهها، وأكمل:

ـ «إِنَّ ٱلْمُلُوكَ إِذَا دَخَلُواْ قَرْيَةً أَفْسَدُوهَا». وأنت يا هُدهُد العمالقة ستعود إليهم بخبر عظيم.

سكت وصمتوا، وإن كان البِشر قد بدا على وجه أمجد ونيرة وصارا أكثر طمأنينة وأقل حيرة، فابتسم الشيخ صفي وقال:

ـ الوجه المتفائل والعين الراضية يصنعان المستحيل يا أحبابي، ونحن نحتاج إلى أقل من المستحيل بكثير. أيُّ شيء يُحبه العمالقة يا رياحي؟

هز الرياحي رأسه بالنفي وقال:

ـ لا أعرف.

فابتسم صفي الدين:

ـ الرأس رأس طائر والجسم جسم إنسان، وكلاهما يحب الفاكهة، ومن ذاق عرف، ولو ذاقوا العنب الذي ذقته يا رياحي لحلت بهم السعادة، فاحمل إليهم أقفاصًا من العنب وأبلغهم السلام،

واحمل مع سلامك ابتسامة اجتهد أن تضع فيها أحرَّ أشواقك وأصدق مشاعرك، ثم قُل لهم بيضتكم محفوظة حتى تأتي السيدة حورة وتُخرج من فيها بسلام، ودولتنا محفوظة بوعد منكم، إن خرج إخوتكم من البيضة سالمين، ألا يحكمنا إلا أهلنا، فإن رضيتم رضينا، وخرج إخوتكم من بيضتهم وطاروا على جناح أمهم حيث شاءت، وإن رفضتم ـ ولا نظُن ـ فلا نستبق الأحداث ولا نزرع في حديقة الخيال إلا شجرًا مثمرًا، وفي كل الأحوال سيكون الخير لنا ولكم، كتب الله لإخوتكم الحياة ولدولتنا النجاة.

قبَّل أمجد يد الشيخ صفي الدين فسحبها بسرعة، وانحنت له نيرة في امتنان فقال:

ـ ألن يذوق صفي الدين حبة من عنبكم؟

صفق أمجد وحضر العنب، فالتقط حبة ووضعها الشيخ في فمه ثم قال:

ـ في كم من الوقت أتيت إلينا يا رياحي؟

قال الرياحي:

ـ بضربة من يد العملاق طرت، وظللت في الهواء أقل من ساعتين، ووجدت نفسي أهبط أمام باب قصر سيدتي نيرة.

قال الشيخ صفي الدين:

ـ أما أنا، فبعد أن يجهزوك بالهدية، سأجعلك بفضل الله أمامهم قبل أن يرتد إليك طرفك.

فلما كان الرياحي أمام العمالقة الخمسة في مقرهم بساحة

الاستقلال قُرب تمثال ابن خلدون وإلى جواره أقفاص العنب، كانت نيرة تُداري دمعة سقطت من الشوق، والشيخ صفي الدين يقف مُغادرًا مبتسمًا لها:

ـ كل غائب يُنتظر، إلا الحبيب فهو حاضر. ولو أنني فردت كفي وتلقيت بها دمعة عاشق ومسحت بها على ميت، لعاد للحياة هاتفًا: «أحببت أحببت».

ابتسمت نيرة، وودعه أمجد حتى باب القصر.

ونظر العمالقة الخمسة إلى الهدايا، وبدت الفرحة في ملامحهم، وقال زعيمهم للرياحي:

ـ قبلنا الهدية يا رياحي، ولكنْ لنا سؤال.

ارتعد الرياحي وترقب في صمت.

فقال الزعيم:

ـ في كم من الوقت عُدت إلينا؟

فرد مسرعًا:

ـ قبل أن يرتد إليَّ طرفي.

فقال الزعيم:

ـ هذا فعل الشيخ صفي الدين، عُد إلى زوجتك يا رياحي حتى نطلبك.

ولكن الرياحي ظل مكانه ولم يتحرك، ثم قال بعد تردد:

ـ ولكن يا سيدي لا أريد أن أعود إليها على قدمَيَّ.

وكانت هي المرة الأولى التي يسمع فيها ضحكات الطيور الخمسة، ضحكات عالية بريئة كضحكات الأطفال، ليجد الرياحي

نفسه قعيدًا أمام بيته يقترب ليطرق الباب، ويفتح الباب علي ويصرخ مُناديًا أمه:

ـ أمي، أمي، لقد عاد الرياحي يا أمي!

(٣)

قيل أقامها الأمازيغ وكان اسمها «أنفا»، بمعنى المنحدر، وقيل بمعنى التلة، ثم احتلها الرومان والعرب والبراغوطة والموحدون والمرابطون الأمازيغ من قبيلة زناتة، ومنهم الزناتي خليفة وهو المعز بن باديس الذي قهر الدولة الفاطمية العبيدية، فسلطوا عليه قبائل بني هلال، ودارت بينه وبينهم الحروب الطويلة حتى قُتل بحربة دياب بن غانم الزغبي الأحمر يمني الجذور، ونسجت عن أبطال تلك الملحمة أسطورة السيرة الهلالية، ثم تمر بما مر به العالم في المحنة الكبرى حتى يحين الوقت المعلوم.

وفي قلب ساحة فرنسا في العام العاشر بعد المحنة، تحط حورة فوق بيضتها ويفر حاملو المباخر ويتراجع الناس، في ذلك النهار الربيعي الذي أظلمت سماؤه. وتظل حورة فوق بيضتها ساعات طويلة والناس في ترقب، ثم تكسر بيضتها بضربة جناح ليخرج منها عملاق واحد شديد الضخامة برأس طائر وجسد إنسان، ولم يكن داخل البيضة غيره. يشهق الناس من هول حجمه، وتُقبِّله حورة بحنان بالغ في منقاره، ويتقدم خطوات وهو ينظر إلى الناس ثم يخطب في ثبات وقوة:

ـ بسم الله، لو جاز القتل على كل فعل يُضلل الناس لقتلنا حاملي المباخر الذين اتخذوا من بيضتنا مُتكَأً، وراحوا يُتمتمون ويخوفون الناس بالباطل، لكنني أحذركم، فمن أضل أخاه كمن قتله، ومن اليوم أنتم تحت حكمي، أنا الحُر الواثق ابن المحترمة حورة، وهذا هو يومكم الأول في شهركم الأول في عامكم الأول من حكمنا. فإن أحسنتم الظن بنا وجدتم الخير، وإن أسأتم الظن وجدتم الشر.

تودعه حورة وتطير، والناس شاخصون بأبصارهم، والعملاق يرفع رأسه إلى أعلى حتى تغيب عنه أمه في كبد السماء، ويداري دمعة، وما إن يخفض رأسه وينظر إلى الناس، حتى يتخذ كل فرد طريقه عائدًا إلى بيته سائرًا في صمت، وتخلو الساحة من الجميع سوى طفل صغير يرفض الرحيل ويقترب من البيضة في شجاعة، ويقف وهو ينظر إلى العملاق الضخم الحُر الواثق من دون خوف أو رعب، والحُر الواثق يتأمله في دهشة شديدة، وبدا المشهد عجيبًا بين طفل صغير أقصر من القزم، وعملاق ضخم برأس طائر وجسد إنسان، وهمس الطفل للعملاق:

ـ هل تحب أن ترى البحر؟

تذكرت الأم عند باب بيتها وصرخت:

ـ حسن، صغيري، حسن!

التفت الأب مبارك لصرختها المُلتاعة، وأمرها أن تنتظر في مكانها، وبدأ في الهرولة عائدًا نحو ساحة فرنسا.

يمد الصبي حسن يده ليمسك بإصبع العملاق الضخم، ولكن

المسافة بين يد الطفل ويد العملاق كانت كبيرة جدًّا، فينحني العملاق ويلتقطه بيده ويضعه في كف اليد الأخرى وينظر إليه في دهشة، والصبي الذي يجد نفسه يكاد يقع بين وهاد كف العملاق الحُر الواثق، يتمالك نفسه ويُثبت قدميه في باطن الكف، ويستند إلى المنطقة البارزة أعلى الكف، ويقول في ثقة بالغة:

ـ انظر إليَّ وأنا سأشير لك كيف تسير حتى نصل معًا إلى البحر.

ويسير العملاق وفقًا لتوجيهات الطفل الذي يأتي صوته من داخل الكف المفتوحة، وحين يصلان إلى شاطئ البحر، وهو في الواقع شاطئ المحيط الأطلسي، يقول العملاق الحُر الواثق للطفل:

ـ أشكرك، جميل هو البحر، ما اسمك؟

يجيب الطفل:

ـ حسن بن مبارك، وأنت؟

يرد العملاق وهو ينظر إلى البحر:

ـ الحُر الواثق ابن المحترمة حورة، هل لك إخوة يا حسن؟

يقول حسن في حزن:

ـ لا، أنزلني!

يهز العملاق رأسه وهو يُنزل حسن على الشاطئ ويقول في أسى:

ـ ولا أنا!

يُحدق الاثنان إلى موج المحيط الذي يُلامس أقدامهما، فيتراجع العملاق الحُر الواثق مُرتبكًا، ويُطمئنه حسن بن مبارك مبتسمًا:

ـ لا تخف.

تكاد تتقطع أنفاس مبارك من الجري والتوتر، ويصل إلى المقر

وهو يلهث فلا يجد العملاق ولا يجد حسن، ويلتفت خلفه في يأس ليجد أن نوال أم حسن لم تسمع كلامه ولم تنفذ أوامره، وتنظر في فزع إليه وتصرخ:

ـ أين ولدي يا مبارك؟

(٤)

انتقلت أقفاص العنب من مصر إلى تونس وإلى المغرب، وإلى فم حورة أيضًا وهي طائرة في الجو. وشارك عمالقة مصر السبعة إخوتهم وأمهم في هدية دولة اللاجئين، وفهمت حورة من طعم العنب ما وصلت إليه مفاوضات أبنائها مع دولة اللاجئين، وألقت عليهم ريشة كتبت في دفترهم:

> من أمكم حورة المحترمة إلى أبنائي المخلصين، مُقدَّرة لدينا هدية اللاجئين ومُثمَّنة، والعنب هدية لا تُرد ولا يُرَد مذاقها، ولهم الأمان، وسأحمل من يخرج من بيضتي وأطير به عنهم إلى حيث أشاء.

فما كان منهم سوى الإرسال إلى الرياحي مرة أخرى، وها هو الرياحي يدفعه ابنه علي بكرسيه إلى خارج الدار، متجهين نحو المقر. ولم تعترض عُليًّا، فقد فهمت أنها مهمة جديدة لزوجها القعيد، بعد أن نجح في مهمته الأولى. وقالت في سرها: «ليته يحضر لي في المرة المقبلة عنقودًا آخر من ذلك العنب الذي لم نذُق مثله قَطُّ».

كان العملاق الحُر الواثق عائدًا باتجاه مقره، حين لاحظ مبارك ونوال يجثوان على ركبهما ويبكيان ويتضرعان، فأنزل حسن من يده ليعرف شكواهما، وإذا بالأم والأب يجريان ويحتضنان الابن في لهفة وشوق، ويلهجان للعملاق بالشكر والامتنان، وهو يهز رأسه في عدم فهم، ويتركهم يعودون وحسن يُلوح له في محبة مودعًا:

ـ لنا لقاء ثانٍ عند البحر يا صديقي.

لوح له الحُر الواثق، وعاد وحيدًا إلى المقر ليجد صندوقًا من العنب، وريشة تكتب له في دفتر:

هذا الصندوق هدية إخوتك من مصر يا حُر، ولا تعتقد أنك وحيد، فلك إخوة هنا وفي تونس، وقريبًا ستعرف مكان الباقين، فاقبل هديتنا وتمتع بطعم العنب حتى يحين اللقاء.

امتلأ الحُر الواثق بالسعادة، وشعر بأن قوته قد تضاعفت، وفتح صندوق العنب ووضع حبة في منقاره وانتشى بالمذاق.

* * *

وصل نبيل السماك وحليم الخردواتي إلى الصفحة المتممة للثلاثمائة صفحة، وشعرا بالإرهاق والتعب، وكانا قد اقتربا في حكيهما التاريخي من التوقيت الذي نزلت فيه السيدة حورة وحطت على بيضتها في أرض الميدان، وقررا أن يستريحا ويتناولا بعض الحلوى ويشربا كوبين من الشاي، ويُقيِّما ما كتبا تقييمًا دقيقًا. وما إن همَّ حليم بالقيام لعمل الشاي مُمسكًا وسطه وهو يتألم من طول الجلوس، حتى دق باب دكانه، فيتحرك ليفتح فلا يجد أحدًا. لا بد

من أنهم يريدونه الآن. لم يكن ذلك عجيبًا، فقد عاد وأخذ الكتاب وبدأ في الحركة، لكن العجيب هو نبيل الذي بدأ أيضًا في التحرك إلى جوار حليم، وسارا معًا قسرًا باتجاه المقر.

كان السبعة على منصتهم وأمامهم الميزان والدفتر والريشة، وكتاب حليم ونبيل مفتوح أمامهم، والصفحات تُقلَّب تلقائيًّا بسرعة عجيبة. ثم حل الصمت، وتبادل السبعة النظرات، ثم تكلم الزعيم بصوته الرخيم وقال:

- لا يهمنا أن باح حليم بسره لنبيل، فذلك صدر عن احتياج بشري صادق وبحُسن نية، ولا يهمنا أن يُشارك نبيل مع حليم في هذا الكتاب، ولكن الذي يهمنا ليس موجودًا هنا.

وأشار الزعيم إلى صفحات الكتاب، وسكت نبيل وحليم ولم يردا، وأكمل الزعيم:

- نحن لسنا مهتمين بذلك الذي جرى حديثًا، نحن نريد أن نعرفكم أنتم: مَن تكونون؟ وما هذه المدينة التي نحكمها؟ ومتى كانت؟ وما خصال سكانها؟ فإن عرفناكم ما ظلمناكم. مجهودكما مشكور، ونحن في انتظار ما طلبناه منكما بعد أن أفهمناكما، فعودا إلى عملكما ولكما منا هبة جديدة، ما جلستما للكتابة واستحضرتما ما تريدان كتابته ومعكما هذه الريشة حتى كتبت نيابةً عنكما، لا تستطيع هي أن تكتب إلا ما تتذكران، وهي تستطيع فقط أن تختصر لكما الوقت، فالكتاب الذي تكتبانه في سنة من الممكن أن تكتبه لكما في شهر أو أسبوع.

عاد نبيل السماك وحليم الخردواتي إلى دكان حليم، وبصحبتهما الريشة التي كانت تسير فوق رأسيهما في الطريق، وما إن دخلا إلى الدكان حتى استقرت فوق الأوراق البيضاء، ونبيل وحليم يتبادلان النظرات من دون كلام، كأن ما يمران به من أحداث حلمٌ لا يُصدَّق.

* * *

كان وجه نيرة يُضيء كالشمس وهي تسمع رسالة العمالقة السبعة التي ينقلها لها الرياحي، حتى إنها قبَّلت جبينه من الفرحة، فوقع الرياحي مغشيًّا عليه من هول ما شعر به، وحين أفاق كان وجه صفي الدين يبتسم له ويقول:

ـ يا لجمال الإنسان! يقتله الوجد ويُحييه! قُم يا من أحييت دولة بمحبتك.

(٥)

كان نبيل لا يُصدق نفسه. كان كمن سرقته السكين، ولم يُدرك هول ما جرى إلا حين عاد إلى دكان حليم. قال وهو ينظر إلى الريشة:

ـ هل تقرأ هذه الريشة أفكارنا؟

رد حليم:

ـ لا أظن، إنها تختص فقط بأفكارنا الخاصة بالكتابة، وليس بعموم الأفكار.

نظر نبيل إلى الريشة من دون اقتناع، وسحب حليم إلى خارج

الدكان، وأغلق الباب على الريشة كأنه يتوقع أن تمشي خلفهما، ووقف حليم ونبيل أمام الدكان يتلفتان، وقال نبيل:

- كنت أظن أنهم سيفعلون بنا كما فعلوا بالصبي الصغير الذي رأيته بعينيَّ يا حليم، أدْخَلوا عليه طائرًا قص رقبته ثم بدأوا في سلخه، ثم أغمي عليَّ.

هتف حليم في رعب:

- لا أظن أنهم يفعلون ذلك يا نبيل، أراهم يتحرون العدل، بل أشعر أنهم طيبو القلوب، لا يمكن أن يفعلوا ذلك أبدًا!

رد نبيل:

- إنه القانون الذي وضعوه يا صديقي، لقد حرَّموا أكل الطيور، وهذا الصبي اخترق القانون فلم يكن بد من العقاب.

قاطعه حليم:

- لو كانوا دمويين لوجدوا أكثر من حجة ليعاقبونا أنا وأنت، فقد خالفت أوامرهم وأفشيت السر، واستعنت بك وطلبت منك مشاركتي في الكتابة من دون الرجوع إليهم، ومع ذلك رأيت بعينيك ماذا فعلوا بنا، لقد صفحوا عنا ومنحونا ريشة تساعدنا، وتعاملوا معنا بطريقة جيدة، ألم ترَ بعينيك؟ أم إنني أهذي يا حليم؟

هز نبيل رأسه مُجيبًا:

- لست أدري، أشعر بالارتباك واختلطت لديَّ الأمور.

قال حليم وهو يسحبه إلى الداخل:

- لا تقلق، لو كانوا يريدون عقابنا لعاقبونا على ما سردناه عن

السنوات الثلاث التي مرت علينا بعد الجائحة، وتلك العدوى التي عادت ولكن من الطيور، وكيف قام الناس بمذابح جماعية، لقد كانت حرب إبادة ومُحيت الطيور تمامًا من البلاد، كنت أظن أنهم سيحرقوننا أحياء حين يقرأون ذلك.

رد نبيل:

ـ لقد تعمدنا أن نصف تلك المذبحة بطريقة ذكية يا حليم، ووصفناها بالحقيرة والجبانة والظالمة، ولا بد من أن ذلك أنقذ رقبتينا.

نظر حليم إلى الريشة طويلًا وهمس:

ـ المهم الآن يا نبيل، ما الذي سوف نكتبه؟ هل فهمت الطلب جيدًا؟

أجاب نبيل:

ـ إنهم يريدون تاريخًا اجتماعيًّا يا حليم، تاريخًا يحكي عن الناس وأحوالهم وأعرافهم وحياتهم العادية، يحكي عن رجالهم ونسائهم وقضاياهم وأحلامهم وأوهامهم، وقصصهم اليومية، وأشعارهم، وأغانيهم، وأمواتهم، وأعراسهم، وأسرار بيوتهم، هكذا فهمت.

رد حليم:

ـ كما فعل الجبرتي؟

أجاب نبيل:

ـ كما فعل الجبرتي والمقريزي، وغيرهما.

سأل حليم:

ـ ومن أين نبدأ؟

أجاب نبيل:

ـ من حيث انتهوا.

قال حليم:

ـ الموضوع ليس سهلًا، فهناك من أكمل ذلك النوع من التوثيق والتأريخ على نحو آخر، كالروايات مثلًا، وحرافيش محفوظ، وغيره.

قال نبيل:

ـ من حيث انتهوا أيضًا.

قال حليم:

ـ من أين إذن؟

رد نبيل:

ـ من حيث عشنا نحن وشهدنا بأعيننا يا حليم.

وسرح حليم ونبيل يتذكران في حزن.

وهنا ارتفعت الريشة في الهواء ونزلت على الصفحة وكتبت:

> بسم الله الرحمن الرحيم، كانت مدينة القاهرة لم تفق من حزنها بعد، وكانت النكسة تخلق في حلوق الخلق مرارة، وكانت المباني حزينة والشوارع تفتقد إحساسها بالحرية التامة، فاختلّت الخطوات وسار الناس بإيقاع غير منتظم؛ ينتظرون يومًا يستطيعون فيه العبور إلى الضفة الشرقية من قناتهم التي حفرها أجدادهم بدمائهم وعَرقهم.

جرى حليم ونبيل نحو الأوراق وقرآ ما كتبته الريشة، واعتراهما

الذهول، فهذا الذي فكرا فيه بصدق وكتبته هي من دون أن تُغفل حرفًا أو تُسقط نقطة. كانت دهشة نبيل كبيرة واستأذن من حليم في أن يذهب إلى بيته لأنه يشعر بالتعب ويحتاج إلى قسط من الراحة.

وغادر المكان وهو يحاول استيعاب كل ذلك الذي حدث، لكنه رأى في طريقه إلى بيته العجب العجاب، حتى إنه تجمد في مكانه وفرك عينيه مرات عدة وهو يتمتم في جنون:

ـ وديدي، وديدي، مستحيل! كيف يكون وديدي وقد رأيته بعينيَّ والطائر يقص رقبته قبل أن يسلقوه في الماء الساخن؟ لا بد من أنها هلاوس تتراءى لي من كثرة الأشياء اللامنطقية التي حدثت لي في الساعات القليلة الماضية! هل أذهب وأطرق باب أنور لأتأكد من أن ذلك الذي دخل من لحظات هو وديدي؟ لا، سيضحكون منك ومن هذيانك بالتأكيد.

واصل طريقه محاولًا إنكار كل ما رأى، لكنه عاد للوقوف مرة أخرى متذكرًا أنه رأى قرب المقر لوحة بالحجم الطبيعي لوديدي رسمتها أخته كرمللة. ولكن ماذا يعني هذا يا نبيل؟ لا يعني بالتأكيد إلا حاجتك المُلحة إلى النوم.

وبالفعل عاد إلى بيته وتحت الغطاء نادى وفاء، وطلب منها أن تجلس إلى جواره حتى يروح في النوم العميق، فهو لا يشعر بالأمان وهو بمفرده على ذلك الفراش. ضمته وفاء إليها وسند رأسه إلى صدرها كطفل، وراح في نوم عميق.

* * *

على شاطئ الأطلسي كان الحُر الواثق يلهو مع حسن بن مبارك

وأعطاه حبة عنب من العنب الذي أرسله عمالقة مصر السبعة إليه، واستحسن حسن مذاقها. وسأل الحُر الواثق حسن:

ـ أتحبني يا حسن؟

فأجاب الطفل بصدق:

ـ نعم.

ورد الحُر الواثق:

ـ وأنا أيضًا، لأنك جعلتني أرى البحر وألعب معك. وهل ستظل تحبني مهما حدث؟

أجاب الطفل:

ـ نعم.

سكت الحُر الواثق، ثم أمسك بحجر صغير وقذف به في ماء المحيط، فغاب الحجر ولم يسقط أمام عينَي حسن لشدة ابتعاده. وأمسك حسن بن مبارك بحجر وقذف به في البحر مُقلدًا، فسقط على مسافة بعيدة.

وقال الحُر الواثق بعد صمت:

ـ سيُحاكَم مبارك أبوك اليوم بتهمة كبيرة، وسأحكم عليه، فهل ستظل على محبتك لي؟

صمت الطفل وبدت ملامح الحيرة والغضب والضيق تظهر على وجهه، ثم وقف وقال في وجه العملاق:

ـ لا، لا، لا، أنا أكرهك.

وواصل طريقه مبتعدًا، وعينا الحُر الواثق تتابعانه. وكان مبارك والد حسن قد بدأ يتحرك خارجًا من بيته، متجهًا إلى مقر الحُر الواثق في صمت وامتثال.

(٦)

صحا الرياحي من إغماءته على وجه صفي الدين.

وقالت نيرة:

ـ آن الأوان أن ترى دولتنا يا رياحي.

كانت السيارة الطائرة تحمل نيرة والرياحي والشيخ صفي الدين وتطير بهم على مسافة قريبة من الأرض، وقالت نيرة:

ـ أتعرف كيف صارت دولتنا هي الدولة الأقوى يا رياحي؟

أجاب الرياحي وهو يجول مع نيرة بين شوارع وميادين الدولة بسيارة طائرة مُجنحة، وقال وهو يتطلع إلى تلك الحدائق والبحيرات والشوارع المنظمة والبيوت القصيرة البيضاء:

ـ إنه العلم لا بد، ما من سبب آخر.

ابتسمت:

ـ نعم، العلم. ولكن العلم لا يُحدث أثره إلا بالإصرار على تحقيق الحلم يا رياحي، ما إن قامت دولة اللاجئين حتى قامت ضدها الدول الكبرى كلها، وكنا دولة ضعيفة هشة لا نمتلك شيئًا يجمعنا إلا البحث عن وطن، فزاد ترابطنا وإصرارنا وصرنا أكثر وطنية من دول قديمة في ذلك العالم، وكانت الدولة الكبرى في وقتها قد قررت أن تحاربنا من دون أن تحاربنا بنفسها، كانت قد أفشت سرها الأكبر للجميع في تحدٍّ سافر، بعد أن تسببت في إصابة العالم بوباء أودى بحياة وأرواح الملايين، وفي مؤتمر كبير أعلن رئيسها الحقيقة التي شاركتها في حياكتها دول أخرى، وقال إنهم نجحوا في تخليق الظلال.

علت الدهشة وجه الرياحي وابتسمت نيرة لدهشته، وأكمل بدلًا منها صفي الدين:

ـ نعم؛ ظلال شابة لا تشيخ، وغير قابلة للموت. ظلال خفيفة تكاد أن تكون بلا وزن، مجهزة ذاتيًّا بسلاحها المدمر، يهاجم بها كل دولة تظن أنها قادرة على خلق القلاقل، كان يقصدنا بالتأكيد، وكانت جملة خلق القلاقل هي التهمة الجاهزة لكل دولة تجرؤ على رفع رأسها والتعامل بندية واستقلالية. وبدأنا ننتبه، وبدأت الدولة الكبرى تجهز هجومًا كاسحًا على دولة اللاجئين للقضاء علينا بضربة واحدة، وفي زمن قياسي. كنا مهزومين لا محالة، وكانت اللحظة الحاسمة تقترب، حتى إننا لجأنا للدعاء والبكاء والصلاة المستمرة، واستنجدنا بالشيخ رجاء المستضعفين.

وابتسم صفي الدين وأكمل:

ـ وهو جدي الخامس، كان جميل الصوت، يسير في الشوارع يغني وخلفه يمشي الناس وتنصلح قلوبهم. وحين رأى الناس يبكون بجوار بيته، واجتمع مع القيادات ليجدوا حلًّا لتلك الكارثة المنتظرة، ابتسم وقال: «ألا وإن لكل صورة حقيقة، ولكل ظل نورًا، فإذا التقت الصورة بالحقيقة والظل بالنور، كان النصر للحقيقة والنور»، ورسم خطته، وعند الشلال المتدفق عند حدود دولتنا عسكرت جيوشنا تنتظر، واقتربت جيوش الظلال حتى صار الشلال يفصل بيننا وبينهم، وعند لحظة الهجوم رفع جنودنا ومركباتنا المرايا الضخمة، فانعكس النور ليواجه الظلال، وراحت الظلال تذوب في النور في لمح البصر، فكانت المعركة

الأسرع في التاريخ، لم يعد بعدها العالم كما كان، وصرنا الدولة الأقوى في هذا الكوكب الذي لا يعترف إلا بالقوة.

وأكمل الشيخ صفي:

ـ القوة في العين التي تنظر بصدق، والقلب الذي لا يعرف الخيانة.

سأل الرياحي بتلقائية شديدة:

ـ ولماذا تخافون من العمالقة أبناء حورة إذ أنتم بكل هذه القوة؟

فتحت نيرة عينيها وقالت في شرود:

ـ لأننا لا نعرفهم جيدًا يا رياحي، المعرفة مهمة جدًّا يا رياحي، كما أنهم ليسوا بشرًا، ولا نعرف ما قصة حورة وفي أي سماء تطير، ولماذا ظهرت في تلك الفترة، وما درجة قوة أبنائها، وكيف حكموا تلك البلاد التي وُجِدوا فيها من دون مقاومة تُذكر، إنهم شيء آخر يا رياحي، شيء لا تعرف بعد إن كان شرًّا أم خيرًا، لكن المؤكد أنهم مختلفون، وأنهم يملكون ويعرفون أكثر مما نملك ونعرف.

قال صفي الدين:

ـ ليس الخوف ألا تملك، لكن الخوف ألا تعرف.

انتهت الرحلة، وعادت نيرة والرياحي إلى مقر الحاكم أمجد حيث كان قد أعد وليمة على شرف الرياحي، احتفالًا بالرجل الذي نجح في مهمته كرسول بين الدولة والعمالقة أبناء حورة.

أفاق الرياحي على نيرة وهي تهمس برقة بالغة، وبنبرة كاد يذوب لها الرياحي:

ـ تزوجني يا رياحي، تزوجني يا رجل.

بلع الرياحي ريقه وقال:

ـ أتمنى.

هتفت نيرة بصوت أعلى:

ـ سيدي أمجد، ضيفنا يريد أن يطلب منك طلبًا، وفي حضور مولانا صفي الدين.

التفت الحاكم أمجد إلى الرياحي مبتسمًا ومنتظرًا:

ـ تفضل سيدي الضيف الكريم.

ولكن الرياحي طال صمته ولم تخرج من فمه الكلمات كلما حاول، حتى ضحك الشيخ صفي الدين وقال مُنقذًا الجميع:

ـ ولِمَ لا يا مولانا؟ ضيفك يطلب يد السيدة نيرة، وأنا أراه رجلًا طيبًا.

ظهر بعض الدهشة على وجه الحاكم أمجد، لكنه التفت نحو نيرة وقال:

ـ إذا كان ذلك يُسعدكِ يا أختي فليس لي إلا أن أوافق.

وهنا احمرَّ وجه السيدة نيرة، وأطرقت في خجل إلى الأرض، وقال الشيخ صفي الدين:

ـ مبروك.

امتلأ قلب الرياحي بالفرحة والأسئلة أيضًا. كان يود أن يقفز من الفرح، لكنه أيضًا كان يود أن يبكي من التوتر. كان يريد أن يتحدث كثيرًا ويذكر لهم أنه متزوج، وأنه لا بد من أن يعود إلى بلاده، وأنه، وأنه، لكنه وجد نفسه صامتًا والحاكم أمجد يسأله في بساطة:

ـ وما مهر عروستنا يا رياحي؟

عاد الخرس إلى الرياحي وزاغت عيناه، وقال الشيخ صفي الدين:

ـ مهر يليق بسيدة دولة اللاجئين التي لا نظير لها في الوجود، وهذا الرجل السمح غامر بحياته وخاض رحلة عظيمة ذهابًا وإيابًا بيننا وبين العمالقة السبعة، ونجح بوجهه السمح وابتسامته الصادقة في أن ينقذ دولتنا وأرواح أولادنا وبناتنا من الحرب والقتل والدمار. أيُّ مهر أكبر من هذا؟

قال الحاكم:

ـ صدقت يا مولانا، لكنها الأعراف والتقاليد، ولا بد لأختي من مهر يليق.

قال صفي الدين:

ـ عنقود من العنب مصنوع من الألماس الحُر.

ورد الحاكم:

ـ وأنا قبلت. متى يكون العُرس؟

قال الشيخ صفي الدين:

ـ الليلة. لا يوجد أبدًا شيء أجمل من تعجيل الخير، ولا يوجد شيء أكثر خيرًا من زواج حبيبين.

قبَّل الحاكم أمجد أخته في جبينها وقال:

ـ مبروك يا عروستنا، سأتركِك حتى تُجهِّزي نفسكِ لذلك الحفل الذي سأجعله بعون الله أسطوريًّا.

ثم التفت إلى الرياحي وقبَّلهُ أيضًا في جبينه وقال:

ـ مبروك يا عريسنا، وسأنتظر المهر عند انطلاق الزغاريد في قاعة الغرام في قصر النعيم، أمام رجال ونساء دولتنا المحترمين.

والآن أستأذنك يا مولانا حتى أجهز أنا أيضًا لتلك الليلة التي لن تشهد دولة اللاجئين مثلها، فائذن لي.

وقبَّل أمجد يد الشيخ صفي الدين وخرج، في حين كانت نيرة تنظر إلى الرياحي بوجه لم يرَ مثله قَطُّ. كانت قد أضاءت وانتشت واهتزت من الفرحة كأنها توشك على الطيران، وكان الرياحي يُريد أن يخبرها بأنه لا يملك ذلك العنقود من الألماس الحر، في حين ضحك الشيخ صفي الدين وأمسك بيد الرياحي وقال:

ـ ليس لك الآن أن تنفرد بها قبل أن تصبح عروسك، كان الحب قبل ذلك يحرسكما، لكن الشوق الآن قد يتقاتل مع الحارس. فتعالَ معي حتى نشتري لك ثياب العُرس، فالعريس هنا له ثياب خاصة. فلتسمح لنا صاحبة الحُسن بالانصراف.

هزت رأسها في رقة، وخرج الرياحي بصحبة صفي الدين.

في سوق اللاجئين الضخمة، كان الرياحي يحاول اللحاق بخطوة الشيخ صفي الدين، الذي كان سريعًا جدًّا في مشيته، والناس يجرون خلفه ليُقبلوا يده، ولكنه كان دائمًا أسرع منهم، حتى إن الرياحي كاد ينكفئ على وجهه وهو يحاول اللحاق به. كان يبحث عن مكان محدد حتى وصل إليه، والتفت نحو الرياحي مشجعًا:

ـ أين الهمة؟ هذا هو المكان المطلوب، ادخل.

وما إن دخلا المكان، حتى أقبل صاحب المكان مسرعًا ليقبل يد الشيخ صفي الدين الذي نهره برقة وقال:

ـ ليس هناك وقت، أريد عباءة حريرية حمراء مزركشة تليق بعريس من أصل طيب، وحذاءً أحمر.

في لحظات كان الرجل يضع العباءة على كتف الرياحي، وصبي صغير يُلبس الرياحي الحذاء الأحمر.

قال الشيخ:

- بكم؟

هتف البائع:

- والله...

قاطعه الشيخ:

- لا تحلف وإلا غادرت المكان، ولن أدخله أبدًا!

قال البائع:

- خمس أوراق.

قال الشيخ:

- كذبت.

قال البائع:

- عشر.

قال الشيخ محذرًا:

- سأمشي، انطق بالصدق!

قال البائع في تسليم:

- ألف.

قال الرياحي:

- لا أملك.

قال الشيخ:

- اصمت.

ثم وضع يده على قلب الرياحي وسأل:

ـ أتحبها؟

قال الرياحي:

ـ هو عشق يا مولانا.

ظلت يد الشيخ على قلب الرياحي، وابتسم الشيخ في وجهه وقال له:

ـ صِف لي ذاك الحب.

قال الرياحي:

ـ هو شيء فوق العقل، ويضطرب له القلب، ولا حَظَّ للشيطان فيه، وتَسكُن به الروح.

سحب الشيخ يده من فوق قلب الرياحي، فإذا بها ممتلئة بالأوراق النقدية الألف. ناولها للبائع وأشار للرياحي وهو يسرع بالخروج:

ـ الحَقْ بي يا عريس.

في قاعة الفرح، وهي قاعة الغرام في قصر النعيم، كانت نيرة في فستان أخضر مطرز بكل صنوف الأحجار الكريمة تتلألأ، وإلى جوارها وقف الحاكم أمجد ورجال ونساء الدولة، والقاعة مضاءة بشكل عجيب، كان الضوء يخرج من كل قطعة أثاث في القاعة، ومن كل كأس وكوب وطبق، ومن المناضد والكراسي، بل من ملابس المدعوين ووجوههم، من دون أن يُرى مصدر واحد لذلك الضوء، وكانت الموسيقى تغمر المكان لدرجة أن الأذن كانت تشعر بملمس تلك الموسيقى. ووقف الحاكم أمجد ينظر إلى الرياحي في ملابسه الجديدة منتظرًا، وقال الشيخ صفي الدين للرياحي:

ـ لا بد من أن تُغلق العباءة هكذا.

وأمسك بطرفَي العباءة، وقال له هامسًا:

ـ كيف تصف نيرة يا رياحي الآن؟

قال الرياحي:

ـ نور ملموس.

فمد صفي الدين يده بالعنقود الألماس إلى الرياحي كأنه خرج من عباءة الرياحي، وقال له:

ـ قدِّم مهرك لمولانا الحاكم أمجد.

فقدمه الرياحي للحاكم، وانطلقت زغاريد من كل مكان، وفتح الشيخ صفي الدين دفترًا أبيض موضوعًا على مائدة من زبرجد، وقعد إلى يمينه الحاكم أمجد، وإلى يساره السيد بدر الدين شقيق نيرة الأصغر، في حين ظل الرياحي غارقًا في عينَي نيرة، ونيرة هائمة في عينَي الرياحي، وبدأ الشيخ صفي الدين في تلاوة صيغة الزواج:

ثوب الحب لا يُصنع إلا بخيوط من عجب.
ومَن أَحَبَّ بصدق،
ظلت الأقدار تصنع له المعجزات حتى يصل،
كأن الأيام مطايا للعشاق،
والليالي ثوب من ستر.
هذا العاشق سخَّر الله له طيرًا برأس بشر،
وبشرًا برؤوس طير،
وجعله وهو القعيد يطير،
وبُنِيَت له في قلبها دار،

وجُمعنا اليوم حتى نكون على ذلك العجب شهودًا،
وإني أُعلنكما زوجين.
فردِّدوا معي: بارك الله لهما، فقد صدقا في عشقهما،
فسخر الله لهما كل حُراس المحبة.

ردد الجميع:

ـ بارك الله لهما، فقد صدقا في عشقهما، فسخر الله لهما كل حُراس المحبة.

ووقَّع الأخوان على الصفحة البيضاء في الدفتر، وصار الرياحي زوجًا للسيدة نيرة.

وصرخت عُليًّا في فزع مستيقظة من نومها:

ـ أي قفص هذا الذي دخلته يا رياحي؟

هرول علي من غرفته على صرخة أمه، ليجدها في فراشها منكوشة الشعر مضطربة، وسألها:

ـ ماذا حدث؟

فأجابت في شرود:

ـ رأيت أباك في المنام يدخل قفصًا عجيبًا وهو يرتدي ملابس غريبة، وكان يسير على قدميه.

قال علي:

ـ هذا ليس كابوسًا، إنه في حال جيدة يبدو.

ردت في غضب:

ـ لا لم يكن على الهيئة التي أعرفه بها، قلبي ليس مرتاحًا يا علي!

(٧)

الأسئلة معلقة بأجنحة الطير، إن ذكرها إِنسِيٌّ كان لا بد لها من أن تقع على الأرض وهي تحمل الإجابات معها.

بين الجائحة الكبرى التي حلت بالناس في السنة المُرقمة بعشرين عشرين، وبين فتنة تحريم الصورة بعدها بسنوات عدة، مر الناس بموجات من أوهام العدوى، راحت ضحيتها أعداد كبيرة من المخلوقات، فظهر وهمُ عدوى القطط ثم عدوى الكلاب، ثم وصلنا إلى وهم عدوى الطيور، وكانت تكرارًا لأزمة قديمة جدًّا، في السابق عُرفت بإنفلونزا الطيور، وجدد الناس ذلك الاعتقاد وانطلقوا في شراسة عجيبة للتخلص من كل طائر، صغيرًا كان أم كبيرًا، بل امتد الأمر إلى تكسير البيض في الأعشاش ومهاجمة حتى الطيور غير الداجنة، كالغربان والنعام والصقور والنسور، وكل من له جناحان. كانت مأساة كبرى، ومن ضمن تلك الأحداث كان الحدث الأعجب الذي أمر فيه الأب كريم النحيل الطيب وحيدَه الذي أتى به على كبر، وأغلى الناس على قلبه، وهو الشاب طاهر كريم، وكان ابن ستة عشر عامًا حين أمره أبوه والدموع تهطل من عينيه، أن يدخل إلى المزرعة ويذبح كل طيورها، كما فعل كل الناس، وشعرت حميدة أم طاهر بنغزة في قلبها، وشحب وجهها وقالت:

ـ لا تذهب يا بني.

ولكن كريم النحيل مسح دموعه وربت على كتف حميدة وقال لابنه:

- اذهب.

ما إن دخل طاهر المزرعة حتى فرت من أمامه الطيور كأنها تعرف نيته، لكنه ظل يجري وراءها بسكينه الحاد حتى دخلت الطيور المذعورة تختبئ منه في أماكن شتى، فدخل خلفها وظل يبحث وهي تختبئ، كأنهم في لعبة الاستغماية، وإذا به يجد نفسه في غرفة بلا سطح، داخلها إوَزَّة بيضاء شديدة الجمال، كان هو وهي فقط في تلك الحجرة المشمسة، ولما أقبل نحوها مسرعًا بسكينه الحاد لم تجرِ، بل ظلت ساكنة حتى أمسك بها واحتضنها، وقبل أن يمرر سكينه على رقبتها همست بمنقارها:

- أحبك يا طاهر.

ارتبك الفتى وألقى بها بعيدًا وهو يشك فيما سمعته أذناه، ونظر إليها في ذهول، فكررت همستها بصوت أوضح وقالت:

- أحبك يا طاهر، وإن أنت تركت إخوتي من دون ذبح وبقية الطيور كرامة لمحبتي لك، فلسوف ترى ما لم يرَه إنسِيٌّ قبلك قَطُّ.

تراجع الفتى من الخوف حتى لامس ظهره الحائط، واقتربت الإوَزَّة بمنقارها أكثر ومدت رقبتها لأعلى وقالت:

- منذ أن دخلت قبل عام وألقيت لنا الحبوب بيدك الجميلة، وأنا في غرامك أسيرة، يا سيدي هل تعرف اسمي؟

سال العرق على وجه طاهر وقال:

- لا!

قالت الإوَزَّة:

- اسمي نورا، ولئن صدَّقت ظني فسترى.

وقع السكين من يد طاهر، وفردت نورا جناحيها فإذا هي فتاة جميلة، بيضاء الصدر، ساحرة العينين، ملفوفة، منحوتة من الجمال الخالص، يكاد دفئها يلفح وجهه، وتحول المنقار الأصفر إلى شفتين حمراوين من فاكهة. وحين همس الفتى سكران في أذنها:

- وأمي وأبي؟

قالت وهي تحمله على جناحيها:

- أنا أمك وأبوك.

وطارت نورا بطاهر على جناحين من ريش وجسد من نعمة، وحطت به على جزيرة كأنها الجنة، بها من كل الخيرات. وحين استقرا على الأرض قالت ضاحكة:

- لكل زمان آدم وحواء يا طاهر.

وكان ما كان بينهما من عشق حتى أنجبت له توأمًا، ذكرًا وأنثى، وكان الذكر برأس طائر وجسم إنسان، وكانت الأنثى برأس إنسان وجسم طائر، وسُمِّي الذكر عشق، وسُميت الأنثى غرام، وكانا لا مثيل لهما، قلباهما مُضاءان ولساناهما ينطقان بالحكمة، ولهما حضور وقوة، وظلوا في سعادة وهناء حتى فعلت الأقدار فعلتها وأتى طوفان عظيم حملهم وفرقهم، فغرقت نورا، وألقى الطوفان بطاهر على ساحل بعيد قاده بعد رحلة وشقاء إلى بيت أبيه وأمه، فوجد الدار بعد توهم، وألقى بنفسه رجلًا قد جاوز الخمسين من عمره في حضن أمه حميدة العجوز الهالكة العمياء، وحين امتلأت أنفاسها برائحة ابنها الوحيد ارتد إليها بصرها، وجلسا معًا يتبادلان الحكي والحنين والبكاء، حتى دخل في نوم عميق في حجرها.

أما عشق وغرام فتفرقا في البلاد، فحط كل واحد منهما في بلد، وعَشِق كل واحد منهما إنسِيًّا وإنسية فتزوج عشق ببهجة؛ فتاة كانت تبيع مع أبيها العسل، وتزوجت غرام بأسعد؛ فتى كان يبيع مع أمه اللبن. وماتت غرام وزوجها أسعد من دون إنجاب، وأنجب عشق من بهجة ابنة بائع العسل السيدة حورة.

(٨)

كان الحُر الواثق ينتظر أن يدلي مبارك باعترافه مباشرةً حتى يتيح له ذلك أن يعفو عنه أو يصلحه، ولكن مبارك بن عزوز أنكر كل شيء، وأصر على أنه لم يفعل شيئًا، والميزان الذهبي الصغير يهتز بشدة أمام الحُر الواثق القاعد إلى منصته، ومبارك يكرر:

ـ أنا لم أفعل شيئًا أيها الطائر العجيب.

كان مبارك بن عزوز قد قعد في مقهى، وذكر أمام أصحابه أن ذلك العملاق يبدو أبله، وأنه وجده مع ابنه الصغير يلعبان، وأن بإمكانه هو وعدة رجال أن يوثقوا هذا العملاق بالحبال ويخدروه ويلقوا به إلى البحر. لم يؤيده أحد من المستمعين، وإن كان هو قد أضمر في نفسه أن تنجح خطته ذات يوم، ونام وهو يحلم بذلك اليوم الذي يستطيع أن يكون فيه بطلًا قوميًّا، ويقيد ذلك العملاق الأخرق، ويقف وسط الميدان وهو يضع قدمه فوق جبهة العملاق، والجماهير الغفيرة تُصفق له وتُنصبه حاكمًا عليها.

أصر مبارك على أنه لم يفعل شيئًا، وبالفعل هو لم يفعل، ولم يكن عقله يتصور أن أفكاره وأحلامه وهواجسه قد صارت معلومة لدى الحُر الواثق، وحين دخل قاعة المحكمة الرجال الذين كان يسامرهم مبارك في المقهى، بدأ الرجل في الارتباك. وحين أجابوا من دون سؤال فحكوا القصة التي دارت وغادروا المحكمة، وقف مبارك أمام العملاق مذهولًا لا يجد ما يقول. ونطق الحُر الواثق بكلماتٍ كان كل حرف منها سكينًا يحز في نفس مبارك بن عزوز، وقال:

ـ «وَلَا يَحِيقُ ٱلْمَكْرُ ٱلسَّيِّئُ إِلَّا بِأَهْلِهِۦ»، وها أنا أمامك، وها هو الحبل، فإن نجحت في توثيقي وإلقائي على الأرض ووضعت قدمك على جبهتي كان لك الحكم، وإن لم تفعل فعلت أنا العكس، وأمام أهل المدينة.

ارتبك مبارك بن عزوز وهو يمسك بالحبل، وانهارت قواه بعد خطوة واحدة للأمام، وحمله الحُر الواثق إلى قلب الساحة، وازدحم الناس وبينهم نوال والطفل حسن، وأوثق العملاق مبارك ووضعه على أرض الميدان، ورفع قدمه الضخمة جدًّا ليضعها على جبهة مبارك. وفي قلب الصمت المخيم والترقب، وقبل أن تصل قدمه إلى جبهة الرجل، صرخ حسن:

ـ أبي، أستحلفك بالمحبة التي بيننا!

ووقفت قدم العملاق عن الحركة إلى أسفل، وأعادها إلى الأرض بعيدًا عن مبارك وسط ذهول الناس، وجرى الطفل حسن إلى أبيه وبدأ في فك وثاقه، وتبعته نوال التي ارتمت على صدر زوجها الممدد على الأرض، وحسن يحاول جاهدًا فك وثاقه، حتى نجح في ذلك وأقام

والده، واتجه الثلاثة إلى العملاق ممتنين معتذرين، ولكن العملاق ترك الجميع وعاد إلى المقر في حزن وصمت. وحين دخل عليه الطفل حسن ووقف تحت قدميه وقال له:

ـ أشكر لك محبتك.

كان العملاق يداري دمعة هبطت وهو يتمتم:

ـ بسببك خالفت قانون حورة.

* * *

حطت حورة فوق بيضتها في بلاد اللاجئين، وكان يومًا مشهودًا، خرج فيه الحاكم أمجد والسيدة نيرة وزوجها الرياحي والسيد بدر الدين شقيقها، والشيخ صفي الدين، وكل وجهاء اللاجئين، واقترب الشيخ صفي الدين منها في ود خالص وعلى كفه عنقود من عنب، فمدت فمها والتقمت منه حبة وابتسمت له وقالت:

ـ أهذا رشوة أم مهر؟

ارتبك الجميع وقال الشيخ صفي الدين:

ـ نحن لا نعرف الرشوة، وبيننا وبينك عهد واتفاق.

فردت حورة مبتسمة:

ـ وأنا لا أرجع في عهدي، لكن القدر قد يفعل ما لا نعرف.

وقامت السيدة حورة من فوق بيضتها، وتراجع الجميع، وضغط السيد أمجد في جيبه على مفتاح لجهاز صغير يحمله، وكانت تلك الضغطة تعني أن تكون جيوش دولة اللاجئين كلها على استعداد، لا ينقص سوى ضغطة أخرى حتى تنطلق آلاف الصواريخ الجاهزة للانطلاق، ولكنه انتظر قليلًا ما الذي سيكون.

وبدأت حورة تكسر بيضتها وتساعد من في الداخل على الخروج، حتى خرجت من البيضة عملاقة فاتنة بوجه إنسِيٍّ أنثوي خلاب، يفوق جمال حورة، ونهدين كأنهما قُلَّتان من مرمر، وجسد أنثوي أبيض يغطيه الريش الناعم ويستره جناحان، ورموش خجلى، بأهداب سوداء كبيرة كانت تصنع ظلالًا تحتها حين ترفع جفنها وتنزله وهي تتطلع في الخلق في ذهول وحياء، ليجدوا تحت الجفون عينين سوداوين ساحرتين تسبيان العقول.

ابتسمت حورة وقبلتها وقالت:

ـ يا دولة اللاجئين إن شئتم أتممت العهد وحملتها وسافرت من فوري، وإن شئتم أتممت العقد وزوجتها بمن هتف لها قلبه.

ساد الصمت التام، وهمت حورة بأن تحملها على جناحيها فهتف بدر الدين:

ـ أنا هتف لها قلبي وسأتزوج بها.

نظر أمجد بغضب إلى أخيه، وملأت الدهشة وجه نيرة، وابتسم الشيخ صفي وتمتم مُسبحًا، في حين قال الرياحي:

ـ وماذا بعد في هذه الحكاية التي ليس لها آخر؟

ونطقت الفتاة العملاقة بصوت يشبه السحر، كأن موسيقى تتكلم:

ـ هنيئًا لمن هتف قلبه باسم الحُسن الساري، وأنا سأكون لدولتكم نجاة، ولحياتكم راحة، ولزوجي طاعة وسعادة، ما طلب أحد مني طلبًا في الخير إلا أجبته، أنا الحُسن الساري وأمي السيدة حورة وإخوتي العمالقة المباركون يحكمون بالعدل بلاد النيل وتونس والمغرب، وفي فرحي سوف تراهم دولتكم أجمعين،

فالسلام على أمي وعليكم، وعلى المحبة حيث كانت ومتى كانت.

قبلت حورة ابنتها الحُسن الساري، وحملت عنقود الشيخ صفي الدين، وطارت ورؤوس الناس شاخصة إلى السماء، وعينا بدر الدين غارقتان في الحُسن الساري.

في أثناء هذا، كانت الريشة تكتب في دفتر نبيل وحليم ما فكرا فيه، وهو:

> أما المصريون، فهم من الشعوب الطيبة على كل حال. جمعوا العديد من الخصال الحميدة وما هو دون ذلك، نظرًا إلى قِدم وجودهم على الأرض، فهم أبناء حضارة قديمة ودولة عريقة. صبروا على الاستبداد مرات وقاوموه، ومرات يستكينون له حتى تظن بهم الضعف، ثم يفيقون حتى تظن بهم الجبروت. لهم عقول متوقدة وأحلام بعيدة. يميلون إلى الكسل والنفاق، ويصنعون المعجزات فقط عند الضرورة. تراهم فتحسب أن قلوبهم شتى، وإذا جَدَّ الجدُّ كانوا على قلب رجل واحد. لا تستطيع أن تفرق بينهم في اللحظات الحاسمة، وتستطيع أن تقسم كل مجموعة منهم إلى فريقين في سفاسف الأمور. يندرجون في ألوانهم بين السُّمرة والخمرية، وبينهم قلة شديدة البياض من أصول وأعراق أجنبية. يتزاور أهل الدينين المختلفين وتنشأ بينهما الصداقات والشراكات. يقدسون الموت، ويحاولون أن يفهموا الحياة إن أتيح لهم الوقت. لا يوجد لخفة ظلهم مثيل، ولا لسخريتهم نظير. ليسوا

قساة القلوب، ولا أهل حروب، لكنهم جنود مخلصون تستطيع أن تمتلك بهم العالم. هم أبناء الماضي القادرون على تحقيق المستقبل رغم غياب الحاضر. تراهم في كل مكان فتعرفهم، كأنهم موسومون بوسم. ليسوا في الغُربةِ أصدقاء جيدين بعضهم لبعضٍ كسائر الأقطار، لكنهم أصدقاء رائعون للأغراب. لا يستطيع أن ينساهم من عرفهم ولو ليوم واحد؛ قلوبهم لطيفة وأفكارهم ظريفة، سريعو الغضب، وسريعو التسامح والمغفرة، عزيمتهم تخور بكلمة، وتصبح حديدًا لا يلين بكلمة أيضًا. هم أعجب الخلق وأبسط الخلق، لا تملك سوى محبتهم.

(٩)

في قاعة القصر كان صوت الحاكم أمجد عاليًا، واحتد على أخيه الأصغر بدر الدين وقال:

ـ ضيعتنا بتسرعك، أي حب ذلك الذي نبض به قلبك لتلك المخلوقة العجيبة؟!

همس صفي الدين محذرًا:

ـ لسانك يا مولاي؛ إنهم يسمعون!

قال أمجد:

ـ أنا لا أخشى إلا ضياع مُلكي، هذا المغرور بقلبه سيُضيع مُلكًا بناه الأجداد.

تدخلت نيرة:

ـ هوِّن عليك يا مولاي، لقد أحب، والحب لا يأتي إلا بخير.

شعر الرياحي بالإحراج الشديد لوجوده وسط هذا الموقف الشائك، وهو يقف بين أفراد الأسرة الحاكمة، فتنحنح وأخرج صوتًا يُسمع بالكاد:

ـ فليأذن لي سيدي في الانصراف، ولتأذن لي سيدتي نيرة.

التفتت إليه مُعاتبة:

ـ لا تتركنا، فأنت من العائلة الآن.

امتعض أمجد وظهر على وجهه كلام كثير لم يَقُله، ثم ساد الصمت برهة، قطعه بدر الدين كأنه أتى بالحل:

ـ سأتزوج بها وأرحل.

ضحك أمجد ساخرًا:

ـ ورطة في كل الأحوال يا بدر، ورطة في كل الأحوال، إن تزوجت وعشت بها بيننا، فنحن قد صاهرنا عمالقة أقوياء لا نعرف سرهم، ومن يستطيع حينها أن يُغضب تلك السيدة العجيبة؟ هل تستطيع أنت؟ لا أظن، هل تستطيع أن تُطلقها مثلًا إن أردت ذلك؟ لا أظن، ونظل كمَن أتى بأسد وربَّاه بين أطفاله. وإن تزوجتها ورحلت، صارت ضغينةٌ في النفس بيننا وبينك، تحركها الأيام والليالي تارة، وتُحركها الزوجة التي رحل زوجها بها بعيدًا عن أهله، الذين لا يحبونها، تارة أخرى، حتى يأتي اليوم الذي يحارب فيه بدر الدين أخاه أمجد، يا الله! هل لديك يا مولانا دواء لهذه الورطة التي ألقى بنا فيها أخي بسبب قلبه؟

ساد الصمت، وابتسم صفي الدين ونظر إلى أمجد وقال:

ـ نيرة قالت: «لا يأتي الحب إلا بخير»...

قاطعه أمجد ساخرًا وأفلتت منه الكلمات التي حاول كثيرًا أن يخبئها:

ـ وها هو يأتي لنا بتونسي ومخلوقة عجيبة.

انحنى الرياحي في أدب يداري به ضيقه ثم خرج، ونظرت نيرة إلى أمجد في عتاب شديد وقالت:

ـ ما كان لمولاي الراقي أن تفلت منه هذه الكلمات.

أشاح أمجد بوجهه عنها ولم يعتذر، ونظر الشيخ صفي الدين بحنان إلى نيرة لكنها لم تتمالك نفسها، وخرجت غاضبة لاحقة بالرياحي.

وظل أمجد وبدر الدين والشيخ صفي الذي قال في هدوء:

ـ عند الغضب تكون الأفكار جنودًا تحاربنا! يا مولاي، لِمَ لا تنظر إلى النصف الأعلى من الشجرة، حيث الثمار تتدلى تنتظر القاطفين وتسر الناظرين؟ دعك من جذعها الخشن، تلك العروس الجميلة، بل شديدة الجمال، التي شغفت قلب بدر الدين حُبًّا، فلتكنْ قوة تزيد من قوة دولتنا، فلتكن هي وإخوتها سلاحًا إلى جانب سلاح اللاجئين، فلقد أتى الحب بالزواج والمصاهرة والنسب، وسيأتي هذا النسب بمزيد من القوة والمنعة، فهوِّن عليك وأبشِر وافرح، وعانق أخاك وهنِّئْه على حُسن اختياره.

نزلت كلمات الشيخ صفي الدين كالثلج على نيران أمجد،

فبدأ يتمالك نفسه ونظر إلى بدر نظرة قبول، تحولت مع مزيد من كلمات صفي الدين إلى رضا. وظل الشيخ يُلين الكلام ويُصفيه ويمزجه بعسل البُشرى، حتى عانق الأخ أخاه. ولما أدرك الشيخ تمام انسدال ستر الصفاء عليهما، همس في أذن الحاكم أمجد بأُبوة:

ـ وما كان لك أن تُغضِب نيرة وزوجها، ولا أن تترك السيدة العروس الحُسن الساري في مكانها حتى الآن، من دون ترحيب وضيافة.

فالتفت الحاكم إلى شيخه بحب وقال:

ـ لك هذا يا سيدنا.

كان التوقيت الأسوأ على الإطلاق، الذي صرح فيه الرياحي لنيرة برغبته في العودة إلى بلاده، حتى يرى علي وعُليًّا، وحتى لا تشك عُليًّا في سر طول غيابه، وحتى يستطيع أيضًا أن يعود إلى نيرة مرة أخرى. لم يرَها في حياته على هذه الحالة من الغضب، حتى إن وجهها المضيء أظلم من الغيرة والضيق، وهي تتحدث بلسان أقرب لسوط تجلد به الرياحي قائلة:

ـ شهران يا رياحي وتريد أن تعود؟ تحملت غيابك سنوات طويلة، وحين عُدت لي بعد كل هذا الغياب، لم تجد مني سوى الابتسامة الراضية وشوق المحبة، والآن أنت بعد شهرين تخشى أن تقلق تلك التي تركتك لها سنوات وسنوات! يا لك من مُدَّعٍ للمحبة يا رياحي! إما أن تتركني الآن وللأبد، وإما أن تذهب إلى غرفة الشوق حتى تبرد ناري يا رياحي، فاختَر!

أخرس الاختيار وملامح نيرة الغاضبة الرياحي تمامًا، ووجد نفسه يُتمتم هامسًا:

-بل غرفة الشوق.

وإذا بالرياحي يدخل غرفة فيها من كل شيء: فواكه وعصائر، وأنواع شتى من الطعام والشراب وسبل الراحة. وكلما اشتاق إلى شيء منها لا يصل إليه، وكلما مد يده ليمسك حبة فاكهة أو قطعة لحم تباعدت عنه فلا يصل إليها. ظن أنه الوهم فكرر المحاولة، حتى شعر بالتعب فقال:

-ربما لا تصل يدي إلى شيء من هذا الذي أشتهيه حتى يقرصني الجوع.

وحاول إقناع نفسه بهذه الفكرة، وهمَّ بإلقاء نفسه على فراش وثير، ولكن وجد نفسه تهوي من دون الوصول إلى الفراش، فأخذ يصرخ ليجد نفسه واقفًا كما هو بجوار الفراش من دون أن يستطيع أن يلمسه. وظل على هذه الحال العجيبة لا يستطيع النوم أو الجلوس، ولا الأكل أو الشرب، وهو في حالة من الاشتهاء الدائم والتعب المقيم، حتى فقد وعيه.

* * *

ظل الحُر الواثق ينظر إلى البحر في حزن وأسى. كان بمفرده من دون صديقه حسن، وكان وقت الغروب، والغروب دائمًا ما يُثير الشجون أكثر. وكانت أفكار الحُر الواثق تميل إلى الحزن والكآبة، ودارت أسئلة وجودية مُقلقة: لماذا خرجتُ وحيدًا من بيضتي؟ ولماذا أكون أنا أول من يخالف قوانين أمه؟ ولماذا يجعلني القدر

أخسر صديقي الوحيد؟ يا لهذه الدنيا العجيبة! تُلقي بالحُر الواثق وحيدًا على شاطئ بحر يعتصره الحزن والأسى.

* * *

هتف نبيل السماك في سعادة جعلت حليم ينتبه متعجبًا، بعد أن أوشك حليم أن تأخذه سِنة من النوم، لكن هتاف نبيل أيقظه مرة أخرى. كان نبيل يكرر:

- إذن هو الأمر كذلك، نعم هو كذلك.

لم يفهم حليم بماذا يهذي السماك، لكنه جلس وهو يفرك عينيه، فأكمل نبيل:

- الريشة لا تكتب إلا ما احتشدت من أجله ذاكرتانا، تمام؟

هز حليم رأسه موافقًا، فأكمل نبيل فرحًا:

- ولا تكتب أيضًا إلا ما يُرضي العمالقة السبعة، فإن قُلنا شيئًا لا يرضيهم فلا تكتبه، وبهذا فهم يريدون منا أن نكتب لهم ما يرضيهم عنا، ولكن بلساننا ووصفنا نحن، هل فهمت؟

قاطعه حليم:

- لا أظن رأيك صوابًا.

قال نبيل:

- بإمكاننا أن نجربها، تعالَ نحشد أفكارنا حول شيء لا يحبونه، وليكن مثلًا مذبحة الطير.

وهنا بدأ نبيل وحليم يتذكران، وبدأت الريشة تكتب:

اعتقد الناس أن الطيور بكل أنواعها تنقل المرض والموت.

وهنا نظر حليم إلى نبيل المُحبَط معلقًا:

ـ إنهم لا يريدون إلا الصدق يا نبيل، يريدون أن نصف أحوالنا بصدق حتى يحكمونا عن بينة.

* * *

ألحت عُليًّا على علي في أن يذهب إلى المقر ويُطمئنها على أبيه، ولم يكن علي يستطيع أن يُصارحها بأنه ليس بإمكانه ذلك، وصار يسوق لها الحجج حتى استنفدها، وهنا قررت عُليًّا أن تأخذ الخطوة التي لا بد منها، وأرسلت علي في طلب وهمي، وارتدت ملابسها واتجهت في جدية وتصميم إلى مقر العمالقة السبعة، للسؤال عن الرياحي زوجها الذي طال غيابه في مُهمتهم. وفي أثناء سيرها الجاد كان الرياحي في كوابيسه هناك في غرفة الشوق، يرى عبر حائط شفاف عُليًّا وهي تجدُّ السير نحو المقر، ويحاول بكل قواه أن يمنعها من دون جدوى.

* * *

لم يتمالك نبيل نفسه وهو يودع حليم ذاهبًا إلى بيته للغداء والراحة، وقال:

ـ هل تعلم يا حليم أنني رأيت وديدي الذي عُوقب واختفى حين خالف القانون وأكل البطة؟

همس حليم مبتسمًا:

ـ رأيته في المنام؟

رد نبيل:

ـ بل أمام بيته، وكانت أخته كرمللة تحاول أن تدخله البيت بسرعة.

(١٠)

خصص الحاكم أمجد قصر الروعة للحُسن الساري، وأعلن في سائر دولة اللاجئين أن الزفاف الكبير سيقام بعد شهر، وسيكون زفافًا لم تشهد البلاد مثله، وسيقام في ساحة الساحات الرياضية، وهي الساحة التي تتسع لأكثر من ثلاثة ملايين مواطن، وكان يقام فيها آخر الرياضات المسموح بها في دولة اللاجئين، بعد أن اختفت من العالم كل الألعاب المعتادة، وهي رياضة الخطر والخواطر، وكانت لقلة من الموهوبين لا يتجاوز عددهم المائة موهوب، سباق يُشبه سباقات الجري القديمة، يصطف المائة متسابق على خط أبيض، ومسافة التسابق تصل إلى ثلاثين كيلومترًا مقسمة إلى محطات، وتعتمد على القوة البدنية وسرعة الخاطر، بمعنى أن المتسابق يجري على قدميه ويركز بشدة ويسرح بخاطره، وبقدر قوة الخاطر يستطيع أن يجتاز في كل مرة ثلاثة كيلومترات أسرع من الآخر. وقوة الخاطر تتبدل من مرحلة إلى أخرى، والذي يستطيع أن يملك الخاطر الأسرع على مدى السباق كله، يفوز وسط كل هذا الحشد من الجمهور، وينال الجائزة الكبرى. كان سباقًا ممتعًا يجمع بين الرياضة والخيال، ومع الوقت مات غالب هؤلاء الموهوبين، وندُر وجودهم، وكادت تختفي تلك الرياضة لولا ظهور جيل جديد قادر، جيل تهتم به دولة اللاجئين وتوفر له الإمكانيات الصحية والأمنية. تحتفظ في فندق قريب باثني عشر شابًّا، يستطيع بعضهم بالخاطر أن يتجاوز عشرة كيلومترات في

بضع خطوات، كأنه الريح، حتى إنه يختفي في لحظات ويعود للظهور مكملًا الجري من شدة سرعته.

كان الحاكم أمجد يخطط لاحتفال وسباق كبير في عيد الدولة القومي، لكنه عدَّل قراره إلى أن يكون ذلك السباق العجيب في افتتاح حفل زفاف أخيه بدر الدين، وعروسه الحُسن الساري، حتى يُبهر به العمالقة وأمهم، فيدركوا أنهم أمام دولة مختلفة. وها هو بنفسه بين رجال دولته يمشي في ساحة الساحات، ويطلعونه على تصورهم النهائي لذلك الحفل غير المعتاد.

* * *

تصل عُليًّا إلى المقر وهي متهدجة الأنفاس، وقطرة من العرق تمسحها بكفها من فوق حاجبها الأيمن، وتقف قليلًا حتى تلتقط أنفاسها وتتمالك نفسها، فتسري قشعريرة في سائر جسدها، قشعريرة لا تمنعها من أن تخطو إلى داخل المقر في جرأة نادرة، جرأة لا تملكها إلا السيدة عُليًّا. وما إن دخلت إلى المقر حتى وجدت العمالقة الخمسة على منصتهم ينتظرون، وزعيمهم مُرحِّبًا يقول:

ـ إنها المرة الأولى التي يأتي إلينا فيها أحد من دون أن نستدعيه! مرحبًا يا عُليًّا.

قاومت عُليًّا خوفها وارتباكها، وأغمضت عينيها وهي تقول:

ـ زوجي الرياحي رجل كبير ومُقعد، طالت غيبته، أعلم أنه في مهمة مقدسة، لكنني زوجة يا سادة وأريد زوجي.

تبادل العمالقة الخمسة النظرات وبدت عليهم الحيرة، وقال الزعيم بصوت حنون:

ـ إنه في غرفة الشوق يا عُليًّا، وسرعان ما يجعله الشوق يعود، فكل مشتاق صادق لا بد له من لقاء.

ابتسمت السيدة عُليًّا في خجل، وكتمت كلامًا همت بقوله، ثم قالت:

ـ قبلنا البُشرى يا سيدي، أقريب هو أم بعيد؟

كانت تقصد اللقاء، وكان الطائر العملاق لا يستطيع الكذب ولا يستطيع أيضًا أن يكسر خاطرها، فأجابها بصوت باسم:

ـ كل آتٍ قريب.

ففرحت عُليًّا، وانحنت في أدب وسعادة، وغادرت مسرعة.

* * *

يبدو أن نبيل يتغير، ويبدو أن الإصلاح إن لم يجد داخل الإنسان رغبة قوية ومحبة صادقة لهذه النُّسخة المُعدلة، فإنه يبدأ في مقاومتها، ويبدو أن الطبع الأصلي هو الذي تصفو به النفس وتزدهر، وتستطيع أن تواصل حياتها في انسجام. وها هي مشاعر الغيرة تعود بينه وبين حليم، غيرة بدأت بالفضول والتنافس، والرغبة في معرفة أي الأحداث التي سيتذكرها حليم أكثر منه، ثم تحول الفضول إلى مشاكسة وتشكيك ومغالطات وإرباك. وصل الأمر إلى ذروته حين خابت نظريته وتصوره عن الريشة التي تكتب ما يرضى عنه العمالقة فقط، وتفنيد حليم لذلك. في تلك اللحظة تحديدًا، تذكر نبيل كلام زوجته عن نظرة حليم، وبدأ قلبه يعود لسابق عهده. وحتى حين أخبر حليم عن رؤيته لوديدي لم ينفعل حليم للخبر، لأن حليم كان مشغولًا بصدق بالمهمة المُكلف بها، ولطبع حليم أيضًا غير المنشغل بالآخرين. لكن رد فعل

حليم لم يعجبه، وخرج نبيل من عنده وهو يشعر بالحنق والغضب المكتوم من ذلك الحليم الذي يتعمد إهانته، ويتعمد عدم الاهتمام به، والدافع وراء ذلك هو غرور حليم وتعاليه، واعتقاده الجازم بأنه أفضل من نبيل.

كانت خطوات نبيل تحفر الأرض في أثناء المشي من شدة الضيق، حتى وجد نفسه أمام بيت وديدي وكرمللة فأخذ يطرق الباب، وحين فتحت له كرمللة الباب بابتسامتها المشرقة، هتف في تسرع:

- فنَّانتنا الجميلة، وأجمل رسامة في بر النيل، كيف حالكِ وحال إخوتك؟

ردت الفتاة في ود وبساطة:

- بخير يا سيد نبيل، بخير.

وهنا يكمل نبيل سؤاله وقد أفقده الفضول رُشده:

- وحال وديدي؟ لقد لمحته منذ أيام، ورأيت من الواجب أن آتي بنفسي للسؤال عنه.

ارتبكت كرمللة بشدة، ولاحظ نبيل ارتباكها فازداد سعادة وثقة بما رأى، ولكنها عاجلته قبل أن تُغلق الباب:

- عليك أن تتذكره بالرحمة يا سيد نبيل، لا بد أنها أوهام اشتياقك للمرحوم أخي، بعد إذنك، فأنا بمفردي!

أغلقت كرمللة بابها، ولكنها فتحت بابًا للسعادة في قلب نبيل الذي تأكد من أن وديدي حي يُرزق، وراح يُكمِل طريقه إلى بيته في رضا تام عن نفسه.

* * *

زادت وحدة الحُر الواثق وزادت كآبته، وعلى الرغم من إنقاذه حياة مبارك بن عزوز، فإن الرجل وبقسوة تامة، أصدر أمره لحسن بعدم الذهاب إلى الحُر الواثق. وظل حسن ليالي طويلة يبكي بمفرده في شوق للقاء صديقه، ونوال بحنان الأم تحاول أن تُلهيه بحكايات لم تكن تعني له شيئًا، حتى ينام مُجهدًا من البكاء، وتنام هي إلى جواره، ومبارك في غرفته شارد محتار يحارب خواطره التي ربما تجعله يُعاقَب مرة أخرى من الحُر الواثق، ويشعر أنه في أضيق سجن في الوجود، وهو سجن الحرمان من التفكير بحرية، ويهمس:

ـ يا لها من عقوبة قاتلة يا مبارك بن عزوز، يا لها من عقوبة قاتلة.

أُضيء مقر الحُر الواثق إضاءة قوية مفاجئة، ونظر إلى الضوء الباهر وتأمل وسطه تلك الجمل التي تكتب بالنور أمام عينيه:

> سيقام زفاف الحُسن الساري في دولة اللاجئين بعد شهر، وستكون فرصة أن نلتقي جميعًا، أنا وأنت وإخوتك. أما عن مخالفتك للقانون فقد عفوت عنك، فقد خالفتَه بدافع الرحمة يا ولدي، وهذا هو درسي الأول لك؛ قد يكون من عين الرحمة ألا تضع الرحمة فوق القانون. لا تبتئس ولا تحزن، فالحزن لا يسكن القلب السليم.

كانت كلمات من نور كافية أن تجعل من الحُر الواثق طفلًا سعيدًا، سعادة جعلته يظهر للطفل حسن في الحلم ويحمله على كتفه ويَعبر به البحار ويطير به في السماوات العُلا، حلمًا جعل حسن يستيقظ ضاحكًا سعيدًا في حضن نوال.

الفصل الخامس
الأعمى والكسيح والأصم

(١)

تزوجت السيدة حورة بالسيد جمال صادق عبد الرازق بين السماء والأرض، وكان ذلك حين فقدت حورة أمها وأباها، وخافت من الناس فسكنت في غابة، بعيدة عن البشر الذين لن يتقبلوا فتاة بهيئة تجمع بين الإنس والطير. وكان السيد جمال فتى طيب القلب، يقضي نهاره في مكتبة والده، مكتبة السيد صادق عبد الرازق وهي كبرى مكتبات بغداد. والسيد صادق عبد الرازق مدني الجدود، من المدينة المنورة، وهاجر جده السيد عبد الحق إلى بغداد واستقر بها، وأنجب عبد الرازق السيد صادق الذي تزوج بنوفلة الراقية، التي لم تكن تريد الزواج وكانت تريد التفرغ للعبادة، فقد كانت متعتها في الإمساك بالمسبحة والذِّكر لساعات طويلة، حتى إن أمها وأباها خشيا عليها من الجنون، وهمس الأب في أذنها ذات ليلة وهي على سجادتها تذكر الله:

ـ لا رهبانية في الإسلام يا نوفلة، وأنا لديَّ عريس جميل الوجه مُعتدل القامة، وعلى درجة عالية من العلم والثقافة، وأنا لا أريد منكِ إلا أن تنظري إليه فقط حين يأتي لزيارتنا هو وأهله.

وعرفت من أمها أن اسمه صادق. وأتى السيد صادق بصحبة أبيه عبد الرازق وأمه غالية، وألقت نوفلة بنظرة إلى الفتى من بعيد، ليفاجأ بها والدها ووالدتها وهي تدخل عليهم وتقعد أمام عريسها مبتسمة في جرأة غير معتادة، وتقول بصوت واضح لا خجل فيه:

ـ أهلًا بزوجي الذي سأنجب منه جمال، ذلك الفتى الذي سيتزوج بين السماء والأرض.

وارتبك والدها وقال مُبررًا:

ـ إن ابنتي تلقائية وطيبة القلب ولا خبرة لها.

وضحكت الأم وهي تغمز بعينها نوفلة للقيام معها، بحجة إحضار الحلوى للضيوف، ولكن نوفلة ظلت مكانها وقالت وهي تبتسم لصادق:

ـ إنهم ليسوا ضيوفًا يا أمي، إنهم أهل.

وسلَّم والدها أمره لله، ولم ينتبه إلى العريس الذي جذبه أيضًا عشق نوفلة، حتى إنه قال فجأة:

ـ لا داعي للخطبة والتعارف يا عمي، فأنا والحمد لله أستطيع أن أجهز حالي وأحوالي في أسرع وقت، وأفوز بهذه الهدية التي أرسلها الله إليَّ.

تم الزواج سريعًا وأنجبا، كما قالت نوفلة، طفلًا شديد الجمال سمياه «جمال»، وظلت بقية النبوءة تتردد على استحياء أحيانًا،

أو لإثارة البهجة أحيانًا أخرى، فيبتسم صادق لجمال وهو طفل يلهو ويقول:

ـ ومتى ستتزوج بين السماء والأرض يا جمال؟

كانت مكتبة عبد الرازق المكتبة الأكبر في بغداد، وكان جمال الطفلَ الذي كبر في المكتبة، وحبا ونشأ بين الكتب مُلتهمًا لها، ومستمعًا جيدًا لقصص والده عن علاقة بغداد بالكتب، وعن نهر دجلة الذي امتلأ بالدماء والكتب حين دخلها المغول. وكان يقضي غالب وقته بين أوراق الكتب، لاهيًا عن كل مُتع الدنيا، غارقًا في خيال تلك القصص والروايات، لا يفيق إلا على نداء والده ويده التي تهزه، آمرًا إياه بالتوقف عن القراءة والعودة معه إلى البيت.

كان قد بلغ سبعة عشر عامًا حين اشتعلت المعارك الطاحنة في بغداد، بين القبائل والطوائف والمذاهب، وكل شيء يسمح بالفُرقة بين الناس. فتنة اشتعلت ولم تسكن. وكان جمال لا يخاف على شيء أكثر من خوفه على المكتبة والكتب، فصار يحرسها ليلًا ونهارًا، ولا يغادرها إلى البيت أبدًا، حتى إن أباه كان يحضر له الطعام نهارًا ويتركه ليلًا. وفي الليل يضع المتاريس، ويختار كتابًا خياليًّا ويترك نفسه تطير بين صفحاته، حتى تأخذه سِنة من النوم، ويفيق بعدها ويُكمل القراءة، وقد اختلطت بداخله أحلام النوم بخيال الكتاب الذي يقرأ فيه. وفي ليلة لا تُنسى، لم تترك نوفلة مسبحتها، وقالت وهي تتمتم بأورادها مطمئنة لصادق:

ـ لا تقلق على جمال يا صادق، إنها ليلته يا حبيبي!

لم يفهمها الرجل، لكنه اطمأن لابتسامتها الطيبة. تلك الليلة

اشتدت فيها المعارك حتى وصلت إلى شارع مكتبة عبد الرازق، وظل جمال محتضنًا كتابًا خياليًّا عن شاب لديه بساط للريح، يستطيع أن يمتطيه ويطير به من بلد إلى بلد. واقتربت النيران والمعارك حتى صارت بجوار باب المكتبة، وأغمض جمال عينيه في توسل وهو يحتضن الكتاب، ثم غاب عن الوعي. وهنا لا يدري جمال هل كان الأمر حُلمًا في نوم، أم خيالًا في كتاب، أم رحلة حقيقية. كل ما يدريه فقط أنه حين فتح عينيه بعد برهة، وجد نفسه في غابة واسعة وهو يجري وفي يده الكتاب، حتى وجد شجرة شديدة الضخامة، ذات فروع ممتدة إلى ما لا نهاية في كل الجهات، فصعدها لاهثًا حتى وجد عشًّا كأنه القصر، قصر من أعواد ملونة ذات روائح جميلة تُشبه المسك والعنبر. ودخل ذلك العش العظيم ووقف يتأمله، ليجد الآنسة حورة نائمة في سلام كأنها التجلي الإلهي. جمال تام ينام في سكون وسكينة وطمأنينة، وهو يتأملها في ذهول مسلوب الإرادة، حتى إن الكتاب سقط من يديه على أرض العش، فرفعت رموشها، وفتحت جفونها، وأطلت عليه بعينين كأنهما نبعان للحياة، وارتجفت وهمست همسة كادت تطيره من فوق الشجرة. قالت:

- من أنت أيها الفتى؟ وكيف أتيت إلى هنا؟

وفي الصباح كان صادق يفتح المكتبة المحترقة بالكامل، ولا أثر لجمال بداخلها.

(٢)

عاد السيد صادق إلى نوفلة حزينًا صامتًا، وأدركت هي كل شيء، وربتت على ركبته وقالت في حنان بالغ:

ـ سيعود الغائب يا صادق، فلا تحزن واصبر الصبر الجميل.

كانت دموع الرجل تبلل وجهه، وأخذ ينهنه في صدر نوفلة ويهتز بشدة، وهي تضمه إليها وتُهدهده وتبتسم:

ـ قلت لك اطمئن، فجمال الآن في أحضان الجمال بين السماء والأرض، يأكل الفاكهة ويضحك.

كان جمال يأكل فاكهة قدمتها له حورة، وهو يحكي لها قصته منذ أن كان في المكتبة يقرأ، وحتى اقتربت المعارك من باب المكتبة المغلق، ثم أغمض عينيه وفتحهما ووجد نفسه في عُشِّها. ابتسمت حورة وقالت:

ـ هذا هو القدر إذن، كأني أنتظرك!

فردَّ ضاحكًا:

ـ بل هي نبوءة أمي الطيبة نوفلة، التي أخبرت أبي أنها ستتزوج به وتُنجب منه شابًّا هو أنا، سيتزوج بين السماء والأرض.

احمرَّ وجه حورة وهمست:

ـ نتزوج؟

رد جمال بطيبة قلب:

ـ نعم نتزوج، وهل سأجد من هي أجمل منك حتى أتزوج بها؟ لا بد من أن الله قد طيرني من بغداد إلى هنا لحكمة عظمى،

ولا أرى في الوجود أكثر حكمة من زواج حبيبين التقيا صُدفة على شجرة!

ضحكت حورة من طريقته في الكلام، وقالت:

ـ ماذا كنت تقرأ؟

التقط الكتاب وناولها إياه:

ـ هذا هو مهركِ، كتاب يحكي عن فتى يدعى علاء الدين، وبساط سحري يطير به من بلد إلى بلد.

ابتسمت حورة وقالت:

ـ مهري؟!

هتف:

ـ نعم.

قالت:

ـ ولكن هناك شروطًا أخرى، لا بد للزواج من شاهدَين ومأذون.

ابتسم جمال:

ـ ما أكثر الشجر والطيور! فليكونوا جميعًا شهودًا علينا!

قالت ضاحكة:

ـ يا أيها المراوغ، يجب أن يكون الشاهدان من البشر، وعلينا أن ننتظر حتى يأتي إلى غابتنا رجلان فيشهدا ليتم الزواج.

قال لها:

ـ ألا يوجد في الشرع أن المضطر يأكل عند الجوع ما هو ليس حلالًا، حتى لا يهلك؟

قالت:

- يا لفقهك العجيب! وأين الاضطرار في حالنا؟ وأين الهلاك؟
رد بذكاء وهو يقترب في لطف:
- الحاجة إلى القرب اضطرار، والعشق إن لم يعالَجْ بالقرب كان هلاكًا!
ضحكت حورة:
- والمأذون؟
قال ضاحكًا:
- من أذن لنا في اللقاء، أذن لنا في الزواج يا...
ضحكت وقالت:
- اسمي حورة يا...
فقال:
- جمال.
قالت:
- صدَق مَن سمَّاك! ولكن ذكاءك لن يحجب عني حيلتك، وأنا، يا أيها المحتال الجميل، لن أتزوج بك إلا بشاهدَين ومأذون. فلتختَر لك شجرة أخرى تنام عليها، فلا يجوز أن يجمعنا عُشٌّ واحد إلا بعد الزواج.

مرت الأيام والأسابيع والشهور، وحورة وجمال في حالة الانتظار والود والحب والأُنس، ولكن لا يجمعهما عش واحد، إلى أن قاد الحظ إلى تلك الغابة ذات صباح ثلاثة رجال، كان أحدهم كفيفًا والثاني أصمَّ والثالث كسيحًا. وكان الأصم يحمل منشارًا ضخمًا، أشار له الكسيح فبدأ الأصم في نشر شجرة حورة،

وحين لمحهم جمال، قفز من فوق شجرته، وجرى نحوهم محذِّرًا صارخًا:

ـ ماذا تفعلون؟!

قال الكسيح:

ـ ننشر الشجرة من أجل الخشب.

وأردف الكفيف:

ـ ضاق الرزق وما باليد حيلة.

فَردَ جمال ظهره وقال لهم بلهجة الآمر:

ـ من أدخلكم غابتي وأوعز إليكم بقطع شجري، وأنا هنا الأمير الحاكم، ولا دخول من دون إذن؟

فاعتذروا منه، وقد ظنوا أنه جِني، وقال الكفيف:

ـ اقبل عذرنا فنحن أصحاب عاهات، وزاد علينا الفقر وهو أكبر عاهة!

فقال لهم جمال:

ـ سأعفو عنكم وأمنحكم رزقًا، ولكن بعد أن تنفذوا أوامري.

فقال الكسيح:

ـ السمع والطاعة.

وأردف الكفيف:

ـ عبيدك وأبناء عبيدك...

فقاطعه:

ـ بل إخوتي، ولن يزيد النفاق في رزقك. فلتصعدوا معي تلك الشجرة.

ساعد الاثنان؛ الكفيف والأصم، ثالثَهما الكسيح أولًا على

الصعود، ثم صعدا خلفه، ليجدوا في العش حورة. تراجعوا في خوف، فطمأنهم جمال:

- لا تقلقوا، إنها خطيبتي.

وأشار للكسيح وقال:

- وأنت، فلتكتب يا سيدي على غلاف هذا الكتاب؛ كتابي، على هذه العروس، ولتشهدا يا أيها الرجلان على زواجنا.

وكتب الكسيح وشهد الكفيف والأصم، وزقزقت عصافير كثيرة كأنها تزغرد وتبارك للعروسين. وقال الكسيح:

- مبارك عليكما، والآن أين ما وعدتنا يا سيدي؟

فارتبك جمال، وقالت حورة:

- بماذا وعدتهم؟

قال:

- وعدتهم بالرزق الوفير.

فابتسمت حورة وقالت:

- يا من كتبت كتابنا قِف.

فوقف الكسيح وهو لا يصدق نفسه من الفرحة. ثم ابتسمت للكفيف وقالت:

- يا من شهدت على زواجنا أبصِر.

ففتح الكفيف عينيه، وشهق من الفرحة وقال:

- يا الله! ما أجمل كونك!

ثم همست في أذن الأصم وقالت:

- وأنت أيها الأصم فلتسمع همسي، ولينطق لسانك بالحق.

فنطق الأصم وهتف:

ـ الله أكبر! إن السمع لآية، وإن النطق لمتعة!

رفع الكفيف الذي أبصر يديه وقال:

ـ اللهم اجعل في نسلهما بصيرة ترى كل الخبايا.

وتبعه الكسيح الذي تحركت قدماه وقال:

ـ اللهم اجعل في نسلهما قوة الحكم والقهر، فيَحكمون ولا يُحكمون، ويَقهرون ولا يُقهرون.

وختم الأصم الذي نطق:

ـ اللهم اجعل أرواح نسلهما شفافة، تسمع الخفايا، وتنطق بالصدق الجلي.

فرحت حورة بدعواتهم، وابتسم لهم جمال، وقفز الثلاثة من الشجرة في فرحة كأنهم وُلِدوا من جديد، وغادروا الغابة وهم يغنون.

غنى الكفيف الذي أبصر:

لا تقطع شجرة أبدًا

ولكن انظر وتمتع بجمال الشجرة

وغنى الأصم الذي نطق وسمع:

لا تقطع شجرة أبدًا

ولكن اسمع صوت عصافيرها وغنِّ معها

وغنى الكسيح الذي مشى:

لا تقطع شجرة أبدًا

ولكن حرِّك ساقيك واجرِ كطفلٍ حولها

في العش فوق الشجرة، صارت حورة في حضن جمال فتاة ليست

لها شبيهة. وذاق منها وارتشف، ومن ذاق عرف، فكانت ليلة من الليالي التي لا تكتب إلا في كتاب السعادة، وتحققت نبوءة نوفلة.

* * *

في العام السابع والعشرين بعد الفرح الأسطوري للحُسن الساري وبدر الدين، حدثت حادثة عجيبة من حوادث الدنيا، وهي مرور سفينة من سفن الهلابة. والهلابة هم قوم ظهروا قبل زوال مُلك أبناء حورة، غالب قادتهم من النساء، نساء جميلات يمتلكن سفنًا كبرى يُغِرن بها على سواحل البلدان، ويهبطن إلى تلك البلاد وينهبن خيراتها ثم يَعُدْنَ إلى بلادهن. كانت كُبرى سفنهم تقودها امرأة شديدة البأس والقوة تسمى المرمرية. حين وصلت المرمرية إلى ساحل عدن، ونزلت هي وجنودها من النساء ونهبت خيرات عدن، قاومها شاب جميل قوي رغم نحافته، واستطاع أن يُجهدها هي وجنودها، حتى أمسكت به وحملته معها في سفينتها. وهناك في مدينة شاكي، عاصمة بلاد الهلابة، كان قصر المرمرية، وفي سرداب بينه وبين باب القصر أربعون بابًا، ألقت بالشاب غلاب العدناني، وخيَّرَته بين الزواج بها وبين القتل. فقال لها:

ـ لا هذا ولا ذاك، بل أحكي لكِ حكايات، فأنا حكَّاء ماهر، فإن فشلتُ في حكاياتي فاقتليني، وإن أعجبتكِ الحكايات فافتحي لي عند نهاية كل حكاية بابًا من أبواب القصر الأربعين، حتى إذا وصلت إلى باب النجاة ونجوت، كنتِ ملتزمة أنتِ بإعادة ما نهبتِه إلى بلادي، وعندها أتزوج بكِ هناك في عدن، وتتخلين عن كل ما لديكِ من سفينة وجنود.

قالت:

ـ قبلت يا غلاب!

وبدأ غلاب يحكي، فهو الراوي ونحن منه نسمع، وها قد أوشك غلاب على الخروج وبينه وبين النجاة ثمانية أبواب.

وفي تلك الليلة قالت المرمرية لغلاب:

ـ يا غلاب لا تغتر، قد يأتي أجلُك عند الباب التاسع والثلاثين، فانتقِ كل حكاية بعناية، فإن مللت قتلتك بلا ندم.

فابتسم غلاب العدناني وقال:

ـ توكلت على الحي الذي لا يموت.

* * *

طال مكوث الرياحي التونسي في غرفة الشوق، ولم يحن قلب نيرة له. وحين زار أمجد الحاكم نيرة في قصرها، واعتذر منها بلطف، لاحظ أن وجهها أقل نورًا من المعتاد، وسأل عن الرياحي حتى يُطيب خاطره، فردت في اقتضاب:

ـ إنه في غُرفة الشوق.

فقال مبتسمًا:

ـ لا أتدخل بينكِ وبين زوجك، ولكن الرجل طيب. وإن كان لسانه قد أفلت كلمة، فإن في قلبكِ مُتسعًا، وإني أريد أن أُعْلِمكِ أن حفل الزفاف لن يكتمل إلا بوجودكِ أنتِ وزوجك.

واستأذن الحاكم أمجد وخرج، وشعرت نيرة بشوق عظيم إلى الرياحي، ولكنها قاومت شوقها بعنادها وقالت:

ـ لن يخرج حتى يشتاق إلى نيرة.

في هذه اللحظة صرخ الرياحي في غرفته:

ـ يا نيرة، أهذا جزاء المحبة؟

شقت صرخته رداء نيرة، فنظرت إلى نحرها ونهديها وقد انشق الثوب عنهما بفعل صرخته، وجرت إلى غرفة الشوق. وحين فتحت بابها كان الرياحي حزينًا حزنًا لا يُشفع فيه شافع، حزنًا يفوق كل حزن، وكان الندم ظاهرًا على وجه نيرة. وضُرِب بين نيرة والرياحي حجاب منع الحب القديم.

* * *

أشارت المرمرية بيدها ففُتِح باب، ومنه خرج غلاب العدناني إلى غرفة أكثر اتساعًا وجمالًا، وقالت له:

ـ بإمكانك الآن أن تنام وتستريح يا أيها الحكَّاء الماكر، فقد أدخلتني في حال عجيبة من الشجن، وأُريد أن أعرف ماذا كان من أمر كرمللة وويديي؟ وإلى أين سيقود نبيل السماك طبعه المعوج؟ وكيف سيكون زفاف الحُسن الساري؟ وما نية مبارك بن عزوز التي يحاول أن يخفيها؟ وكيف سيكون لقاء الإخوة العمالقة في بلاد اللاجئين؟ وما مصير جمال وحورة؟ وما سر القوة في ذلك النسل العجيب؟ وما سر الضعف؟ يا أيها العابث بخيالي سأعود قريبًا، فاحذر أن تجعلني أفقد هذه المتعة، سيكون الثمن حياتك يا غلاب.

كانت لغلاب العدناني حبيبة في اليمن تُدعى أروى، وكانت أروى ترسل إليه كل يوم في النوم جزءًا من الحكاية حتى ينجو به من باب إلى باب، ولم تكن تعلم أروى أن نجاته تعني زواجه بالمرمرية الهلابة

في النهاية. وظلت أروى تُرسل حكاياتها إلى حبيبها، تجمع له فيها الواقع بالخيال، وما حدث بما لم يحدث، وتُطَعِّمها بالمثير والجذاب، وتمزج فيها بين التاريخ الشفهي والمكتوب، وتدمج الأساطير في الوقائع. ولم تتأخر عنه ليلة واحدة، وفي اليوم الذي أبحرت فيه سفينة المرمرية بغلاب أسيرًا، أقسمت أروى بقلبها وشرفها لتقطعن رأس المرمرية، وتُعلقه على باب المدينة وترقص أسفله. وظلت أروى عند البحر تتقصى أحوال المرمرية من البحارة، ومنهم علمت بأمر قصرها والسرداب الذي سجنت فيه غلاب، والأربعين بابًا التي تفصل غلاب عن النجاة. كانت كل ليلة تُطلق البخور وترتدي الثياب الجميلة، وتقعد وتُغمض عينيها وتُرسل الحكايات إلى غلاب، وترسل طائر الكروان خاطِر فيعود ويخبرها فرحًا:

ـ لقد تجاوز اليوم بابًا جديدًا.

أو يأتي حزينًا مطرقًا ويقول:

ـ يبدو أنه لم يحكِ شيئًا الليلة، فما زال في مكانه.

فتتوقف عن إكمال الحكاية وإرسال حكايات جديدة، إلى أن يأتي الكروان خاطِر مجددًا ويُخبرها أنه عبر بابًا من الأربعين، فتُعيد الكَرَّة وترسل جزءًا جديدًا من حكايتها. كانت تعلم أن نهاية الحكايات تُقرِّب حبيبها من النجاة، وتقربها هي أكثر من رأس غريمتها. وهكذا كان القدر يخيط ثوب الردى للأبطال.

اجتمع العمالقة السبعة في مقرهم، ووقف الناس خارج المقر بالألوف يتقدمهم الوجهاء، وعلا صوت الزعيم موضحًا:

ـ سنغيب عن بلادكم بضعة أيام، فلا تقلقوا ولا تظنوا أنكم

بلا حاكم، فإلينا تصل النيَّات ونستطيع من البُعد إصدار الأحكام وتنفيذها، فالتزموا السلوك القويم، وقدموا حُسن الظن، ووطِّنوا أنفسكم على الصدق. في الخير نترككم، وعلى الخير نلقاكم.

طار السبعة بلا أجنحة في مشهد مهيب، وقال زعيمهم وهو يتقدمهم:

ـ لو كان لنا جناحان كأمنا حورة لوصلنا إلى تونس في وقت أقل، ولكن اعلموا أن الشوق وقود للذراعين وللرِّجْلين، فكلما زاد شوقنا لإخوتنا زادت سرعتنا.

في تونس كان الخمسة ينتظرون على شوق كبير، وقال زعيمهم:

ـ واعلموا أن الشوق يُقرب الأحباب، وكلما زاد شوقنا زاد جذبنا لهم، فوصلوا إلينا بسرعة وبدأنا رحلتنا إلى الدار البيضاء وأخذنا أخانا الحُر الواثق، ولحقنا نحن الثلاثة عشر بعُرس أختنا في دولة اللاجئين.

فما إن أنهى كلامه حتى حط العمالقة السبعة على أرض تونس، قرب تمثال ابن خلدون، وشاهد الناس لقاءً عجيبًا بين اثني عشر رجلًا عملاقًا، يجمعون بين هيئة الإنس وهيئة الطير، يتعانقون ويبكون ويبتسمون، في حالة من الوجد والفرح والسعادة لم يُرَ مثلها في الوجود. وقال زعيم الخمسة:

ـ لقد وصل إخوتنا عمالقة مصر إلينا، وإنا يا أهل تونس سنسافر معهم ونغيب عنكم بضعة أيام، فلا تقلقوا ولا تظنوا أنكم بلا حاكم، فإلينا تصل النيَّات، ونستطيع من البعد إصدار الأحكام وتنفيذها، فالتزموا السلوك القويم، وقدموا حُسن الظن، ووطِّنوا أنفسكم على الصدق. في الخير نترككم، وعلى الخير نلقاكم.

طار الاثنا عشر عملاقًا بلا أجنحة وغابوا في السماء، وضربت عُليًّا على صدرها حين حكى علي لها ذلك، وقالت:

ـ والرياحي يا علي متى يعود؟

فقال في شرود:

ـ لا أعلم يا أمي.

كان الحُر الواثق ينتظر إخوته بشوق بالغ، حين أقبل حسن نحوه مخالفًا أوامر أبيه، وهو يجري في لهفة صائحًا:

ـ أوحشتني يا حبيبي.

قال الحُر الواثق بلهفة أكبر:

ـ وأنت أكثر، سترى الآن مشهدًا لم ترَه من قبل، سترى إخوتي الاثني عشر.

قال الطفل:

ـ ألم تقُل إنك وحيد؟!

قال الحُر الواثق:

ـ كنت أظن ذلك حتى عرفت أن لي اثني عشر أخًا، وأختًا واحدة هي الصغرى، وسنجتمع جميعنا ونطير من هنا إليها لحضور زفافها، هل تأتي معنا؟

سرح الطفل ثم أجاب في حماس:

ـ نعم، آتي.

وإذا بالسماء يهبط منها اثنا عشر عملاقًا يعانقون بالتتابع أخاهم، ويقدم له كل واحد منهم نفسه:

ـ أنا نور الطريق جمال.

ـ وأنا حُسن الجوار جمال.

ـ وأنا صدق اللسان جمال.

ـ وأنا صخرة الحق جمال.

ـ وأنا الصبر الجميل جمال.

ـ وأنا جناح الرحمة جمال.

ـ وأنا سيف القضاء جمال.

ـ وأنا مَرُّ السحاب جمال.

ـ وأنا خير الصحاب جمال.

ـ وأنا باب الأحباب جمال.

ـ وأنا عدل الميزان جمال.

ـ وأنا جزاء الإحسان جمال.

وقال باكيًا وهو يحتضنهم:

ـ وأنا الحُر الواثق جمال!

بكى الثلاثة عشر وتعانقوا وابتسموا، والتفت نور الطريق أكبرهم إلى الصبي وسأل الحُر الواثق:

ـ ومَن هذا يا حُر؟

أجاب الحُر:

ـ هذا صديقي حسن بن مبارك بن عزوز.

تبادل الإخوة النظرات وأكمل الحُر الواثق:

ـ يريد أن يأتي معنا ويشاهد زفاف الحُسن الساري.

(٣)

العمالقة الثلاثة عشر يصطفون أمام الناس في المغرب، في مشهد مهيب، يسبق طيرانهم لزفاف أختهم. ويخطب الحُر الواثق في الناس كما فعل إخوته في بلدانهم، وبعد أن يختم خطبته يتوجه بالكلام إلى مبارك بن عزوز وزوجته، ويستأذنهما في أن يسمحا لابنهما بالسفر معه، ولم يجدا بُدًّا من الامتثال. ويطير العمالقة الثلاثة عشر وحسن بن مبارك بن عزوز على كتف الحُر الواثق مُتشبث برقبته، والأرض تبتعد من تحت عينيه، والسماء تقترب وهو في حالة من الإثارة والسعادة لم يشهد مثلها، لدرجة جعلته ينسى الخوف ويُغمض عينيه ويهمس في أذن الحُر الواثق:

ـ هل تستطيع أن تزيد من سرعتك؟

ليبتسم الحُر الواثق ويزيد من سرعته ويسبق إخوته، فيزداد حماس الإخوة ومعه تزداد سرعتهم، كأنهم في سباق تقوده همسات الطفل في أذن أخيهم الأصغر.

في ساحة دولة اللاجئين، يقف الحاكم أمجد وأخوه بدر الدين وعروسه الحُسن الساري وأخته نيرة، والرياحي والشيخ صفي الدين ووجهاء الدولة، ينتظرون وتُحيط بهم الزينة، وقد مُدت السجاجيد الملونة الزاهية، وأعيد طلاء كل المباني المحيطة بالساحة. كل شيء كان يستعد لاستقبال الحدث العظيم، ولم يكن هناك ما يشوب ذلك الاستقبال سوى قلق خفيف يعتري أمجد، وحزن أقام جداره بين نيرة والرياحي، وشوق عارم يملأ قلبَي

بدر الدين والحُسن الساري. وها هم العمالقة الثلاثة عشر يصلون إلى الساحة، ويتراجع الجميع خطوة إلى الوراء. وما إن تلمس أقدامهم الأرض حتى تتجه رؤوسهم تبحث عن الحُسن الساري، التي تُقبل نحوهم بفرحة، وتُقبِّل رؤوسهم وأياديهم، في حين يختبئ حسن بين قدمَي الحُر الواثق يتابع في شغف. وفجأة ينظر الجميع إلى السماء وهم يشاهدون السيدة حورة تهبط بجناحيها العظيمين وهي في كامل زينتها. كان الجناحان يلمعان بنور خاطف متعدد الألوان، وكان على رأسها تاج لامع من جواهر تبرق تحت شمس سماء دولة اللاجئين، وينعكس ضوءُها على وجوه الواقفين، فيُغمضون أعينهم ويفتحونها من شدة الضوء. وكان على صدرها عقد لا يستطيع الناظر أن يميز من وهجه تفاصيل وجهها الباسم. ولم تكن هذه الزينة وحدها هي الشيء المبهر، ولكن المبهر حقًّا ما حدث حين فردت جناحيها على أرض مدينة اللاجئين، ليهبط من فوق جناحها الأيمن جمال، رجل بهي خمسيني، يرتدي عباءة خضراء وتاجًا من زمرد، وله لحية تجمع بين النور والظلال، فيقف كأن المهابة هالة تُحيط به، مهابة تزينها ابتسامة ودود. كان الناس ينظرون إليه في دهشة، وهو يتقدم نحو جناح السيدة حورة الأيسر، ويمد يده في أدب جم وانحناءة بسيطة، ليتلقى السيدة نوفلة ويساعدها للوصول إلى الأرض، لتهبط نوفلة، وما إن تلمس قدماها الأرض حتى يُقبِّل جمال يديها، وتربت على رأسه بيدها ومسبحتها الياقوت، وهي ترتدي عباءة وهاجة، وتبدو جميلة وهي تخطو في أواخر السبعين من عمرها. والجميع يتابع

المشهد، من دون أن يجرؤ أحد من دولة اللاجئين على التقدم ولو خطوة. ويُقبِل العمالقة الثلاثة عشر وأختهم الحُسن الساري ويحتضنون أمهم حورة، التي تقدم لهم أباهم وجدتهم:

ـ هذا أبوكم جمال بن صادق بن عبد الرازق، عِشرة العمر وصاحب السر، لم يُغضبني قَطُّ، تزوجته بين السماء والأرض، سلام على أبيكم حافظ العهد، مَن نَجَّاه خياله وجَمَّلته خصاله.

فينحني الأربعة عشر لأبيهم في توقير تام.

ثم تشير حورة إلى نوفلة وتُكمل:

ـ وهذه جدتكم نوفلة، زوجة جدكم صادق بن عبد الرازق، السيدة النقية صاحبة المسبحة، المبصرة، عظيمة الأدب والجاه، مطمئنة بسرها، عظيم قدرها، فسلام على نوفلة بين النساء.

فيركع الأربعة عشر في أدب لها، وتبارك نوفلة رؤوسهم بمسحة من يدها ومسبحتها، وتغمر المكان رائحة المسك. وفي حنان تخلع حورة عقدها وتضعه على صدر الحُسن الساري، فتطلق النساء الواقفات الزغاريد. يشعر الحاكم أمجد أن هذه الزغاريد هي الإشارة للكلام، فيقترب مُرحِّبًا بعد طول انتظار:

ـ لقد أنرتم دولة اللاجئين يا سادتي بنوركم، وحلت معكم البركة.

يتقدم الشيخ صفي الدين بوجهه الصبوح:

ـ نزلتم أهلًا وحللتم سهلًا أيها النسل الكريم.

فترد نوفلة:

ـ رضي الله عمن رباك يا صفي الدين.

يرتبك أمجد من ذكرها لاسم الرجل كأنها تعرفه، وتقول حورة:

ـ هذا الحدث لا يتكرر في الزمان مرتين يا حاكم دولة اللاجئين، فعجِّل بالزفاف والفرحة حتى يعود كل منا إلى مهمته.

لا يترك حسن إصبع الحُر الواثق، وعيناه ترصدان في دهشة ذلك العالم الغريب، في حين يشيح الرياحي بوجهه كلما التقت نظرة نيرة نظرته. كان حزنه لا تجدي معه النظرات. ويظل الطفل حسن المغربي مدهوشًا بين قدمَي الحُر الواثق، يشاهد تلك الأحداث العجيبة بعينين بريئتين.

* * *

يغيب نبيل السماك عن موعده مع حليم الخردواتي، ما يدفع حليم إلى أن يذهب للسؤال عنه، ويفتح السماك لصديقه بوجه عابس غير مُرحِّب، فيرتبك حليم ويقول متجاهلًا تجهم نبيل:

ـ كان بيننا موعد ولم تأتِ وقلقتُ عليك.

فيرد نبيل ببرود:

ـ لم أجد لديَّ الحماس الكافي. أحيانًا يشعر الإنسان بالملل. تفضل يا حليم.

وقال الجزء الأخير بطريقة يبدو فيها قصده العكسي جليًّا، وسمعها حليم ترن في أذنه: «لا تتفضل يا حليم».

فيعتذر بسرعة:

ـ سأنتظرك حينما يعود إليك حماسك. والآن اسمح لي.

يغلق نبيل السماك الباب وهو يتلفت حوله، ليتأكد من أن زوجته لم تكن تقف على مبعدة، ولم ترَ حليم. ويجلس شاردًا وقد احتدمت

داخله الأسئلة «ما الذي أتى به؟ ولماذا أتى الآن؟ وهل كان يريد أن يرى زوجتي؟».

ويفيق على صوت زوجته تسأله:

ـ مالك؟

فيغمض عينيه، ويقطب حاجبيه، ويكز على أسنانه كأنه يحارب شخصًا في خياله.

ينظر إليها طويلًا من دون أن يرد، ثم تعلو طرقات على الباب، ويتحرك ليفتحه فلا يجد أحدًا على الباب، ويجد نفسه مدفوعًا لإكمال السير إلى المقر.

كان المقر خاليًا بالتأكيد من العمالقة الخمسة الذين سافروا، ولكن الحكم كان موجودًا، وصوت زعيمهم أيضًا يقول:

ـ أصلحناك، ولكن عادت نفسك تهاجمك مرة أخرى يا نبيل، وسيُعاد إصلاحك للمرة الثانية، وستكون على ذلك من الشاهدين.

ليرى نفسه وقد انقسم إلى ثلاثة أشخاص، كل واحد منهم هو نبيل السماك، ويبدأ الاثنان في تفكيك الثالث وتغطيس أجزائه في طست مملوءة بسائل عجيب. وبعدما يُغسَل الرأس يوضع في قطعة من قماش حتى يجف، ثم يجيء دور القلب فيطول وقت غسلهما له، وعيناه تشاهدان ما يحدث وهما داخل رأسه الملفوف، وحين ينتهي الغسل ويُوضع القلب وبقية الأعضاء المغسولة في الأقمشة بجوار الرأس، يبدآن في التركيب الحذِر حتى يكتمل نبيل السماك كما كان، واحدًا بين اثنين، ثم يعود الثلاثة واحدًا، وصوت العملاق الزعيم واضحًا جليًّا يقول:

ـ للمرء فرصتان، بعدهما لا يلومنَّ إلا نفسه.

ليخرج نبيل من المقر ويكمل سيره إلى باب دكان حليم، الذي يفتح الباب ليجد أمامه نبيل باكيًا مُعتذرًا، فيدخله الدكان في حنان ويربت على كتفه مهدئًا:

ـ لا عليك يا صديقي، لا عليك.

* * *

تشير المرمرية إلى الباب المغلق وقد خدرها حكي غلاب، فيُفتح ويخرج غلاب العدناني من تلك الغرفة إلى غرفة أكثر اتساعًا وأكثر جمالًا، وكان الكروان خاطِر لا يزال مختبئًا في الغرفة السابقة، منذ أن دخل خلف المرمرية خلسة، ولِحظِّه العاثر لم يتمكن من الخروج مرة أخرى خلفها، وأغلقت الباب عليه في الداخل بإشارة من يدها، وهي تبتسم لغلاب مُطَمْئنة ومحذِّرة:

ـ يقترب خروجك يا غلاب، يقترب معه مصيرك ومصيري أيضًا، فانتبه واشحذ خيالك يا حبيبي!

يموت الكروان خاطِر في محبسه، وتنقطع أخبار غلاب عن حبيبته أروى اليمنية، وينتظر غلاب في غرفته الحكاية الجديدة التي تحمل له مفتاح الباب التالي، ويطول انتظاره.

(٤)

قلنا في فصل سابق إنه حين هبطت حورة إلى بلاد تونس، وخرج عمالقتها الخمسة من بيضتهم، هبطت دموعها وهي تطير مُحلقة،

وسقطت تلك الدموع على الأرض، وإن الفتى إسماعيل قبض قبضة من الأرض التي وقعت عليها تلك الدموع، وما إن عاد الفتى إلى بيته وأغلق بابه عليه، حتى أحضر صندوقًا صغيرًا، وفتح يده ليضع تلك القبضة التي قبضها داخله، ليجد يده تتلألأ وتُضيء وتكاد تخطف بصره، فوضع بسرعة تلك القبضة المتلألئة داخل الصندوق وأغلقه بإحكام، ولم يبُح بسره لأحد، ولا حتى لصديقه الوحيد علي الرياحي، بل لم يجرؤ منذ ذلك اليوم أن يفتح الصندوق مرة أخرى. فمنذ أول ليلة نام فيها والصندوق تحت فراشه، انطلقت تلك الموسيقى العجيبة الحزينة من الصندوق، موسيقى تجعل إسماعيل يروح في أحلام عجيبة يرى فيها السيدة حورة وهي تُحلق، ثم يراها وهي تنام في عُشها الكبير إلى جوار رجل بهي الطلعة. ويستيقظ من أحلامه وهو في حالة عجيبة من الدهشة والرغبة في النوم مرة أخرى، حتى لا يحرم نفسه من تلك الأحلام التي يستطيع فيها أن يطير ويحلق، ويرى عوالم لم يرَها من قبل. حتى جاء اليوم الذي اشتكت فيه أمه ألمًا في ساقيها، وفشل الطبيب في إيجاد علاج ناجح. طلب منها إسماعيل أن تفرد ساقيها وتغمض عينيها ولا تفتحهما إلا بإذنه، وبالفعل امتثلت السيدة لأوامره، وأحضر صندوقه وقربه من ساقيها، حتى بدأت تشعر بالتحسن وزوال الألم. ولم يسمح لها بأن تفتح عينيها إلا بعد أن أعاد الصندوق إلى مخبئه. وبالفعل شُفيت ساقا السيدة ماجدة أم إسماعيل شفاء تامًّا، وعاهدت ابنها ألا تبوح لأحد بسر قدرته الخاصة على شفاء مرضها، لكنها نقضت عهدها مع الوقت، واضطرت إلى أن تستنجد به في مرض أمعاء خاله وأسنان جارتهم،

وألم الرأس الذي ألمَّ بابنة عمها، ووجع في رقبة زوجة سفيان النجار. وكان إسماعيل يعالجهم بشرطه المعهود، ألا يفتحوا أعينهم حتى ينتهي من علاجهم، ليضمن عدم رؤيتهم لسره. واشتهر إسماعيل على نطاق ضيق في العائلة وبين الجيران، وصار ذا مكانة واحترام، وصار مع الوقت يتقاضى أجرًا على ذلك، حتى صار إسماعيل وأمه على قدر من الثراء، ثراء سمح لأمه في غيابه بأن تستجيب لإلحاح سفيان النجار وتبيع كل أثاث بيتها القديم، وتستبدل به أثاثًا جديدًا فاخرًا. وكانت الصدمه كفيلة بسقوط الفتى إسماعيل مغشيًّا عليه بعد أن رأى الأثاث الجديد. وحين أفاق أخذ يجري بكل سرعته باتجاه دكان سفيان النجار، ويدخل عليه لاهثًا ويسأله عن الصندوق الخشبي الصغير، فإذا بسفيان يمسك برقبة إسماعيل في غل:

- تقصد الصندوق الملعون! لقد أخذته زوجتي لتضع فيه أدوات زينتها، وما إن فتحته حتى خرج منه ضوء أفقدها بصرها، وظل ذلك الضوء يطير مشتعلًا حتى غاب كأنه جِني، والله لن أتركك حتى تُعيد لزوجتي بصرها، فقد علمت أنك تشفي المرضى، وهذا العمى أصابها بسبب صندوقك!

واقتاد الرجل إسماعيل إلى زوجته، وفشل إسماعيل في شفائها، وهمَّ سفيان بأن ينتقم من إسماعيل، وإذا بباب البيت يطرق ويخرج سفيان وإسماعيل منه معًا، ويسيران قسرًا إلى مقر العمالقة. وأمام المنصة الخالية، كان صوت العملاق الزعيم يتردد جليًّا واضحًا:

- قبضت قبضة من دموع أمنا وتراب بلادكم وخبأتها في الصندوق وتركناك، لأننا نعرف أنك إلينا ستعود. والآن وقد عادت الدموع

إلى صاحبتها، كان موعدك مع الجزاء المناسب. وماذا يكون جزاء من أخذ ما ليس له يا إسماعيل؟

ساد الصمت القاعة، ثم أكمل العملاق:

ـ جزاء من أخذ ما ليس له، أن يعطي مما لديه، فلتُبصر زوجة سفيان بنور عين من عينيك، فتصير بعين واحدة ترى هي، وبعين واحدة ترى أنت.

وهنا صرخ النجار سفيان:

ـ وما ذنب زوجتي؟

ليأتي صوت العملاق جليًّا:

ـ عالج إسماعيل زوجتك من ألم في رقبتها، وكانت كاذبة لا تعاني من شيء. وطلب منها إسماعيل ألا تفتح عينيها في أثناء العلاج، وكذبت ثانية وفتحت عينيها لتعرف سره، ورأت الصندوق وجعلتك تُلح على أمه حتى تبيع أثاثها القديم من دون أن تُخبرك بالسر، لتحصل زوجتك على الصندوق، وحصلت عليه فكان العَمى من نصيبها، ولولا الرحمة لتركناها على ما هي عليه.

أصاب الخرس سفيان، وخرج مُنكس الرأس، وعاد إسماعيل إلى أمه بعين واحدة.

* * *

كان غلاب بالفعل حكَّاءً ماهرًا، جمع الحكايات من أمه وعماته وخالته وجدته، وكان أبوه يسخر منه في طفولته ويقول:

ـ لن تفلح في شيء، ولن تكون لك صناعة إلا صناعة الحكي كالعجائز.

لكنه ظل لصيقًا بحكاياتهن، ينتقل طفلًا من حِجر أمه إلى حُجور خالاته وعماته بحثًا عن الحكايات. كان طفلًا لم يتجاوز الثالثة عشرة من عمره، ويقعد في السوق يقص للأطفال حكايات مثيرة تجعل حتى الكبار ينضمون إلى تلك الحلقة، ويستمتعون بحكاياته الخلابة. وحين قرر أبوه أن يزوجه قال له:

ـ لن أتزوج إلا بمن لها قُدرة على الحكي مثلي.

وظل يرفض كل الفتيات اللاتي عرضهن عليه أبوه، حتى صادف في السوق أروى تحكي حُلمًا لصديقة لها، فاندهش عقله وقال:

ـ هذه زوجتي.

وظل يمشي خلفها حتى ارتابت في أمره، فالتفتت نحوه مُحذِّرة:

ـ مَن أنت؟ ولماذا تتبعني هكذا؟

فرد مبتسمًا:

ـ أنا غلاب الحكَّاء، وسمعتكِ تحكين همسًا لصديقة لكِ في السوق، فأحببتك، وأنا عاهدت نفسي ألا أتزوج إلا بفتاة تحكي وتُدهشني، مثلما أحكي وأُدهِش.

فقالت بذكاء:

ـ تعالَ عند الشجرة.

وتبعها عند الشجرة الكبيرة خارج البلد، وقعدت وقالت:

ـ أنت أولًا أم أنا؟

قال:

ـ بل أنتِ.

فضحكت وقالت:

ـ أكمل حكايتي.

وظلت تحكي وهو يُكمل حتى مر الليل وأقبل الفجر، فانتبهت للوقت وقالت:

ـ تأخرت، وأبي وأمي سيقتلاني.

فقال:

ـ لا تقلقي، دليني على بيت أبيكِ.

وعند الباب قالت:

ـ ها هو بيتنا.

فقال لها:

ـ نامي على الأرض كأنكِ ميتة.

فتح الأب الباب ليجد ابنته مُلقاة على الأرض، وغلاب يهمس في أدب:

ـ وجدتها في السوق تستنجد وتصرخ، وثلاثة فرسان يحملونها على خيولهم ويَجْرون، وجريت خلفهم على قدمَيَّ حتى وصلنا إلى صحراء قاحلة فيها خيمة، ونزلوا من فوق خيولهم، وحملوها ليأخذوها إلى خيمتهم فصرخت، وقاتلتهم من أول الليل إلى نصفه، حتى سقط سلاحي وأوشك ثالثهم على طعني، فأسقطت سلاحه من يده في آخر لحظة، قبل أن ينغرز النصل في قلبي وقتلته، وحملت ابنتك على حصان وركبت أنا حصانًا خشية أن أفزعها أو أُروع حياءها، فخرجت علينا جماعة من الهمج المسلحين فجأة من قلب الصحراء، كانوا عشرة كالغيلان فقتلتهم جميعًا حتى إنني اضطررت إلى قطع رأسَي الحصانين لأقاتل بهما آخر

رجلين وأقتلهما، وكان ذلك عند بزوغ الفجر، وعُدت وأنا أحمل ابنتك على كتفي مشيًا من الصحراء إلى هنا، وها هي أمام بابك مغشيًّا عليها من هول ما رأت، لكنها نقية طاهرة عفيفة شريفة كما خرجت من بيت أبيها عادت، وأنا أُريد أن أتزوج بها.

فرح الرجل بعودة ابنته، وقالت الأم مُعلقة في الداخل:

- إنما هو كذاب أشِر، أفَّاق واسع الخيال، مُحتال.

قال الأب:

- لا يهم، المهم أنه يريد أن يتزوج بها، ومن يتزوج بابنتك المجنونة صديقة الطيور إلا مجنون مثلها؟ وسيأتي مع أبيه وأمه غدًا.

ومنذ ذلك الغد صارت أروى خطيبة غلاب، وحبيبته ومنافِسته الأولى في الحكايات التي لا تنتهي. وأطلعت أروى حبيبها غلاب على سرها الصغير، وهو الكروان خاطِر، وكيف أنها دربته على سماع الحكاية وحفظها. وحين أغارت سفينة المرمرية الهلابة على البلاد، وأسرت غلاب وأخذته معها، وجذبها بقدرته العظيمة على الحكي، بدأ يشعر بعد الحكاية العشرين بالخطر وكاد يفقد صوابه، فالسجن وفقدان الحرية يجعلان غلاب بلا خيال، وها هو يوشك على فقد القدرة على الحكي. وفي تلك الليلة الباردة من ليالي غلاب، وفي اللحظة التي دخل الحارس ليخبره أن المرمرية ستمر به بعد غد لسماع الجديد. في تلك اللحظة أيقن غلاب بنهاية أجله ونفاد عمره. كانت أروى قد علمت مكانه وأرسلت كروانها خاطِر ليصل إليه ويطمئنه، ليجد غلاب أمامه خاطِر، فيستنجد به ويطلب منه أن يطير على وجه السرعة إلى أروى، ويطلب منها المدد من الحكايات. ويُطلعه

غلاب على آخر ما وصل إليه في الحكي، وينخلع قلب أروى من الفرحة والخوف حين يُخبرها خاطِر أن غلاب حي سجين وعلى وشك الموت، ونجاته في إكمال ما حكى. وتظل أروى تُرسل خاطِر بالحكايات الجديدة، والحكايات تسحر المرمرية، والمرمرية تفتح الأبواب تباعًا لغلاب، إلى أن جاء اليوم وأغلقت المرمرية بابها من دون قصد على الكروان خاطِر، فسُجن ومات وانقطعت بين أروى وغلاب الحكايات.

(٥)

في تلك الليلة التي اجتمع فيها شمل العائلة العجيبة في بلاد اللاجئين للمرة الأولى، وفي الوقت القصير الذي يسبق الفرح الأسطوري، ظلت السيدة نوفلة تَرقي وتبخر حفيدتها الحُسن الساري وإخوتها الثلاثة عشر، وهي تُردد بين الحين والآخر:

ـ سبحان الله، سبحان الله، يُخرج الطير من الإنس، ويخرج الإنس من الطير.

وهم يزدادون مع همساتها ودوائر دخان بخورها جمالًا وقوة.

وحورة تبتسم والسيد جمال يقول:

ـ إنها دعوة الرجال الثلاثة لذريتنا يا أمي يوم زواجي بحورة، الأعمى والكسيح والأصم.

فترد نوفلة:

ـ الأعمى من قسا قلبه، والكسيح من قل عطاؤه، والأصم من أصابه الكِبر يا جمال.

فيرد:

ـ صدقتِ، كم أشتاق إلى المكتبة ورائحة الكتب وشوارع بغداد!

تبتسم نوفلة متذكرة:

ـ رحم الله أباك، لم تجف دمعته منذ أن فارقتنا، لكنه أعاد المكتبة كما كانت وأجمل وسألني عند موته: «هل سيعود يا نوفلة؟»، فقلت له: «سيعود ومعه كتاب بِه تكتمل المكتبة»، فأغمض عينيه مطمئنًّا وخطا خطوة باتجاه الله وتركني أنتظر موعدي.

سالت دموع حورة وأبنائها تأثرًا، ودخل الخادم يطلب الإذن في الدخول إلى العريس بدر الدين والشيخ صفي، فأذنت لهما السيدة حورة، فدخل بدر الدين مطرقًا في خجل يختلس النظرات، وقال الشيخ صفي مبتسمًا:

ـ آن أوان السعادة يا ضيوفنا الأجلاء، وآن للعريس أن يصحب عروسه إلى ساحة العُرس، لتعُم الفرحة ونكتب الكتاب.

هنا لمعت عينا حورة بالدموع، وقبَّلت الحُسن الساري على جبينها. والحُسن الساري قبَّلت يد أبيها وجدتها، وباركها إخوتها الثلاثة عشر بنظرة حب ورضا، وتحرك الوفد المهيب خلف الشيخ صفي الدين والعريس بدر الدين، وكان آخر الوفد خروجًا إلى الساحة الطفل حسن، السائر خلف الحُر الواثق والشاهد على المشهد الحنون السابق.

تلا الشيخ صفي الدين صيغة الزواج، ووقَّع على العقد كلٌّ من

الحاكم أمجد والسيد جمال، وتحتهما ختم الشيخ صفي ووقَّع، وقال مبتسمًا بصوت هادئ خفيض لكنه سُمِعَ في كل أرجاء الدولة:

ـ اليوم انعقد الزواج بين السيد بدر الدين والسيدة الحُسن الساري في دولة اللاجئين، حفظها الله ليوم الدين، وما عقده الحب لا يفك عُراه أحد.

وانطلقت الزغاريد والموسيقى، واقترب الشيخ صفي من السيدة نيرة وزوجها الرياحي، وكلٌّ منهما يُشيح بوجهه بعيدًا عن الآخر، فابتسم لهما مُصالحًا وهمس:

ـ يا ابنتي نيرة إن الحب من الأشياء الغيبية كالقضاء والقدر والملائكة والجنة والنار، يحتاج إلى التصديق والإيمان أكثر مما يحتاج إلى العقل والمنطق. ويا أيها الرياحي، المحب لا يبحث عن العدل، فالعدل للعقل والمحب صاحب قلب، وصاحب القلب لا يبحث إلا عن حبيبه، وهو عنه راضٍ مهما به فعل. فلا تجعلا العدل والعقل يقطعان خيوط القلب التي صنعتْ بينكما وبكما أقوى البيوت، تصافحا وتعانقا حتى يُشفى صدراكما.

فما كان من الرياحي ونيرة إلا عناق طويل ذاب فيه الأسى وحل محله الشوق، شوق صاحَبهما حتى المخدع، فكان الحب طعامًا وشرابًا وغرسًا أثمر في بطن نيرة من حينها حملًا، سيكون بعد شهور طفلًا يجمع بين تونس ودولة اللاجئين.

وعلى أعتاب الساحة كانت حورة تودع ابنتها وتوصي زوجها وتقول:

ـ أطعمها حُبًّا تُطعمك طاعة، واسقِها مودة تسقِك إخلاصًا، ولا تُغضبها فأُغضِبْك.

ثم شكرت الحاكم أمجد وودعت عمالقتها الثلاثة عشر، وحملت زوجها وأمه على جناحيها وطارت. وكذلك فعل العمالقة الثلاثة عشر، وانطلقوا إلى السماء كل إلى وجهته، وتعلق الطفل حسن برقبة الحُر الواثق وهو يهمس في أذنه:

ـ شكرًا على هذه الرحلة الأمتع يا صديقي.

كانت ليلة سعيدة على كل من حضر ذلك الحفل الكبير في مدينة اللاجئين، عدا الحاكم أمجد الذي أيقظه شيطانه طوال الليل، وجعله يتقلب على فراش من جمر الشك والألم، وهو يفكر في تلك المخلوقات التي حلت ببلاده، وربما يأتي من نسلهم يومًا من يملك هذه البلاد.

لم ينجب الحاكم أمجد، تزوج ثلاث مرات من دون جدوى، وها هو بدر الدين أخوه الأصغر الآن في حضن الحُسن الساري يُنضِجان على موقد الحب وريثًا للبلاد!

كأنك لم تَخطُ في الأرض يومًا يا حاكم دولة اللاجئين، ولم تترك على ترابها أثرًا واحدًا. هكذا حدَّث أمجد نفسه أو حدَّثه شيطانه، وفارقته في تلك الليلة الطمأنينة للأبد.

كان بدر الدين قد أسكره الحب، وطاش عقله حين كشف جمال الحُسن الساري ورفع عنه الحجاب، فأخذ يشرب من خمرها الصافي ويبادلها الكأس بالكأس، حتى طلعت عليهما الشمس وهما طفلان نائمان، خارت قواهما بعد قتال طويل في ساحة الغرام.

هكذا ارتجل غلاب الحكاية وصنعها من خياله، بعد أن غاب عنه الكروان خاطِر هذه المرة، فبنى حكايته على آخر ما أرسلت إليه أروى، وانتظر رد فعل المرمرية على ما حكى، لكنها صمتت طويلًا حتى إنه امتلأ بالشك، وظن أنه وقع في مأزق سيكلفه الكثير. وبعد صمت ونظرة طويلة من عينَي المرمرية الواسعتين إلى عينَي غلاب، ابتسمت له أخيرًا، كبيرة الهلابة، في مكر ودهاء وقالت:

ـ حكايتك الليلة بها طعم جديد غريب عجيب يا غلاب، حكاية مليئة بأوصاف الحب كأنك عاشق أو مشتاق، فإن كنت لنا عاشقًا فتحت لك بدل الباب أربعة، وإن كنت لغيرنا مشتاقًا لبثت في سجننا إلى يوم يُبعثون.

عاد صمت المرمرية ولم يرد غلاب واعتصم أيضًا بالصمت، فمن صمت نجا. ففتحت له المرمرية بابًا واحدًا وقالت:

ـ في المرة المقبلة أريد أن أعرف أين حطت حورة وجمال ونوفلة.

وماذا عن كتاب حليم الخردواتي ونبيل السماك؟

وماذا حدث للتونسية زوجة الرياحي؟

وكيف استقبل مبارك بن عزوز وزوجته ابنهما حسن؟

هز غلاب رأسه، وقبل أن تخرج عادت المرمرية واقتربت بفمها من أذن غلاب هامسة:

ـ واعلم أنك حين تصل إلى الباب الأخير، ستحكي لي فقط عن قصة غلاب العدناني، وقلبه، ومن أحب، وإلى من اشتاق، ولن يُنجيك مني سوى أن أُصدِّقك، فانتبه، نجاتك في يدي.

قالت الجملة الأخيرة بصوت نحاسي مريب، تختلط فيه الغيرة

بالتهديد، وغادرت وهي تخبئ بجبروتِ مقاتلةٍ دمعةً حاولت أن تفلت منها، وتركت غلاب في غرفته الجديدة في توتر ورعب، ينتظر الكروان خاطِر الذي لن يأتي أبدًا.

أدركت أروى مع مرور الوقت أنها خسرت طائرها، وأصابها الغم والحزن، وصارت تفتح شبَّاكها كل ليلة وتهمس:

ـ يا غلاب إن كان قد غاب خاطِر عني ولم يعد من عندك إليَّ، فإن قلبي يرسل إليك ألف خاطِر، أمَّا ما كان من أمر نبيل السماك وحليم الخردواتي يا حبيبي...

وتبدأ في سرد الحكاية له لعلَّ الهواء يحمل إليه أشواقها و الحكاية.

(٦)

همس الطفل حسن بن مبارك في أُذن الواثق في أثناء عودتهما للوطن، بأنها الرحلة الأمتع له في حياته. ولم يرد العملاق الطيب، واكتفى بالصمت. وكان أول الواصلين إلى بلده، بعد أن ودع إخوته في الهواء في سماء المغرب. وفي أثناء هبوطه كان يفكر كيف سيخبر صديقه بما جرى من والده في أثناء سفرهم، وكيف خطط مبارك بن عزوز برعونة، واستعان ببعض من أقنعهم بكلامه أن يدخلوا المقر سرًّا ويفتشوه، ويبحثوا عن ذلك الشيء الذي يمنح الحُر الواثق القوة، ويجعله قادرًا على قراءة الأفكار والنيَّات، ويمنحه أيضًا السيطرة. ظل ليلة كاملة يُحرضهم ويهمس لهم في غل وحقد دفين:

- إن هو إلا مخلوق بشع برأس طائر، أين عقولكم؟ لا بد من أنه سَحَر لنا، تعالوا معي لنكتشف سره ونسلبه إياه، لقد أخذ ابني معه في سفره ولم أملك أن أنطق، لكنني سأستطيع بكم أن أنتقم منه، لم أرتَح له منذ اللحظة الأولى التي خرج فيها من بيضته اللعينة، وتسبب هو وأمه في طرد حاملي المباخر، وعاد خالي حزينًا وهو يُتمتم: «قطع المخلوق الغريب عيشي»، وقعت مبخرته على الأرض ونام حزينًا باكيًا، كان وحيدًا ولم يدرِ بالنار التي انتقلت من المبخرة المقلوبة إلى بقية أرجاء بيته الفقير، واشتعل كل شيء ولم أستطع أن ألحق به إلا جثة متفحمة، وكذلك سيكون مصيرنا إن لم نتحد ونقوِّ قلوبنا ونقلب ذلك المقر رأسًا على عقب، حتى نجد سره ونحرمه منه، ساعتها سيكون مجرد جسد ضخم بلا معنى، فننقض عليه ويعود كل شيء كما كان.

تبع مبارك بن عزوز خمسة من الذين وسوس لهم، ودخلوا إلى المقر ليلًا وظلوا يبحثون، فلم يجدوا سوى ميزان ذهبي وريشة وبعض العنب، فخبأ مبارك بن عزوز الميزان والريشة في ملابسه، ووقف في وسط المقر وقد تلبسه جِني الزعامة، وصرخ في رفاقه:

- لن نغادر هذا المكان حتى يدخله العملاق، فننقض عليه بسكاكيننا ولا نتركه إلا جثة ضخمة هامدة.

وشَهَر سكينه وانتفخت عروق رقبته وضغط على أسنانه، فشَهَر الخمسة سكاكينهم وقد أصابتهم عدوى الحماس الجنوني الذي اعترى مبارك بن عزوز، واختبأوا جميعًا في المقر ينتظرون.

همس أحدهم بعد صمت:

ـ وما يدرينا يا مبارك متى يأتي؟

رد مبارك في إصرار:

ـ لن أبرح مكاني حتى يأتي ولو غاب ألف سنة، ولا أظنه إلا عائدًا بعد ليلة أو ليلتين، فاصبروا وانتظروا وإنا لمنتصرون.

قال الحُر الواثق لحسن قبل أن تلمس أقدامهما الأرض بأمتار، وكان صوته حنونًا:

ـ بمجرد أن تلمس أقدامنا الأرض لا أريدك أن تتبعني، عُد إلى دارك مسرعًا ولا تلتفت.

قال حسن:

ـ ولماذا؟

رد الحُر الواثق:

ـ إنها لحظة من لحظات القدر والمصير يا حسن، فاسمع الكلام ولا تسألني في أبيك ثانية، فقد خان وغدر.

نظر حسن برعب وخوف، ولم يملك أمام صمت وهيبة وحزن صديقه العملاق إلا أن يطلق قدميه ويجري عائدًا إلى بيته، ليدخل الحُر الواثق في هدوء وصمت وثقة إلى مقره، لتعلو الصيحات الغاضبة وتنهال الطعنات الغادرة وتنغرز السكاكين جميعها في صدور من رفعوها باتجاه الحُر الواثق. كانت مذبحة رهيبة وعجيبة، إذ إن الأيدي التي ارتفعت من الرجال الستة بهدف مهاجمة العملاق انغرزت كَرْهًا في صدور من رفعوها، فانفجرت الدماء الحارة مع صرخات الألم، ليجري الدم في كل ركن من أركان المقر، ويقعوا

على الأرض رَجلًا تلو آخر. وكان آخرهم وقوعًا هو مبارك بن عزوز، ومع وقوعه خرج من ملابسه الميزان الصغير، وبرز طرف الريشة، فالتقطهما العملاق ووضعهما في مكانهما، وقعد خارج المقر ينظر إلى السماء في صمت وسكون ووقار، ثم زفر زفرة قوية وقال:

- «قُتِلَ ٱلْإِنسَٰنُ مَآ أَكْفَرَهُۥ»! يحركه الفضول وتغلبه الشهوات ويشقى بما ليس له.

* * *

همست نيرة في أذن الرياحي:

- إنني حُبلى يا رجل، وسيكون ذكرًا، فاحملني معك إلى تونس.

توالت المفاجآت على الرياحي وقال مدهوشًا:

- وكيف أصنع ذلك؟ وماذا أقول لعُليًا؟ ولماذا لا تظلين هنا في بلادكِ ولكِ هنا السلطة والجاه؟

لم يعجبها الرد، وتمالكت نفسها وبلعت ريقها وأخرجت الكلام فحيحًا من شدة الغيظ:

- قل ما تقوله لعُليًا، لا يشغلني أمرها ولا أمرك. أنا أحمل بين أحشائي ولدًا ليس له مثيل، ولا ذرية لأمجد أخي، ولن يدوم الحكم لأبناء حورة. فلنحافظ على الحاكم الجديد يا رياحي، شاء القدر أن تكون أمه نيرة وأبوه الرياحي، ولو أعلم أنك رجل حرب وقتال لمكثنا هنا حتى يحين الأمر، لكنك طيب القلب تخشى غضب زوجتك الأولى وتراعي خاطرها. سأمهلك حتى يقترب شهر الولادة، تكون خلال ذلك الوقت عدت

إلى زوجتك وابنك، ودبرت لي ولابني مكانًا لائقًا. ولا تفشِ السر يا رياحي!

* * *

اكتملت فصول كتاب نبيل السماك وحليم الخردواتي، وكتبت الريشة جُملة:

> هذا وقد تم الباب الأول بعد الخمسين من خصال عباد الله المصريين.

وتبادل السماك والخردواتي النظرات الشاعرة بالإنجاز والسعادة، وتهيآ وانتظرا طرقات الباب الموعودة.

كانت المرة الثانية التي تتجرأ فيها السيدة عُليًّا، وتذهب إلى المقر للسؤال عن الرياحي، وهبطت دموعها شوقًا إلى زوجها القعيد، وقال لها العملاق الزعيم مُطَمئنًا:

ـ خلال أيام قليلة سيكون الرياحي في بيتكِ فافرحي.

تهلل وجهها بالفرحة فعلًا، وعادت إلى بيتها سعيدة، حتى إن ابنها لاحظ ابتسامتها التي تطفو بين حين وآخر على شفتيها، وسأل علي:

ـ منذ متى هذه الابتسامة؟ هل تتذكرين الرياحي يا أم علي؟

فردَّت شاردة:

ـ ومن لي سواه حتى أنساه يا بني؟ لعله يأتي قريبًا.

* * *

انتشرت الأخبار في قصور اللاجئين عن أن الحُسن الساري حبلى، وكذلك السيدة نيرة. هكذا تهامس الخدم والخادمات للسيدات والسادة، وظلت الأخبار تتناقل حتى وصلت إلى أذن الحاكم أمجد،

فانقلب سروره حزنًا وراحته قلقًا، وصار قليل النوم كثير الهم، وصار الرحب في عينيه ضيقًا، وجالت في رأسه الأفكار الشريرة التي يعجز اللسان أحيانًا عن ذكر ما وصلت إليه من شطط وجنون، وهل قَتْلُ شقيقه بدر الدين وزوجته الحُسن الساري وشقيقته نيرة وزوجها الرياحي إلا ضربًا من ضروب الشطط والجنون؟!

كان يتحرك ذهابًا وإيابًا يكلم نفسه بصوت مسموع: «ما كان لذلك التونسي أن يتزوج بأخت حاكم الدولة، وما كان لي أن أسمح لبدر الدين بالزواج بتلك المخلوقة العجيبة».

وكلما حاول الخروج من تلك البِئْر المظلمة التي تُلقيه فيها أفكاره، عاد ليغطس في أعماق أبعد وأبعد حتى كاد يجن. وحين دخل عليه الشيخ صفي الدين أدرك ما به من ألم، فاحتضنه في حنان بالغ وهو يرى الحاكم طفلًا تقتله الغيرة، فقال وهو يربت على كتفه:

ـ يا مولاي، يا بُني، يا حبيبي، يا أمجد يا حاكم بلاد اللاجئين، لا تحزن ولا تخف يا سيدي، فما هما إلا أسلحة الشيطان فلا تجعل الدنيا أكبر همِّك، فأنت لم ترث هذا الحكم حتى تقلق بشأن من يرثه بعدك من صُلبك، بل جئت باختيار الناس وإرادتهم، وكانت انتخابات كبرى لم يحدث مثلها في أرجاء المعمورة، واعتليت كرسي الحكم في دولة اللاجئين ثلاث دورات، في كل دورة كان الناس هم من يؤكدون بمحبتهم اختيارهم لك، فلماذا الآن تفكر في الأمر كأنك ملك، وكأن الدولة مملكة وكأننا عبيد عندك؟ تلك أفكار انقضت وولت، وأول من قضى عليها دولة اللاجئين. يا بني، لا تجعل الشيطان

يُفقدك حريتك ويسلبك سعادتك ويجعلك تُحصِي ما لا تملك، وتضع الأقفال على ما ليس لك.

زفر أمجد زفرة قوية وقال:

ـ وأحمل أبناء بدر الدين ونيرة وألهو معهم ثم أموت بلا أثر، كأنني لم أمر بقدميَّ على هذه الأرض، لم يجئ أمجد إلى تلك الدنيا، ها؟ أنا والعدم سواء، بأي شيء تُطيب خاطري وتمنحني الصبر؟ وأي مُلك تتحدث عنه؟ أنا أتكلم عني، عن ألمي الخاص، عن شجرة اجتُثَّت من فوق الأرض!

صرخ بالجملة الأخيرة صرخة اهتزت لها جدران القاعة، واحتمى صفي الدين بالابتسام والصمت، ثم همس في يقين عجيب:

ـ أثرك يبقى في حكم عادل وقول رحيم، وقوة امتلكت بها نفسك فقلدك الناس. أثرك يبقى في ستر سترت به بدن فقير، ولقمة في فم جائع.

هز أمجد رأسه في سخرية وعدم اقتناع، وأكمل الشيخ صفي:

ـ أتدري من هو الذي بلا أثر الآن يا أمجد؟ إنه أنا.

نظر إليه أمجد في ذهول، فأكمل الشيخ بغضب متصاعد:

ـ ضاعت كل حكمة لقنتها لك صغيرًا، كل زهرة قربتها من أنفك لتشمها، وكل قمر أرسلت نظرك إليه لتقتبس روحك من نوره. يا أمجد، لا مكان في القاعة لي معك ومع شيطانك، إما أنا وإما هو!

وهَمَّ الشيخ بالخروج، فبكى أمجد كطفل وتشبث بعباءته مُرددًا في لوعة وصدق:

- لا أستطيع أن أغلب نفسي، لا أستطيع!

قال الشيخ قبل الخروج:

- أتدري بماذا سيطرت حورة وأبناؤها على ما يحكمون من بلاد؟ إنه التخلي أيها الحزين، قوتهم في أنهم لا يريدون من أحد شيئًا، ويعطون للناس ما يريدون. اجعل قلبك خاليًا يا رجل من كل شيء، تجد الله لك معينًا. المال والبنون وشهوة الحكم زينة الحياة الدنيا، وكل زينة ليست من الأصل في شيء. أَفِق يا بُني ولا تجعل نفسك تغلبك. أتحكم الناس وأنت محكوم بنفسٍ ذليلة؟ وتسوس الرعية وأنت لنفسك مطية؟

انصرف الشيخ غاضبًا، وانهار أمجد على كرسيه يصارع نفسه وشيطانه.

* * *

وقف نبيل السماك وحليم الخردواتي، وقرأ العملاق الزعيم خاتمة الكتاب بصوت رخيم:

> واعلموا يا سادتي أن ذلك الشعب الطيب على ما فيه من خصال حميدة وأخرى خبيثة، هو في مُجمله شعب طيب، غلبت سعادته شقوته، واستكانت أطماعه تحت رضاه، نِيلُه يُكرِم أرضَه بالطمي، وطميُه يُكرِم سكانَه بالزرع، وسكانُه يُكرِم بعضهم بعضًا بالصبر. يطبعون كل وافد بطبعهم، ويهزمون كل مُعتدٍ بالصمت والحيلة والسخرية. فمن أحبهم أحبوه، ومن خانهم صبروا على خيانته وانتظروا حُكم الوقت، فإن حان وقت انتقامهم جعل الله لهم من صبرهم جُندًا، فلا يتركون حربهم إلا منتصرين.

التفت العملاق إلى إخوته، وطال تبادل النظرات والصمت حتى ظن نبيل وحليم الظنون. ثم نطق الزعيم:

ـ أحسنتما وصدقتما، سيكون كتابًا في مدارسكم، منه يتعلم أطفالكم وإليه يرجعون، وسيزيَّن برسوم ترسمها الفتاة كرمللة، وعلى غلافه سيُكتب اسماكما بماء الذهب، وسيكون لكما راتب شهري، وستُكلَّفان بكتابة أيام حكمنا يومًا بيوم، تذكران فيه ما كان منا وما كان منكم بلا زيادة ولا نقص. فعودا إلى داريكما سالمين، والتزما الصدق والدقة فيما تكتبان.

خرج السماك والخردواتي من المقر فرحين، وشاهدا لدى خروجهما كرمللة وهي تدخل مرتبكة. وداخل المقر امتلأ وجه كرمللة بالراحة، وفرحت بالمهمة التي كلفها بها العمالقة السبعة، ووقفت أمامهم فخورة مشدودة الظهر عالية الهمة، وشكرت لهم حسن تقديرهم لها. وحين همَّت بالسؤال عن شأن وديدي الذي صار سجين بيته ولا يستطيع الخروج، جاء صوت الزعيم مطمئنًا:

ـ أما وديدي فليخرج للناس، ولترسمي قصته كقصة مصورة للأطفال، فلن يصدقها سواهم، وتكون لهم عظة عن الفتى الذي حركه جوعه فأكل بطة محرمة، فعوقب بكابوس رأى فيه نفسه يُذبَح ويُطهَى، وحين أفاق منه عاد وديدي كما كان بعد أن وعى الدرس، فتكون للأطفال حكمة ولوديدي نجاة.

عادت كرمللة إلى بيتها، وكان خبر عودة وديدي لحياته الطبيعية هو الخبر الذي جعل أم وديدي ترقص فرحًا، ووديدي يهم بسحب حمودة والشايب إلى الخارج ليمشوا في الشارع أمام الجميع، ولكن

أنور نصحهم بالصبر حتى تنتهي كرملة من رسم القصة، فيصير لخروج وديدي معنى، وله لدى الناس ترحاب.

* * *

أفاق غلاب من نومه على همسات أروى، التي ظن في البداية أنها أحد أحلام الشوق التي تعتريه كثيرًا، لكن الصوت ما زال واضحًا مميزًا. فرك عينيه وأمسك أذنه بيده، وحك رأسه مرات عدة ليعود صوتها واضحًا جليًّا، يحكي كما اعتادت أن تحكي له من قبل، وتُكمل له ما بدأه من حكايات:

ـ نيرة أحبت الرياحي وغارت عليه كما أحببتك يا غلاب وغرت عليك، وحين رُفِع ستار الغيرة وجمع بينهما الشوق، كان حكم القدر أن يكون لكل حبيبين عذول، وصنع الشيطان عذولها من غيرة أمجد، كما صنع بقلب مبارك بن عزوز، لينتقم من المحبة التي حلت بقلب الطفل حسن، وقلب العملاق الحُر الواثق.

(٧)

لم يكن السيد جمال في حالته المعهودة، صار كثير النوم قليل اليقظة، وصارت شهيته لا تقبل الطعام، فقط بعض الثمرات القليلة التي تقدمها له حورة من حين لآخر. لم تكن تلح عليه، كانت تدرك أن ذلك لا داعي له، لكنها همست في ود:

ـ تريد أن تعود إلى بغداد؟

ابتسم وهز رأسه في حب وإعياء:

ـ أحِن إلى نوفلة والمكتبة ورفوفها.

فردت جناحيها في حنان وحملته على الجناح الأيسر. كانت دقات قلبها في أثناء الطيران تخبره أنها تعرف كل شيء، وكان طوال الرحلة يهمس في أذنها:

ـ أحبكِ يا حورة. منذ أول لحظة رأيتكِ فيها نائمة داخل العش وأنا أحبكِ حبًّا لم ينقص لحظة واحدة. اجعلي قبري بجوار المكتبة. أعرف أن قلبكِ عامر بمحبتي، فلا تحزني. فإن كان لا بد للفراق من لحظة، فلا بد من لقاءٍ آخر قريبًا. الزمن ما هو إلا حيلة حتى نُدرك طعم الحياة، أما هناك فلا بد من أننا لسنا بحاجة إلى ذلك، هناك كل تلك المعاني ستكون حقائق يا حبيبتي، وهناك أيضًا ستدرك حورة كم أَحَبَّها جمال.

لم تكن ترد، فقط كانت دموعها تسقط من السماء إلى الأرض، فتُنبت أشجارًا لا يجلس تحتها إلا العشاق.

في حضن نوفلة استقر جمال كأنه عاد طفلًا، وربتت نوفلة على كتفه من دون حزن ولا دموع وقالت:

ـ كنت أنتظرك يا حبيبي. لا أدري هل هي قسوة منك، أم قسوة من الزمن، أم حكمة سيُعلمها لي ربي يا بني! لكنها إرادة الله ولا نقول إلا ما يرضيه.

همس جمال في حضنها:

ـ أريد أن أشم رائحة الكتب، وأعيد الكتاب الذي سافر معي إلى موضعه.

كانت بغداد وشوارعها في الخارج تتحدث عن حورة، التي هبطت على أرض بغداد وهي تحمل على جناحها جمال. تحدث الناس في الخارج طويلًا، وازدحمت الأسواق وعلت الهمهمات عن جمال صادق عبد الرازق، الذي أحضرته عجوزًا سيدةٌ جميلة بوجه أنثى وجسد طائر، كانت تنتظره أمام بيت نوفلة.

خرج جمال ونوفلة في مشهد مهيب يتوكأ كل منهما على الآخر، ومشيا معًا وعينا حورة المنتظرتان تتابعانهما، حتى وقفت نوفلة أمام باب المكتبة المغلقة، ومدت يدها المرتعشة بالمفتاح إلى الباب، وفتحته وابتسمت لجمال الذي كان بين الغياب والحضور، نصف مستيقظ أو نصف حي، لكنه انتعش ودخل حين فتحت نوفلة الباب، وتبعته، وداخل المكتبة كان يتحرك كطفل سعيد أو سمكة عادت لبحرها. ظل يشم الرفوف ويشم الكتب ويُقبلها كتابًا كتابًا، حتى وصل إلى موضع خالٍ في منتصف رف، فأخرج من جيبه الكتاب القديم وقبَّله ثم أعاده إلى موضعه، وسالت دموعه وقال لنوفلة:

ـ وصَّيت حورة أن يكون قبري بجوار المكتبة.

ردت نوفلة بثبات:

ـ سأفعل لك كل ما تريد، دع حورة لتعود إلى بلادها حتى لا ينفطر قلبها، أنا أستطيع أن أتحمل، لكنها تحبك حبًّا آخر، حبًّا لا يتحمل الفراق.

هز رأسه بتفهم وقال مبتسمًا:

ـ أنا الآن في حال جيدة يا نوفلة، حال عجيبة، كأن الزمن يختلط فأرى أبي وجدي وأراني طفلًا وأراكِ شابة، وفي الوقت نفسه

أنا كما أنا، رجل عجوز يرى كل هذا، كأن الطفل الذي كُنته والعجوز الذي صرتُه جملة واحدة في كتاب، لا يتم معناها إلا في صفحة جديدة أرى طرفها اللامع. فلنخرج نودع حورة يا أمي، ولا تغلقي هذه المكتبة، دعيها مفتوحة لمن يريد أن يدخلها. الكتب لا تجذب إلا أصحاب الأرواح الجميلة، فدعيهم ولا تغلقي بابها أبدًا.

هزت رأسها ومدت يدها وخرج من المكتبة، وتحركا ببطء حتى وصلا إلى حورة، فاقترب جمال منها مبتسمًا، وقبَّل جبينها والناس في جمهرة يتابعون، ونوفلة تستند إلى عصاها في صمت وصبر، وجمال يهمس في أذن حورة:

- بغير ترتيب سابق أراد الله أن نلتقي، فلا تجعلي وداعنا بترتيب، ليكن آخر ما ترينه مني هو هذا الوجه المبتسم، وإن كان لي في قلبك حُبٌّ فلتسمعي الكلام.

قالت في عناد:

- لن أتركك!

رد في حب ووهن:

- كيف تتركينني وقد امتلأ قلبي بك؟ لكن عليكِ الآن الطاعة، أبلغت نوفلة بوصيتي، ووصيتي لكِ الآن أن تعودي إلى عُشِّنا يا حورة بلا وداع ولا دموع ولا تردد.

وضع رأسه على قلبها، وقبَّل موضعه، ثم رفع رأسه وهمس:

- في أمان الله يا حورة، وغدًا في مكان يتحقق فيه الحب نلتقي.

همت على قدميها وفردت جناحيها، وعيناها لا تفارقان عينَي

جمال، وطارت تنفيذًا لرغبته، وأهل بغداد يتابعون طيرانها ويرفعون أيديهم للسماء حتى يتلقوا تلك الدموع الهابطة، دموعًا كانت تبرق وتضيء حين تلامس الأرض أو الأيدي الممدودة، حتى تحول المكان إلى كتلة من النور والشجن.

في حضن نوفلة أسلم جمال الروح، وبجوار المكتبة دُفِن، وصار قبرًا مشهورًا يزوره العامة حتى هذه الأيام، ويقرأون الآيات على روحه وروح السيدة نوفلة التي دُفِنت إلى جواره في قبر لصيق به.

أُسدلت الستائر السوداء حول مقار العمالقة في مصر وتونس والمغرب، حزنًا على السيد جمال والد العمالقة الثلاثة عشر.

وكانت الحُسن الساري مثل إخوتها تعلم الأشياء من دون الحاجة إلى أخبار أو رسائل، واستيقظ بدر الدين على نحيبها ليلًا، وعرف منها الخبر كما عرف قبل ذلك ما يدور من أفكار في عقل أخيه، وما يمتلئ به صدره من غيرة، حين أخبرته الحُسن الساري ذات مساء أيضًا:

ـ احذر يا بدر، إن أمجد في ضيق شديد تأكله الغيرة، ولكن لا تقلق وعامِلْه بالحسنى، فأخوك ذو أصل طيب وروح نقية، وأتوقع أن أصله وروحه سيغلبان نفسه وشيطانه، فاحذره ولا تُسِئ إليه.

وها هما يستقبلان السيد أمجد والسيدة نيرة لعزاء السيدة الحُسن الساري في أبيها، بعد أن علم الجميع بالخبر.

* * *

فتحت عُليًّا بابها في لهفة، واحتضنت الرياحي الذي رأته هذه

المرة واقفًا على قدميه من دون كرسي، فامتلأت بالدهشة والفرحة معًا، وتردد الرياحي قليلًا بحثًا عن إجابة. كان قد استأذن نيرة وسمحت له بتلك الزيارة القصيرة، ليجد نفسه أمام باب بيته يطرقه، وقد نسي أنه كان مقعدًا. وفي حضن عُليًّا كان يرد ببطء على سؤالها الملتاع:

- يا كرم الله وفضله يا رياحي، أعادك الله لي وعلى قدميك تسعى في عافية، كيف حدث هذا؟

خرج من حضنها ونظر في عينيها طويلًا ثم قال:

- استبدَّ بي الشوق بعد طول الغياب، وما إن وصلت قرب بيتنا وأحدهم يساعدني ويدفع مقعدي، فالتفت نحوه وقلت: «يا هذا لك الشكر، لست في حاجة إلى المقعد ولا إلى مساعدتك»، فنظر إليَّ في تعاطف وسخرية وسألني: «وكيف تصل إلى بيتك من دوني ومن دون المقعد يا سيدي؟»، فأجبت بغير وعي مني: «بالشوق يا هذا»، وما كان مني إلا أن هممت ووقفت ودفعت المقعد وسط دهشة الجميع، وإذا بي أمشي ثم أهرول ثم أجري، حتى وصلت إلى بيتنا يا عُليًّا وطرقت الباب.

هتفت عُليًّا:

- عجيب أمر الشوق هذا يا رياحي، كاد شوقي إليك يفقدني حياتي، وها هو شوقك إليَّ يعيد إليك قدرتك على المشي، كأن الشوق يجرح ويداوي.

واحتضنته مرة أخرى وقالت:

- لن تخرج من هذا الحضن ثانيةً.

كان علي قد وصل ليجد الرياحي واقفًا على قدميه يحتضن عُليًّا، فهتف الشاب بفرحة:

ـ الله الله، أبي عاد وعلى قدميه!

ليخرج الرياحي مسرعًا من حُضن عُليًّا إلى حضن ابنه مُستنجدًا:

ـ وبعد هذه المعجزة، أمك تريد أن تسجنني يا علي، فالحقني وأنجدني منها.

* * *

أغمضت المرمرية عينيها كأنها تسترجع ما حكى لها غلاب في هذه الليلة، وحل الصمت في المكان، ثم فتحت عينيها وفمها وقالت:

ـ تقترب من نجاتك يا غلاب، ويستبد بي الشغف ويعلو داخلي صوت السؤال؛ هل ينجو غلاب من سجني ويفوز بي زوجة في بيته؟ أم يفقد غلاب حياته وتنتهي في سردابي قصته للأبد، وأظل أنا المرمرية الهلابة الحزينة على فقد حكَّائها وراويها وحبيبها اليمني؟ وهل يشتري غلاب مني عمره بالحكايات؟ أم أشتري أنا مُتعتي بحكاياته؟ وهل سيظل ذلك الشغف بيننا إذا ما انتهت حكاياتك، وصرت أنا الحكاية الأخيرة، حكاية الفارسة المقاتلة التي صارت سيدة عادية في بيت حكاء؟

ساد الصمت ولم يرد غلاب على أسئلة المرمرية، فعلا صوتها تأمر الباب:

ـ لينفتح الباب ولتدخل يا غلاب إلى غرفتك الجديدة، وها أنت تقترب يا حبيبي ولكن لا أدري من ماذا، أتقترب من نجاتك ونهايتي؟ أم من نهايتك وحزني؟

وينفتح الباب ويدخل غلاب إلى غرفة أكثر اتساعًا وجمالًا وأنعم فراشًا، وتجلس المرمرية على الفراش وتُجلسه إلى جوارها وتهمس:

- لمَ لا نهدم هذه اللعبة الآن وتنال مني وأنال منك، وأصبح لك زوجة وتصبح زوجي وحكَّائي، من دون فقد أو حزن أو مغامرة؟

واقتربت منه حتى لامس لهيبها وجهه، فتراجع خطوة وقال مرتبكًا:

- لكن ذلك نقض للعهد وقتل للشغف وإخلال بالوعد، وفي ذلك نذير شؤم! فمن نقض العهد لقلة الصبر ينكث بعد ذلك ألف مرة لألف سبب، وإن كنت لكِ زوجًا الآن فلن أستطيع أن أحكي بعدها، لأنني سأصير الزوج الأسير، ولا حَكْي من دون حرية!

وقفت المرمرية في كبرياء، وكتمت غضبها وردت مسرعة:

- ليكن يا غلاب، ليكن!

وانصرفت، وأُغلِق الباب على غلاب الذي كانت دقات قلبه تتسارع.

الفصل السادس

الكروان خاطر

ينهي غلاب حكاياته، وتفتح له المرمرية الأبواب كما وعدته، ويخرج من آخر الأبواب حرًّا ليجد نفسه على باب القصر، والمرمرية تبتسم له في خبث متسائلة:

ـ والآن أخبرني ما حكايتك أنت؟ وأي قلب عشقه غلاب؟ وإلى من تشتاق في اليمن؟

يصمت ولا يرد، فتشعر بالغيظ وتطلب منه أن يراجع نفسه، ويلغي شرط العودة إلى اليمن ويتزوجها هنا حرًّا بلا سجن. لكنه يصر على أن يُكمل الاتفاق والعهد إلى نهايته، وتشعر المرمرية بالهزيمة وتصرخ فيه:

ـ لا بد من أن لك هدفًا آخر هناك، سلطة أو امرأة أو مالًا، وأنا أملك الثلاثة هنا، لكنك تداري عني شيئًا ما.

لكنه يتمالك نفسه ويرد في ثبات:

ـ إنه عهد بيننا يا مرمرية، أن يتم زواجنا في بلدي، وأن تعيدي لهم ما سلبتِه منهم.

قالت:

ـ نعم أعيد ما سلبته، ولكن تبقى هنا معي.

قال في عناد:

ـ لا!

وهنا نقضت المرمرية عهدها وثارت وهاجت وماجت، وخيَّرته بين الرضوخ أو القتل، فرفض الرضوخ، فألقت به في وادي الخوف السحيق، ذلك الوادي الذي لا توجد به إلا جماجم تمر من خلالها الرياح وتصفر، وأرض قاحلة مفروشة بالأشواك، والأفاعي ذات الأجراس، والعقارب الضخمة الصفراء الذهبية ذات الأذناب الطويلة المعقدة عُقَدًا عدة، كل عقدة مملوءة بالسم، ويتجاوز طول ذنبها السبعة أمتار، وقالت المرمرية في أثناء سقوطه في الوادي:

ـ صبرت كثيرًا عليك يا غلاب، وغرَّتني حكاياتك، لكنك خبأت عني حكايتك أنت وسرك، وجعلت بينك وبيني حجابًا، ومنعتني أن أدخل قلبك وأنا المرمرية الهلابة، مَن لم يتخذني حبيبة اتخذته عدوًّا، ومَن لم يشأ لقلبي الراحة أذقتُ جسدَه العذاب ولا أبالي.

أيام وليالٍ وغلاب مُلقى في ذلك الوادي السحيق، يقاوم الموت والأشباح والحَر والأفاعي والعقارب، حتى غاب عن الوعي في هذا الوادي المتخيَّل. كان واديًا مصنوعًا من خيال شرير مخيف، خيال يتسلل إلى قلب المرء بمجرد الوقوع فيه، فيمتلئ بالخوف ويتجسد له خوفه في صورة تلك الجماجم والأفاعي والعقارب، التي لا وجود لها إلا في نفس المُلقى في وادي الخوف، ويدفعه الخوف للموت،

ويدفعه الخوف من الموت للتشبث بالحياة، فلا يذوق فيه موتًا ولا يهنأ بحياة، ولعل ذلك هو الموت الأكبر والأصعب، وهو أن تُلقى في وادي نفسك ومخاوفها فلا تموت فيه ولا تحيا.

كانت المرمرية تنظر إليه كل يوم من أعلى في تلذذ وانتظار، تنتظر أن يستنجد بها أو أن يطلب أن يفوز بالحياة معها ويعلن لها ندمه، كانت تعاقبه على صموده وإصراره وما خبأه عنها من أسرار، وتنتظر كل ليلة أن يهتف باسمها حتى تُخرجه من غمه، ولكن ذلك لم يحدث فازدادت حزنًا وبُغضًا له.

فقدت أروى التواصل معه، وفقدت قدرتها على إرسال الحكايات إليه. لقد أدركت ذلك حين فقد هو قدرته على استقبال حكاياتها. بعدما انقطع بينهما ذلك الحبل من التواصل والوصل، أدركت أروى أن حبيبها في خطر داهم، فهو لا يسمعها على البُعد ولا يرد على آهاتها، فقررت أن تبدأ رحلتها هي إلى بلاد غريمتها، مهما كلفها ذلك الأمر.

وعبر شهور طويلة رحلت أروى من اليمن إلى بلاد الهلابة، في سفينة صعدت إليها كطاهية في مطبخها، وظلت طوال الرحلة تجمع الكلمات المتناثرة عن المرمرية وقصرها، وهي تطهو الطعام للركاب. ووصلت بعد طول سفر وتعب إلى قصر المرمرية، وطلبت رؤيتها، وخرجت المرمرية لتنظر إلى تلك الطاهية اليمنية الفقيرة التي تطلبها.

كانت المرمرية تنظر إليها بشك كبير، وسألتها بمشاعر مختلطة تجمع بين التحفز والتعالي والشغف والفضول والاحتقار:

ـ من أنتِ وماذا تريدين؟

لترد أروى بهدوء وصدق:

ـ أنا أروى حبيبة غلاب، ولا أريد إلا رقبتك.

كان الرد سريعًا، وكان هجوم أروى على المرمرية مُتزامنًا مع الرد. انقضَّت أروى عليها انقضاض طائر يهبط من أعلى على فريسته، ودارت على رخام أرضية ساحة قصر المرمرية معركة دامية، استُخدِمَت فيها الأيدي والأقدام والأظفار والأسنان وشَد الشعر، وكل ذلك كان مُحمَّلًا بالغيرة والانتقام. وكانت المرمرية ذات البنية الأقوى والسن الأكبر، وكانت أروى ذات الغل الأكبر والبنية والسن الصُّغرَيين. وحين جلست أروى في نهاية المعركة على صدر المرمرية بعد طول عراك، وأخرجت سكين اللحم الحاد الذي احتفظت به من مطبخ السفينة خصوصًا لهذه اللحظة، وها هي تضعه على رقبة المرمرية، التي صرخت فأقبل الحرس من الفارسات يُحِطن بأروى والمرمرية، والأولى تعتلي صدر سيدتهم، وتضع سكينها على رقبتها، وتهتف بهن في جنون:

ـ خطوة واحدة منكن نحوي وأحز لكم هذا الرأس وأدحرجه بين أقدامكن، لي لديكن أسير يسمى غلاب، أريد أسيري وأترك لكن المرمرية، ولَن أرفع سكيني عن رقبتها حتى أراه.

وغرزت سكينها أكثر، وانجرحت رقبة المرمرية، فأيقنت الحارسات بجديتها، وأشارت المرمرية بعينيها لهن أن يحضرنه لها. وعاد غلاب من واديه السحيق ليجد هذا المشهد المروع، وما إن رأته أروى يقف أمامها وتحيط به الفارسات، حتى حزت رأس

المرمرية وفصلته عن جسدها وألقت به أمامهن، فتراجعن في خوف. ثم أمسكت بيد غلاب صارخة:

ـ أنت الآن حر ومعك حبيبتك، فلتنجُ بحريتك وبي.

وبعد أن أفاقت الحارسات من صدمة قطع رأس سيدتهن، دارت مطاردة طويلة بينهن وبين غلاب وأروى. يقول غلاب حين يحكيها إنها انتهت بالقفز في ماء البحر من فوق جبل يحيط بقصر المرمرية، ثم السباحة إلى اليمن وهو يحمل أروى على ظهره.

وتقول أروى حين تحكيها إنها انتهت بالتعلق في أرجل طائر ضخم كان يرقد فوق سطح قصر المرمرية. تعلق غلاب برجل وأروى بالرِّجل الأخرى، وطار بهما الطائر وحط في بلاد اليمن.

لكن المؤكد أنهما عادا لبلادهما في النهاية، وتزوجا وأنجبا طفلًا واسع الخيال أسمياه رماح، وكبر ذلك الرماح وصار حكَّاء مشهورًا يجلس في الأسواق والمقاهي، ويلتف حوله الناس بالمئات وأحيانًا بالآلاف في الساحات الكبرى في ليالي العيد، ليحكي لهم القصص العجيبة التي حدث بعضها بالفعل، أو رواه غلاب وفق خياله وأكملته أروى، فيصدقه البعض ويشكك البعض الآخر. ولكن كان دائمًا هناك إجماع على المتعة الكبرى في حكاياته المتعددة، خاصة قصته المشهورة والمعروفة «أبناء حورة»، التي كان ليلة ختامه لها كل عام يرتدي أفخر الثياب، ويقعد إلى منصة عالية في أكبر ميادين المدينة، وتحته يقعد الجمهور، وتلمع عيناه بالدموع رغم أنه يحكي الحكاية للمرة الألف، ويقول:

ـ أما العمالقة الثلاثة عشر فقد كان لهم عُمر مُحدد ووقت معلوم يموتون فيه، لا يستقدمون ساعة ولا يستأخرون، هكذا

أخبرتهم السيدة حورة يوم احتضارها المهيب في جزيرتها البعيدة. بكى الثلاثة عشر بُكاء مريرًا وهم ينظرون إلى وجهها المضيء المبتسم، وهي تقول بوهن: «لا بكاء ولا حزن، فأنا سأطير بروحي هذه المرة من بينكم لأكمل حياتي الجديدة مع من أحب، وأنتظركم هناك. بجوار تلك الشجرة ستدفنون هذا الجسد باسمين، وفي الوقت المعلوم نلتقي. سيكون ذلك في يوم واحد وساعة واحدة. أعلم أن الحُسن الساري تسمعني الآن وتبكي، فلم يمنعها عن الحضور إلا رعاية ابنتها حور، تلك المولودة التي تُشبه عمتها نيرة، وليست شبيهة بأمها ولا بي ولا بكم، بشرية الجسد بالكامل، وجميلة الروح، لعل الله يحفظها من غيرة أمجد ويجمعها مع ابن عمتها نور ابن نيرة والرياحي، فهو طفل عجيب، فإذا اجتمعا تزوجا، وإذا تزوجت حور بنور عرف الكون السرور. اليوم لا أريد حُزنًا، اجعلوا يوم موتي يومًا للفرح، فأنا الآن على عتبة حياة لا تعرف الحزن».

أغمضت عينيها، وكان مدفنها مقامًا تزوره المخلوقات كلها، وبمجرد اقتراب أي مخلوق من مقام حورة كان يشعر بالسعادة، ولا يملك أن يمنع نفسه من ابتسامة حلوة المذاق، يظل مذاقها مُلازمًا له كلما تذكر تلك اللحظة فتعود له الابتسامة.

وأتى اليوم المعلوم ومات العمالقة الثلاثة عشر وأختهم الحُسن الساري، كما أخبرتهم حورة، في ذات اليوم وذات الساعة. وصارت لهم مقامات مشهورة معلومة في كل من مصر وتونس والمغرب ودولة اللاجئين، وظل الطفل حسن بن مبارك بن عزوز

دائم الزيارة لمقام وقبر الحُر الواثق حتى آخر أيام عمره. وبكاهم الناس بكاء مريرًا، وصلى الشيخ صفي الدين على الحُسن الساري، وخطب خطبة أبكت جموع شعب دولة اللاجئين، قال في آخرها: «إنما الأجساد مسكنها القبور، والكلام الطيب مسكنه القلوب، والأرواح لا سكن لها إلا في بحر نورها المطلق. رحم الله من كان حُسنها في القلوب ساريًا!». واحتضن ابنتها نور، ومسح على رأسها، وقبَّل جبينها، وأسر في أذنها بخالص الدعاء بالبركة.

وظل كتاب حليم الخردواتي ونبيل السماك برسوم كرمللة وثيقة تاريخية خالدة لأيام حكم العمالقة، التي استمرت سبعة أعوام كاملة، وعلى جزيرة تحت شجرة كان يعلوها عش السيدة حورة قديمًا، وقرب مقامها العامر بالزوار من الطيور والمخلوقات كافة، التقى صدفة الفتى نور مع الفتاة حور التي جاءت لتزور مقام جدتها، وهناك تعارفا وتحابَّا، فكان هذا بداية لتاريخ جديد وقصة جديدة انطلق فيها نور وحور إلى عالم لم يطأه الخيال بعد. منكم من سيُصدقه ومنكم من سيقول ما هذا الكلام غير المعقول. وإلى هنا تنتهي قصتنا المشهورة المعروفة لديكم بـ«أبناء حورة».

هكذا يُنهي رماح ابن غلاب وأروى الحكاية، والناس بين الشك والتصديق، لكنهم لا يملكون في النهاية إلا الإعجاب والتصفيق، وقد امتلأت أعينهم وقلوبهم بالشغف، ورماح النحيل يتلقى منهم الثناء والعطايا، ثم يفسحون له الطريق كملك يمر من بينهم، وحينما يصير

بمفرده يسير بعقل شارد ومشغول في الطرق المزدحمة والخالية، بحثًا عن جديد يضيفه إلى الحكاية، ويضمن له مزيدًا من البقاء.

وما إن دلف رماح إلى إحدى الحارات للجلوس على المقهى والتقاط الأنفاس، وبمجرد أن خطت قدماه لداخل الحارة الجانبية، حتى هوت فوق رأسه عصا غليظة ليسقط على الأرض وقد أظلمت الدنيا.

الباب الثاني

نور وحور

الفصل الأول

زيَّان والدرويش

(١)

صرخ مُعترضًا:

ـ كذب؛ لم يُخلق الإنسان ليعيش في سجن. لن يظل طوال حياته يهرب من الوحش إلى الكهف، ويهرب من الناس إلى أربعة حيطان. الإنسان كائن حر مثل الوحوش والطيور. هو وحش صغير لا يجوز استئناسه.

رد أحد الشباب الضاحكين:

ـ وأين الستر يا عمنا؟ وأين يلتقي الأحباب يا رجل؟

شرد أبو شوال كأنه لا يراهم وهمس:

ـ الستر؟ الستر ألَّا يراه الناس سجينًا. الستر يخلقه الأحباب، فيستر الحبيب حبيبه بجسده، فلا يراهما أحد. الستر أن تنحني شجرة أمام محبتهما فتسترهما، أو ينزوي لهما الطريق، أو يكون ظِلهما سترًا لهما.

ضج الشباب بالضحك، وقال أطولهم وسط ضحكاته المتقطعة:

ـ أنت تريدها سداحًا مداحًا يا أبو شوال.

فيهز رأسه مرددًا:

ـ مساجين، مجانين، مساجين مجانين.

ويواصل السير.

كان الجميع يتعامل معه على أنه خفيف العقل. ويفسرون سياحته في الأرض، وهو يرتدي جوالًا ويربطه عند الوسط بحبل خشن، تفسيرات شتى، بداية من أن امرأته طردته من البيت بعد أن ضبطها مع عشيقها في عز النهار، وانتهاء بأن صوتًا كان يناديه وهو نائم آمن في بيته: «يا زهران، اخرج من هذا السجن واتبعني».

كان اسمه الأصلي معتصم، قبل أن يُكنَّى بأبو شوال، لكن المؤكد أنه لا أحد يعرف ماذا حدث حقًّا للرجل. كان يسير بالساعات الطويلة، ولم يرَه أحد قَطُّ وهو نائم. وتراهَن الصبية وتابعوه حتى يعرفوا مكان نومه، ولكن أعياهم السير خلفه وهدهم التعب وبدأوا يتساقطون واحدًا تلو الآخر، وهو يسبقهم ويواصل المشي من شارع إلى درب إلى خلاء إلى جبال، من دون أن يكل أو يمل أو حتى يلتفت خلفه، فقط يمشي ويمشي ولا شيء آخر. لم يطلب في يوم من الأيام نقودًا من أحد ولا طعامًا. فقط ينظر ويتكلم ويبتسم ويمشي، حتى وقف في السوق ذات ظهيرة، ورفع صوته ناطقًا بما أثار فضول كل الناس. ركب فوق حجر وقال بأعلى صوته، وهو يشد حبل الليف الذي يربط به وسط الجوال الذي يرتديه:

ـ هذا حبلي السري يا خلق، هذا حبلي السري، حبل من ليف،

والليف من النخلة، والنخلة عمتنا غرست نواة ثمرتها في الطين قبل أن تكون لثمرتها نواة، فكانت فريدة طويلة لا مثيل لها، وأثمرت بلحًا في سباط يرقص في الهواء من خشية حصوات الصبية الراشقين له، وصعد إليه بحبل كهذا من يريد أن يجنيه، هكذا النخلة، وهكذا كان السعف لها تاجًا، هذا نسبي فاعرفوني واسمعوني جيدًا، فقد ظهرت الراصدة ووقفت قبالتكم في عمق بحركم ترصدكم، وأنتم مشغولون بأين ينام أبو شوال.

التف حوله الناس في السوق القديمة بقلب القاهرة، وضحك البعض واهتم البعض، وصار أبو شوال يلعب بحبله في الهواء، فينتصب الحبل قائمًا فيتسلق عليه أبو شوال حتى يصل إلى أعلى الحبل ويبتسم مُرددًا:

- مشغولون أنتم بأبو شوال وألاعيبه، والراصدة في البحر ترصدكم وتنظر إليكم تنتظر. أضعتم كنوز العمالقة السبعة ووجدها أبو شوال، فيا حسرة عليكم!

عاد أبو شوال إلى الأرض، وعاد الحبل حبلًا في وسطه، وسار صامتًا في هدوء والناس يتابعونه، وبعضهم يسأله عن الراصدة، والبعض يطلب منه أن يُكمل الكلام. لكنه لاذ بالصمت حتى غاب عن الأنظار فجأة.

* * *

مر كلام أبو شوال مرور الكرام على غالب الناس، ولكن زيان كان أكثرهم انتباهًا. وزيان شاب مفتول العضلات يقود مجموعة من الشباب لها صيت كبير في السوق. ليسوا لصوصًا بالمعنى

التقليدي، لكنهم قرروا أن يحصلوا فقط على ما يشتهون وقتما يشاءون، لا يحتفظون بشيء لأنفسهم أبدًا، فقط حينما يشتهون مثلًا اللحم المشوي، يدخلون إلى أكبر المطاعم التي تقدمه ويقعدون في صمت، وما إن يراهم صاحب المحل حتى يشير لرجاله فيبدأوا في وضع الأطباق الفارغة، ويبدأ الطباخ في تجهيز وجبات رجال زيان، وتمتلئ الأطباق باللحوم المشوية التي يتصاعد بخارها، وعلى جانبيها تتزين المائدة بأطباق السلطة، لِيلتهم زيان ورجاله اللحم في صمت وشياكة، ثم يغسلوا أيديهم ويخرجوا بعد أن يربت زيان على كتف صاحب المطعم ثلاث مرات، فيبتسم له صاحب المطعم في امتنان تام. وهكذا الأمر بالنسبة إلى بائعي الفاكهة وبائعي الملابس، وكل شيء يجدون أنهم في حاجة حقيقية إليه، من دون مبالغة أو طمع، ومن دون أن يحتفظ أحدهم لنفسه بشيء فوق حاجته، وعقوبة فعل كهذا تكون الطرد للأبد من مجموعة زيان، والمطرود لن يجد بعد ذلك أدنى احترام من الناس، بل قد يتعرض للإهانات التي تدفعه للهجرة إلى مكان آخر، ليبدأ وسط أناس لا يعرفونه حياة جديدة.

انتبه زيان جيدًا لكلمات أبو شوال، وشعر أن بابًا جديدًا يُفتح أمامه. كان على يقين بأن الرجل يمتلك أسرارًا، وكان على يقين بأن حياته ستتغير بالكامل معه؛ لم يكن يعنيه المال، هو دائمًا ينتظر شيئًا آخر؛ ولذا رنت في أذنيه جملة أبو شوال «أضعتم كنوز العمالقة السبعة ووجدها أبو شوال». فكر كثيرًا في كُنه تلك الكنوز، لا بد من أنها ليست كنوزًا من ذهب وجواهر، لا بد من أنه كنز معرفي. هكذا

كان يفكر زيان، الرجل الذي لا يضع لقمة في بطنه أبدًا بعد أن يشبع، ولا يحتفظ بمليم في جيبه، ولا يملك إلا الثياب التي على جسده. كان على قناعة تامة بأن الأمر لا يستحق العمل، ولا يجوز للإنسان أن يجهد نفسه من أجل الحصول على ذلك المتاع القليل. تبنى هذه الأفكار منذ الطفولة، وسرعان ما أقنع بها مع الوقت أتباعه، الذين صاروا بالعشرات ينتقلون كل يوم من فندق إلى فندق، ومن مطعم إلى مطعم، لا يبيتون ليلتين في مكان واحد، ولا يعتدون على أحد من أجل ما يريدون رغم قوة أجسادهم.

إنهم فقط يدخلون المكان في صمت وتأتي إليهم طلباتهم. هكذا قالها زيان ذات مرة:

- إننا سنعيش في هذه الدنيا كما يعيش الأبرار في الجنة؛ لهم فيها ما يشاءون.

لكن شهوات زيان لم تقتصر فقط على الطعام والملبس، وها هو يشتهي المعرفة، يشتهي ما لدى الدرويش أبو شوال.

* * *

لقد تغيرت الدنيا كثيرًا بعد موت العمالقة السبعة، وصارت البلاد في فوضى لم يرتَح لها الناس مع الوقت. في البداية استمتعوا قليلًا بالانفلات والحرية، ثم أعادوا صياغة أنفسهم، وصنعوا نظامًا للحكم يختارون فيه من صلح منهم لإدارة شؤونهم، ولكنها إدارة رخوة تنشد رضا الناس، فكثرت هذه النوعية من الجماعات الغريبة، كجماعة زيان، وجماعة أيوب رواس التي تختص بمعاقبة الفاسدين، ولم تكن تابعة للحاكم ورجاله، ولكنها جماعة عُرفية، تعاقب كل

من يثبت فساده، وبسرعة، ومن دون الذهاب إلى محاكم، فقط تكتفي بإجماع المتضررين، وفي السوق الكبيرة يوم الجمعة يتناظر الفاسد والمتضرر، فإن قامت الحجة أقامت جماعة أيوب القصاص. والعجيب أن الناس لم يشكوا يومًا زيان وجماعته إلى جماعة أيوب، واقتصر دور الشرطة على حماية المنشآت العامة التي كان على رأسها قصر الحاكم، ومتحف العمالقة الذي يُجدَّد من حين إلى آخر.

* * *

باح زيان لرجاله بما يدور في عقله، وبدأت مراقبتهم الدقيقة لأبو شوال، في حين انشغل العامة بالكلام عن الراصدة. ووصل الأمر إلى الحاكم، الذي كلف وزيره بالصعود إلى القلعة في الإسكندرية، والنظر عبر التلسكوب القديم إلى عمق البحر. وكانت المفاجأة حين رصد التلسكوب كيانًا مظلمًا ضخمًا يرقد في عمق البحر، على مسافة ليست بعيدة من الشاطئ.

* * *

منذ أن علم الحاكم أمجد أن أخته نيرة قد وضعت ذكرًا سمَّته نور، وأن أخاه بدر الدين قد وضعت زوجته الحُسن الساري بنتًا سمَّتها حور، وهو يقاوم نفسه ويحاول ترويضها. واستطاع بالفعل أن يتمالك نفسه سنوات طويلة، حتى صار نور في سن الشباب، وصارت حور فتاة تسلب العقول بجمالها. ولكن الغيرة كانت تمر على قلبه رياحًا عاتية من حين إلى حين، فيغلق على نفسه باب حجرته، ويظل يقاوم ذلك الشعور المؤلم أيامًا وليالي. كان في كل مرة يستطيع أن ينتصر ويخرج من حجرته هامسًا لنفسه:

«ليكن ذلك الشاب الجميل هو ابنك يا أمجد الذي لم يأتِ من صلبك، فالعم والد، ولتكن تلك الفتاة الساحرة ابنتك، وليس بعد حنان الخال والعم من حنان».

ويرسل في طلب أخته وأخيه ليُحضِرا حور ونور معهما للغداء في قصره. وعلى المائدة يتأمل هذين القمرين المضيئين ويداعب حور:

- هذا الجمال لا تعرفه دولة اللاجئين يا حور، هذا جمال الحُسن الساري.

فتخجل حور، ويبتسم له بدر الدين متذكرًا حبيبته:

- رحمها الله يا أخي، ولا حرمنا الله من حنانك.

ثم يبتسم لنور:

- وأنت يا فتى دولة اللاجئين، من أي شجرة وضَّاءة أتى هذا الوجه النبيل؟ شجرتنا أم شجرة تونس؟

فيرد الرياحي الذي دائمًا ما يشعر بالغربة في وجود أمجد:

- بل شجرتكم يا سيدي، وهل خلق الله أجمل من نيرة؟

وتبتسم نيرة لأخيها وترد الإطراء بالمدح:

- كلنا فرع من شجرتك يا سيدي، أدام الله ظلك.

ويحدق أمجد إلى وجه نور طويلًا:

- أما آنَ الأوان ليزور نور بلاد أبيه؟

ترتبك نيرة، ويكمل أمجد:

- سأجعله سفيرًا الدولة اللاجئين، وأرسله مع أبيه إلى تونس ليعرف بلده، وليمارس جزءًا من الحكم ولعبة السلطة.

كان قرارًا أثار القلق لدى نيرة، لكنها لم تملك إلا الامتثال والطاعة، وطلبت من أخيها الحاكم أن تصحب ابنها في أيامه الأولى لأنها لم تعتد فراقه، ثم تعود إلى بلادها بعد أن يطمئن عليه قلبها.

(٢)

في غرفة باردة مظلمة أفاق رماح على ألم شديد في رأسه، وبدأ يتذكر بالتدريج تلك الضربة، وصار يتأمل الغرفة الضيقة التي يدخل الضوء الشحيح إليها عبر كوة صغيرة في أعلى الحائط المواجه. حاول أن يقوم فزاد الألم في رأسه، لكنه استطاع أن يقف ويتحرك حتى الباب، ويطرق طرقات متتابعة، ولكن لم يكن من مجيب، فقعد مكانه مستسلمًا، ثم وضع يده على رأسه وهمس له، نعم كان يكلم رأسه بالفعل:

- أنت سبب كل هذه المصائب، أنت أيها المملوء بالحكايات، أي ذنب اقترفت يا رماح حتى ترث من غلاب وأروى كل هذه الحكايات التي لا تعرف خيالها من واقعها؟ ها! أي مهنة هذه أن تقعد وتحكي للناس؟ وماذا بعد أبناء حورة؟ الناس صاروا يحفظون هذه الحكاية عن ظهر قلب؛ وذات ليلة قاطعني أحدهم وأكمل الحكاية كلها بتلخيص عجيب في سخرية أربكتني، وجعلتني لا أستطيع أن أكمل، لولا رغبة الجمهور، بعض الجمهور القديم. سنوات طويلة تمر وأنا أتنقل من بلد إلى بلد

أحكي، ولم يرتَح جسدي إلى جوار امرأة. سرقتك الحكايات يا ابن أروى، وسيأتي يوم ينصرف فيه الناس عنك، فتصير أنت نفسك حكاية قديمة، وحيدًا بلا زوجة ولا ولد ولا مال، تتسول في الشوارع كالمجانين.

هز رأسه الذي زاد الألم فيه، وحاول أن يُسكت نفسه، ووقف مرة أخرى واتجه إلى الباب وواصل الطَّرْق، ولا حياة لمن تنادي. ثم أخذ يصرخ:

- يا مَن هنا، لماذا أنا هنا؟ أنا رماح الحكَّاء، لماذا تلقون بي هنا؟ أنا لم أُعادِ أحدًا قَطُّ، فأنا مجرد رجلٍ صنعته الحكايات. أخرجوني من هنا! لماذا لا يرد عليَّ أحد؟

راحت طرقاته وصرخاته هباء، وبدأ يشعر بالتعب واليأس والجوع، وانهار في مكانه حطامًا على أرض باردة كالثلج.

وظل هكذا في هذا السجن البارد سبع ليالٍ، حتى صار يرى عفاريت الجوع والعطش والموت ترقص أمام عينيه بوضوح. يرقص عفريت الطعام أمامه وفوق رأسه وهو يلعب بالأرغفة الساخنة، ويُطيِّر أطباقًا من اللحم المشوي ويغيب، ليحل محله عفريت العطش يرقص بإبريق زجاجي من الماء، فيخرج الماء من الإبريق ويقع في دفعات، وما إن تقترب من فم رماح المفتوح حتى تختفي ويختفي معها الإبريق والعفريت، ويحل محله عفريت الموت مدججًا بأنواع مختلفة من الخناجر والسكاكين، يغرسها في جسم رماح من دون أن تنغرس أو تُسيل الدم، فقط يجدها تغيب في صدره وبطنه بلا ألم، لتخرج من ظهره وتسمره في الحائط لدقائق معدودة، يظهر بعدها عفريت اليأس

وهو صامت قابع يغطي رأسه المنحني بقلنسوة، فتعم الكآبة أرجاء السجن، ويغيب بعدها رماح في إغماءة يتمنى أن تكون الموت، ليعود بعدها للحياة مرة أخرى، حياة مصحوبة بصنوف أخرى من العفاريت، وهكذا ليبدأ في الهذيان غير المفهوم، ويعلو صوته في حوار لا ينتهي مع أولئك الذين يراهم.

وكان الإحساس لديه بالزمن قد غاب، وحينما يفقد المرء إحساسه بالزمن يكون قد فقد آدميته. وفي اليوم السابع فُتح باب السجن ليدخل منه رجل طويل أسمر، ببدلة سوداء وشارب رفيع وخطوات ثقيلة، وبصوت حاد عجيب أمر رماح بالنهوض:

ـ قف!

لم يستطِع رماح أن يقف، فأمسك به الرجل وأنهضه بالقوة آمرًا:

ـ قف يا ابن العدناني.

استند رماح بكامل جسمه إلى الرجل، فصرخ الرجل مناديًا:

ـ احملوه إلى السطح.

فدخل رجلان وحملا رماح الواهن، وأغلق الرجل الطويل الباب وتبعهما.

لم يفِق رماح من هذيانه بعد. كان يظن أن اللذين يحملانه هما عفريتان من نوع جديد، يحملانه من دهليز إلى سلالم متعرجة لا تنتهي، ويلفحه الهواء البارد كلما انحنى بهم السلم الصاعد، فيقول بلسان مرتعش:

ـ هل تصعدان بي إلى السماء؟

وعلى سطح قلعة ضخمة، بعد وقت طويل من الصعود، وضع

الرجلان رماح على كرسي مريح أمامه منضدة، ففتح عينيه على اتساعهما ليجد نفسه فوق سطح ممتد، وعلى البعد بحر يلامس السماء، وأمامه الرجل الذي دخل عليه السجن ينظر إليه ويبتسم ابتسامة غريبة، ورماح يسأله:

ـ بحر وسماء! هل هذه هي الجنة أم أنها النار؟ لا أرى أن المكان يشبه أيًّا منهما، فأين أنا؟

أشار الرجل لأحد الحراس، فبلل قطنة نظيفة بالماء المصبوب من إبريق، ووضعها في فم رماح الذي امتصها وبدأ يفيق قليلًا، واقترب الرجل ذو السترة الرمادية منه هامسًا بصوت حاد عجيب:

ـ نريد أن نعرف أين هما الآن يا رماح؟

همس رماح بقوة منهارة تمامًا:

ـ مَن؟

رد الرجل وقد اقترب أكثر:

ـ حور ونور يا ابن العدناني.

لاذ رماح بالصمت ثم عاد لهذيانه:

ـ ضُربتُ على رأسي ودخلت السجن البارد أيامًا لا أدريها، وحُرِمْت الماء والطعام، وأنا الآن لا أدري إن كنت ميتًا أم حيًّا، أو إن كنت أنت إنسانًا أم عفريتًا.

قال له الرجل بصرامة قللت منها حدة صوته:

ـ أنا عبد الباعث، الرقيب المكلف بمعرفة مصير حور ونور ممن يهمه ذلك، فاحكِ ولا تخدعني.

قال رماح قبل أن يُغمض عينيه:

ـ من أين أحكي وأنا فقدت حياتي تقريبًا؟ لا بد للجسد من الدفء، ولا بد له من اللحم المشوي والماء البارد المحلى بالسكر.

وما إن ألقى رماح بآخر قطعة لحم في فمه، وأتبعها آخر رشفة ماء محلى بالسكر في الإبريق، وأحكم حول جسمه الغطاء الدافئ المصنوع من الفرو، والتفت نحو عبد الباعث الذي يخترقه بنظرات فقدت صبرها، حتى بدأ رماح في سحب خيط من كُمِّه، وأخذ ينظف به أسنانه من أثر بقايا اللحم، فعَلا صوت زمجرة عبد الباعث، وأوشك على قتله. فمسح رماح الخيط في بنطاله وقال:

ـ إنما الأمر خيال في خيال يا سيدي.

لم تقنع جملته عبد الباعث، ونظر من دون تعليق، فخاف رماح أكثر واستدرك مُعدِّلًا الصياغة:

ـ مزيج من الخيال والحكايات التي انقطعت أخبارها يا سيدي، لكن آخر ما أخبرتني به أمي أروى، طيَّب الله ثراها، أن الحاكم أمجد، حاكم دولة اللاجئين، أرسل نور وأمه نيرة وأباه الرياحي إلى تونس، بحجة أنه رقَّاه سفيرًا هناك، ولكن غرضه الأساسي هو أن يُفرق بين نور وحور إلى الأبد. هذا آخر ما سمعته عنهما.

زادت نظرة عبد الباعث غضبًا، فأسرع رماح مُكمِلًا:

ـ وقالت أمي وهي تحتضر: «لا بد من أن تلتقي حور ونور بين السماء والأرض عند عش حورة تمامًا كما التقت حورة وجمال في السابق». قالت ذلك ثم أسلمت الروح.

* * *

تسلل زيان ورجاله خلف أبو شوال، والرجل كما هو لا يغير

خطوته ولا يلتفت. وطالت متابعة زيان ورجاله له حتى انقضى الليل وحل الفجر، وظل أبو شوال يواصل المشي. وقبل أن تظهر الشمس كان قد وصل بهم الطريق إلى صحراء كبرى ممتدة، فوقف أبو شوال فجأة وظهره لهم لا يلتفت، ومد يديه إلى حجر أمامه، فانبجس من الحجر ماء، وبدأ الرجل في الوضوء، وما إن انتهى من وضوئه حتى انقطع الماء عن الحجر، ثم ظل يحرك حبله في الهواء حتى وقع على الأرض فعرف منه اتجاه القبلة، ثم شرع في الصلاة، وزيان ورجاله يتابعونه في صمت، وما إن انتهى من صلاته حتى التفت إلى زيان وقال:

ـ لو شئت لاختفيت عن ناظريك من أول خطوة، لكنني أريدك كما تريدني، فاصرف رجالك والحق بي، أو انصرف معهم ولا تتبعني أبدًا بعد ذلك.

تبادل زيان معه نظرة طويلة، ثم التفت إلى رجاله آمرًا:

ـ عودوا وأنا سألحق به وأكمل معه رحلتي.

حاول أحد الرجال أن يجادله، ولكن نظرة زيان ألجمته. وانصرف أتباع زيان ولحق هو بأبو شوال لاهثًا، وأبو شوال كما هو يواصل سيره السريع من دون أن يلتفت إلى زيان أو يحادثه، حتى بلغ سفح جبل فوقف وحيًا بصوت عالٍ:

ـ السلام عليك يا جبلي!

وزيان يتبعه، ثم ظل يصعد بهِمة من حجر إلى حجر أسفل الجبل، حتى بدا له مدخل كهف متسع، فوقف أبو شوال ورفع صوته وقال:

ـ السلام عليك يا كهفي!

دخل كهفه، وزيان يلهث خلفه، يحاول أن يلحق به، حتى وصل إلى مدخل الكهف، ودخل ليجد داخل الكهف متسعًا مُضاء بغير شموع ولا مصادر أخرى للنور، وبه من الوسائد والأرائك والفاكهة وصنوف الطعام والراحة ما حير عقل زيان. ابتسم أبو شوال لزيان:

ـ اقعد واسترِح وكُل واشرب ونَم، فأنت مشيت خلفي مشوارًا لا يتحمله بشر، ولو قلت لك ما المسافة التي قطعناها لما صدقني عقلك.

تهالك زيان على الأرض من شدة التعب، ونظر إليه أبو شوال متسائلًا:

ـ أي شيء تريدني أن أقدمه لك الآن؟ الوسائد أم الطعام أم الشراب؟ ماذا تشتهي نفسك؟

همس زيان:

ـ بل المعرفة!

قالها وراح في سبات عميق من شدة التعب، فوضع أبو شوال تحت رأسه وسادة مريحة، وفرد له رجليه، وقعد هو عند مدخل الكهف يتأمل ويدندن:

يا زيان، يا زيان، يا زيان
مشوار الدنيا صعب يا زيان
يجعل الشاب عجوزًا والقوي ضعيفًا والشبعان جوعان
يا زيان، يا زيان، يا زيان

* * *

قال رماح بهدوء وثقة:

ـ وأنا أعلم أن مصيري مرتبط بالبحر.

رد الرجل الذي كان يهدده بالإلقاء من فوق السطح العالي إلى قلب البحر، مُتفرسًا في وجه رماح:

ـ لا تحاول أن تُلاعبني أيها الحكَّاء، هذا لن يغير من الأمر شيئًا، وسألقي بك.

ابتسم رماح:

ـ إنها الحقيقة يا سيدي، قالت لي أمي: «وُلِدتَ بجوار البحر يا رماح، وقطعوا مني حبلك السري وألقوا به في الماء، وكذلك ارتبط بالبحر مصيرك».

زمجر الرجل في غضب:

ـ أكمِل ما بدأت وإلا سألقي بك في البحر لتكون لسمكه وليمة.

فردَ رماح ذراعيه كمن يوشك أن يطير:

ـ قلت لك إنني أنهيت ما أعرف عن حور ونور.

ابتسم الرجل ابتسامة شريرة منتصرة:

ـ وهذا هو الموعد الذي حدده القدر لك يا رماح. قال لي القدر بمجرد أن يتوقف عن الحكي وتصل منه إلى آخر ما يعلم عن حور ونور، فلتُلقِ به إلى البحر.

لا يعرف أحد على وجه اليقين هل دفع الرجل رماح من فوق السطح العالي إلى البحر، أم أن رماح سبق يدَي الرجل الدافعتين بقدر لمح البصر وترك نفسه يهوي بإرادته إلى عمق البحر. لكن المؤكد أن رماح كان وهو يحلق هابطًا من السطح إلى البحر يردد

مع الهواء الذي يحيط به: «مصيرك مرهون بالموضع الذي أُلقي فيه حبلك السُّري، وستجد حبيبتك في الموضع الذي تجد فيه قلبك، وستُدفَن في المكان الذي كانت منه طينتك. والحرية ولو بالموت أغلى من الحياة في الأسر».

* * *

شاع الأمر في مصر بعد أن كان في طي الكتمان، وعلم الناس أن كتاب حليم الخردواتي ونبيل السماك القديم، والموجود في المتحف الكبير، مكان مقر العمالقة في السابق، قد سُرق. كان مخطوطًا نادرًا ومزينًا برسوم بديعة للسيدة كرمللة، وصار من معالم البلد وشاهدًا ووثيقة، وكان الحاكم رجلًا سبعينيًّا طيبًا، يعلم قيمة الكتاب وأثره في النفوس، فطلب من المسؤول عن متحف الوثائق أن يحضر له الكتاب، ليفاجأ الرجل بأن الكتاب قد سُرق، ولم يكن من المعتاد في هذه الفترة هذا النوع من الجرائم، وحدث جرد كامل لمقتنيات المتحف، وتأكد بالفعل السيد مختار أيوب من وجود ريشة العمالقة وميزانهم وآثارهم كافة. كان كل شيء في مكانه، حتى لوحة كرمللة الشهيرة التي يظهر فيها العمالقة السبعة، كانت في مكانها في غرفة كاملة منفصلة. لم يغِب شيء سوى ذلك الكتاب. رمشت عينا الحاكم السيد زهران ياقوت كثيرًا وهو يتأمل مختار أيوب، قبل أن تخرج الكلمات من فمه:

ـ ذلك الكتاب يجب أن يعود، إنه كل شيء يا مختار، كل شيء!

شد مختار قامته ورفع رأسه، كأنه سيُقسِم قسَمًا عظيمًا وقال بثقة مهزوزة:

ـ سيعود يا سيدي، سيعود، شرفي في كفة وعودته في كفة.
هز الحاكم رأسه معترضًا مصححًا وقال:
ـ روحك في كفة وعودته في كفة!

* * *

ظلت عُليًّا تدور وتدور حول نيرة والرياحي وابنهما نور، حتى كادت تقع على الأرض، فأمسك بها الرياحي وكرر الكلام:

ـ هذا هو ابني نور، وهذه هي زوجتي الثانية نيرة من بلاد اللاجئين، وأنا كنت في أسفاري السابقة أقيم عندهم، وها قد ان الأوان ليجتمع شملنا يا عُليًّا.

صرخت عُليًّا صرخة عظيمة مع دخول ابنها علي الذي أربكه المشهد، وشقت عُليًّا بعد الصرخة ملابسها، وصارت تلطم الخدين وتواصل العويل والبكاء، ونيرة تنظر إليها في ضيق متصاعد، ونور يشعر بالحرج، وعلي ما بين محاولة إسكات أمه والترحيب بأبيه وأخيه، حتى خرجت نيرة عن صمتها:

ـ اسكتي أيتها المرأة المزعجة، لقد تزوج زوجكِ بأخت الحاكم، وأنجبت له هذا القمر الذي صار سفيرًا لبلادنا في بلادكم، فالزمي الصمت؛ ليس هكذا يكون الترحاب بالأكابر.

والعجيب أن عُليًّا صمتت بالفعل، وكان وقع وأداء وقوة نيرة على نفس عُليًّا كبيرًا، حتى إنها تركتهم ودخلت إلى غرفتها من دون أن تنطق بكلمة، فالتفتت نيرة إلى الرياحي مُكملة أوامرها:

ـ ها قد رأى نور زوجة أبيه، ورأى بيتك وأخاه، والآن دبر لي وله بيتًا يليق بي وبه، لأن غضبي هنا سيزيد.

فهم الرياحي كلامها جيدًا ورحب علي بأخيه نور، وقعدت نيرة على الكنبة تتأمل المكان، ووقف الرياحي محتارًا بين القعود إلى جوار نيرة والدخول إلى عُليًا وتطييب خاطرها، وكانت تلك الأمتار المعدودة بين نيرة وعُليًا في الداخل هي أطول مسافة يمكن أن يقطعها الرياحي في حياته. وأنهت نيرة حساباته وارتباكه وقالت:

ـ ادخل لها وعقِّلها واجبر كسرها، وقل لها إنما هي ليلة وغدًا ستنتقل بنا إلى بيت جديد.

دخل الرياحي إلى عُليًا التي نظرت إليه نظرة طويلة بلا دموع ولا كلام، فقبَّل يديها واحتضنها، فنزعت نفسها من حضنه ونظرت في عينيه مباشرةً وقالت:

ـ يا خسارة الأيام يا رياحي، كنت أطمئن لك وبك حتى في غيابك، والآن هدمت كل ذلك، فلم أعد أطمئن لك ولا لنفسي التي اعتادت الأمان في وجودك، لا سامحك الله؛ هدمتني بعد أن شيدتني.

علم الرياحي أن الحجج لن تفيد فالتزم الصمت إلى جوارها وهو يقول في عقله: «لا يدوم إلا وجه الله، ولا بد لكل حزن من آخِر».

(٣)

ظل شاطئ البحر هو المكان المفضل لدى حسن، رغم أنه صار أبًا ومسؤولًا كبيرًا في بلاد المغرب، ولم يتخلَّ مطلقًا عن ذلك الشاطئ

الذي يبعث داخله الذكريات. كان يقعد شاردًا مُتذكرًا الحُر الواثق، وتلك الرحلة الخيالية لفرح الحُسن الساري، واللحظات الخلابة وهو معلق في رقبة العملاق، وهما فوق السحاب وقد تضاءلت الدنيا والبلاد تحتهما، ويتذكر أيضًا النهاية المأساوية لأبيه، وحين لمس ابنه شبل كتفه، التفت إليه خارجًا من ذكرياته مُبتسمًا له. قعد الطفل ذو السنوات السبع إلى جواره وقال في حكمة لا تناسب سنه:

- أعرف أنك هنا.

ونظرا معًا إلى شاطئ البحر وحركة الموج، وكان شيء ما يتحرك أمامهما. دقق حسن النظر، وكذلك فعل الابن، وإذا بهذا الشيء يرفع يده مستنجدًا ثم يعود مرة أخرى للاختفاء في الماء؛ لقد كان غريقًا يقاوم.

* * *

استيقظ زيان متلفتًا ليجد أبو شوال على عتبة الكهف صامتًا. كان النهار جليًّا في الخارج واقترب زيان من أبو شوال وقعد إلى جواره وقال:

- لقد تبعتك من أجل...

قاطعه أبو شوال:

- وهل سألتك؟ هذا كلام فات أوانه. أنت الآن في الكهف، فالتزم الصمت وتعلم أو تلتزم الصمت وتغادر.

التزم زيان الصمت. فقال أبو شوال:

- نظيف النفس أنت يا زيان، لهذا استقبلتك وسمحت لك. هل تعلم أنني قرأت الكتاب؟

حل الصمت، فوقف أبو شوال ودلف إلى داخل الكهف وتبعه

زيان كظله، فقعد على الأريكة مُرددًا مقاطع من كتاب حليم الخردواتي ونبيل السماك، يصفان فيه المصريين، ثم توقف عن التذكر وقال:

- وكانت به رسوم عظيمة ترسم أحوال أهل هذا البلد وأعمالهم، وتصف أيضًا أيام حكم العمالقة. يااااه، أيام، هل تعلم أنني ما تمنيت قراءة كتاب إلا ورأيته حاضرًا مفتوحًا أمامي حتى أُنهي قراءته؟

همس زيان:

- أنا لا أُجيد القراءة.

ربت أبو شوال على كتفه وقال:

- ستتعلم كل شيء. المهم شيئان: الصمت والصبر، فإذا صمت وصبرت وأخلصت النية، حضر لك كل شيء. فأنا ذهبت مع والدي طفلًا صغيرًا إلى بيت رجل غني، وكان أبي نقَّاشًا ينقش البيوت ويلون حوائطها، وكان البيت قديمًا مُتهالكًا، اشتراه أحد الأثرياء وطلب من أبي ترميمه وتحديثه قبل أن يسكنه، وكان كلما همَّ أبي بطلاء حائط من الحوائط وجد به فجوة مليئة بالذهب والفضة، فما كان منه إلا أن شرع يفرغ تلك الفجوة ويضع الذهب والفضة على رداء من قماش فرده على الأرض، وهكذا من حائط إلى حائط يفرغ الفجوات ويناولني وأنا أضع الذهب والفضة، حتى صارت كومة كبيرة، وما إن انتهى من العمل حتى دخل صاحب البيت الجديد وأثنى على عمل أبي، ثم طلب منه أبي أن يأخذ تلك الكومة المجاورة للحائط ويعيد إليه رداءه الذي بسطه، وما إن رفع الرجل الغطاء عن الكومة حتى صرخ من الدهشة:

ـ ما كل هذا يا رجل؟

فيرد أبي:

ـ وجدناه مخزونًا في الحوائط.

فيرد الرجل بدهشة أكبر:

ـ وتعيده إليَّ؟ ولا تريد سوى الرداء؟

فيرد أبي:

ـ لأن الرداء ردائي.

أعاد الرجل الرداء إلى أبي ومنحه قطعة ذهبية كبيرة أجرًا لأمانته، ولكن أبي رفضها وقال:

ـ أجري معروف.

وأخذ أجره وأمسك بيدي وخرج. وفي الطريق قال أبي:

ـ ما من شيء تتركه إلا ويُبدلك الله خيرًا منه.

نظر زيان في فضول وهمَّ بأن يقول كلامًا كثيرًا تعليقًا على الحكاية، لكنه التزم الصمت الذي طال بينهما، قبل أن يكسره أبو شوال ويقول:

ـ سُرق كتاب السماك والخردواتي، وإن وصل إلى الراصدة يا زيان خسرنا حتى نوم النساء والأطفال الآمِن في بيوتهم. كنت أُطالعه كل ليلة بالتمني. ختمته أكثر من مرة، حتى تلك الليلة الأخيرة التي قعدت فيها كعادتي على تلك الأريكة وتمنيت قراءة فصل منه، لكن الكتاب لم يأتِ إليَّ كعادته، فأغمضت عينيَّ ورأيت شبحًا يسرقه ويجري خارج المتحف ويغيب في الظلام.

* * *

في بغداد دخل الشاب ياسر إلى المكتبة يتلفت حوله، واتخذ

ركنًا من أركانها، وسحب الكتاب الذي يطالعه من أيام عدة وواصل القراءة في صمت. كانت هي المكتبة الوحيدة التي لا تغلق أبوابها ليلًا أو نهارًا، حتى إن بعض مجانين الكتب ومحبي القراءة كانوا يبيتون فيها ويقيمون، والعجيب أنه لم تحدث حالة سرقة واحدة. وكانت المكتبة غاية في النظافة والترتيب والتجديد، وقد أخذ القراء على أنفسهم عبء ترتيبها وتنظيفها وتجديدها، امتنانًا لذلك المكان الذي لم يغلق بابه في وجه أحد. وصار كل حاكم جديد للعراق يأمر بزيادة مساحتها وتزويدها بمزيد من الكتب، حتى صارت مكتبة عبد الرازق مَعلمًا كبيرًا وأكيدًا من معالم بغداد. وبينما يواصل الشاب ياسر القراءة في ذلك الكتاب القديم، الذي يحكي عن علاء الدين الذي طار ببساطِهِ السحري فوق البلاد، وجد في غلاف الكتاب الداخلي كلامًا مخطوطًا يقول:

وفي ذلك اليوم المشهود، وبشهادة الشهود، وبكتابتي
أنا، تزوج السيد جمال بالسيدة حورة في عش يعلو
شجرة معلقة بين السماء والأرض.

وقطع الشاب ورقة الغلاف ودسها في جيبه وغادر المكتبة مسرعًا إلى الخارج.

* * *

غاص رماح في الماء كحجر وأيقن بأنها القاضية، وما هي سوى لحظات ويرتطم رأسه بالقاع وتصعد روحه إلى خالقه، ولكن رأسه اصطدم بشيء طري دفعه إلى أعلى. لم يدرك في البداية، لكنه وجد نفسه يقع على شيء آخر زلق، يدفعه مرة أخرى إلى أعلى، ليجد نفسه

يخرج من تحت سطح الماء ويطير في الهواء وتتقاذفه ككرة في الهواء رؤوس وذيول بضعة دلافين، ولا بد من أنهم قد وجدوا أخيرًا الكرة التي يبحثون عنها لتُسلِّيهم، وظلت الدلافين تتقاذفه حتى أصابها الملل، وتركته قرب شاطئ يظهر على البعد يقاوم الغرق يرفع يده وينزلها طالبًا النجدة، وعلى الشاطئ كان حسن يقف مسرعًا ويخلع ملابسه ويلقي بنفسه في البحر، ويعوم بكل طاقته باتجاه رماح الذي يقاوم الغرق، حتى نجح في اللحاق به وإمساك يده وسحبه إلى الشاطئ، ورماح يزفر أنفاسه وينظر إلى حسن كأنه ينظر إلى ملاك أنقذه من الغرق، في حين ينظر شبل إليه بدهشة أكبر وهو يسأله ببراءة:

ـ من أين جئت؟

الفصل الثاني
حُراس الجهات الأربع

(١)

على باب الكهف التفت أبو شوال إلى زيان وسأله مباغتًا:

ـ هل أحببت يا زيان؟

رد زيان وهو يتفرس في وجه أبو شوال:

ـ سؤال عجيب!

فنظر إليه أبو شوال في صرامة وقال:

ـ هذا شرط الصحبة. لن أصحب رجلًا لم يهفُ قلبه.

قال زيان:

ـ وماذا ترى في وجهي؟ فالصب تفضحه عيناه.

قال أبو شوال:

ـ أرى وجه عاشق امتقع من قلة البوح. أنا أيضًا أحببت يا زيان.

نظر زيان بابتسامة دهشة من ذلك الدرويش الذي تحول وجهه إلى طفل وهو يقول:

- نعم أحببت ربيعة حُبًّا جمًّا. كنت أبيت تحت شبَّاكها بالأشهر وأغني وأرقص، ويضربونني ويبعدونني، فأعود إليها مرة أخرى، حتى قال أبوها لها بعد تدخل الوسطاء الطيبين: «لو كان ذا عقل لزوجتكِ به، لكنه يا ابنتي مجنون». فردت ببراءة: «إنما هو الحب يا أبي». وكانت كلمة الحب تلك كفيلة بأن يقسم الرجل إن الأمر لن يتم حتى لو جاء الحاكم بنفسه إليه يرجوه. وصرنا حديث الناس. صار جسمي هزيلًا لا يتحمل الضرب، حتى تركني الحراس تحت شبَّاكها تعاطفًا ورحمة. وكانت تسطع عليَّ من شبَّاكها فأغيب واقعًا من وقع جمالها، فتحزن هي لما جرى لي ويحاول الناس إفاقتي وهم يهزون رؤوسهم ويضربون كفًّا بكف هامسين: «قتله الحب، يا له من ساذج!».

فأفيق وأظل أنظر إليها محاولًا أن أتحمل جمالها، فتنطق بصوت يحييني وتقول باكية راجية: «اذهب إلى دارك واسترِح. لا أطيق أن أراك هكذا».

فأغيب مرة أخرى وأفيق وأجد أنهم حملوني بعيدًا، ويربت أحدهم على كتفي ويقول: «وكيف ستتزوج بها إذن؟ نظرة منها تفعل بك كل هذا، فبأي قوة سيعلو الزوج زوجته؟ تجلَّد يا رجل وكن رجلًا ودع عنك هذه الميوعة».

لم يكن يفهم أن ذلك هو أثر الروح على الروح يا زيان. وتزوجَتْ ربيعة وغادرت بيتها، وظل قلبي يرتجف كلما تذكرتها. وتزوجت أنا الآخر بامرأة أخرى، وتجلَّدت وصرت رجلًا يعتلي زوجته

بلا حب، ولكن بإحساس بالواجب والمودة، وأنجبت منها ذكورًا وإناثًا، ووقفت في السوق لأعمل وأرتزق باذلًا كل جهدي لأسدَّ رمق الأيام، وإذا بربيعة تمر من أمامي وتسألني أنا بالذات يا زيان: «أين بائع التمر الذي هنا؟».

فأغيب عن الوعي، وحين أفيق يقولون رحلت، لأعود إلى بيتي مدهوشًا، وأترك لهم كل ما أملك من مال، وأخرج فجرًا لا أعرف إلى أين، فقط أسير خلف أثير عطرها حتى أصل إلى باب بيتها، وأدق الباب فيفتح لي شاب ويسألني: «من أنت ومن تريد؟». فأقول: «ربيعة»، فيدفعني الفتى بِغِل ويكاد يقتلني. كان ابنها وكانت قد ترملت، وتخرج وتنقذني من بين يديه وتنظر إلى عينيَّ وتهمس: «عُد من حيث أتيت. أنا أحبك أيضًا لكن كان أمر الله مفعولًا».

فأعود ولكن ليس إلى بيتي، وأسير هائمًا على وجهي أسأل الله وأبكي وأحاوره وأبكي، حتى فهمت السر يا زيان!

صمتٌ مهيب مر بينهما، كأن أبو شوال قد غاب عن وعيه مرة أخرى.

ثم فتح عينيه اللتين امتلأتا بالدموع، وقال:

- إن الجمال الذي سحرني فيها كان جماله هو، والتجلي الذي كان على ربيعة كان هو. تجلي الجميل بل الأجمل يا زيان. رأيت جماله ذات ليلة فأخذت أرقص تحت القمر الكامل وحدي وأغني: «يا ربيعة يا ربيعة يا ربيعة»، وكلما ذكرت اسمها تجلى وجهها أمامي، مرة على القمر، ومرة على الهواء، ومرة بين فروع

الشجر، حتى استقر بروحي وانطبع، ومن يومها وأنا على هذه الحال، وكلما تمنيت شيئًا وجدته، حتى إنني تمنيت ذات ليلة أن أراها، فرأيتني بجوار سريرها تحتضر.

ساد صمت بارد مرة ثانية بينهما، وارتعد جسد زيان، وابتسم أبو شوال متذكرًا:

ـ كانت ذابلة واهنة وروحها تضيء، وهمست لي قبل أن يأتيها أمر الله: «أما زلت تحبني يا معتصم؟»، فقلت: «بل الآن فقط أحبك». وأغمضت عينيها على صورتي وراحت.

حل الصمت التام، ونظر زيان إلى أبو شوال نظرة حب. وسارا معًا مسافة طويلة، قبل أن ينطق زيان ويبوح:

ـ كانت مغنية في زمن الفوضى قبل عدة سنوات. كان الرجال يذهبون إلى حانتها الشهيرة، وكانت تسمى إجلال.

ضحك أبو شوال في براءة وقال:

ـ جلاجل!

نظر إليه زيان باستغراب مؤكدًا:

ـ نعم، كانوا ينادونها جلاجل. كانت ترقص وتغني وتسحر العقول، ولم أكن أشتهي إلا رؤيتها. أذهب إليها وأسكر بلا كأس. كانت تحبني وتغني لي، نعم تغني لي وحدي، ولو كان هناك مئات السميعة السكارى يتمايلون، إنها تغني لزيان وحده، وكانت الحكومة وقتها أعلنت الحظر في الشوارع، وعلى الناس أن يلتزموا بيوتهم من بعد العشاء حتى طلوع الشمس، وأُغلِقت الحانة فكانت تفتح الشبابيك وتغني لي:

إديني ميعاد في الحظر وانزلَّك واتحبس

وبالفعل تقابلنا في الحظر كثيرًا، وأقسمت أن تكون لي وتترك كل شيء. وفي طريق عودتها من الموعد أمسكوا بها وزجوا بها في السجن وتحققت نبوءة أغنيتها. كانت تكره أن تغلق عليها الأبواب، كنت أعلم ذلك، وعلمت من الناس أنها سجنت في المخفر بتهمة خرق الحظر، فعدت قرب المخفر وأخذت أصرخ حتى قُبض عليَّ أنا أيضًا، فأودعوني في السجن وأنا أُهلل وأصرخ حتى يصل إليها صوتي وتطمئن، ورشوت الحارس فأودعني في غرفة لصيقة بغرفتها وبتنا لا يفصلنا إلا الحائط، تهمس لي تارة وتغني تارة وترقص تارة، وأقول لها أحبك فيشف الحائط كأنه زجاج، فأراها تبتسم وتقول لي: «وأنا أحبك»، فيشف الحائط حتى أكاد ألمسها. وخرجنا في الصباح وكانت تلك يا سيدي أجمل ليلة قضيتها في حياتي. لم يغمض فيها لكلينا جفن.

هز الدرويش أبو شوال رأسه في غبطة وسعادة وتفهُّم وشغف وفضول. وأكمل زيان متذكرًا:

ـ وتبدلت الأيام بعدها وانتهت الفوضى ورفع الحظر، وعادت جلاجل للغناء وعدت لسماعها، وكان يقعد إلى جواري الكثير من الرجال، وكان أحدهم رجلًا ثريًّا من بلاد اللاجئين، يجلس في ثيابه الفاخرة ويستمع في وجد، حتى إنه وقف فجأة وقاطع غناءها الصادح وقال بصوت عالٍ: «أزِنُكِ ذهبًا وترحلين معي. إن قبلتِ فلا تُغنِّي بعد كلامي».

صمت الجميع وصمتت هي.

نظرت إليها بتوسل كي ترفض العرض، ونظر إليه الرجال في ضيق، وبدأ صوت الرجال يعلو في غيرة آمرين إياها: «غنِّي، غنِّي، غنِّي، غنِّي». لكنها خيبت رجاء الجميع وصمتت وقبلت العرض، وحملها اللاجئ ورحل.

نظر أبو شوال في حنان وتعاطف وابتسم. وأكمل زيان:

- ومن حينها وأنا لا أشتهي شيئًا. فقط أجوع وآكل وأعطش وأشرب وأتعب وأنام، حتى رأيتك فتحركت نفسي نحو المعرفة لعلها تُنسيني.

ابتسم له أبو شوال في حنان وأمسك بيده، وسار وهو يدندن مبتسمًا:

إديني ميعاد في الحظر وانزلَّك واتحبس

ثم التفت إلى زيان وقال:

- وما يدريك يا زيان؟ وما يدريك؟ والآن لنبدأ رحلتنا، فقد اكتملت فيك الشروط.

فقال زيان:

- إلى أين؟

فنظر إليه أبو شوال معاتبًا، وعلم زيان أنه خالف بالسؤال ما تعاهدا عليه، فاعتذر من دون نطق، وبدآ معًا في السير الجاد.

(٢)

لا تفزع يا زيان، في رحلتنا قد نمر بأماكن لا تشبه الأماكن وأزمنة لا تشبه الزمن الذي نعرفه، فلا تفزع ولا تسأل.

قال أبو شوال، وهز زيان رأسه وخطا خلف أبو شوال، وإذا بهما في طريق ممتد، وتتبدل عليهما الأزمنة فيأتي ليل بعد خطوة ويستمر يحيط بهما عدة خطوات، ثم يأتي نهار، وقد يمر بهما الليل والنهار في خطوة واحدة، فيأخذ أبو شوال نفسًا طويلًا ويقول:

ـ الليل شوق الذكرى، والنهار أمل اللقاء، والحب مكر الليل والنهار.

وكذلك تتبدل بهما الأماكن مع الخطوات، من صحراء إلى مدينة ذات دروب ومبانٍ ضخمة وتماثيل، إلى قرية وحقول إلى جزيرة يحيط بها الماء إلى قمة جبل، وأبو شوال يتمتم ويقول:

ـ لا شيء يختفي من الوجود يا زيان، لا شيء يختفي أبدًا، فسفينة نوح، وكهف أهل الكهف، ونخلة مريم، وغار حراء، وشجرة موسى المباركة؛ كانت حقائق، وتحولت إلى معانٍ حية في الوجود، لا يخلو منها زمان ولا يُحرم من بركتها مُشاهِد.

يهز زيان رأسه ويصمت أبو شوال، ثم يقف فجأة ويغني تارة ويرقص تارة، وزيان يتابع في صمت وأدب، حتى وصلا إلى صياد على شاطئ نهر يصطاد السمك، فسأله أبو شوال:

ـ يا صياد، أين حراس النوبة في تلك الليلة؟

فيرد الصياد مبتسمًا:

ـ هناك على جبل الحيرة، ويبدو أن هناك أمرًا.

فيسرع أبو شوال الخُطى وخلفه زيان يكاد ينكفئ على وجهه، ويصعدان جبل الحيرة، وهو جبل حاد المطلع، يستحيل صعوده، ويكاد زيان يقع أكثر من مرة لولا أن يد أبو شوال تُمسك به وترفعه، حتى وصلا إلى قمة الجبل حيث قعد حراس النوبة الأربعة، كل حارس في جهة من الجهات، وقمة الجبل مضاءة بضوء غامر عجيب. كان حارس الشمال أبيض الوجه واللحية والثوب، هادئًا. وحارس الجنوب أسمر الوجه، أبيض اللحية، أزرق الثوب، مبتسمًا. وحارس الشرق قمحي اللون، أحمر الثوب، بلحية بُنية وبها قليل من الشيب، يمعن النظر. وحارس الغرب خمري اللون، بلحية سوداء، وثوب أخضر، مغمض العينين.

قدم لهم أبو شوال زيان وقال:

ـ هذا يا سادتي زيان العاشق، وأتيت به لصدق قلبه.

فالتفت إليه حارس الشمال وقال:

ـ مرحبًا بمعتصم الدرويش المجذوب، وصديقه العاشق الصادق.

* * *

كان رماح قد خرج من البحر وصحبه حسن وابنه شبل إلى بيتهما. كان بيتًا مغربيًّا جميلًا بسيطًا، وكان رماح يحكي لهما قصته وهو يأكل، وحسن في عجب شديد مما يسمع، حتى إنه في نهاية الحكي قال:

ـ كيف انتقلت حكاية العمالقة إلى أمك وأبيك؟ وكيف علمت بكل تلك التفاصيل؟

ابتسم رماح وقال:

ـ هذه هي مهنتي يا سيدي. بارك الله في ذاكرة أمي وأبي، وفي خيالهما وخيالي من بعدهما.

فرد حسن:

ـ لكن هناك بعض الاختلافات.

فرد رماح:

ـ نعم، ولا بد من ذلك، فالحكاية الصادقة لا تُغري السامعين.

ضحك الطفل وقال:

ـ وما تلك الاختلافات يا أبي؟

رد حسن:

ـ لم يكن جدك كما حكى ولم تكن نهايته كذلك.

هتف رماح:

ـ الله أعلم، أنتما أنقذتما حياتي، ولكن هذه هي الحكاية التي أعرفها.

ونادى حسن، مُنهيًا الحوار، على ابنته الكبرى صفا لتحمل بقايا الطعام وتعد لهم أكواب الشاي، كأنه كان مُقدرًا أن يهب الله الحياة لرماح مرتين في يوم واحد. كانت عينا صفا اللتان اختبأتا بعد نظرة خاطفة خلف الجفون، كفيلتين بأن تجعلا رماح غائبًا عن الوجود والسيد حسن يصب له الماء ليغسل يديه، حتى إنه نسي نفسه وظل الماء ينساب من الإبريق الذي في يد مضيفه من دون أن يرفع يديه أو يغسلهما، فقط يمد يديه في ذهول، ما دفع حسن إلى أن ينبهه:

ـ اغسل يديك يا رجل!

فبدأ في غسل يديه بهمة، ثم نظر وهو يمسحهما بالفوطة النظيفة التي ناولها له الطفل شبل وقال:

ـ هل أغضبتك حكاياتي يا سيدي؟

فابتسم له حسن وقال:

ـ لا عليك، إنها مجرد حكاية. ولكن لماذا ألقى الرجل بك إلى النهر؟ وماذا يريدون من حور ونور؟

مط رماح شفتيه وهز كتفيه وقال:

ـ لا أدري.

وفي حجرة الضيافة ومع شرب الشاي تواصل الحديث، فقال:

ـ منذ أن غادرت بلادي اليمن، وصرتُ حكَّاءً متجولًا بين البلاد، لم أتعرض في حياتي لمثل هذا الموقف، ولم أكن أتوقع النجاة، لكن الله أرسل إليَّ الدلافين حتى أكون لعبتها التي تقربني من شاطئكم، فتنقذ أنت حياتي. أما هذا الذي ألقى بي إلى البحر ورجاله، فلا أظنهم من أهل البلاد التي كنت فيها، كأنهم يستعيرون لساننا. كانوا يريدون أن يعرفوا فقط آخر ما أعرفه أنا عن حور ونور، وأرادوا أن ينهوا حياتي بعد ذلك.

فأكمل حسن:

ـ وأن ينهوا معك الحكاية كلها.

أقبلت صفا وقالت في خجل:

ـ غرفة الضيف جاهزة.

وَجِلَ قلب رماح ونظر في الأرض، وصحبه حسن إلى الغرفة

المرتبة النظيفة، ونام في فراشه، بمجرد أن فرد جسمه، من الإرهاق والتعب، ولكن ذلك لم يمنعه من أن يقترب من صفا ويهمس في أذنها داخل الحلم:

ـ لقد أحببتكِ يا صفا حبًّا بدَّل كل خلايا جسدي.

وحين هم بالاقتراب أكثر، كان صياح الديكة خارج الحلم قد أعاده إلى الغرفة مستيقظًا مذهولًا وهو يهمس: «إني أحبكِ يا صفا».

ثم عاد للنوم العميق.

* * *

تألمت حور لفراق نور ألمًا لا يتحمله بشر، لقد كان حبيبها وشقيق روحها، ولم يمر يوم واحد منذ أن كانا طفلين صغيرين لم يرَ فيه أحدهما الآخر. كان قرار سفره سفيرًا للدولة اللاجئين لدى دولة تونس كأنه قرار بإنهاء حياتها. صارت شاردة حزينة صامتة. ولاحظ أبوها بدر الدين ذلك، وكان حنونًا يعلم ما أصابها، فرقَّ لحالها وربت على كتفها بحنان واحتضنها، فبكت حتى جفت دموعها، فقال في ود:

ـ أعلم أنكِ تفتقدين نور، لكنه أمر وسيمر، ولا تدوم في هذا الوجود حال، فاصبري.

نظرت إلى أبيها في صدق وقالت:

ـ لقد فقدت روحي يا أبي.

ابتسم بدر الدين وقال:

ـ لعل الله يُحدث بعد ذلك أمرًا.

ليدخل الخادم مرتبكًا ويعلن قدوم الحاكم أمجد، ويتهلل

بدر الدين لاستقبال أخيه، ويدخل أمجد مُسرعًا وينظر إلى أخيه وإلى حور بابتسامة عريضة فاتحًا ذراعيه مُرددًا:

ـ أخي والد العروس والعروس الجميلة أيضًا! يا له من حظ جميل!

ويحتضن بدر الدين أخاه وهو لم يفهم معنى كلام أمجد بعد، ولكن أمجد اتجه إلى حور واحتضنها وهو يهمس بصوت يسمعه بدر الدين وحور:

ـ لقد خطبتكِ مني اليوم فتى جميل الطلعة كريم الأصل، والده سيد في بلاد الشام، وقد وافقت وجئت لأزف لكما هذا الخبر السعيد.

امتقع وجه بدر الدين ولم يرد. وتقدمت حور من عمها خطوة.

* * *

كان الفتى منذ أن خرج من مكتبة عبد الرازق في بغداد وهو يواصل الهرولة والتلفت، ويدخل من شارع إلى حارة إلى زقاق، حتى وصل إلى مدخل فندق شعبي، ليجد رجلًا طويلًا في سترة رمادية، وبشارب رفيع، يشبه إلى حد كبير ذلك الذي ألقى برماح من السطح إلى البحر. سلمه الفتى الورقة التي قطعها من الكتاب في المكتبة، وبعد أن فتحها الرجل وتأملها طويلًا وضعها في جيبه وقال للفتى:

ـ أشكرك. لقد أديت مهمتك، والآن أوان الأجر فاتبعني.

سار الفتى خلفه حتى وصلا إلى باب فتحه الرجل ودخل منه، وتبعه الفتى إلى ساحة مسورة بسور عالٍ، وبجوار هذا السور قال له:

ـ في هذه الفجوة أجرُك فخُذْه.

نظر الفتى فوجد فجوة أسفل السور، فانحنى ومد يده إلى داخلها فانهال عليه الطويل ذو السترة الرمادية بطعنات غادرة في ظهره، وتركه جثة وخرج في هدوء من الساحة وغاب في شوارع بغداد.

* * *

قالت نيرة لعُليَّا بعد أن خفَّت قليلًا وطأة المفاجأة وزال من قلب عُليَّا بعض الألم:

- رجل آخر غير الرياحي لم يكن ليعود إلى تونس ثانيةً، لكنه يحبكِ ويحب ابنه علي، ولولا ذلك الحب ما عاد.

اغتاظت عُليَّا وعادت نارها تشتعل أكثر وقالت:

- أي حب هذا؟ لقد أحبكِ سنوات طويلة ثم سافر إليكِ وتزوج بكِ وأنجب منكِ وتقولين يحبني! لو كانت لي في قلبه ذرة حب لما فعل هذا.

ردت نيرة:

- أنا من تعلق قلبه بها، وأنا الأجمل والأصغر سنًّا، وأنا حلمه الذي تحقق. أعلم كل هذا، ولكن كل ذلك لم يجعله ينساكِ، حتى قدماه اللتان عادتا للحركة لم تُنسياه عُليَّا، كأن شيئًا آخر غير الحب والغرام يا عُليَّا يجعله يعود مرة أخرى إليكِ، لعلها العِشرة، لعلها شيء خفي قوي كالحب وإن أخذ مسميات أخرى، لكنه بالفعل كان إليكِ يعود.

سرحت عُليَّا في كلام نيرة الصادق وصمتت قليلًا تفكر، ثم أجابت:

- لعله الشعور بالذنب؛ فأنا من تزوجته فقيرًا، ومن ساعدته

حين فقدَ القدرة على الحركة، ومن صانته في غيابه، وأنا وإن لم أكن الأقرب إلى قلبه، فأنا الأقرب إلى عقله ويثق برأيي ومشورتي، وأنا من أنجبت له ابنه البكري وصنعت له أول فرحته، لا بل ثاني فرحته، فأول فرحته كانت ليلة عرسي، كنت أول امرأة يدخلها ويشم رائحتها ويتمتع بقربها. لا بد من أن ذلك له أثر.

نجحت عُليًّا في أن تغيظ نيرة وترد لها كلامها الموجع، فاكتفت نيرة بأن تتأملها من دون رد، بابتسامة تحاول بها أن تثير غضب ضرتها أكثر، ولكن يبدو أن إحداهما لم تنتصر على الأخرى.

(٣)

هؤلاء يا زيان هم سادتي أهل النوبة، يتناوبون الدعاء لحماية أركان البلاد الأربعة، وينوبون عنا في تحمل البلاء، ومن شفاههم يخرج النور والعمل الصالح يرفعه.

أطرق زيان في أدب تام.

قال حارس الشمال بصوت واضح جلي:

ـ الحمد لله، شمال البلاد في أمان من كل بلاء، أطفاله الرضع ينامون في هدوء ويتنفسون في سلام، وعجائزه يرفعون أيديهم بالدعاء، ورجاله غالبهم بقلوب لم يدنسها الحقد، ونساؤه صابرات ويحفظن الغيب. لولا قلة منهم يحاولون ويحاولون،

لكنني كلما بنوا للشر بناء مددت يدي وقلت يا معين، فهدمت بناءهم، فالحمد لله.

أكمل حارس الجنوب وقال:

ـ الحمد لله، أهل الجنوب في نعمة وشكر، لولا قلة منهم يشعلون الفتنة، وكلما عَلَت نارُها نفختُ فيها وقلتُ: «هوف، يا نارًا أشعلها الغل انطفئي»، فتنطفئ.

وأكمل حارس الشرق وقال:

ـ أهل الشرق أرواحهم لطيفة، غالبهم على خير، لولا قلة منهم يصنعون الرذائل، وأنا كلما حفروا لأهلهم حفرة مددت قدمي وردمتها، والحمد لله.

وقال حارس الغرب:

ـ الحمد لله، أهل الغرب في سلام وأمان، لولا قلة تميل للفتنة، وكلما وضعوا حواجز الفتنة بين أهلهم نظرت بغضب صافٍ فزالت الحواجز، ولله الحمد.

هتف أبو شوال:

ـ والراصدة يا أسيادي! إنها قابعة في البحر تتربص وتنتظر.

قال حارس الشمال:

ـ إنها على حالها تنتظر ونحن على حالنا ننتظر، فإن ظلت النفوس على حالها الطيب حبست الراصدة في مكانها، وإن خربت النفوس تحركت نحونا وكان أمر الله قدرًا مقدورًا.

ارتعش أبو شوال وقال:

ـ ومن يملك صفاء النفوس؟

قال حارس الجنوب:

ـ لا أنا ولا أنت، إنما يملكها مَن ألهمها فجورها وتقواها.

هتف أبو شوال:

ـ سرق أحدهم الكتاب يا سادتي، ولو راح إلى الراصدة...

ابتسم حارس الشرق وقال:

ـ الكتاب فيه صفات الناس وطباعهم، وزاد عليه بعد ذلك كتاب يصف حكم العمالقة الطيبين في بضع سنين، وسر قوتهم وسر ضعفهم، ويوم موتهم ووصاياهم.

بكى أبو شوال:

ـ لو وصل إلى الراصدة هلكنا.

ابتسم حارس الغرب وقال:

ـ لا يا أيها الرجل الطيب، ليس الأمر كذلك، إنما الأمر شيء آخر.

صمت المكان وهبت نسائم الفجر، وأذَّن الأربعة في الجهات الأربع بأصوات عذبة رقيقة. وبعد الأذان التفت حارس الشمال وقال:

ـ يا أبو شوال، معلوم أن الكتاب لا يخرج من تلك البلاد ويصل إلى الراصدة إلا إذا خربت النفوس والذمم، فلا يفقد الناس كتابهم إلا إذا فقدوا معناه، فإن لحقت بالكتاب حسنًا، وإن لحقت بالناس وصلحت نفوسهم لا يخرج الكتاب من ديارهم. يا أبو شوال، عرفت فالزم.

في طريق العودة قطع زيان الصمت وقال:

ـ لماذا أنا يا أبو شوال؟ وماذا أفعل أنا وأنت في هذه الرحلة؟

وماذا نملك؟ ما أنا إلا رجل عاش لا يطلب من الدنيا إلا لقمة وشربة ماء وملبسًا ألبسه حتى يَبلى، وما أنت إلا رجل يرتدي جواله، فماذا نصنع في هذا العالم؟

ابتسم أبو شوال وقال:

ـ الكثير يا زيان، نصنع الكثير. رحلة نخاطر فيها بأرواحنا ونذهب فيها مدفوعين بحدسنا بلا خريطة ولا دليل، وفي كل خطوة لا بد من مكسب أو خسارة، ولا يتحمل الاثنين إلا رجل ذو قلب سليم، فالمكسب ابتلاء والخسارة ابتلاء.

قال زيان:

ـ وإلى أين؟

قال أبو شوال:

ـ أنا وأنت والحظ كزهرَيْ نرد، فربما ألقانا في وكر للصوص أو بيت دعارة أو حانة، أو ساحة قتال تُزهق فيها الأرواح. فقط عليك أن تستعد وتدع يد الله تلقينا حيث تشاء وتفرح.

همس زيان متعجبًا:

ـ أفرح؟

* * *

تقدمت حور من عمها خطوة، ونظرت إليه نظرة لم تنظرها إليه من قبل، حتى إن الحاكم أمجد تراجع خطوة إلى الخلف. لقد ارتبك بشدة كأنه يرى حور للمرة الأولى، لم تهتز نظرتها وظلت ثابتة، ثم قالت بهدوء وبنبرة كأنها الثلج:

ـ أوَسيفرض عليَّ عمي الحاكم ما لا أرضى؟

بلع أمجد ريقه وقال:

ـ لا، لكنني أراه...

قاطعته:

ـ تراه أنت أم أراه أنا؟ فلتعلم يا سيدي أنني لن أتزوج إلا بمن أراه أنا مناسبًا لي.

زاد ارتباك أمجد وغادر المكان على الفور من دون تعليق، وحتى بدر الدين كان يقف مذهولًا من القوة المفاجئة التي ظهرت على ملامح حور، وقال لها:

ـ لقد أربكتِ الرجل. إنها المرة الأولى التي أرى فيها أمجد على هذه الحالة من الرعب.

قالت:

ـ يا أبي، أريد أن أزور قبر جدتي حورة.

قال بدر الدين مدهوشًا:

ـ لكني لا أعلم مكانه. إنه مكان بعيد مجهول، لا أظن أن أحدًا في دولة اللاجئين يعرفه.

قالت بثقة:

ـ تلك الأشياء يعلمها الشيخ صفي الدين.

زاد تعجب بدر الدين وقال:

ـ إذا كان كذلك فسأسأله.

كان صفي الدين مشغولًا بالزراعة، وكانت له مع الفاكهة والزهور أحاديث عجيبة اعتادها خدَمه وأهله المقربون، فكان يهمس للعنب إذا رأى عنقودًا منه قد تدلى وثقل على فرعه: «لماذا يا حبيبي تفعل

هذا بالفرع؟ هل يزداد جمالك يا عنقودي يومًا بعد يوم؟ ماذا أفعل أنا أمام هذا الجمال؟ إذا كان فرعك لا يتحمل فهل يتحمل نظري جمالك؟». ثم يُقبِّل العنقود ويقطفه بلطف شديد وحذر، ويضعه في طبق أنيق، ثم يتجه إلى تفاحة رشيقة تتدلى من شجرتها، فيُقبلها ويحتضنها ويربت عليها ويهمس لها: «جذبتني رائحتكِ يا سيدتي حين دخلت، وها أنتِ تفاجئينني بلونكِ البديع واستدارتكِ الفاتنة. أي فم هذا الذي أحبه الله حتى كتب له أن ينال شرف طعمكِ الذي لا مثيل له؟»، ثم يقطفها ويضعها في طبق أنيق.

كان حديث صفي الدين إلى الفاكهة حديثًا مشوقًا وممتعًا بالفعل، وكان حينما يتحدث إلى الفاكهة لا يشعر بأي شيء حوله، فهو غارق في هذا الجمال الذي يُغنيه عن كل شيء، حتى إنه لم يشعر بيد بدر الدين وهي تربت على كتفه، فيلتفت له مُرحبًا:

ـ سيدي! منذ متى وأنت هنا؟

فيضحك بدر الدين:

ـ منذ أن كنت تغازل هذه التفاحة يا مولانا.

* * *

ردت نيرة على نور:

ـ وأنا أيضًا أعلم هذا يا نور، وأعلم أنه آرسلك إلى هنا ليبعدك عن حور، فهو أخي وأنا أدرى الناس به، ولكن لمَ لا؟ لنُحول شرَّه إلى خير ولنجعل نيته خيرًا لنا، كن سفيرًا وتعلم فنون السياسة حتى يحين الوقت وتعود إلى بلدك وتحكمه.

أجابها الشاب غير مرتاح لنبرتها:

ـ أنتِ أيضًا لا تحبين حور وتفكرين في الحكم، لكنني لا أريد سواها. إنني يا أمي لا يطمئن قلبي إلا برؤيتها. ها أنا في تونس لم أذُق طعم النوم ليلة واحدة. أي حكم وأي ملك أجمل من عينيها؟ يا نيرة، لندع للحاكم أمجد كل شيء وأحظَ بالقرب ممن أحببت.

هتفت نيرة في غضب:

ـ هذه دماء الرياحي تجري في دمك فتجعل لسانك ينطق بأوهام. أكلمك كرجل وتكلمني كعاشق كسير الجناح! أين طموح الرجال؟ سأعود إلى بلدي وأمهد الطريق لك، لعل الأيام تزيل طراوة الرياحي التي فيك وتُكسبك صلابة نيرة.

وتركته وخرجت غاضبة. كانت تغار من جمال حور ولا تريد لابنها أن يكون أسيرًا لذلك الجمال، وعادت إلى دولة اللاجئين.

(٤)

قال له صفي الدين:

ـ لا بأس أن تزور الفتاة جدتها. وعند مقام حورة تعرف حور مقامها.

همَّ بدر الدين بالسؤال، فأكمل صفي الدين مبتسمًا:

ـ ما لك أنت وما لي؟ إنما هي أسرار يعرفها المحبون بعضهم عن بعض. فأما مكان مقام حورة فهو في غابة المنى شرق دولتنا

بآلاف آلاف الأميال، لكن حور ستصل إليه في وقت قريب، فالقلب الذي يتعلق بشيء يصل إليه قبل الأقدام وقبل الخيول وقبل العربات. في ليلة الخميس وفي الثلث الأخير من الليل ستفتح حور باب قصرك وتخرج، وتتلو ذلك الذي في تلك الورقة ولا تفقد الورقة أبدًا مهما حدث، وسيكون كل شيء بعد ذلك كما تحب وتهوى.

على باب القصر في الثلث الأخير من الليل تلت حور المكتوب في الورقه همسًا:

بين الظلمة وبين النور حار العقل وفار التنور، يا من تصعد
فوق سفينتنا كي تنجو من هول الطوفان، اصعد واذكر
وارقص معنا، وردد في صمت وِرد القهر، اقهر يا جبروت
الضعف، نجِّنا من هذه الآفة، وبفضل حنان جمال لطيف
جلالك اقطع عن مطلوبي كل مسافة، آمين.

أنهت ما في الورقة من كلمات. كانت تقف تحملق في الشجرة الضخمة وما زال العش الأكبر تحمله، وكان مقام الجدة حورة قرب الشجرة، فانهارت الفتاة حور في بكاء شديد.

كان مقام حورة قبة خضراء باهية تعلو مبنى مربعًا، أركانه الأربعة من شجر وارف، وعند باب المقام كان ثلاثة رجال مُسنين: أولهم يسقي الزرع، والثاني يهذب الشجر، والثالث فوق سطح المقام يمسح زجاج القبة بعناية ورِقة. وما إن اقتربت حور من المقام حتى قفز الرجل المسن من فوق السطح كصبي يافع، وكذلك أقبل المسنان الآخران، وأحاطوا بحور يتساءلون:

ـ كيف دخلتِ إلى غابة المنى؟ لم يأتِ لزيارة مقام سيدتنا أحد قبلكِ، فمَن أنتِ؟ ولماذا تبكين؟

جفلت حور منهم وتراجعت خطوة، ثم تمالكت نفسها وقالت:

ـ بل من تكونون أنتم؟ فهذا مقام جدتي، وأنا حور بنت بدر الدين والحُسن الساري ابنة حورة وجمال.

قبَّل المسن الأول يدها وقال:

ـ مرحبًا بسيدتنا الصغيرة.

وقبَّل المسن الثاني جبينها وقال:

ـ مرحبًا بابنة الحُسن الساري وسيدة بلاد اللاجئين.

وقبَّل الثالث رأسها وقال:

ـ مرحبًا بحفيدة صاحبة المقام العالي والفضل الغالي.

وانطلق المسنون الثلاثة يقطفون الثمار ويضعونها أمام حور، ويملأون لها إبريقًا من زجاج بالماء البارد، ويفرشون لها من أوراق الورد مقعدًا، ويحيطون بها في خدمة وأدب وحب كأنهم قد عثروا على كنز ثمين. فرحت الشابة بتلك المعاملة الراقية، وابتسمت لهم وشعرت بالأمان وقالت:

ـ هل لي أن أسأل أنا أيضًا من أنتم؟

أجابها المُسن الأول مبتسمًا بفم بلا أسنان:

ـ أنا الأعمى.

وأكمل الثاني:

ـ وأنا الأصم.

وأتم الثالث حيرتها وقال:

ـ وأنا القعيد بالطبع.

فزادت ابتسامة الأول:

ـ قبل سنين طويلة دفعتنا الحاجة فأتينا تحت الشجرة، شجرة حورة، وهممنا نقطع خشب الجذع، فأقبل جدكِ يمنعنا، وصعدنا معه فوق العش ورأينا الجدة حورة وكتبنا كتاب زواجهما، فدعت لنا دعاءً صادقًا جعل الأعمى يُبصر والأصم يسمع والقعيد يجري على قدمين. وحينما أظلمت غابة المنى منذ سنوات، وعلمنا أن السيدة حورة تنتقل إلى الدار الأخرى، أقبلنا نبكي ألم الفراق والفقد.

قالت حور:

ـ وكيف عرفتم بالأمر؟

قال المسن الذي كان أعمى:

ـ أظلمت الدنيا في عينيَّ وفقدت بصري لدقيقة.

وقال المسن الذي كان أصم:

ـ لم أعد أسمع شيئًا لدقيقة وصمت الكون.

وقال المسن الذي كان قعيدًا:

ـ عجزت قدماي وفقدت القدرة على المشي.

أكمل المسن الأول:

ـ فعلمنا أن أمرًا جللًا قد حدث، ويمَّمنا. نحو غابة المنى، وكلما اقتربنا خطوة رأينا وسمعنا أشجارها وهي تميل وتنوح، ورأينا طيورها تطير وهي تصرخ: «ماتت سيدة الغابة، ماتت حورة وفقدت الدنيا قلبًا نادر الوجود». وحين وصلنا كان المشهد

الذي لا يُنسى، ثلاثة عشر عملاقًا برؤوس طير وأجسام آدمية يحيطون بحورة ويبكون. كانوا كالأطفال الذين فقدوا أمهم، وكانوا يهمسون وهم يُصبِّر بعضهم بعضًا: «إن هي إلا أوقات قليلة ونلتقي يا حورة». وبعد الدفن وقف العمالقة الثلاثة عشر يتلقون العزاء من كل مخلوق سكن الغابة، لم يتخلف عن العزاء أحد، ثم شاهدنا العمالقة وهم يقتربون من القبر ويُقبِّلون بمناقيرهم أحجاره، ثم شرعوا في بناء القبة والمقام، وبنوا ذلك المبنى وجعلوا أركانه الأربعة شجرًا مُتراصًّا، وحين اكتمل كل شيء وقف الثلاثة عشر في خشوع.

فقال الأول: «لتَطمئني يا سيدتي، لله خُلقنا فلا نؤذي مخلوقًا».

وقال الثاني: «كما خرجنا من بيضتنا، إلى تحت الأرض نعود غير عالقين بظلم».

والثالث: «سر القوة أننا لا نشتهي ما ليس لنا».

والرابع: «سر القوة ألا نملك ما لا نحتاج إليه».

والخامس: «سر القوة أن نستغني عن كل شيء إلا خطوات القلب».

والسادس: «سر القوة ألا ننتظر من الأيام جديدًا».

والسابع: «سر القوة ألا تُصدق الناس ولا تُكذبهم».

والثامن: «سر الضعف قلب يطمع».

والتاسع: «سر الضعف تأجيل العمل بأوهام الأمل».

والعاشر: «سر الضعف نفس تشتاق إلى شيء لن تسكن إليه».

والحادي عشر: «سر الضعف انتظار المستحيل».

والثاني عشر: «سر الضعف تصديق الناس وتكذيبهم».

والثالث عشر: «سر السر الصفر فلتكن صفرًا».

ثم انطلق الثلاثة عشر في السماء حتى غابوا. وأقسمنا نحن الثلاثة أن نقضي الباقي من العمر في خدمة مقام السيدة حورة وتنظيفه وتهذيب أشجاره.

كانت حور بدأت تنام في أثناء حكايات المسنين الثلاثة وهي على مقعد الورد، فنبهها أحدهم وقال:

-ليس هنا يا سيدتي، بل في عش جدتك ستشعرين بالراحة أكثر.

وبالفعل صعدت حور إلى عش جدتها على أكتاف المسنين الثلاثة وتركوها لترتاح، وداخل العش دُهِشَت حور دهشة عظيمة؛ لم يكن مجرد عش، بل كان عالمًا كاملًا من الراحة والجمال. واستلقت الفتاة هانئة مبتسمة في فراش وثير، ولم يكن هذا شيئًا عجيبًا، لكن العجيب والأعجب هو ما رأته حور بنت الحُسن الساري بنت حورة من أحلام في عُش جدتها.

الفصل الثالث
رأس أمجد

(١)

حمل القاتل ورقة الكتاب المقطوعة، وعند شاطئ البحر سلمها لرجل آخر يرتدي السترة الرمادية نفسها، وقريب منه في الطول والهيئة والملامح والشارب نفسه تقريبًا. تبادلا السلام كأنهما صديقان، واحتضن كل منهما الآخر وقال له بلهجة حميمية مصطنعة:

ـ كان يجب أن ترى تلك الدجاجة حين ذبحناها وصارت جاهزة للطهو يا صديقي. لم يكن لك نصيب، لكني وصفت لك كل شيء في رسالة أرسلتها إليك.

ضحك الثاني وربت على يد صديقه ودس الورقة بعناية وودَّعه قائلًا:

ـ هنيئًا مريئًا.

واتجه الأول عائدًا، في حين أكمل الثاني إلى البحر حيث المركب الذي ينتظر الركاب، ينادي أمامه رجل ويقول:

ـ راكب واحد للسفينة المُبحرة إلى الإسكندرية، راكب واحد.

أخرج الرجل النقود وتخطى الرجل والحاجز وعبر السقالة ومنها إلى المركب الذي بدأ يبحر.

* * *

عمَّرت كرملة حتى صارت تتحرك بصعوبة ولا تدري الفارق الحقيقي بين اليقظة والنوم، وتجاهل وجودها الأبناء والبنات، وصار الأحفاد يحدقون إليها طويلًا كأنهم يحدقون إلى كائن غريب، وحينما تستعيد وعيها تبدأ في الحكايات العجيبة عن رجل أكل بطة، وبطة أكلت رجلًا، أو عن عملاق برأس طائر وجسد إنسان. كان الأطفال يُنصتون في شغف كبير، وهي تبتسم لهم وتطلب منهم أن يحضروا لها الحلوى من خلف أعين آبائهم وأمهاتهم حتى تواصل لهم الحكي. وحين طرق الباب وظهر مختار أيوب بنفسه أمام الصبية يسأل عن الجدة كرملة، احتار الصبية من هيئة الرجل، وجروا إلى الداخل وأغلقوا الباب واختبأوا، وحين سألهم عبيد ابن كرملة الأكبر: «من بالباب؟»، لم يردوا، ففتح الباب ليجد السيد مختار أيوب يقف متبرمًا.

أفسح عبيد الباب مُرحبًا بالموظف الكبير، وأدخله مُعتذرًا عن عفرتة الصغار. وحين اختلى السيد مختار بالسيدة كرملة بناءً على طلبه، وتجسس الجميع من خلف الباب. سألها مباشرةً:

ـ الكتاب يا سيدة كرملة، هل تتذكرينه جيدًا؟ وهل على أسوأ الظروف إذا فقدنا أثره تستطيعين أن تصفي لرسامين صغار ما كان مكتوبًا فيه فنعيد نسخه؟

نظرت كرملة إلى الرجل طويلًا، ثم قالت:

ـ هل تعلم أن وديدي حي يرزق رغم أنه أكل البطة؟ وهل تعلم أن عقاب العمالقة السبعة كان وهميًّا؟ وهل تعلم أن نبيل السماك قد رآه؟

هز الرجل رأسه في يأس تام منها ووقف مودعًا متمتمًا:

ـ لا فائدة.

ابتسمت قبل خروجه وقالت تحدث نفسها لكنه سمعها:

ـ الكتب تضيع حينما يتوقف الناس عن قراءتها وتُدبِر سطورها، لذلك الرسمُ أجمل من الكتابة؛ الرسم لا يحتاج إلى التدبر، يحتاج فقط إلى الإحساس. وأنت، هل لديك تدبر أم إحساس يا من تقف أمامي؟

هز مختار أيوب رأسه في يأس وخرج من عند كرمللة، التي استعادت نشاطها بعد تلك الزيارة على نحو غريب، صارت تقف وتتحرك، ووصل الأمر إلى أنها طلبت ألوانًا ولوحة وبدأت في الرسم، نعم بدأت في الرسم من جديد. وكان كل أطفال العائلة يتفرجون على جدتهم العجوز الفانية وهي ترسم لوحتها العجيبة لرجل برأس طائر يمسك بيده شيئًا ما. زاد حماس الأولاد ذات صباح وعلت أصواتهم يسألون:

ـ ماذا في يده يا كرمللة؟ ماذا في يده يا جدة؟

سقطت الفرشة من يد كرمللة ولم تجبهم ولم تُكمل اللوحة ولا الحياة، وحزن المصريون جميعًا على موت كرمللة، وخرج في جنازتها آلاف المشيعين، حتى أولئك الذين لم يكونوا يعرفونها جيدًا، وحتى أبو شوال وزيان في رحلتهما انضما إلى جنازة كرمللة، وبكاها أبو شوال كثيرًا وقال وهو ينهنه لزيان:

ـ فقدنا روحًا طيبة كانت على درجة كبيرة من الرهافة، فقدنا لونًا من ألواننا الجميلة.

* * *

واصل زيان وأبو شوال رحلتهما من دون أن يسأل زيان ومن دون أن يتكلم أبو شوال، حتى وصلا إلى النيل، فدلف أبو شوال عبر سلم حجري هابط إلى مدخل عوامة تُشبه البيت الصغير، بقوامها الخشبي المتين وشبابيكها المطلة على النيل، وتبعه زيان. وداخل العوامة كان عشرات السكارى الضاحكين اللاهين في سُحب الدخان وكؤوس الخمر، وزيان مدهوش وأبو شوال يقعد في أول مكان يجده خاليًا ويُشير لزيان أن يلحق به. حشر زيان جسده ليقعد بالكاد بجوار أبو شوال، وكانت أمامهما أطباق المَزَّة والزجاجات والكؤوس، وأضاء فجأة جانب العوامة وأظلمت بقية الجوانب، لتظهر تحت الضوء راقصة كأنها كرباج من لهب نُقِع أيامًا وليالي في زيت الشهوة، وها هو الآن يُلَسوِع رغبات السكارى فيصرخون ويهللون كالمجانين. طافت بينهم وعيناها لم تتركا واحدًا من دون أن ترحبا به وتَعداه وتُمنياه، حتى التقتا أبو شوال، فظلت تنظر وينظر كأنهما سيفان اصطدما، فخرج من أثر صدمتهما الشرر وتطاير. ظل الأمر هكذا حتى أفاقت وواصلت طوافها بين السكارى مرة أخرى ولكن بإيقاع أكثر بطئًا وارتباكًا، وحين أكملت دورتها الثانية والتقت عيناها بعينَي أبو شوال تكرر الصدام والشرر، فاقتربت، وقالت بلهجة يملأها الألم:

ـ ماذا تريد؟ اخرج من هنا.

قال لها بهدوء:

ـ أريدكِ وسنخرج معًا.

ضحكت في سخرية ومجون:

ـ ومن أنت لتفعل بي هذا؟ قلت اخرج!

قال بثقة مطلقة:

ـ معًا يا طيبة، معًا.

نظرت إليه في ذهول ثم أطرقت في خجل مفاجئ، فسحب أبو شوال مفرشًا من فوق منضدة الخمر سريعًا من دون أن تهتز من أثر السحبة زجاجة واحدة، وألقاه عليها وقال:

ـ هيا يا نجفة.

كان الشارع ساكنًا تمامًا لا أثر فيه إلا لرجلين وامرأة، الثلاثة يسيرون في صمت وظلالهم تتبعهم، أبو شوال وزيان ونجفة يكملون الرحلة التي صنعتها الأيام.

(٢)

لم يكن حُلمًا بالمعنى التقليدي للحلم. من الممكن أن نسميه لقاءً خاصًا، لقاءً في إطار جديد لفكرة الزمان والمكان.

ما إن أغمضت حور عينيها وهوت في جُب النوم حتى بدأ الصوت ينادي. كان صوت حورة. هكذا أحست أذنا حور النائمة. كان الصوت يأتي من مكان قريب مُرددًا:

ـ ليس للأحباب غياب إنما الأمر حجاب في حجاب.

تواصل الهمس:

ـ الزمن في الحلم ليس سائلًا وليس بندولًا أيضًا، الزمن همسات متتالية بجوار الأذن، تعبر الهمسة إلى داخلك لتنتقل معها من عالم إلى عالم من دون حاجز.

همسات متباينة، منها ما يقشعر له البدن، ومنها ما تطمئن به الروح، ومنها ما يجعلك تحاول الهروب أو ما يوقعك في بحر من حزن.

حاول أن تصغي للهمسات المطمئنة حتى لا يتحول الحلم إلى كابوس، وأغلق أذنيك عن الباقي، كأنك ببساطة تتحكم في عقارب ساعتك لتجعلها أبطأ.

بدأ كل شيء يأخذ في التباطؤ، حتى وصلت حور إلى السكون التام. همست جدتها من قريب:

ـ إنه ليس الموت، إنها اللحظة التي يتساوى فيها الزمان والمكان فيتنحى الموت جانبًا. أنتِ الآن يا حور في البرزخ صفر، حيث لا يوجد أموات، وها نحن أمامكِ يا حبيبتي لتفرحي، ففي هذا الوجود الخاص لا نحن أموات ولا أنتِ حية على النحو المعتاد، لكننا أحياء على نحو ما، نتواصل ونتفاهم ونتبادل المشاعر.

ارتمت حور في حُضن حورة وقدم الجد جمال لحورة فستانًا من حرير، وحملتها الحُسن الساري على جناحها وطارت بها، ثم ألقت بها في الهواء ليتلقاها أخوالها الثلاثة عشر ويتبادلوا إلقاءها بعضهم إلى بعض ككرة ملونة، وأقعدتها نوفلة على حجرها وحكت

لها حكايات عجيبة، كانت كل حكاية تخرج من فم نوفلة مصورة، وصورها تسعى وتتحرك أمام عينَي حور. وقالت حورة:

ـ ربما كانت الآن حور نائمة في عش جدتها وكانت حورة راقدة في قبرها، ولكننا لسنا جسدًا واحدًا ولا روحًا واحدة، إنما نحن خلق الله، وخلق الله له في كل روح ملايين الأرواح، وفي كل جسد ملايين الخلايا، وفي كل خلية جسد كامل، فحينما ننام وحينما نموت تسرح أرواحنا وتسكن حيث تحب، فإذا وصلت بسلام إلى برزخ الصفر تلاقى الأحباب يا حور.

انتبهت حور إلى جدتها حورة التي اصطفت هي ونوفلة وجمال والحُسن الساري وباقي العمالقة في صف واحد، ووضعوا كرسيًّا يشبه كرسي العرش وأجلسوا فوقه حور، وقالت حورة:

ـ وحينما يتزوج بكِ نور رغم أنف أمجد وتعودين ملكة على دولة اللاجئين، ابتسمي للناس واصفحي عمن أساء إليكِ، واجعلي قلبكِ خاليًا من كل شر، حتى يتسنى لكِ لقاؤنا حين تريدين، فلا يدخل برزخ الصفر إلا أصحاب القلب الصافي.

أفاقت حور مبتسمة، وكانت الطيور تصفق أجنحتها في نهر أشعة الشمس وتغني. كانت أطباق الفاكهة وأصداء الحلم وجمال الصباح جديرة بأن تجعل حور تنسى كل شيء، حتى الورقة التي أوصاها عليها الشيخ صفي الدين.

* * *

وصل المركب إلى شاطئ الإسكندرية، وتحرك حامل الرسالة في شوارعها حتى وصل إلى حديقة المنتزه القديمة، وانتظر تحت

أشجارها على مقعد حجري، فأقبل ثلاثة رجال وقعد رجل منهم عن يمينه والثاني عن يساره، وظل الثالث واقفًا ظهره لهم من دون كلام.

قال حامل الرسالة وقد عرفهم:

ـ من العراق إلى هنا كانت رحلة شاقة، لكنني أحمل ما يستحق كل هذا العناء.

أخرج الورقة وناولها الجالس عن يمينه فقرأها بعناية، ثم ناولها القاعد عن يمينه للقاعد عن يساره وقرأها بعناية، ثم التفت الثالث نحوهم ويبدو أنه كبيرهم وقال:

ـ لا وقت لدينا. هيا بنا. أعطوا الرجل أجره وهيا بنا.

سحب الواقف الورقة وأسرع الخُطى، في حين ظل القاعدان عن يمين ويسار الرجل مكانهما، وأخرج كل واحد منهما سكينًا في لحظة واحدة وطعنا معًا حامل الرسالة في جنبيه حتى غاب النصلان، ثم سحبا السكينين ووقفا في هدوء وأكملا السير لاحقين بكبيرهما، وحامل الرسالة على المقعد الحجري جثة تسيل دماؤها حتى تصل إلى جذوع الشجر القديم وترويها. كانت الأوامر واضحة منذ أول لحظة: «اجمعوا الأدلة واقتلوا كل من يوصلكم إليها». ربما كان ذلك الذي دفع جابر إلى أن يفر بالكتاب بعد أن سرقه من المتحف. كان يومًا عصيبًا انتظر فيه جابر حتى أغلق المتحف أبوابه وهو في الداخل، وعندما صار أمام الواجهة الزجاجية المضاءة وداخلها الكتاب المفتوح على صفحتين مرسومتين بألوان زاهية، ومنصة العمالقة التي يجلس إليها السبعة، فتح الواجهة وسرق الكتاب، وقبل أن يخرج به من القاعة رن في أذنه صوت كذَّبه كثيرًا كان يقول

بصوت واضح: «من سرق الكتاب وأعطاه لأعدائنا كان مصيره القتل، ليس منا ولكن منهم».

تسلق سور المتحف وفر هاربًا، وحين اقترب من المكان المتفق عليه لتسليم الكتاب انقبض قلبه وارتعد وقرر ألا يعطي الكتاب لأحد، وظل يجري به وينتقل عبر وسائل النقل من مكان إلى مكان حتى وصل إلى بلد شبه ريفي، واستأجر بيتًا أقام فيه مع الكتاب المسروق يصرف بالقدر القليل من المال الذي أخذه من الرجل رمادي السترة رفيع الشارب من أجل سرقة الكتاب، فكان في مخبئه يرى من صحبة ذلك الكتاب العجب العجاب. لا أدري هل معلومة أن جابر هو الابن الأصغر لوديدي معلومة مهمة أم لا، لكن هذه كانت هي الحقيقة.

(٣)

تصنَّع رماح النوم، وما إن وضعت الفتاة صينية الطعام وهمَّت بالخروج، همس كأنه يتكلم في أثناء نومه، وقال:

ـ مساكين نحن جدًّا حين ننام.

النائم مجرد من كل شيء.

لا يوجد نائم شرير.

إننا لا نملك حتى حق اليقظة.

النائم لا يهاجم أحدًا.

النائم على سريره،

في منزلة متوسطة بين المستيقظ والميت.
النائم شخص زاهد بالفعل،
فقط جسد يتنفس وينتظر.
لعل الله يغفر لذلك النائم كل شيء،
لأنه الآن تحت نظره أسير.

النائم مسكين تخلى عن أفعاله ينتظر الرحمة، إما بالموت وإما بالعودة للحياة ليبدأ من جديد، ويفتح عينيه فيجد أمامه حبيبة من نور تسمع هذيانه ويعلم أنها الحياة.

قال هذه الجملة الأخيرة وهو يفتح عينيه ويهم بالجلوس ثم الوقوف المفاجئ والابتسام، فجفلت الفتاة وارتبكت وهمت بالجري، فأمسك بيدها وقال:

ـ أتسمعينني وأنا نائم وتهربين مني حين أستيقظ؟ انتظري.

قالت بحياء بالغ:

ـ دع يدي، مهمتي فقط أن أضع لك الطعام وأخرج.

قال:

ـ تمامًا مثل الفتاة التي كانت تضع الماء والحبوب كل يوم لعصفور يقف على شبَّاكها، وحين دخل متسللًا إلى غرفتها فرحت، وصار يهز رأسه ويغني ثم طار وتركها وهي تكاد ترقص من الفرح لدخوله عندها، وقالت: «إن دخل ثانيةً سأغلق الشبَّاك». وفي الليلة التالية دخل العصفور غرفتها مرة أخرى، وغنى وهز رأسه ثم همَّ ليطير وهمَّت هي لتُغلق الشبَّاك، لكنه سبقها وطار قبل أن تغلقه، وفي الليلة الثالثة...

استطاع رماح أن يستولي على خيال الفتاة، وصمت ليختبر انتباهها فوجدها تتابعه بكل حواسها، فبلع ريقه وأكمل بثقة أكبر وقال:

ـ في الليلة الثالثة دخل العصفور وغنى، وسبقت هي وأغلقت الشبَّاك، فارتبك العصفور جدًّا وصار يهز رأسه كأنه يتوسل إليها، ولكنها ظلت على عنادها، وظل في محبسه، فتملكه اليأس وعبَّر عن ضيقه بأن وضع نفسه في طبق الماء ونفض ريشه حتى طار الرذاذ وبلل وجهها، فأغمضت عينيها وفتحتهما لتجد أمامها شابًّا جميل الصورة بهي الطلعة ينظر إليها بحب ويقول: «من أنتِ؟».

كانت الفتاة غارقة تمامًا في حكاية رماح، ولم تنتبه إلا حين أمسك بيديها مرة أخرى في رقة وشوق، فخرجت من بحر حكايته وفرت هاربة من الغرفة، وتركت رماح يتابع طيفها وقد تمكنت من قلبه.

(٤)

ضاق نور بالإقامة في تونس وزاد شوقه إلى حور ودولة اللاجئين، وكان الرياحي مريضًا، فدخل عليه وقبَّل الأرض بين يديه وصارحه بحاله، وتظاهر الرياحي بالقوة وتحامل على نفسه وجلس، واقترب من نور وهمس ونصح:

ـ لا تعُد إلى دولة اللاجئين من دون إذن من خالك الحاكم أمجد، ومن دون رضا من أمك نيرة.

ربت نور على كتف أبيه وقبَّل جبينه وقال:

ـ من يستأذن في العودة إلى الوطن ممن أبعدوه عنه هو أحمق يا أبي. سأعود لأخوض معركة لم يعد من داعٍ لتأجيلها.

وهنا أدرك الرياحي من نبرة ابنه أنه لم يأتِ لأخذ الرأي والمشورة، ولكنه أتى ليودعه، فاحتضنه بقوة ودعا له، وابتلت عيناه بالشوق قبل حتى أن يغادره. وعلى الباب التقى نور أخاه فعانقه، في حين كانت عُليًّا على كنبتها ترمقه متمتمة:

ـ صحبتك السلامة.

فاقترب منها وقبَّل رأسها ويدها وانصرف. ولم تفهم عُليًّا لماذا سالت دموعها غزيرة هكذا حُزنًا على فراق ابن ضرتها!

كان نور يعلم أن عودته المفاجئة إلى دولة اللاجئين لن تلقى ترحيبًا من الحاكم ولا دعمًا من نيرة، وعلى مدى شهر من الترحال والتفكير وبصحبة رجال مخلصين، اجتهد في انتقائهم في الأيام التي قضاها في تونس، اكتملت لديه الخطة، فأقام ورجاله السبعة خيامهم على حدود دولة اللاجئين، وأرسل رسالة إلى الحاكم أمجد:

> من نور بن الرياحي ونيرة إلى الخال أمجد، بدأت دولة اللاجئين بأفراد بلا وطن، وها أنا على حدود دولتنا أنصب خيمتي كأجدادك الأوائل، وأطلب منك بكل حب وتقدير أن تتنازل عن الحكم وتترك لجموع شعب اللاجئين الاختيار، فإما أنا وإما أنت، وها أنا أدعوك بلا سلاح ولا نزاع ولا حرب، دعوة من لاجئ أصيل يقيم على الحدود، إلى لاجئ بالوراثة أنسته القصور وحياة الترف نضال أجداده، وأرسلت إليك لأُذكِّرك، فحكِّم عقلك واختَر ما هو لك أسلم وأرشد.

طار عقل أمجد ومزق الرسالة، واجتمع مع نيرة وبدر الدين وصفي الدين، وكان عالي الصوت عصبي المزاج، وبالغ في التهديد والوعيد، حتى إن نيرة اضطرت إلى مقاطعته وتنبيهه:

ـ إنه ابني في النهاية يا أيها الحاكم، وليس لك إلا أن تقبل ما دعا إليه أو ترفض من دون تهديد أو وعيد.

فصرخ فيها قاطعًا صوتها ورحمها:

ـ ليس ابنكِ، بل عَدُوِّي، وسأرسل إليه من يحضر رأسه ليضعه لكِ في حجرك. اخرجي من قصري لا أخ لكِ.

هز الشيخ صفي الدين رأسه في صمت وترك الجميع في هدوء، في حين تجمد بدر الدين في مكانه.

غادرت نيرة ولكن ليس إلى قصرها بل إلى الحدود، حيث انضمت بما تملك من مال وخدم ومحبين إلى نور، الذي استقبلها بحب وسعادة، وهتف بها على باب خيمته:

ـ كُنت على يقين وثقة بأن قلبكِ الكبير لن يختار إلا الحق.

وعلى مشارف الغروب كان بدر الدين ورجاله ينضمون إلى نور ونيرة، وصارت المراسلات والمكاتبات تنتقل كل ساعة من خيام اللاجئين الجدد إلى دواوين ووزارات دولة اللاجئين، وتدعوهم للتخلي عن أمجد والاحتكام إلى انتخابات جديدة. وعلم نور من خاله بدر الدين أن حور ذهبت لزيارة قبر جدتها حورة، فازداد إليها شوقًا. والتزم الشيخ صفي الدين داره، فلم يذهب لنصرة أمجد ولم يذهب لنصرة نور، بل ظل في حديقته يخاطب ثماره ويغازل أشجاره ويصنع المسابقات بين الطيور وينتظر القدر المحتوم.

استبد الغضب المجنون برأس أمجد، وأرسل في طلب كبار رجاله، وعلم بانضمام أخته وأخيه إلى نور، وهمس أحدهم في ساعة شر في أذنه:

ـ إنما هو شاب واحد يا سيدي، فإن قُتل قُتلت معه القصة كلها.

ارتاح أمجد للفكرة وأرسل من يقوم بالمهمة، وذهب إلى فراشه مبكرًا في هذه الليلة، ولكنه ظل يحارب الكوابيس حتى الصباح من دون أن يحظى بنوم هادئ متصل، وانسل المُكلف بالقتل ليلًا حتى وصل قرب خيمة نور.

* * *

مسحت عُليًّا دموعها، ودخلت إلى الرياحي وجلست إلى جواره وسألته سؤالًا مباشرًا:

ـ يا رياحي، إن كنت تحتضر فصارحني، إلى جوار مَن منا تريد أن تقضي أيامك وأنفاسك الأخيرة؟ أنا أم نيرة؟

صمت الرياحي ولم يرد، ثم ابتسم لعُليًّا وقال:

ـ لو مَنَّ الله عليَّ بالشفاء فسأسافر بعدها إلى دولة اللاجئين لأرى نيرة ونور، وأما إذا مَنَّ عليَّ الله بلقائه فلتكن آخر أنفاسي بجوارك، وليُنهِ هذا الرأس التفكير ويرتَح في صدرك.

ارتاحت عُليًّا لهذه الإجابة وصدقتها، وغمرها حُزن مفاجئ حين أدركت قرب الفراق، فظلت ملازمة للرياحي لا تغادره إلا لضرورة، كأنما تحاول أن تحميه من الموت الذي اعتقدت أنه لن يقترب من زوجها ما دامت هي لصيقة به مُمسكة بيده، لكن ذلك لم يمنع شيئًا، فقد التفت إليها فجأة الرياحي بوجه رائق مبتسم وقد دبت فيه العافية

والصحة وطلب منها شربة ماء، فأفلتت يدها من يده واطمأنت من نبرة صوته وملامحه التي عادت لها الحياة، وتحركت خطوتين لإحضار الماء. وحين مدت يدها إليه بكوب الماء البارد لم يكن الرياحي قادرًا على شيء، لقد استطاع الموت أن يخطفه منها في تلك اللحظات التي تحركت فيها من جواره وعادت إليه.

كان صامتًا مفتوح العينين وفمه كأنه يبتسم، في حين ظلت عُليَّا التي أدركت موته صامتة، لا تدري ماذا تفعل. مرت عليها ثوانٍ كأنها دهور، حتى استطاعت أن تضع الكوب على منضدة قريبة، وعادت إلى زوجها ونامت إلى جواره واحتضنت جثمانه في حب، وأغمضت عينيها وهي تهمس في أُذنه:

ـ أحبك يا رياحي وسامحتك. أحبك يا رَجُلي الأول والأخير. أحبك حبًّا لا يسمح لأي شعور آخر بأن يجاوره.

صمتت وغابت في حضنه في نوم عميق، نوم خلا من الأحلام لكنه لم يخلُ من السكينة. وحين دخل عليهما علي شعر بالخجل الشديد وتراجع، فهو لم يرَ أمه وأباه في ذلك المشهد من قبل، عُليَّا تحتضن الرياحي في عشق وفمها ملتصق بأذنه وخدها على خده، وكلاهما مُغمض العينين. وبعد أن مر الوقت الطويل بدأ القلق يساور علي، فاقترب في خجل وبدأ لمس كتف أمه علها تفيق، ولكن لم يتغير شيء. تحول القلق في وجه علي إلى خوف شديد، وأخذ يهزهما هزًّا شديدًا من دون جدوى. وهنا أدرك أن الجسدين اللذين يحتضن أحدهما الآخر لا حياة فيهما، رغم أن الحب الذي بدا يحيط بهما كان ينكر كل موت، كأن الذي حل بهما هو الحب لا الموت. وضع علي رأسه

بين كفيه وأخذ يبكي كطفل وهو لا يدري ماذا يفعل، هل يتركهما على حالهما أم يبدأ في سحب كل واحد منهما من حضن الآخر؟

أي قلب في صدره يمنحه تلك القوة؟ وأي عقل في رأسه يمنعه من فِعل ذلك الواجب الشرعي؟

(٥)

كانت سنتيمترات قليلة تفصل بين نصل الخنجر وظهر نور، حين لمح أحد الحراس يد القاتل وهي تنهال على ظهر نور، وأمسك بها قبل أن يغيب النصل بلحظات معدودة. في خيمة نور أقر الرجل أن الذي أرسله هو الحاكم أمجد.

امتقع وجه نيرة وارتجف قلبها؛ لم تكن لتظن في أسوأ موجات غضبها وضيقها من أخيها أن يُقبل على تلك الخطوة، حتى تهديده السابق لها بأن يحضر لها رأس ابنها ويلقي به إلى حجرها لم تصدقه. غضبت وقررت أن تقف إلى جوار ابنها، لكنها لم تصدق قَطُّ تهديد أخيها لها، أمجد بالنسبة إلى نيرة هو الأخ الأقرب، كان قريبًا جدًّا من قلبها أكثر من الجميع وأكثر من بدر الدين، كانت تراه نموذجًا للحاكم وللأخ معًا، حتى حين أنجبت نور ولاحظت غيرة يتصاعد لهيبها في صدر أخيها لم تغضب ولم تكرهه، بل تفهمت تلك الغيرة وظلت على وفائها وحبها لأخيها حاكم البلاد. وحين قرر أن يُبعد نور عن دولة اللاجئين وأوفده إلى تونس لم تغضب، وقرأت ما

في عقل أخيها وقبلت به، وفكرت في أن أقصى شر يمكن أن يفكر فيه أمجد هو أن يُفرق بين نور وحور، وكان شره هذا الذي ظنته يتوافق مع غايتها، لم يكن يعجبها عشق نور لحور، كانت تريد له أن يكون صلبًا كخاله أمجد، وقالت في نفسها: «خيرًا صنع أمجد بنور، ستزيد الغربة الفتى صلابةً وينسى تلك الحور، ويعود إليَّ من تونس رجلًا يصلح للحكم، فالرجل القوي الحاكم لا يصح أن تملك قلبه امرأة».

هكذا فكرت وظنت نيرة، لكنها الآن تذوق للمرة الأولى في حياتها مرارة الكراهية. لقد كرهت أمجد في اللحظة التي علمت فيها أنه أرسل القاتل إلى وحيدها. كانت مرارة حقيقية استشعرتها نيرة حتى وهي تبلع ريقها، مرارة جعلتها تتمنى للمرة الأولى أيضًا أن يموت أمجد وبيديها هي. أفاقت نيرة من تلك الفكرة الشيطانية على صوت نور يصرف القاتل، ويأمر جنوده بالتحفظ عليه وتقديم الطعام والشراب له، وألا يمسه أحد بسوء.

وهنا رفعت صوتها الغاضب:

ـ ماذا تقول وماذا تفعل؟ لا بد من أن يُقتل وتُقطع أوصاله.

خرج الجنود بالقاتل في صمت، وأصبحت الخيمة قاصرة على نيرة ونور وبدر الدين، وكانت نيرة تغلي على مرجل من غضب وحقد وكراهية، وتنظر إلى نور في عتاب مجنون وعدم فهم وهي تُكرر:

ـ سيُقتل وسيُقتل من أرسله إليك أيضًا.

ابتسم لها نور ابتسامة زادت من ارتباكها، وهمس بهدوء وثقة:

ـ وهل أقتل رسول خالي؟ هل هذا ما عليَّ فعله؟

ردت في ضيق:

ـ هذا أول الأمر لحين الانتقام من خالك نفسه.

هز نور رأسه نافيًا ومعترضًا:

ـ كلا، بل سيعود إلى خالي وهو يحمل هدية يفرح لها خالي في البداية، رأس ملفوف في قماشة سوداء، وحين يفتحها خالي فرحًا وهو يقتله الفضول سيجد ما يجعله أكثر ارتباكًا ورعبًا.

اجتهد بعض النجارين في نحت رأس، ليس فقط يشبه رأس الحاكم أمجد، لكنه يكاد يكون هو. وحين دخلوا به على نور ونيرة وبدر الدين ضحك نور ضحكة عالية، في حين ارتبك بدر الدين وتراجع في هلع حقيقي وبعض من حزن، ونظرت نيرة طويلًا إلى الرأس في ثبات وغضب بارد، واقترب نور من الرأس أكثر وأمر أن تُخضَّب اللحية والشفتان.

دخل الرسول إلى قاعة الحكم في القصر حيث يقعد الحاكم أمجد، واقترب منه وهو يحمل الرأس المصنوع الملفوف في القماش الأسود بيد مرتعشة وقدَّمه إليه، وأمسك الحاكم بالرأس في ارتباك أكبر، وقبل أن يفتح الرسول فمه كان أمجد خلص الرأس من القماش ورفعه لينظر إليه، وإذا به يُطلق صرخة تتردد في جنبات القصر، ويلقي بالرأس يتدحرج على أرضية القاعة الرخام. جلبت صرخة الحاكم الحراس ونظروا إلى الرأس الذي تدحرج حتى استقر في ذهول تام، وبدأ الرسول يحاول أن يشرح، لكن يد الحاكم التي رُفعت إلى أعلى أسكتته. وبلع الحاكم أمجد ريقه وهو يردد:

ـ لقد فعلها، كأنه قتلني. احملوا هذا الأخرق إلى السجن.

حُمل الرسول الذي لم يجرؤ على النطق، وظل الحاكم أمجد وحيدًا في القاعة يُحدق إلى رأسه المقطوع المُلقى على الأرض، وأخذ يقترب منه في حذر شديد، وقاوم رجفة قوية تعتريه ومد يده وأمسك بالرأس المصنوع والمقطوع، وأخذ يتأمل طويلًا تفاصيله والدم الجاف الذي التصق بالشفتين واللحية.

* * *

في خيمة نور صرح بدر الدين بما حاول كثيرًا أن يكتمه، وقال:

ـ لم يعد الأمر حلافًا، صار حربًا لم أكن أريد أن أكون طرفًا فيها.

صمت نور ولم يرد على خاله، فأسندت نيرة ظهرها إلى الخلف وفردته وهي تستعد للتصريح بموقفها:

ـ لن أخذل ابني الوحيد ولو اضطرني الأمر إلى أن أدخل قصر أمجد وعلى جثته. بدأ بالشر والبادئ أظلم.

لم يتحمل بدر الدين كل هذا الغضب في صوتها، وقال في حسم:

ـ إننا أسرة واحدة في النهاية، ولن يكون في النهاية منتصر. الهزيمة تطال الجميع، ليس بين الإخوة منتصر.

ساد الصمت ونور لا يعلق على شيء، مما أثار حفيظة نيرة، وظنت أن ابنها يميل إلى رأي خاله بدر الدين الذي تنعته في سرها بالخانع، ونظرت إليه نظرة تستحثه على النطق، فوقف واقترب منها في حزن وحب وحنان وهمس:

ـ عظَّم الله أجركِ يا أمي في أبي. وصلني النبأ الحزين منذ قليل.

مر سهم الخبر من فم نور إلى كبد نيرة، فزفرت زفرة حارة وأحست بأنها فقدت ما لا يمكن أن تعوضه، وقامت بقدمين خذلتاها تحاول

الخروج من الخيمة، لكنها وقعت قبل أن تخطو، فاقترب منها نور وبدر الدين في تعاطف وحب وحملاها معًا وأدخلاها خيمتها على فراشها، وربت نور على رأسها بحنان:

ـ أمر الله يا أمي.

هزت رأسها في تفهم وقالت بصوت جاف:

ـ مات ودُفن لدى عُليًّا.

رد نور:

ـ بل معها.

لم تفهم، وسألت وسط حزنها في حيرة:

ـ معها؟

فمسح نور دمعة غلبته:

ـ مات هو وماتت هي إلى جواره ودُفنا في ساعة واحدة.

بلعت نيرة دموعًا حارة مالحة ولم تنطق. لم يعد للكلام معنى على هاتين الشفتين الذابلتين. وأشارت بصعوبة لنور وبدر الدين أن يتركاها بمفردها.

في وحدتها بكت نيرة بكاءً مريرًا. سالت دموع تكفي لري فدادين عطشى، دموع مزجت بين الحزن والغيظ واللوم، وحين جفت دموعها اعتدلت في جلستها وفردت ظهرها وقالت: «رحمك الله يا رياحي. أحببتُك وأحببتَها لكنها فازت بك في النهاية. ليس لك في قلبي إلا الدعاء بالرحمة وود قديم».

(٦)

أرسل الحاكم أمجد في طلب الشيخ صفي الدين، فأخذ الشيخ يحدق إلى رسول الحاكم طويلًا من دون أن يرد، ثم ابتسم للرسول وربت على كتفه وقال:

ـ يا بني إنني بحاجة إلى النوم. أستأذنك.

وترك الشيخ الرسول ودخل ولم يخرج له ثانيةً. زاد غضب الحاكم من رد الشيخ على طلبه واعتبره إهانة له، فقرر أن يرسل من يحضر له الشيخ عنوة، وحين أُلقي بالشيخ مقيدًا في أغلاله أمام الحاكم أمجد، انحنى الحاكم عليه في حنان مصطنع وقال:

ـ لا يفك أغلال مولانا إلا أنا.

فابتسم الشيخ صفي الدين وقال له:

ـ ليتك تستطيع.

فتراجع أمجد وأشار لأحد الحرس ليفك قيود الشيخ. وحين انتهى الحارس من ذلك، أخلى الحاكم القاعة إلا منهما، وقال في ود كاذب للشيخ:

ـ أنا أحبك يا شيخ صفي الدين وأحب أن أراك، فلماذا رفضت دعوتنا الأولى الهادئة؟

كان صفي الدين على ابتسامته وقال بصوت رقيق:

ـ آثرت النوم والراحة.

ابتلع أمجد ريقه وقال في حزم:

ـ في المسجد الكبير يوم الجمعة، تصعد يا مولانا المنبر وتفتي

على الملأ بخروج نور ونيرة وبدر الدين عن طاعة الحاكم، ومن ثَمَّ خروجهم عن طاعة الله، ومن خرج عن طاعة ربه فهو كافر يجب قتله.

هز الشيخ رأسه بالرفض وقال:

ـ ومن أنا كي أفتي بذلك؟! أنا رجل لا يجرؤ على قطف ثمرة من حديقته قبل أوانها، ما بالك بأرواح الناس وعقائدهم؟! لتبحث عن غيري.

هتف الحاكم في حنق:

ـ إذن أنت معهم ضدي.

رد الشيخ في ثبات:

ـ لو كنت كذلك لذهبت إليهم.

لم يهدأ أمجد، وقال وهو يقترب من صفي الدين حتى لامست أنفاسه جبهة الرجل:

ـ فمع من إذن إن لم تكن مع حاكم بلدك؟

أجاب الشيخ:

ـ أنا لم أغادر دولة اللاجئين ولزمت بيتي.

هتف أمجد:

ـ الحياد خيانة. مع أي جهة أنت؟ انطق.

رد الشيخ بهدوء:

ـ أنا مع اللاجئين، مع الناس الذين لم يفعلوا شيئًا يستحق القتل ولا العقاب، مع تلك الأرض الطيبة التي منحتني بيتًا وحديقة ذات بهجة...

قاطعه الحاكم:

ـ وأنا آمرك فاصدع.

ابتسم الشيخ:

ـ لا طاعة لك على قلبٍ لا تملكه.

سخر الحاكم:

ـ لكنني أملك جسدك النحيل، ولا أظن أنه يتحمل السجن ولا العذاب ولا القتل.

نظر إليه الشيخ صفي الدين بتعاطف وقال:

ـ كنت أستطيع أن أغادر بخطوة واحدة وأكون حيث أشاء، وكنت أستطيع أن أختفي عن أعين حراسك فلا يصلوا إليَّ.

ضحك الحاكم وهتف:

ـ تهددنا بكراماتك إذن!

قاطعه الشيخ بود:

ـ حاشا لله. لكنني فقط أُذكِّرك بأن استخدام ما نظن أننا نملكه ليس هو الاختيار الأفضل.

غمغم الحاكم أمجد:

ـ سنرى، سأمنحك مهلة ألقي بك خلالها في قعر سجن اللعنة مغلول اليدين والرجلين، لعلك تموت أو تثوب إلى عقلك، أو تصنع لنفسك كرامة تنقل بها جسدك من سجني إلى حيث شئت، فإن انتهت مهلتي لك، من دون شيء من ذلك، فسأضطر إلى الدخول معك في لعبة جديدة لا تخطر على بالك النقي.

* * *

تخلت نيرة عن أحزانها وعن صمتها وقررت أن تدفع الجميع إلى ما تريد أيًّا كان الثمن، ووقفت في الخيمة تخطب في ابنها وأخيها بصوت قاسٍ وحازم:

- لم يعد من القتال بُد، وليس من الانتصار على ذلك الوغد المتغطرس بُد أيضًا. وليس في تلك المعارك محرم أو ممنوع. لتكن أخلاقنا وعواطفنا تحت أقدام غاياتنا، وإن كان الأمر في الظاهر لك يا نور، فأنت حاكمنا وسيدنا منذ هذه اللحظة، وسنُقسم لك أنا وأخي قسم الولاء والطاعة، ولكن الأمر في حقيقته سيكون لي، فأنا أدرى الناس ببلاد اللاجئين وأعلم الناس بنفس أمجد ومداخلها. إن أمجد يحمل في نفسه ظلامًا قادرًا على إطفاء الشمس، أرسل من يقتلك يا نور وسجن الشيخ صفي الدين وكاد يفتك بحور لولا أن هربت إلى قبر جدتها، وقطع حبل الرحم المتين الواصل بيننا وبينه. فلتخرج على الناس يا نور ونحن من خلفك ولتعلن نفسك حاكمًا جديدًا على دولة اللاجئين، وسأجثو على ركبتيَّ وأقبِّل يدك وكذلك سيفعل خالك، وبعدها ستقف في شموخ وتلقي على الجموع خطبة قصيرة تلهب حماسهم وتشحذ همتهم لحرب لن ينتصر فيها سوانا.

* * *

كان الملل يملأ قلب حور. لم تعد قادرة على الاستمرار أكثر في هذه الغابة، رغم جمال كل شيء يحيط بها، وخدمة الشيوخ الثلاثة لها، والأحلام الجميلة التي تزين نومها كل ليلة في عش حورة جدتها، وما كان في تلك الأحلام من لقاءات مُفعمة بالحب والجمال، بينها

وبين جدتها وجدها وأمها وأخوالها. لكنها رغم كل ذلك تشعر في النهاية بالملل والوحدة، حتى إنها لم تلتفت كعادتها لذلك الذي يصعد إلى عش جدتها الرحب. سمعت قدميه ولم تلتفت، لا بد من أنه أحد الشيوخ الثلاثة يحمل الفطور إليها. أخذت نفسًا عميقًا وأغمضت عينيها ثم التفتت نحوه شاكرة مبتسمة في أدب، لتفاجأ بأن الذي أمامها ليس واحدًا من الثلاثة، لكنه الشيخ صفي الدين مبتسمًا رائق الوجه. جرت إليه في شوق وقبَّلت يده وقالت:

ـ أتيت في وقتك يا مولانا، فأنا في غاية الضيق والملل.

وعند قبر السيدة حورة تمتم الشيخ صفي الدين بالفاتحة، وعرَّفته حور إلى أصدقائها المسنين الثلاثة، فسلم عليهم وهو يقول:

ـ أهلًا بالأعمى الذي رأى، والأصم الذي سمع، والقعيد الذي مشى وهرول وجرى.

وصحبت حور الشيخ صفي الدين في رحلة لتريه مفاتن غابتها، وعند نبع تحيط به أنواع شتى من الطيور هبطت لتشرب. قعد الشيخ صفي الدين وقال لحور:

ـ الدنيا يا حور لا ينجو من فتنتها أحد، هكذا هو قانونها، صار الحاكم أمجد على رأس جيش، وصار أبوكِ وعمتكِ وحبيبكِ على رأس جيش آخر، وحين ألقى بي عمكِ في السجن طلبت من الله أن يفك قيدي وأن أخطو إلى حيث لا يُعكر صفو القلب أحد، فوجدتني في عش حورة ووجدتكِ تُغمضين عينيكِ وتفتحينهما لتريني، فحمدت الله وشكرته، فلم ينقلني إلا إلى من أحب.

صمت صفي الدين، وسألت حور:

ـ وما الذي جمع أبي وعمتي مع نور؟ وكيف تطور الأمر إلى ذلك الحد؟

* * *

أمسك أمجد برقبة الحارس وهو يكاد يسحقها بين يديه، وقال بصوت مبحوح من الغل:

ـ كيف تجرؤ على أن تقول هذا؟

قال الحارس وهو يحتضر:

ـ لا أثر له يا سيدي أُقسم لك. فتحت الزنزانة فلم أجد إلا قيوده مُلقاة على الأرض...

قاطعه أمجد ويده تزداد ضغطًا على رقبة الحارس:

ـ بل هي الرشوة والخيانة أيها الملعون.

وظل يضغط على رقبة المسكين، ولم يتركه إلا جثة تحمل في عينيها الجاحظتين كل صنوف الألم والشكوى، في حين ارتمى الحاكم أمجد يلهث مرعوبًا وقد أدرك فداحة ما هو مقدم عليه.

* * *

اختلى بدر الدين بأخته نيرة وقال بصوت هامس حزين:

ـ يا نيرة، لا أريد أن أكون جزءًا من هذه المعركة الخاسرة.

حملقت فيه طويلًا قبل أن ترد:

ـ لم أُراهن يومًا على شجاعتك، أي عذر ستجده لجُبنك يا بدر الدين؟

تحمل بدر الدين سخريتها وقال:

ـ حتى هذه التهمة الباطلة لست معنيًا بدفعها، ليكن جُبنًا، فالجبان

أفضل من ذلك الذي يسفك دم أخيه أو يتسبب في سفك دم أخته أو ابنها. أخرجيني من هذه الفتنة ودعيني أذهب لابنتي.

سخرت نيرة وأخرجت ما في قلبها ودفعته إلى لسانها:

- ابنتك! آه! وهل أصابنا الخراب والعطب إلا في تلك اللحظة الملعونة التي أُعجب فيها قلبك الأخرق بأمها؟! تلك المخلوقة البشعة التي كان دخولها بلادنا نذير شؤم.

ابتلع بدر الدين إهاناتها وقال:

- إذن دعيني أرحل.

رفضت بهزة من رأسها، وخطت نحوه وقالت:

- لا، بل ستكمل معنا لعنة كنت أنت أول من بنى لها بيتًا يا بدر الدين.

الفصل الرابع
الحكّاء العجيب

(١)

طالت إقامة رماح لدى حسن، ولم يعد لوجوده ضيفًا عند الرجل سبب إلا ذلك السبب الذي ربط قلبه بصفا، فكان عليه أن يشكر الرجل ويغادر المكان، ويكمل رحلته كحكّاء هارب من الموت وهناك من يطارده.

وبالفعل صافح رماح حسن وقبّل رأس ابنه وقال في أدب:

ـ أشكرك يا سيدي مرتين؛ مرة لأنك أنقذتني من الغرق، ومرة ثانية لأنك منحتني الأمان والحياة، وآن الأوان للطائر أن يكمل رحلته.

قال له حسن بحنان حقيقي:

ـ بإمكانك أن تظل عندنا حتى ييأس مطاردوك منك.

فقال له رماح:

ـ أشكر لك كرمك يا سيدي. ولي عندك طلب أخير.

ابتسم حسن ولم يرد، وانتظر أن ينطق الضيف بطلبه.

وطال الصمت بينهما، قبل أن ينطق رماح ويقول:

ـ أريد أن أتزوج بابنتك.

هتف حسن:

ـ صفا؟

هز رأسه رماح في خجل طفولي وأكمل:

ـ أعلم أن الزمن جرى بي، وأنني نسيت نفسي وأنا أرحل من بلد إلى بلد وأحكي للناس، لكنني حين رأيت ابنتك شعرت بأنني وجدت وطني الذي كنت أبحث عنه.

صمت حسن ولم يرد حتى ملأ القلق والتوتر وجه رماح، ثم ربت حسن على كتفه مُطمئنًا وقال:

ـ طلبك مشروع لا لوم عليه، ولكن أين ستسكن ابنتي إذا تزوجَتك؟ ومن أين سيكون رزقك يا رماح؟ فهي طفلتي المدللة وأخشى عليها شظف العيش.

رد رماح في حماس:

ـ تسكن في أفخم بيت، وتعيش أرغد عيش؛ فأنا لستُ عاطلًا، والحكَّاء النادر مثلي قادر على كسب قوته، والناس يدفعون كثيرًا يا سيدي للحكاية المشوقة.

هز حسن رأسه موافقًا وقال:

ـ إذن أمامي وأمامك الوقت، ولنقُل سنة، سنة كاملة تحكي فيها للناس وتوفر النقود الكافية لبناء بيت فخم وتبنيه، ويحق لك حينها الزواج بابنتي، وأنا من ناحيتي سأعتبرك لها خاطبًا

فلا يجرؤ خلال تلك السنة على خطبتها أحد، على أن تحقق ما وعدت وتقبل الشرط.

سأل الرماح بجدية:

ـ أي شرط؟

أجاب حسن:

ـ ألا تنظرها ولا تنظرك حتى تنقضي هذه السنة وتفي بوعدك.

مد رماح يده في فرحة طاغية وصافح يد حسن وقال في حماس:

ـ قبلت. فلنقرأ الفاتحة.

قرأ الرجلان الفاتحة، وعانق رماح حسن وسأله:

ـ هل مِن خان أو فندق قريب؟

رد حسن وهو يتطلع إلى رماح الذي صار يشتعل أمامه حماسًا:

ـ نعم، قرب الشاطئ. وأخبرهم أنك من طرفي؛ سيخفضون لك السعر.

وناول حسن رماح بعض النقود، فرفض رماح في كبرياء رغم أنه لم يكن يمتلك شيئًا في هذه اللحظة، فدسها حسن في يده في عناد وهو يبتسم له بأبوة:

ـ سنخصمها حينما يعلو صيتك. لا تقلق.

ودَّع رماح حسن وابنه وابتعد عدة خطوات، ثم تجمد في مكانه واستدار عائدًا إليهما بعينين باكيتين وقال لحسن:

ـ يا سيدي، هل للمسافر العطشان من شربة ماء واحدة قبل أن يبدأ رحلته؟

فهم حسن الإشارة، ونادى على صفا قائلًا:

ـ أحضري الماء يا صفا لرماح.

وسمح لهما بأن يتبادلا نظرة طويلة، نظرة جعلته يوقن بأن فتاته مُغرمة بالحكَّاء. وشرب رماح وارتوى، وغادر بيت حسن متجهًا إلى الفندق القريب من الشاطئ ليبدأ رهانه الجديد مع القدر.

* * *

جمع جابر بن وديدي بين خيال كرمللة ورعونة وديدي، وظل في ذلك البيت الريفي يقضي النهار في النوم، والليل في تصفح الكتاب الذي يحكي تاريخ البلاد وفق ما كتبته ريشة العمالقة السبعة، نقلًا عن الخردواتي والسماك، ويتعجب كيف استطاع هذان الرجلان أن يجمعا كل تلك المعلومات في كتاب واحد. صار كل ليلة يقرأ صفحات تجعل عقله يفكر أكثر. لم يكن قبل تلك القراءة شغوفًا باكتشاف الناس، لكنه الآن يتغير بالتدريج، وصار وفقًا لما يقرأ يفسر الكثير من الأشياء، زاد تعلقه بالكتاب ودفعه ذلك إلى تقليل ساعات النوم، والبحث عن عمل نهاري يجلب له الرزق ويقلل من غربته عن المكان، وعمل أجيرًا في الأرض الزراعية المجاورة لمحل إقامته، وصار يستمتع بالزراعة نهارًا والقراءة ليلًا، ووجد تشابهًا كبيرًا بين الأمرين، فالقراءة تلقي بذورًا جديدة في تربة عقله، وما عليه إلا أن يفلحها ويقلبها ويرويها، والزراعة تنمو أيضًا كالأفكار وتخرج على سطح الأرض وتتحول إلى نبات مفيد قابل للطهو، ليصير طعامًا شهيًّا يغذي الجسم الذي يحتاج إليه العقل ليفهم ما يقرأ. أعجبته هذه الفكرة التي ربطت دورة حياته اليومية، وصار حريصًا على الكتاب أكثر

من حرصه على أي شيء آخر، حتى إن حرصه دفعه للقراءة البطيئة المتأنية حتى لا ينهي شغفه بسرعة، ويفقد هذه المشاعر العظيمة التي تتملكه كل ليلة في أثناء القراءة، مشاعر جعلته فخورًا بنفسه وبعمته كرمللة، بل وبمواطني بلده وببلده نفسه. صار يشعر ليلة بعد ليلة بأنه مواطن عظيم ينتمي إلى وطن له تاريخ، هكذا حدَّث جابر بن وديدي نفسه في هذه الليلة والكتاب على صدره، وهتف قبل أن يروح في نوم عميق:

ـ كم أنت عظيم ابن عظماء يا جابر!

* * *

في الفندق، فتح رماح شبَّاك غرفته المطلة على الشاطئ، وأخذ نفسًا عميقًا يستعيد به ثقته بنفسه، وأعاد عد المتبقي من النقود التي أخذها من حسن، وقرر أن يغادر الغرفة مسرعًا. ولما كان في الشارع سأل أول من قابله عن أقرب مكان يبيع الملابس الفاخرة، وحينما دلف إلى داخل المكان ذي الطابقين قرر أن يشتري ملابس لافتة للنظر، وبالفعل غامر بكل ما يملك من نقود، واشترى عباءة حمراء وعمامة مزركشة، يظهر أسفل منها طربوش مغربي قصير، وحذاء أحمر وحزام ذهبي وصديري أصفر. وحين نظر إلى نفسه في المرآة ابتسم وهمس:

ـ يا مرحى بالحكَّاء العجيب المفلس!

* * *

حين انتهى النزلاء في الفندق من تناول وجبة العشاء، وخرجوا إلى حديقة الفندق الصغيرة، وجدوا رماح في ملابسه العجيبة يقعد

على دكة عريضة بمعدة خاوية وقلب يدق، وهو يشير لهم أن يُقبلوا نحوه. وما إن وصلوا إليه حتى هتف:

ـ في هذه الليلة العجيبة ستسمعون ما لا يخطر لكم على بال، كيف طارت حورة بوجه سيدة يشبه القمر، وجناحَي جسم طائر بديع زاهي الريش، بألوان كألوان الطيف في السماوات العُلا، ثم هبطت ذات ليل في بلادكم وباضت بيضتها التي غيرت بعد ذلك كل شيء. فماذا حدث يا سادة؟ ومَن هم الذين خرجوا من تلك البيضة؟ وكيف تغير التاريخ بعد ذلك وصار الناس يقولون قبل حورة وأبنائها كانت الدنيا شيئًا ثم صارت شيئًا آخر؟

ابتسم النزلاء وقعدوا، وانضم موسيقي عابر بقيثارته إلى رماح، فبدأ رماح يحكي والقيثارة تدندن خلفه، ولم ينسَ أن يستعير من الفندق صندوقًا صغيرًا ليضعه أمامه فاصلًا بينه وبين الجمهور، على أن يقتسم معه الفندقُ نصفَ إيراد الصندوق، الصندوق الذي امتلأ بالنقود الذهبية عند آخر الحكاية، ليقضي رماح ليلة ليست كسابق الليالي، ليلة شعر فيها بأنه نجم يلمع في السماء، تتودد إليه إدارة الفندق وتمنحه عشاءً وإفطارًا مجَّانيين. وأخذ ينظر من شبَّاك غرفته بمعدة ممتلئة وقلب سعيد، وهمس لصفا كأنها تسمعه:

ـ مر يوم يا صفا، ولم تعد سنة كاملة تلك التي تفصلكِ عني، لكنها سنة ينقصها يوم.

(٢)

خارج العوامة قالت نجفة في ضيق:

ـ قطعتَ عيشي قطع الله خلَفك.

ابتسم أبو شوال ولم يرد، ووقف زيان مزرجنًا لا يريد أن يتحرك، ونظر إليهما بغيظ وقال:

ـ ما هذه الرحلة يا رجل التي ورطت نفسي فيها معك؟ أي طريق هذا الذي أسلكه مع مجذوب وراقصة؟ لقد فقدت عقلي معك يا أبو شوال.

ابتسم أبو شوال له وربت على كتفه وقال:

ـ وبماذا أفادك عقلك قبل رحلتنا؟ واصل طريقك ولا تعترض، فلسنا أفضل منك ولا أنت أفضل منا.

حملق زيان في أبو شوال من دون فهم، فعقب أبو شوال وهو يشير لنجفة:

ـ هيا، فالطريق طويل.

هتفت نجفة:

ـ إلى أين أيها المجنون؟

قال أبو شوال:

ـ إلى الرجل الذي يملك مصير تلك البلاد.

قالت نجفة معترضة:

ـ ومصيري أنا يا رجل ماذا يكون؟ كنت أهز للسكارى جسدي

فتطير فوق رأسي النقود وتُسكب تحت قدمي الكؤوس، فماذا أفعل معكما؟

رد أبو شوال:

- لا أريد مُعترضًا يصحبني ولا ساخطًا، إما أن تكملا الرحلة معي في أدب وطاعة، وإما أن يسير كل واحد منا في طريقه.

لم يرَ زيان أبو شوال من قبل بهذه الحدة والقوة. كان الرجل مخيفًا بالفعل، اتسعت عيناه ورفع يده، فلم يملك زيان ولا نجفة إلا أن يتبعاه في صمت.

سار الثلاثة على أقدامهم مسافات طويلة من دون أن يتوقف أبو شوال ولو للحظة للراحة، حتى قعدت نجفة على الأرض فجأة مستندة إلى باب بيت مغلق وهي تصرخ:

- جائعة وعطشانة ولن أتحرك خطوة قبل أن آكل وأشرب.

ابتسم أبو شوال لها وقال:

- يا أيها الأحباب، أحضروا لنا ما لذ وطاب.

وانفتح باب البيت وخرجت منه سيدة وأصوات عالية لزغاريد وأغانٍ، وكانت السيدة تحمل صينية ضخمة وهي تقول لنجفة التي التفتت خلفها في ذهول:

- لا تردي يدي يا ابنتي وخذي هذا الطعام الشهي، وادعي لابنتي العروس بالرفاء والبنين، ففرحها وفرحتنا الليلة.

أخذت نجفة الصينية من دون أن تقوم من مقامها، ووضعتها أمامها وهي تنظر في ذهول إلى قِطَع اللحم الكبيرة المُلقاة فوق الأرز، وما زال يتصاعد بخارها بجوار ثلاث دجاجات محمرة،

وانضم إليها زيان فرحًا وبدأ في التهام الطعام بنهم مع نجفة التي رفعت رأسها لأبو شوال:

ـ ألن تنضم إلينا يا صاحب الدعاء المستجاب؟

فابتسم لها وقال:

ـ ولِمَ لا؟!

ثم قعد والتقط حبات قليلة من الأرز بأصابعه الثلاث ووضعها في فمه ثم حمد الله، ليُفتح باب البيت مرة أخرى وتُناول السيدة نجفة ثلاث زجاجات من الماء البارد وزجاجة كبيره من الشربات الأحمر وأكوابًا فارغة. شربت نجفة وزيان وقال أبو شوال:

ـ هل لكم من طلبات أخرى؟

فردت نجفة:

ـ ولِمَ لا أدخل إلى أم العروس وأقدم لها رقصة مجانية تعبيرًا عن امتناننا لكرمهم؟

ابتسم أبو شوال وقال:

ـ إن كان خلف الباب أم لعروس وفرح فافعلي ذلك.

لم تفهم نجفة معنى كلام أبو شوال، وأخذت تطرق الباب بعنف من دون أن يجيبها أحد، ومر طفل صغير بها وقال لها مدهوشًا:

ـ على من تطرقين الباب؟ هذا البيت غادره أهله.

ثم تركها وجرى، قبل أن تنظر برعب إلى أبو شوال. كان سبقهما وواصل طريقه فلم تجد بُدًّا هي وزيان من محاولة اللحاق به، وهي تُتمتم:

ـ مَن هذا العفريت الذي نسير خلفه؟

* * *

صار الحاكم أمجد مرتابًا قلقًا لا يغشاه النوم إلا لحظات قليلة، ليفيق بعدها صارخًا من كابوس يرى فيه نيرة ونور يُقطعانه إربًا. كان يُبدل حراسه كل يوم، وكان آخر حراسه هو الشاب راشد الذي لم يبتسم قَطُّ، وهو شاب صلب ضخم لم يتجاوز السابعة عشرة بعد، بوجه يبدو أنه وجه صنم وليس وجه إنسان، لم يكن لاجئًا قُحًّا، فأبوه من أثرياء دولة اللاجئين ولكن أمه وافدة تدعى إجلال، وكانت شهرتها جلاجل في سابق عهدها، حين رآها شفيق اللاجئ تغني في إحدى الحانات، وقال لها بصوت عالٍ: «أَزِنُكِ ذهبًا وترحلين معي. إن قبلتِ فلا تُغنِّي بعد كلامي». وبالفعل رحلت معه. لم يكذب شفيق عليها ووزنها ذهبًا بالفعل، ولم يكن قد أنجب من قبل، تزوج بثلاث سيدات قبلها ولم ينجب، حتى التقته تلك العجوز في الشارع ذات مساء وقالت:

ـ يا شفيق، تزوج بالمصرية حسنة الصوت وستُرزق بولد لن يكون لقصته مثيل.

ارتبك الرجل وسألها في خوف وفضول:

ـ ولد؟ وهل ستكون قصته قصة خير أم شر؟

فنهرته العجوز وقالت:

ـ ما لك بمصير لن تشهده! اغرب عن وجهي أيها الفضولي.

أحب شفيق جلاجل حُبًّا جمًّا، ورُزق بالفعل منها براشد الذي لم يبتسم قَطُّ. لم يتوقع شفيق أن ينضم ذلك الشاب الثري إلى حرس الحاكم، كان يتوقع أن يكون الفتى تاجرًا في الذهب كأبيه، لكن الفتى خالف كل ذلك وانضم إلى حرس الحاكم، وزاده زيه العسكري مع

وجهه الذي لا يبتسم مهابة، لم يكن فقط لا يبتسم لكنه لا يبكي أيضًا، فقط ينظر في صمت، ولا تقرأ فرحًا ولا حُزنًا على وجهه. مات شفيق ذات ليلة فجأة وهو لم يتجاوز الثانية والخمسين من عمره، وهو يطلب من جلاجل أن تغني له، فقالت:

ـ كبرتُ وصار صوتي بلا حُسن.

فابتسم وقال:

ـ بل أنتِ الحُسن كله. غني لي يا جلاجل تلك الأغنية التي كنتِ تغنينها في الحانة يوم رأيتك.

علا صوت جلاجل صادحًا:

نظرة عينيك إنت، سحرتني من إمتى؟
بانده عليك إنت، وأشتاق إليك إنت
والدنيا إيه؟ إنت، والحب إيه؟ إنت
وأتمنى إيه؟ إنت، وأحلم بإيه؟ إنت
نظرة عينيك إنت، سحرتني من إمتى؟

ومات شفيق سعيدًا وهو يقول لها بحب:

ـ الله الله الله.

لم يبكِ راشد ليلة موت أبيه، ولم يبكِ ليلة موت أمه جلاجل أيضًا، التي ماتت أمام مرآتها. كانت مرت سنوات على موت شفيق حينما بدأت جلاجل تختلط عليها الأمور، وتحدث راشد بأمور لا يفهمها رغم أنها ما زالت في الخامسة والأربعين من عمرها. صارت تسأله:

ـ متى سأعود إلى الحانة؟ أين الذهب الذي وزنه شفيق ليحصل

عليَّ؟ ولماذا لم يعد شفيق يطلب مني أن أغني له ثانيةً؟ هل صار صوتي قبيحًا؟

وكان راشد لا يرد، فقط ينظر إليها. وحين دخل عليها ذات ليلة وجدها أمام المرآة تتزين، التفتت نحوه وقالت:

ـ هل هناك أجمل من جلاجل يا راشد؟

هز رأسه بالنفي، فابتسمت أكثر وقالت:

ـ هكذا أيضًا قال لي زيان.

سألها راشد:

ـ زيان من؟

ردت ببساطة الأطفال:

ـ زيان حبيبي. دفع لي شفيق وزن جسمي ذهبًا وحملني إلى هنا، من دون أن يعلم أن هذا الوزن كان يحتوي على بضعة جرامات كانت تحب زيان. إنه قلبي يا فتى. حمل شفيق جسدي وقلبي ما زال ينبض لزيان، انظر إنه ينبض.

وأشارت إلى قلبها وصمتت للأبد.

كانت لحظة ثقيلة على قلب وعقل راشد الشاب، الذي أصابه اليتم وهو في مقتبل عمره، ولكنه لم يبكِ ولم يذرف دمعة واحدة. وحين تعجب قائد الحرس من عودته إلى ثكنته بعد دفن أمه، وسأله:

ـ أهذا يوم تأتي فيه إلى العمل؟ لمَ لم تقضِ اليوم في بيتك؟

رد ببرود:

ـ في بيتي مع من؟ أنا أحب العمل أكثر من أي شيء يا سيدي.

الفصل الخامس

ابن الأُمَّين

(١)

تحت ظل شجرة وَلدت رمانة طفلها. هذا ما حدث بالضبط.

خرجت رمانة وهي في أيام حملها الأخيرة لأجل ملء دلوها من البئر المجاورة للشجرة، وهناك جاءها المخاض فقعدت وظلت تصرخ والناس يتجمهرون حولها قادمين من البيوت القريبة، وهرولت نجية إليها وأمرت الرجال والأولاد أن يبتعدوا، وظلت تساعد رمانة حتى خرج الطفل باكيًا، فرفعته نجية إلى أعلى ورأته رمانة كأنه يطير في الهواء أمام عينيها، فانسابت دموعها من الإرهاق والفرحة. وقطعت نجية الحبل السُّري الرابط بينهما ولفَّته في طرحتها وهي تسمي وتقول:

ـ ما اسمه يا رمانة؟

فردت رمانة بصوت واهن:

ـ إبراهيم.

سندت النسوة رمانة وعُدن بها إلى بيتها القريب وهن يباركن ويزغردن، وفي وسط ساحة البيت قعدت نجية وسط النساء تتأمل إبراهيم وتقربه من صدر رمانة ليرتوي من لبن السرسوب.

قالت إحداهن لرمانة:

ـ متى يعود عامر ليفرح؟

ردت رمانة:

ـ كان كل زيارة يسألني: «متى يا رمانة؟»، فأقول له: «سيأتي في وقته يا أبا إبراهيم».

تضحك النسوة وتمسك إحداهن بدجاجة تجري وتقول:

ـ هذه غداء الوالدة اليوم وكل يوم يا أم إبراهيم، حتى يمر الأربعون يومًا وتستردين عافيتكِ. لقد أكل إبراهيم نصف أكلكِ وهو في بطنكِ.

يعطس إبراهيم في حضن رمانة فتضحك النسوة بصوت أعلى. اقتربت نجية من رمانة لتحمل عنها إبراهيم الذي راح في النوم، وهمست في أذنها:

ـ أين ألقي بخَلاصه؟

فردت رمانة هامسة:

ـ ادفنيه تحت الشجرة.

هزت نجية رأسها من دون أن تفهم بقية النسوة ما دار، ثم رفعت صوتها عاليًا:

ـ وهْبتي «طرحة» يا أم إبراهيم، لكنني هذه المرة لن أقبل بأقل من جلباب يوم طهوره.

ضحكت النسوة وحملت نجية الطفل لتنيمه على الكنبة المجاورة، وكانت رمانة نفسها بدأت تُغمض عينيها في إغفاءة قصيرة، والنساء ينشغلن بالحديث حين اختفت نجية والطفل من بينهن فجأة.

أفاقت رمانة على سؤال إحداهن ببراءة:

ـ أين إبراهيم ونجية؟

كان ذلك السؤال العادي بداية مأساة رمانة، سنوات طويلة وهي تبحث عن وليدها وعن نجية من دون أثر، صارت حكاية القرية الوحيدة حتى مل الناس، ولم يصدق عامر عندما عاد ما جرى، وأخذ يحدق طويلًا إلى وجه رمانة قبل أن يقلب القرية ويفتشها بيتًا بيتًا، حتى أوقفه أحدهم مانعًا إياه من إكمال فعل ذلك وهو يقول:

ـ ثلاثة أشهر مرت وتريد أن تجد نجية وابنك في بيوتنا؟ لقد فعلَتها وفرت، فوفر جهدك وطاقتك لإنجاب طفل جديد وانسَ الأمر.

كانت كلمات قاسية لكنها جعلت عامر يفيق ويحاول أن يبدأ من جديد، وبالفعل توقف تمامًا عن تكرار فعل السفر للعمل في شمال مصر، وفتح كُشكًا بجوار الشجرة واقترب من رمانة هامسًا ذات ليلة:

ـ لنصنع غيره الآن يا رمانة.

فحملقت فيه وقالت:

ـ كان قطعة منك، رأيته في يد نجية وهي ترفعه إلى أعلى كأنه يطير في السماء.

وَلَّدت نجية الكثيرات قبل ذلك. كانت تقول: «أهم شيء أن أنجد الروح، أنا أسحب روحًا من روح فيعيش الاثنان وأجري عند الله».

لم تكن تأخذ أجرًا، وكانت دائمًا ما تمنح طرحتها هدية لتلف

بها المولود، لكنها في هذا اليوم أحبت إبراهيم، ما إن أخرجتْه طريًّا يتلوى ويبكي من رحم رمانة ورفعته إلى أعلى حتى أيقنت أن هذا المولود لها. لم تتزوج ولم تنجب وها هي تخطو في عامها السابع والأربعين، كانت نحيلة وقوية ولا تغري الرجال، وزادهم فقرها نفورًا رغم جمال عينيها الواسعتين وعفة نفسها الشديدة، لا تقبل مالًا من أحد حتى لو قدمت خدمة في مقابله، تكتفي بقطعة أرض صغيرة لا تتجاوز قيراطين، وجاموسة تمنحها عِجلًا كل سنة، نعم، عِجلًا ذكرًا، لم تأتِ جاموستها إلا بالذكور. وكانت الأرض والجاموسة وعزة نفس نجية كافية لاستمرار حياتها في عزة وكرامة. كانت محبوبة من الجميع، فالنفوس تميل دائمًا إلى الذي لا يطلب شيئًا من أحد. تركت الجاموسة والأرض وحملت إبراهيم وجرت به بأقصى سرعتها إلى خارج القرية، تخلت عن عِزة نفسها لأجله وشحذت لخاطره اللبن واللقمة من قرية بعد قرية، حتى استقر بها المقام بجوار سور حديقة لرجل ثري، أمسك بها رجاله وهي تتسلق لقطف ثمرة من ثمار حديقته. رق لحالها ومنحها غرفة صغيرة ملحقة بداره الوسيعة وتولى أمرها وأمر الطفل، حتى صار صبيًّا نابهًا، فأدخله المدرسة، وتفوق ابن نجية؛ كما كانوا يطلقون عليه، تفوقًا باهرًا، فقرر الغني أن يرسله إلى القاهرة ليكمل تعليمه. وبكت نجية بكاءً مريرًا ثم سلمت أمرها لله ووافقت. في القاهرة تعلم إبراهيم الطب وصار طبيبًا ذا صيت، حتى إنه صار طبيب الحاكم الخاص، أرسل إليه الرجل الغني خطابًا ليعود حتى تراه نجية، عاد بلهفة ووجدها تحتضر، صارحته بخطئها الوحيد في هذه الدنيا وماتت. دارت الأرض من تحته وهو يبكي أمه

التي لم تلده، وصار في حيرة من أمره، هل يعود إلى القاهرة ويكمل حياته كما رسمت؟ أم يعود إلى قريته القديمة ليلتقي بأم فارقها يوم ولادته؟ حسم أمره، وفي غروب الشمس كانت رمانة وعامر يتسامران، فضحكت ثم دمعت عيناها. أشارت شريفة وحنان إليها وقالتا في نفس واحد:

ـ هذا طبع رمانة، إذا ضحكت تذكرت إبراهيم، فتصير ضحكتها بكاء.

ربت عامر على كتفها فمسحت دموعها وابتسمت وقالت:

ـ غصب.

كان إبراهيم مُقبلًا من عند الشجرة التي وُلد تحتها باتجاه بيت رمانة كما أشار له أحدهم، كانت لحظة لا توصف بالتأكيد، من الصعب جدًّا أن تصف لحظة انطلاق رمانة إلى صدر ذلك الشاب لترتمي فيه بعد أن حكى للأسرة المدهوشة حكايته، كانت تشم في صدره رائحة لم تعد موجودة، وكانت تريد أن تشرب من ملامحه صورة تشبه تلك الصورة التي كان عليها بين يدَي نجية وهي ترفعه إلى أعلى. «ثلاث ليالٍ من الجنة يا إبراهيم»، هكذا كانت كلماتها وهي تودعه بعد ثلاث ليالٍ قضاها معهم. احتضنه عامر عند الشجرة بقوة وقال:

ـ أنا أب لرجل الآن.

* * *

بجوار سرير الحاكم وهو يتابع حالته الصحية، سأله الحاكم:

ـ أين غبت عنا تلك الأيام يا إبراهيم؟

رد إبراهيم مبتسمًا حزينًا:

ـ ماتت أمي يا سيدي وقابلت أمي الحقيقية.

ضحك الحاكم العجوز، وحكى إبراهيم حكايته بالكامل، فظهرت الدهشة على وجه الحاكم وقال:

ـ يا لها من حكاية يا إبراهيم! لكنها بالتأكيد لن تكون أكثر عجبًا مما أريده منك.

نظر إبراهيم إلى الحاكم في توتر وهمس:

ـ إرادتكم أمر يا سيدي.

فأشار الحاكم له أن يقترب وهمس:

ـ رصدنا وجود شيء ضخم في البحر قبالة شاطئنا، شيء غامض وضخم وأسود. وقال العامة في الأسواق إنها الراصدة، ونسبوا إليها أمورًا عجيبة، وأن الجن يسكنها، وأنها تنتظر اللحظة التي ستنقض فيها على البلاد وتلتهم العباد، ولكن الحقيقة غير ذلك، فقد أرسلت إلينا الراصدة برسالة من البحر إلى الشاطئ في صندوق لا ندري كيف أوصلوه إلينا، وفي داخل هذا الصندوق رسالة، يطلبون فيها مني أن أُرسل إليهم طبيبًا نابهًا لتعرُّض أحد رجالهم لمرض لم يصفوه في الرسالة، ولا يجدون لديهم من يتولى تلك المهمة، فوجدتها فرصة يا إبراهيم، قد تدخل ذلك المكان الغامض وتقيم عندهم مدة من الزمن وتعود إليَّ بالكافي من المعلومات.

كان وقع الأمر على إبراهيم شديدًا، لكنه لا يملك إلا الطاعة.

(٢)

ـ ماذا جرى لنا يا نور؟ أنا لا أفهم شيئًا، كيف تحولت قلوبنا إلى كُتل من نار؟ أي حرب مجنونة تلك التي يقف فيها الأخ أمام أخيه، والفتى أمام خاله، والأخت في وجه شقيقها؟ أجبني يا ابن أختي فأنا أكاد أُجن. أي فكرة شيطانية دفعتك للتحرك ضد أمجد؟

هكذا صرخ بدر الدين في وجه نور وهو يبكي بعد أن اختلى به في خيمته. ربت نور على كتف خاله مهدئًا، وأجاب بنبرة حنون:

ـ إنه القدر يا خالي ينسج نسيجه المحكم، وما نحن إلا خيوط ذلك النسيج. بدأ الأمر في صورة نظرة حب بين نيرة والرياحي، وبين بدر الدين والحُسن الساري، وحُرِم أمجد من الإنجاب، ومنحك حور ومنحني لأبي وأمي، ثارت ضغينة خالي الحاكم، وفرَّق بيني وبين حور، وهربت حور بمخاوفها إلى قبر جدتها حورة، وأنت سمحت لها بذلك حين توجس قلبك من أخيك خيفة، أما أنا فوجدتني في تونس وحيدًا، أقاوم القتل كل ليلة.

همس بدر:

ـ القتل؟!

هز رأسه نور موافقًا:

ـ نعم، محاولات للقتل تُعد فلا تُحصى، لا تمر أيام إلا وأنجو من طعام مسموم أو سهم طائش، كنت أنجو بأعجوبة أيضًا، كأن القدر يريد أن تكتمل القصة وفق إرادته وليس وفقًا لنيَّات

وخطط الحاكم أمجد. في كل مرة كنت أنجو فيها من القتل وأعلم أن تلك السهام المسمومة أتت طائرة من وتر قوس شدته يد خالي من دولة اللاجئين إلى قلبي في تونس، في كل مرة أتتبع فيها الخيط وأصل إلى طباخ مأجور أو حارس خائن، وكلما استنطقتهم غمغموا باسم الحاكم. لساني لم يبُح بالأمر لأحد، حتى نيرة، لم أشأ أن أُلوث مجرى الدم بين قلبها وقلب شقيقها. وفي ليلة معلومة كان الحُلم الذي غيَّر كل شيء.

نظر إليه بدر الدين الحزين متسائلًا:

ـ أي حلم؟

قال نور:

ـ رأيت فيما يرى النائم نفسي أجلس على عرش كبير وإلى جواري حور، وأمامنا جموع من اللاجئين مستبشرين مهللين، ثم دخل خالي أمجد غاضبًا وأخذ يحملق فينا كثيرًا قبل أن يسألني: «أهذا حكمك أم حكم القدر؟»، ووضع سكينه على رقبتي وأخذ ينحرني بلا جدوى، فالسكين يتحرك على رقبتي من دون أن يؤذيني، ثم تراخت يده في يأس وهو يصرخ: «ماذا أفعل؟ ماذا أفعل؟». فابتسمت حور وقالت: «إذا خرج نور من تونس، وأقام خيمته كلاجئ، أتاه النصر من كل فج عميق، وانضمت إلى جيشه الطيور، كان له الحكم وكان أمر الله قدرًا مقدورًا».

استيقظت والسكين على رقبتي وقاتل أجير تمامًا مثل الحلم، يحاول أن يذبحني من دون جدوى، وأنا أنظر إليه حتى تراخت يداه في يأس ووقع السكين من يده في رعب، فأمسكت بالسكين

في هدوء واقتربت منه وسألته بنبرة هادئة: «ألم ييأس من أرسلك مني؟»، فهز رأسه في رعب وفر هاربًا ولم أتبعه، لكنني قررت أن أُنفذ ما قالته حور في الحلم، وودعت أبي وصحبت المخلصين من رجالي ونصبت خيمتي وأرسلت إلى الحاكم أمجد رسالتي.

كان بدر الدين مذهولًا مما يسمع، لا يجد الكلام المناسب للرد، مستجمعًا لقواه حتى استطاع في النهاية أن ينطق:

ـ وكان أمر الله قدرًا مقدورًا، اللهم سلم، سلم.

* * *

هتفت حور بقلب مُلتاع:

ـ نور وعمتي وأبي في كفة وعمي الحاكم أمجد في كفة! أي حرب تلك يا مولانا؟

نظر صفي الدين إلى السماء وقال:

ـ هكذا صدرَ الأمر يا فتاتي.

سألت حور:

ـ وما القادم؟ إنني لا أكاد أتمالك نفسي.

رد صفي الدين في هدوء لا يخلو من ألم:

ـ القوة لدى الحاكم أمجد أكبر، فهو يملك العدة والعتاد وفوقها ذلك الوقود من الغل الذي يكفي أن يُحرق به كل شيء.

ارتعدت حور وقالت في تشاؤم:

ـ إذن أنا على وشك فَقْد أبي وحبيبي وعمتي؟

هز صفي الدين رأسه وقال:

ـ ليست دائمًا الأمور كما نراها، لكن دائمًا توجد حقيقة تراها

السماء يا فتاتي. توجد نظرة من أعلى تعلم كل شيء وتحرك كل شيء.

انتحبت حور وقالت:

ـ أتحدثُ تلك المذبحة وأنا هنا وحيدة في غابة بعيدة!

مسح الشيخ صفي الدين دموعها وسألها:

ـ لمَ لم تسألي نفسكِ يا حور ما الذي أتى بصفي الدين إلى هنا؟

نظرت إليه من خلال دموعها وقالت:

ـ ما الذي أتى بك يا مولانا؟

ابتسم مشجعًا:

ـ كي نخوض معركتنا يا حور.

سألت في براءة:

ـ وماذا نملك في تلك المعركة؟

أجابها وهو ينظر إلى عينيها مباشرةً:

ـ نملك الكثير يا ابنتي. نملك الكثير جدًّا. لكنني لا أستطيع أن أبدأ حتى تأتي الإشارة.

هتفت:

ـ أي إشارة؟

قال:

ـ مكتوب أن يلتقي الحبيبان أولًا عند قبر العجيبة، وتبدأ بعدها الحرب الرهيبة.

* * *

لم يكن نور في خيمته حين دخلت نيرة الخيمة بصحبة بدر الدين

ليراجعا الخطة قبل مقدم جيش أمجد. امتقع وجه نيرة وساور القلق بدر الدين وتبادلا النظرات، وقالت نيرة:

ـ أهذا وقت يغيب فيه القائد عن ساحة المعركة؟

رد بدر الدين مرتبكًا:

ـ الغائب حجته معه. لعله يأتي سريعًا.

قالت في حسم:

ـ لن أنتظر أحدًا. سنقود جيشًا ونواجه أمجد وجيوشه يا بدر الدين. لن أنتظر أو أتردد حتى لو هاجمتُه وحدي.

دُهِش بدر الدين من كلامها وقال:

ـ تتحدثين بلا خوف على وحيدكِ كأنكِ تعرفين أين هو الآن!

قالت:

ـ أعلم أنه لم يُقتل ولم يخطفه أحد، ولكن أمرًا ما دفعه للخروج، وتركْنا في ذلك الوقت لا يجعلني أخاف عليه ولا أحزن، ليفعل ما يشاء.

أيقن بدر الدين أنها تخفي شيئًا وأنها تعرف مكان نور، وزاد شكه وارتيابه، لكنه تحلى بالصمت حتى لا يثير حفيظتها أكثر.

* * *

وعلى الحدود احتشد الجيشان، كلٌّ في مواجهة الآخر، وبدا جيش الحاكم أمجد كثيفًا مجهزًا يتجاوز العشرين ألفًا، فضلًا عن المعدات العسكرية المتطورة. وبدا جيش نور ونيرة وبدر الدين هو الأقل عددًا (لا يتجاوز الخمسة آلاف) وهو الأقل تجهيزًا وتسليحًا، وعلى رأس جيش دولة اللاجئين وقف الحاكم أمجد ساخرًا:

ـ أي حرب يا أختي تقودينها؟ وأين ابنكِ لا أراه؟ هل هرب من ساحة القتال وجعل امرأة تقود الحرب بدلًا منه؟ ما هذه الهزيمة التي وقعت بكم قبل أن ترفعوا سلاحكم؟ يا نيرة، لا تقفي في وجه أخيكِ وسيدكِ، ألقي يا ابنة أمي وأبي سلاحكِ واركعي في أدب وطاعة. وأنت يا بدر الدين، أي قلب جديد استعرته حتى تقف أمامي هكذا؟ عهدتك جبانًا لا صبر لك ولا جلد!

كان صوته يتردد صداه وهو يقف متصدرًا جيشه في مشهد مهيب.

وظهر في كبد السماء طائر ضخم ينقضُّ باتجاه الجيوش، طائر في حجم خمسة نسور، يقف فوقه نور صارخًا في قوة تثير الرعب في النفوس:

ـ لا تغرك قوتك يا أمجد، فأنت من بدأ بالغدر ومن غدر هو المهزوم مهما امتلك من قوة. إنك لا تحارب جيشًا أقل منك عددًا وعدة، لا، أنت باطل يحارب حقًّا، ووَهْم يحارب حقيقة، وتعيس يحارب قدره ومصيره.

ليستقر الطائر بين الجيشين ويهبط من فوقه نور ويسدد نظرته النارية إلى أمجد الذي تربكه المفاجأة قليلًا، ونيرة تدرك بذكائها أن ما توقعته قد حدث، وتدرك أين غاب نور ومن أين عاد.

ويسود الصمت ويرفع الحاكم أمجد يده إلى أعلى إشارة ببدء الحرب، وينطلق جيشه وتكون أسلحته الحديثة الفتاكة على أُهْبة الانطلاق والتدمير، ليعم فجأة السماءَ ظلامٌ يغشى العيون، ويرفع الجميع رأسه إلى أعلى لنجد طيورًا تسد عين الشمس وتمنع الضوء

عن ساحة المعركة، طيورًا من كل صنف ونوع، تتقدمها ثلاثة نسور يحمل أحدها حور، ويحمل الثاني الشيخ صفي الدين، والثالث يحمل الشيوخ الثلاثة؛ الأعمى الذي صار بصيرًا، والكسيح الذي صار متحركًا، والأبكم الذي صار متحدثًا. وتفتح الطيور مناقيرها وتهتف بصوت واحد موحد:

ـ إنما على الباغي تدور الدوائر، ولا يحمي القدر غدارًا ولا فاجرًا.

لتنهال الصواعق في صورة أحجار مُسوَّمة تُلقي بها الطيور وتقذفها قذفًا من بين أقدامها، وتحول جيش أمجد إلى هشيم مشتعل، ثم تعود الطيور من حيث جاءت وتنقشع السماء، وعلى الأرض يقف في زهو وانتصار الشيخ صفي الدين وحور والشيوخ الثلاثة ونور ونيرة وبدر الدين، الذي أخذ ابنته في حضنه وسالت دموعه، في حين انطلقت نيرة في جنون تبحث عن جثة أخيها وسط الجثث المشتعلة، حتى إذا عثرت عليها ركعت على ركبتيها واحتضنت جثمان أخيها الذي تحول بين يديها إلى رماد ساخن، وصرخت في لوعة اهتزت لها ساحة القتال وقالت ملتاعة مكلومة:

ـ آااااه يا أمجد! لم أكن أريد لك أن تموت هكذا قَطُّ، لم أكن أريد.

وانهمرت دموعها وعلا نشيجها واهتز جسدها في بكاء مرير.

في حين وقف نور وحور وبدر الدين وصفي الدين والشيوخ الثلاثة في صمت وإجلال.

* * *

في الليلة السابقة كان نور في خيمته قد استبد به الشوق،

وكانت حور في غابتها قد علمت من الشيخ صفي الدين أن شيئًا لن يحدث، وأن حربًا لن ينتصر فيها حبيبها إلا إذا تحقق الأمر الذي كُتب منذ القدم، وهو أن يلتقي الأحباب عند قبر الجدة. وكانت المسافة بينهما أكبر من أن تُقطع في ليلة، فأمر الشيخ صفي الدين الشيوخ الثلاثة، الذين كان أحدهم أعمى والثاني كسيحًا والثالث أبكم، أن يقف كل واحد منهم على مدخل من مداخل الغابة ويدعوا أن يقترب البعيد، في حين ظل هو بجوار قبر حورة يدعو، وما إن شرع الشيخ الذي كان أعمى في الدعاء حتى خطا نور من خيمته خطوة فاجتاز بها واديًا، فرفع الشيخ الذي كان كسيحًا يديه ودعا، فخطا نور خطوة اجتاز بها جبلًا من نحاس، فرفع الشيخ صفي الدين يديه بالدعاء، فخطا نور خطوة اجتاز بها نهرًا من أفاعٍ. وتنهدت حور تنهيدة شوق واحدة، فكان نور عند قبر جدتها، وكانت هي إلى جواره تبتسم.

(٣)

ذاع صيت رماح وامتلأت حديقة الفندق بالجمهور، وضاقت الحديقة بالأعداد المتزايدة، وانهالت عليه العروض من أماكن أخرى، وانتقل إلى فندق أكثر اتساعًا وأناقة، وانضمت إلى حكاياته فرقة موسيقية تعزف، وعلت صيحات جمهوره من الرجال والنساء طالبين إعادة مقطع بعينه أو استرجاع قصة بعينها، وانحاز بعض

الجمهور إلى قصة من دون البعض، فصار هناك من ينحاز ويطلب قصة العمالقة في مصر، ومن ينحاز أكثر ويطلب قصة العمالقة في تونس، وآخرون ينحازون لقصة عملاق المغرب، وأحيانًا كان يحدث بعض المناوشات والشغب، يقاومه رماح بالصمت التام هو وفرقته، حتى يشعر المتشاجرون بالندم ويعود الهدوء، ويبدأ رماح في الحكي وهو يقترب ليلة بعد ليلة من تحقيق حلمه، ويقترب خطوة من الزواج بصفا. حتى كانت الليلة التي أنهى فيها الحكي وامتلأ أكثر من خمسة صناديق بالنقود، حمل منها ثلاثة إلى غرفته واثنين إلى إدارة الفندق طبقًا لتعاقده الجديد. وحين دخل غرفته المتسعة وأغلق الباب، إذا به يجد امرأة فاتنة تجلس على فراشه في كامل زينتها، وتبتسم له وتقول:

ـ سحرتني يا حكَّاء.

تراجع رماح إلى الخلف في ارتباك وخوف من هول المفاجأة، ولم يدرِ ماذا يفعل أمام هذا الجمال الأنثوي الثلاثيني المكشوف الفاتن المثير، وأخذ يردد بريق جاف:

ـ من أنتِ يا سيدتي؟ وكيف دخلتِ غرفتي؟

فما كان منها إلا أن مالت إلى الخلف في دلال، وسحبت وسادة الفراش واتكأت عليها وهي ترد ضاحكة:

ـ أنا لهب. هكذا سمَّوني.

وأطلقت ضحكة ممطوطة ماجنة جعلته يهتز في مكانه، وأكملت:

ـ وما أدخلني هذه الغرفة إلا فتنتي بك وبحكاياتك يا سيدي.

التصق رماح بباب الغرفة المغلق لا يدري هل يفتحه ويهرب

أم يأمرها بالخروج، أم يقعد إلى جوارها ويدير حديثًا ممتعًا مع هذا السحر الذي يموج على فراشه ويشتعل. وظل على حاله مُلازمًا الباب لا يتحرك ولا ينطق، وإذا بها تقف وتتجه إليه وتنزع عمامته وبعدها طربوشه المغربي، وتسحبه إلى الفراش هامسة:

- أتترك أيها الحكَّاء لهب هكذا من دون أن تُطفئ لهيبها؟

فانتفض رماح قائلًا بصوت متحشرج:

- لكنني يا لهب أُحب وعلى وشك الزواج.

فضحكت حتى اهتزت أركان رماح، وقالت:

- ألا يحتاج العريس إلى تدريب؟

فتراجع متمسكًا بآخر آمال الحب الذي يسكن قلبه معتذرًا:

- لا يحركني إلا قلبي يا لهب. ولو غلبني لهيبكِ لصرت جسدًا بلا قلب.

تأملته لهب وقالت:

- ألا أعجبك يا هذا؟

رد في ذكاء:

- وهذا ما يجعلني أتردد أكثر يا لهب.

تراجعت لهب وقعدت على فراشه وقالت:

- لا بأس. سأبيت إلى جوارك ساهرة، وتحكي لي ما لم تحكِه لغيري من حكاياتك، فالحكايات تثير داخلي نشوة كبرى.

أدرك رماح أنه لا فِكاك، وسحب كرسيًّا بجوار الفراش وقال:

- سأحكي، وإذا أعجبتكِ الحكاية؟

ردت مبتسمة:

- إذا أعجبتني الحكاية فسأتركك وشأنك، وإذا لم تعجبني فلن أتركك وشأنك.

كان اختبارًا صعبًا على رماح، لكنه حاول أن يستجمع شتات نفسه وأغمض عينيه عدة ثوانٍ، ثم فتحهما وشرع في الحكي وقال:

- حين طارت حورة ذات نهار في السماء تبحث عن مكان تضع فيه بيضتها الأولى، كانت تمر فوق البلاد وهي تحدث نفسها: «أي مكان يصلح لكِ يا حورة ولأبنائكِ من بعدكِ حتى تحُطي فيه؟». وكانت هناك بلاد ذات جبال سوداء، يسكنها بشر متوحشون، لا يعرفون شيئًا عن الحضارة، يسكنون الكهوف ويعيشون على الصيد والقنص، ويسكن كبيرهم قمة الجبل الأحمر الذي يُعرف بجبل الرهبة. ومن كوخ جبل الرهبة شاهد كبيرهم حورة وهي تُحلق، وأمر بإطلاق السهام والرماح، وظلت السهام والرماح تطيش من حول حورة وهي تحاول الهرب وتطير على مسافات منخفضة، حتى أوقعها هؤلاء المتوحشون في شبكة كبيرة، وما إن وقعت حتى علا التهليل والصراخ، وأقبل كبيرهم يتأمل هذا المخلوق الضخم الذي له رأس امرأة فاتنة وجسم طائر ضخم. فرحت الجموع الهمجية بالصيد الثمين، وظنوا أنهم سيفوزون بوجبة طعام دسمة، ولكن كبيرهم الذي فتنته حورة رفع يده فصمت الجميع، وأمر برفع الشبكة واقترب من حورة بجسده الضخم وقال: «من أنتِ؟». وهاله أن ردت عليه وقالت: «أنا حورة». تراجع الجميع لدى اكتشافه أن ذلك المخلوق يتكلم. وقال كبيرهم في دهشة:

«ومن حورة؟». ابتسمت حورة له وقالت: «أنا مِن خلق الله، وكنت أطير وأبحث عن مكان مناسب أضع فيه بيضتي حتى اصطادتني شبكتكم تلك، فاتركني كي أُكمل رحلتي». فقال لها كبيرهم وكان يُدعى بيطار: «إن هؤلاء ينتظرون أن آمر بذبحكِ حتى تصيري لأعيانهم وليمة». فابتسمت له حورة وقالت: «لن تفعل بي ذلك». فسألها مدهوشًا: «ولمَ؟». قالت: «مكتوب في عينيك أنك تحبني». فسألها هامسًا من دون أن يسمعه من حوله: «وماذا أقول لهم؟». قالت وابتسامتها لا تفارقها: «أخبرهم بما هو خير لهم مني».

فقال في فضول: «وما هو؟». ردت بصوت ودود هامس: «خلف جبالكم مرعى للغزلان، وأشجار تحمل ثمارًا لذيذة، ونبع جارٍ». سألها بريبة: «وما يدريني أنكِ صادقة؟». ابتسمت في رقة وبراءة: «حورة لا تكذب. أرسل أحدهم إلى خلف الجبل الأصفر، وهناك عند سفحه كهف فليدخله، وسيجد في الكهف بابًا آخر من الداخل يفضي إلى ممر صخري يعبره ليجد نفسه في تلك الجنة التي خبأها الله».

هز رأسه في دهشة أكبر، ونادى على أحدهم وهمس في أذنه، فانطلق الهمجي شبه العاري مُسرعًا في طاعة عجيبة. والتفت بيطار نحوها وسأل: «كم تستغرق رحلته؟». ردت: «بضع ساعات». أجابها بصوت جاف: «إذا ثبت كذبكِ فسأكون أنا أول من يتذوق لحمك الشهي».

مرت الساعات وبدأ الهمج في التململ والصراخ المكتوم،

وبدأ الشك يساور بيطار. وقبل أن تغرب الشمس كان الهمجي العاري يقبل مسرعًا وعلى كتفه غزالة مذبوحة وفي يده ثمرة كبيرة، وركع أمام بيطار وألقى بالغزالة وناوله الثمرة، وما إن تذوقها بيطار حتى طاش عقله من جمالها، والتفت إلى حورة مبتسمًا وقال: «صدقتِ يا حورة». فردت عليه مبتسمة: «وأنا صدقت وعدك يا سيدي». فأشار بيده آمرًا قومه برفع الشبكة عنها، وانحنى لها مودعًا. وطارت حورة إلى السماء الرحبة، والهمج يتابعون طيرانها، وبيطار يقضم قطعة أخرى من الثمرة وينظر بفرحة إلى الغزال المذبوح.

هتفت لهب:

ـ أهذه حكاية حدثت بالفعل، أم إنها من خيالك؟

رد رماح مبتسمًا:

ـ هذا سؤال لا يُسأل لحكَّاء.

قالت وهي تتثاءب:

ـ لا بأس بها، لكنني لم أرتوِ بعد.

وظل رماح يحكي ولهب تنتشي حتى تسرب النهار إلى الغرفة، واحمرت عينا لهب فزادت فتنتها، وقالت:

ـ ها أنا أخيرًا أنتشي بحكاياتك يا رماح، وها أنت تكسب الرهان.

نظر إليها رماح وقد صارت أمامه فتنة مكتملة، واقترب منها هامسًا وقد أنساه جمالها الناعس كل عهد:

ـ لكنكِ أكثر إثارة وجمالًا من كل حكاية، لمَ لا أحكي حكايتي التالية إلى جوارِكِ على الفراش؟

ليفاجأ بها تقف في حسم وتلقي على مفاتنها عباءتها وتنظر إليه في جدية وتقول:

ـ سحرك الأكبر كان في تمنعك وحكاياتك يا رماح، وها أنا أغادرك مُنتشية سعيدة، وداعًا أيها الكاذب الأجمل.

وبعد أن فتحت باب غرفته وغادرته وأغلقت خلفها الباب، راح رماح يفرك عينيه وهو يسأل:

ـ أكانت حقًّا هنا لهب أم إنها خيالك المشتاق يا رماح؟

وألقى نفسه على الفراش الذي ما زال يحمل دفئها وعطرها الآسر، وراح في سبات عميق.

(٤)

وما إن فتح عينيه بعد نوم بلا أحلام حتى وجد أمامه رجلين صارمين ينظران إليه بحدة وصمت. طار النوم من رأس رماح وفزع، وتراجع جالسًا في سريره وهو يردد:

ـ من أنتما؟ وكيف دخلتما إلى هنا؟

قعد أحدهما وظل الآخر واقفًا، وقال القاعد بنبرة مخيفة:

ـ حكَّاء عظيم أنت يا رماح وصاحب معجزات أيضًا.

همس رماح وقد أدرك ما حاق به من خطر:

ـ أي معجزات؟

ابتسم القاعد للواقف، وأكمل كأنما يحكي لزميله ولا ينظر إلى رماح الذي ازداد رعبًا وانكماشًا:

ـ قفز إلى البحر منتحرًا ليخرج منه حيًّا في بلاد أخرى بعيدة، أليست معجزة تلك يا سنان؟

هز سنان رأسه موافقًا من دون أن ينطق. ونظر القاعد إلى رماح وأكمل:

ـ واختفيت عن الأنظار فترة لتعود إليهم نجمًا في سماء الحكي، ينتظرك الجمهور بالمئات ليسمعوا قصصك الخلابة. هل تظن أنك نجوت من فخ الدنيا يا رماح؟

رد رماح في طفولية:

ـ أنا لم أفعل شيئًا يستحق العقاب.

قال القاعد ضاحكًا:

ـ هربت وقفزت إلى البحر قبل أن يكتمل التحقيق معك، وما زلت تحكي للناس حكاياتك، ألا ترى في كل تلك الجرائم ما يستحق العقاب؟

قفز رماح من سريره فجأة، ما جعل الرجلين يرتبكان، وأخرج القاعد سلاحه في حين تحرك سنان باتجاه رماح مُهددًا، ولكن رماح لم يأبه لهما وانحنى تحت سريره وأخرج صندوقًا صغيرًا ووضعه أمامهما لاهثًا وقال:

ـ هذا الصندوق ممتلئ بالنقود، هو لكما على أن تخرجا وتعودا من حيث أتيتما، فلم تريا رماح ولم يرَكما رماح.

هزَّ الرجل القاعد رأسه مُستحسنًا الكلام، وقال:

ـ فكرة جيدة أيها الحكَّاء. احمل يا سنان هذا الصندوق وتقدمني حتى أودع هذا الرجل الكريم.

تحرك سنان ووقف القاعد واتجه إلى رماح مبتسمًا، ثم انهال عليه بلكمات متتابعة حتى سقط رماح فاقدًا الوعي، فابتسم له الرجل وقال:

ـ إننا نأخذ كل شيء يا رماح، كل شيء، هذا هو الدرس، لا تساوم بيرم أبدًا.

عاد سنان الذي كان واقفًا بجوار باب الغرفة وناول بيرم الصندوق، ثم اتجه إلى شبَّاك الغرفة وفتح درفتيه وانحنى وحمل رماح على كتفيه وألقى به من الشبَّاك الذي كان قريبًا جدًّا من حديقة الفندق، ليستقر رماح على الحشائش الخضراء، ويغلق سنان الشبَّاك ويخرج بيرم وسنان من باب الغرفة ويُغلقانه، وفي الحديقة يحمل سنان رماح وخلفه يسير بيرم حتى يصلا إلى الشارع حيث تنتظرهما حافلة مفتوحة الأبواب، يُلقيان داخلها برماح وتنطلق مسرعة، في حين يواصل سنان وبيرم سيرهما إلى مكان آمن، وهو غرفة ضيقة خلف محطة القطار، وهناك يفتحان الصندوق ويقتسمان النقود، ويقول بيرم مُبتسمًا لسنان:

ـ القسمة العادلة لا تعني المناصفة يا سنان.

هز سنان رأسه وقال:

ـ أفهم يا سيدي.

أعطى بيرم لسنان بعض النقود واحتفظ لجيبه بالباقي، وألقى بالصندوق الفارغ على الأرض. وقبل أن يخرجا همس سنان:

- تُرى أين سيذهبون بالحكَّاء يا سيدي؟
هز بيرم رأسه بلامبالاة ولم يرد.

* * *

أفاق رماح ليجد نفسه في مكان بارد، مكان ليس ثابتًا لكنه يميل ميلًا متتابعًا، وحين اعتادت عيناه المكان أبصر في جانب أحد حوائط الغرفة المتحركة كوة صغيرة تشبه النافذة، تحرك بصعوبة شديدة حتى وصل إليها، ونظر منها ليجد مياهًا لا نهاية لها إلا زُرقة السماء، وهنا أدرك رماح أنه في قعر سفينة تُبحر به إلى المجهول.

* * *

على شاطئ البحر كان أحد الحراس يمد يده للطبيب إبراهيم كي يساعده على الصعود إلى السفينة الصغيرة، التي بدأت تتحرك به حتى وصلت إلى نقطة معينة ثم توقفت، وأقبل زورق سريع باتجاهها ومد أحد حراس الزورق يده - وكان يرتدي قناعًا - ليساعد الطبيب إبراهيم على الانتقال إلى زورقهم، وعادت السفينة من حيث أتت، في حين أكمل الزورق رحلته باتجاه الراصدة. وما إن استقرت قدَما الطبيب في الزورق حتى طلب منه الحارس ذو القناع في أدب أن يسمح له بأن يعصب عينيه لأن هذه هي الأوامر. امتثل إبراهيم ليد الحارس وهي تضع على عينيه عصابة سوداء، وأذناه تلتقطان صوت الزورق وحركة الأمواج والمصير الغامض الذي يقترب.

* * *

استقبلت جموع دولة اللاجئين في ميدانها الكبير حور ونور

بفرحة طاغية، وهتف الجميع باسميهما معًا، وخطب صفي الدين خطبة قصيرة مؤثرة، قال فيها:

ـ لا يقع في ملكه إلا ما يُريد، وهكذا أراد الله لذلك الشاب القوي الحالم، وتلك الفتاة النقية، أن يعودا إلى بلادهما منتصرين على مَن بغى وتجبر. ولأن الحكمة أحيانًا لا تأتي إلا من بعد ألم وشقاء كان علينا أن نتدبرها حتى لا يتكرر الألم والشقاء، والحكمة يا سادتي أن الغادر لا ينتصر ولو كان ذا قوة، وأن الضعيف قوي إذا امتلك قلبًا سليمًا. وها أنا أبايع سيدي نور وسيدتي حور على السمع والطاعة، وأختارهما معًا حاكمًا واحدًا بجسدين، وقلب واحد وروح واحدة في قالب واحد لحكم دولتنا؛ دولة اللاجئين، بيعة بلا انتخابات ولا تصويت، فقد انتصرت لهما السماء وعلى الأرض لهما الطاعة.

هلل الجميع وبدأت المبايعة الجماعية، ولكن نيرة رفعت صوتها فسكت الجميع، وقالت:

ـ هذا كسر لقانون دولة اللاجئين ودستورها، وما كان لنا أن نرتد لِقِيَم قديمة كنا أول من قاومها ورفضها، ولن أقبل أن نعود إلى الوراء خطوة حتى لو كان ذلك دعوة من شيخنا الجليل، وأنا أدعو الجميع للاقتراع والتصويت من أجل اختيار حاكمهم من بين متنافسين حقيقيين.

وانقسم الناس وعلا صوتهم وبدأ الهرج والمرج، فاعتلى نور المنصة وقال:

ـ أنا أحب سيدي صفي الدين وأقدِّر محبته لي ولحور، لكنني

أيضًا أرى أن السيدة نيرة أُمنا على حق، وأنا أقبل بالانتخاب تأكيدًا على قِيَم دولتنا وأعرافها، وما قطعته عبر تاريخها من تقدم وتقدير لحرية أفرادها.

ابتسمت حور لحكمة حبيبها، وتأملت نيرة ابنها في حيرة بين مشاعر الأم ومشاعر أخرى لا تفهمها، في حين همس بدر الدين قائلًا قبل أن ينصرف من الميدان:

ـ أما أنا فقد اعتزلت الأمر كله وسأعود إلى بيتي لا أغادره.

التزم الجميع الصمت، ويبدو أن كلام الشاب نور قد هدَّأ النفوس المشتعلة وأخمد فتنة في مهدها، فقبَّل صفي الدين جبينه وقال:

ـ من يرى في نفسه الكفاءة للترشح لقيادة دولة اللاجئين فليتقدم ويطلب ذلك أمام الجموع، على أن يتحدد بعد ذلك يوم للتصويت.

وتقدم إلى المنصة طالبًا الترشح من السيدة نيرة والسيد نور، ثم تقدمت حور وقالت:

ـ وأنا أعلن رغبتي في الترشح على أن أكون أنا ونور مرشحًا واحدًا لحكم البلاد، فمن أعطى صوته له فقد أعطاني إياه.

ولم يتقدم بعد ذلك أحد. وابتسم الشيخ صفي الدين وقد انتهى الأمر إلى ما يريد، لكن قبل أن يرفع يده ليصرف الجميع ظهر شبح من بعيد يسير مُقبلًا نحوهم، وتبادل الناس النظرات، وأحَدَّت نيرة البصر تجاه الشبح الذي بدأ يقترب ويزداد وضوحًا حتى ظهرت ملامحه؛ شاب طويل نحيل لا يبتسم، بوجه أحرقته الشمس وشبه عارٍ، وما إن وصل إلى بُعد عشرات الأمتار حتى وقع من التعب والإعياء، ثم

وقف مرة أخرى واقترب من نور وحور وركع أمامهما، وقال بريق جاف وصوت متحشرج:

ـ أنا راشد بن شفيق، أحد حراس الحاكم أمجد، أراد الله أن يموت جميع جيشه إلا أنا لحكمة لدى الله سبحانه، فما إن نزلت فوق رؤوسنا قنابل اللهب الصغيرة التي قذفتنا بها أرجل الطير، حتى وجدتني أطير مع اللهب وأسقط بعيدًا في قلب الصحراء، وأغوص في الرمل الناعم وتغيب الحياة في عينيَّ وتُظلم، وأسمع وقع قافلة جمال تقترب وأنا أحاول أن أصرخ من دون أن يسمع صوتي أحد، فرفعت يدي بكل ما تبقى داخلي من قوة فلمحني أحدهم وظنني عفريتًا، وحين أدركوا أنني بشري يحتضر، أخرجوني من تحت الرمال، وكان الطعام والشراب بعد الجوع والعطش، وخيموا خيامهم، وأقمنا ليلة في الصحراء قبل أن يعيدوني إلى أقرب نقطة من بلادي التي وصفتها لهم.

ابتسم صفي الدين:

ـ كتب الله لك السلامة.

فرد راشد:

ـ والأعجب من سلامتي يا مولانا ما سمعته منهم ليلة نجاتي.

سأله نور:

ـ ماذا سمعت؟

أجابه وهو يبلع ريقه:

ـ قالوا إن قبالة شواطئ مصر شيئًا غامضًا أسود يسمى الراصدة.

تمتم صفي الدين مكررًا:

ـ الراصدة!

أكمل راشد:

ـ ترصد كل شيء، وتتجسس على العباد والبلاد، وتنتظر لحظة تمحو فيها كل شيء.

ساد الصمت والوجوم. وعاد صوت راشد يكمل:

ـ وقالوا إنهم يبحثون خلف كل أثر يقود إلى حورة وأولادها، يبحثون عن الحكّاء الذي يحكي وعن الكتاب الذي كُتب ثم...

توقف راشد عن الكلام في حرج.

قالت حور بفضول وحماس:

ـ ثم ماذا؟

أكمل مُطرقًا في خوف:

ـ ثم يرسلون من يقتلونك وتنتهي قصتكم للأبد، وبعدها يبدأون في محو دولة اللاجئين كما سيفعلون بغيرها.

* * *

ليالٍ طويلة ورماح في قاع السفينة لا يُفتح باب سجنه إلا مرة كل يوم، ليوضع أمامه طبق من عسل أسود وقطعة من خبز. والتساؤلات تملأ عقله: «أي مصير يا رماح؟ هل ضاع الحلم يا رجل؟ كنت قاب قوسين من صفا وها أنت مرة أخرى تسبح بك سفينة وأنت في قعرها لا تملك من أمرك شيئًا، سوى أن تردد دعاء سيدنا يونس: «لَّآ إِلَٰهَ إِلَّآ أَنتَ سُبۡحَٰنَكَ إِنِّي كُنتُ مِنَ ٱلظَّٰلِمِينَ»».

ليفتح باب سجنه ويدخل عليه عبد الباعث:

ـ أوحشتنا يا رجل، ظنناك غرقت.

عرفه رماح وتذكر شاربه اللعين، وسأله:

ـ إلى أي مصير تذهبون بي؟

رد عبد الباعث بصدق:

ـ لا أدري، لكن غالب ظني أنه إلى الموت يا رجل.

سأل رماح:

ـ لماذا؟

أجابه:

ـ ليس شأني.

فسأل رماح مرة أخرى:

ـ ولماذا لم تقتلوني حتى الآن إذا كان هذا هو المآل في نهاية الأمر؟

أجابه عبد الباعث:

ـ لعل قبل الموت خطوة يا رماح، ربما.

هتف رماح:

ـ أستحلفك بالله، أنا أعلم أن الموت نهاية كل مخلوق، لكنني فقط أريد أن أفهم، أليس ذلك من حقي؟ أستحلفك بكل غالٍ لديك، ألسنا بشرًا يجمعنا في النهاية أب واحد وأم واحدة؟

بدا بعض من التعاطف على وجه عبد الباعث وهو ينظر إلى ذلك المسكين، وقال:

ـ في حدود علمي يا رماح أنهم يسعون لشيئين لا ثالث لهما، الأول هو الكتاب الذي يحكي تاريخ تلك البلاد، والثاني هو أنت.

هتف رماح:

ـ ولماذا أنا؟ من يكون رماح هذا حتى يكون ذلك هو عقابه؟ أي أهمية لرماح؟

ابتسم عبد الباعث وقال:

ـ سألت ذات مرة من هو أعلى مني رتبةً ومقامًا هذا السؤال، وقلت له: «ولِمَ كل هذا؟ لماذا أنتم مهتمون بذلك الرجل وتريدون إنهاء حياته؟»، فأجابني إجابة لم أفهمها.

ساد الصمت وقتل الفضول واليأس رماح وقال مُستنجدًا:

ـ ماذا كانت إجابته؟

هز عبد الباعث رأسه وقال:

ـ سأحاول أن أتذكر إجابته الغامضة حرفيًّا.

أغمض عبد الباعث عينيه مُتذكرًا، ثم فتحهما وقال:

ـ نعم تذكرت. قال لي إن رماح هو الحكاية التي يجب أن ينساها الناس، هو القصة التي إذا اختفت من الوجود صار الناس بلا قصة، والناس الذين لا قصة لهم لا قوة ولا وجود لهم. هل فهمت شيئًا؟

امتلأ وجه رماح بالرعب، ونظر إليه عبد الباعث في دهشة وقال:

ـ يبدو أنك فهمت ما لم أفهمه. سأجعلهم يحضرون لك اليوم طعامًا مختلفًا؛ لا بد من أنك قد مللت العسل الأسود والخبز، سأرسل إليك بعض اللحم والأرز لتنتعش قليلًا فقد اقترب موعد الوصول.

وترك عبد الباعث رماح غارقًا في يأسه وقلقه، وخرج وساد الظلام كل ركن من أركان رماح.

* * *

ممرات طويلة سار فيها الطبيب إبراهيم معصوب العينين، تدله وترشده تعليمات الحارس ذي القناع ويده، حتى دخل قاعة شعر بأنها متسعة، حين قال الحارس بصوت واضح:

ـ لقد وصل الطبيب المصري.

ويرفع الحارس العصابة من فوق عينَي إبراهيم، ليظل الأمر على حاله من الظلام الدامس، ويسمع خطوات الحارس وهي تبتعد. كل شيء كان أسود حالكًا أمامه، كأنه ما زال معصوب العينين، وصوت عجيب يأتي من بعيد يقول:

ـ القدر، كم هو ساخر وعجيب!

كان الظلام يحيط بإبراهيم من كل جانب ثم بدأ ضوء خفيف يظهر في ركن بعيد من أركان الغرفة التي تبدو وفق إحساس إبراهيم مُتسعة، ومن هذا الركن البعيد أتاه الصوت اللئيم ثانية، صوت حاد مكتوم مبحوح معدني بارد، قال مُرحبًا بنبرة أثارت الرعب أكثر داخل إبراهيم:

ـ أهلًا بك في الراصدة وفي مخدع سيد الحكايات «طاكين»، أليس من الأدب أن تنحني أيها الطبيب أمامنا؟

انحنى إبراهيم انحناءة خفيفة وخفض رأسه ثم رفعه مرة أخرى وقال:

ـ أخبروني أن جلالتكم مريض، والطبيب من المعتاد أن يرى مريضه حتى يستطيع أن يعالجه.

رنت ضحكة عجيبة قصيرة في المكان، لحقها صمت قطعه صوت «طاكين» ساخرًا:

ـ كان لا بد لـ«طاكين» من أن يُرسل في طلب الطبيب، ولكن ليس أي طبيب، بل طبيب ذو مواصفات خاصة.

عاد الصمت وزاد توتر إبراهيم وفضوله، واقترب الصوت من أذنه، الصوت فقط من دون جسد صاحبه، أو شبحه فقط، صوت ساخن هامس لاهث قريب جدًّا من أذنيه يقول:

ـ إبراهيم الطبيب ذو الأُمَّين؛ رمانة ونجية.

فغر إبراهيم فاه في ذهول وهلع. كيف علم بذلك السر؟ ومن صاحب الصوت العجيب هذا؟ وماذا يريد منه؟

دار الصوت حول إبراهيم حتى استقر خلفه مباشرة وقال:

ـ عيب أن تعيش كثيرًا يا إبراهيم، وكنت مغرمًا مثلي بقراءة الحكايات وسماع الحكَّائين، فستقع تحت نظرك أو تحت سمعك حكايات عجيبة، منها مثلًا حكايات الطفل الذي خطفته دايته من صدر أمه وتربى غريبًا حتى صار طبيبًا للحاكم.

صَمْت طويل ثقيل يحل مرة أخرى، ويحاول إبراهيم أن يتنفس بنحو طبيعي، ولكن أنفاسه تكون ثقيلة جدًّا كأنه يرفع صخرة من فوق صدره ثم يعيدها مرة أخرى وهو ينتظر ذلك الصوت أن يُكمل، وبعد أن يئس من رجوع الصوت هتف في فضول وتوتر:

ـ ماذا تريد مني بالضبط يا مولاي؟

لم يُجِبه الصوت، حتى بدأ إبراهيم يرتعش في مكانه ويشعر برغبة كبيرة في الهرب من هذا المكان الكئيب، ليكمل الصوت أخيرًا كلامه ويقول:

ـ لدينا أطباء مَهَرة يستطيعون علاج كل الأمراض تقريبًا، ويمكنهم أيضا إطالة العمر، خمن كم سني أيها الطبيب!

همس إبراهيم في تردد:

ـ لا أستطيع التحديد على وجه الدقة، نبرة شابَّة لصوت عجوز!

رنت الضحكة القصيرة وقال صاحبها:

ـ يبدو أنك ذو عقل جيد، لكنني أستطيع أن أخبرك أن عُمري مهيأ للعديد من السنوات القادمة، ولكن لماذا يستدعي «طاكين» طبيبًا من بلادكم وهو ليس في حاجة إلى هذا؟

هز إبراهيم رأسه في يأس وقال:

ـ لا أعلم!

عاد الصوت يقترب ثانية كلهب يكاد يلمس أذنَي إبراهيم وقال:

ـ لأنك المطلوب يا رجل، لأنك المطلوب. مكتوب في الكتاب الذي وصلني جزء من أسراره: «وحينما يستعين «طاكين» بالطبيب ذي الأُمَّين ويدخل بقدميه الراصدة وينجح في شفاء الملك، تبدأ الأحداث في التسارع والنهايات في التقارب».

همس إبراهيم بصوت جاف لم يجد لترطيبه ريقًا:

ـ أي نهايات؟

علا صوت «طاكين» حادًّا آمرًا:

ـ ليس مطلوبًا منك الآن إلا علاج «طاكين».

قال إبراهيم في حيرة وشك:

ـ علاج بلا كشف؟ علاج بلا رؤية لمريضي؟

أجابه صوت «طاكين» في لهجة ذكية ساخرة:

ـ إن كان المرض ظاهرًا كان لديك الحق، ولكن إذا كان المرض خفيًّا فلا حاجة لك إلى رؤية المريض.

صَمْت قصير قطعه «طاكين» بهدوء وهو يشرح:

ـ منذ سنوات طويلة جدًّا وأنا أعاني من حمى سنوية، تنتابني كل سنة بطريقة أشرس من سابقتها، وأنا أعلم أسبابها، وفي كل مرة أتعامل معها بطريقتي، لكنها هذه المرة خلَّفت وراءها عرضًا لم أشعر به من قبل، إنني أشعر بقلة الشغف أيها الطبيب، وإن شئت الدقة، بانعدام الشغف، ربما كان ذلك لطول العمر وربما كان لطول فترة مكوثي هنا داخل الراصدة أنتظر. اقترب أيها الطبيب.

لم يفهم إبراهيم للوهلة الأولى من أي شيء يقترب، لكن النور غمر المخدع فجأة وظهرت نافذة مستديرة تطل على البحر، والصوت يلقي الأوامر:

ـ اقترب من تلك النافذة وانظر منها.

اقترب إبراهيم من النافذة المستديرة، ونظر إلى البحر والأسماك التي تتحرك داخله بكل ألوانها وأحجامها، وسمع زفرة حارة قريبة منه وصوت «طاكين» الممتلئ باليأس والملل يقول:

ـ سنوات طويلة وأنا أحدق هنا وأنتظر، لا بد من أن يقتلني الملل. أنا الآن لا أطيق النظر إلى هذا المنظر الذي بالتأكيد يبدو لك خلابًا لأنها المرة الأولى، أما أنا فقد صرت أحفظ مواعيد تكاثر هذه الكائنات، ومتى تضع بيضها، ومتى تهاجر نحو الشمال ومتى تعود، أعلم شكل وحجم ولون الكائن المختبئ تحت تلك الشُّعَب المرجانية. كيف يستعيد «طاكين» شغفه أيها الطبيب؟

يعود المخدع للظلمة، ويلتفت إبراهيم خلفه وهو يفيق من السحر

الذي رآه خلف النافذة، ليجد بابًا جانبيًّا يُفتح في غرفة المخدع، وصوت «طاكين» يأمره أن يتبعه، ليخرج إبراهيم من ذلك الباب إلى ممر ضيق يقوده إلى غرفة عظيمة المساحة، ليس فيها إلا آلاف الأرفف التي تحمل أعدادًا لامتناهية من الكتب مختلفة الأحجام والألوان، وصوت «طاكين» يواصل في ملل:

ـ لا توجد صفحة واحدة لم يطالعها «طاكين»، أستطيع أن أحكي لك حتى حكاية القرد الذي صار ملكًا على البشر في غابة من الغابات البعيدة، كل بلد وله حكاية وبطل ونهاية معلومة، أنهيت كل الحكايات يا ابن رمانة، عدا حكاية واحدة فقط أنتظر نهايتها والملل يتسرب إلى نفسي، أنقذني الطب من الموت فهل ينقذني من الملل أيضًا؟

عاد الظلام وعاد الطبيب خلف الصوت إلى المخدع، وكان «طاكين» ينتظر إجابة شافية من إبراهيم الذي شرد طويلًا ثم أجاب:

ـ المنتظر لا يشعر بالملل إلا إذا يئس من الشيء الذي ينتظره يا مولاي.

يبدو أن إجابة الطبيب لمست شيئًا في نفس «طاكين»، لأن نبرته تغيرت وصارت أكثر ارتباكًا:

ـ سنرى أيها الطبيب، أمامك ثلاث ليالٍ ستقضيها منفردًا في سجن يليق بك في الراصدة، تأتي إليَّ بعدها بدواء شافٍ، فإن لم تجد فسأتسلى مؤقتًا بالتفكير في طريقة لقتلك تُعيد إلى «طاكين» قليلًا من الشغف المفقود.

وفي أقل من لحظة عادت العصابة على عينَي إبراهيم، وسحبته

يد قوية إلى خارج المخدع وسارت به عبر ممرات متعرجة عديدة، قبل أن يُفتح باب ويُدفع به داخل سجنه، وتُرفع العصابة عن عينيه ليجد نفسه في غرفة باردة ضيقة ليست بها نافذة، فقط شمعة مضاءة مكتوب عند قاعدتها بحروف بارزة جملة مكررة بعدة لغات، ميز منها مع الوقت إبراهيم الجملة المكتوبة باللغة العربية:

شمعة تنطفئ بعد ثلاث ليالٍ.

* * *

أُلقي رماح في سجن الراصدة، وقبل أن يغلق عليه باب السجن قال السجان:

ـ أصدر الملك «طاكين» أمرًا بشأنك.

فتح رماح عينيه غير قادر حتى على النطق. وسمع صوت السجان يقول:

ـ إن فاز مولانا «طاكين» بالشفاء قابلك ثم أمر بقتلك، وإن ظل على حاله قُتلت أيضًا ولكن بعد مقتل الطبيب.

وترك رماح بين موتين محققين وأغلق باب السجن، وقعد رماح يحدق في ظلمة مصيره.

(٥)

في زنزانة إبراهيم همس صوت الملك «طاكين»:

ـ هل تعلم أن القدر يكون أحيانًا ساخرًا بالفعل؟

أجال إبراهيم نظره في الظلمة ولم يصل إلى شيء. أشعل ذهنه بكل الأفكار عسى أن يصل إلى فكرة تُخلصه من دون جدوى. الساعات تمر أسرع من البرق، وآهات رماح إلى جواره وأنينه وبكاؤه، تحول كل شيء إلى عذاب حقيقي. كان أنين رماح قد تلخص في كلمة واحدة صار يكررها وتصل إلى أذنَي إبراهيم، حتى اعتقد أنها أكثر كلمات اللغة العربية حزنًا على الإطلاق، فصار يرددها همسًا مع رماح في حزن وبكاء مرير، ويقول معه ومثله:

ـ صفا، صفا، صفا.

* * *

ضحك زيان بصوت عالٍ وهو يسير على طريق زراعي بجوار نجفة محاوِلَين اللحاق بأبو شوال، وضرب كفًّا بكف والتفتت إليه نجفة بدهشة وقالت:

ـ لمَ الضحك؟ هل جننت من كثرة المشي؟

أجابها:

ـ لقد جننت فعلًا، ولكن من قلة العقل وليس من كثرة المشي. يا أبو شوال، هل لي أن أسألك سؤالًا يا سيدي؟

توقف أبو شوال عن المشي وقال مسرعًا:

ـ ليس لدينا وقت، ولكن لا مانع.

فقال زيان:

ـ أخبرتني قبل ذلك أنك كنت تستطيع أن تقرأ كتاب تاريخنا المسروق الذي كتبه الخردواتي والسماك بالتمني، وأنك قرأته بهذه الطريقة مرارًا وتكرارًا. أليس كذلك؟

أجابه أبو شوال:

ـ بلى.

فحملق فيه زيان وقال بغضب مكتوم:

ـ فعلامَ إذن هذه الرحلة العجيبة وهذا المشي الذي لا ينتهي بصحبتك أنت والمحترمة نجفة، وأنت تحفظ الكتاب وتستطيع أن تكتبه مرة أخرى، ويعاد إلى المتحف كأننا لم نفقد شيئًا؟

ابتسم أبو شوال وقال:

ـ ليس أنا فقط من يحفظ الكتاب، قلة من الرجال غيري تحفظه، ولكنني أسعى وأخوض هذه الرحلة حتى أمنع وصول الكتاب إلى الراصدة، وليس من أجل استعادة نسخة من الكتاب للمتحف.

وأكمل أبو شوال طريقه بمشيه السريع، ومصمصت نجفة شفتيها وقالت:

ـ وما ذنب نجفة أيها المجذوب؟

توقف أبو شوال ثانيةً وعاد مرة أخرى إلى نجفة حتى صار على مسافة قريبة جدًّا منها، وقال:

ـ حارس المتحف شاب كان يسهر كل ليلة يصفق لرقصك الفاتن، كان لا يملك إلا ثمن المشروب الواحد، وحين تمُرين بجولتكِ الراقصة المعهودة على الجميع وتأتي عيناكِ في عينيه كنتِ تجدين دموعًا تلمع، ما إن تصطدم نظرتكِ بنظرته حتى تسيل دموعه، وعند خروجكِ في آخر الليل كان يظل خارج الحانة ينتظركِ بالعينين الدامعتين أنفسهما وقلبه يخفق، حتى إنكِ سألتِه ذات ليلة ساحرة: «من أنت يا فتى؟ ولماذا لا توفر نقودك ودموعك؟»،

فابتسم لكِ في إرهاق وقال: «تهون الدموع والنقود أمام هاتين العينين يا نجفة». خطف الشاب قلبكِ وقلتِ له في أسى: «لولا فقرك ما وجدت خيرًا منك رفيقًا لي في حياتي». وانقطع الفتى وانقطعت أخباره، حتى عاد ذات ليلة بعينين تضحكان ولا تبكيان كعادتهما، وأخبركِ أن الفقر ولَّى وأنه قريبًا سيملك نقودًا تجعله صالحًا لمحبتك. وضحكتِ له ضحكة لم تضحكيها لرجل من قبل، وغاب في حضنكِ دقائق كادت تفقده صوابه، قبل أن تودعيه بهمسة حارة: «وأنا أنتظرك يا جابر». وغاب جابر ولم يأتِ، وكاد ينساه قلبكِ حتى أتى الله بي وأخرجتكِ من الحانة بقهر النظرة، وصحبتكِ معنا لنصل نحن الثلاثة إلى حبيبكِ الذي سرق الكتاب.

عقدت المفاجأة لسان نجفة وتسمرت نظرتها وتجمد جسدها، في حين ظل زيان يبتسم في أثناء حكي أبو شوال وابتسامته تتسع، وحين أنهى أبو شوال كلامه هتف بها زيان متسائلًا:

ـ هل ما يحكيه الدرويش حقيقة يا نجفة؟

هزت رأسها بالإيجاب من دون أن تنطق. فسأل زيان أبو شوال السؤال الأهم:

ـ وكيف تصل إلى جابر عن طريق نجفة؟

رد أبو شوال وهو يشيح بوجهه ويشرع في إكمال طريقه:

ـ بين المحبين خيط من نور لا يراه إلا العشاق.

كان الثلاثة وصلوا بالفعل أمام بيت جابر، فطرق أبو شوال الباب وفتح له جابر وقال:

ـ من؟

ضحك أبو شوال وقال:

ـ أبو شوال وزيان ونجفة، أو تستطيع أن تقول إننا عروس وشاهدان ولا ينقص إلا المهر، وأعلم أنه لديك يا جابر.

* * *

كانت ليلة لا نهاية لها، لم يغمض فيها لإبراهيم جفن، وظل يطرق ويواسي جاره الباكي، وحاول أن يعرف سر نحيبه وبكائه ونداءاته على تلك التي تسمى صفا.

وقال:

ـ يا جاري الحزين، تعالَ نتبادل الحكيِ، سأحكيِ لك قصتي وتحكي لي قصتك.

أفاق رماح على الصوت القادم وأخذ يهتف:

ـ من؟ أأنت عفريت من عفاريت السجن والكآبة أم صوت أرسله الله إلى قلبي حتى أطمئن؟

رد إبراهيم بأمل:

ـ سجينان جمعهما الظلم والظلمة، فلنجعل نور الأمل يدخل محبسنا بالحكي والمواساة. فمن أنت؟

أخذ يبكي رماح ويحكي قصته، وإبراهيم يسمع في إنصات، وحين علم أنه رماح الحكّاء صاحب الحكايات لمع طيف النجاة في عقل إبراهيم، وقال:

ـ عليك أن تحكي وبسرعة، تحكي لي كل شيء يخص نور وحور، كل شيء ولا تنسَ شيئًا، فرقبتي ورقبتك الآن نجاتهما في حكيك.

* * *

ركعت نيرة على ركبتيها وقبَّلت يد ابنها نور، الحاكم الشرعي لبلاد اللاجئين، ثم قبَّلت يد حور شريكة الحاكم في الحكم كما قرر جمهور الدولة في الانتخابات التي امتدت لثلاثة أيام متتالية. وقعد حور ونور على العرش، ووقف الشيخ صفي الدين يعلنهما معًا حاكمَيْن للبلاد ويعلن زواجهما أيضًا، لتهلل الجماهير الغفيرة وتتبادل نيرة وأخوها بدر الدين التهنئة والابتسام، ويكون حفل الزفاف أسطوريًّا يُذكِّر شعب دولة اللاجئين بحفل زفاف بدر الدين على الحُسن الساري. وبعد هذه الليالي المبهجة، كان على الحاكم وشريكته في الحكم أن ينظرا في شؤون البلاد والعباد، فاجتمعا بحضور نيرة وبدر الدين والشيخ صفي الدين والشاب راشد، الذي صار بتوصية من صفي الدين لنور وحور قائدًا لجيوش دولة اللاجئين. وقال الحاكم نور بلهجة حاسمة:

ـ عليك يا راشد أن تعرف ما المسافة بيننا وبين الراصدة، وماذا يملكون من قوة، ومن أي مكان جاءوا وأي شر يضمرون.

انحنى راشد في أدب وطاعة، وباركه صفي الدين ودعا له، وانطلق الشاب راشد في رحلته الغامضة المليئة بالأخطار، بوجه لا يبتسم وقلب لا يخشى الموت.

* * *

دخل إبراهيم ابن رمانة الحجرة المظلمة، وجاءه الصوت شامتًا كريهًا مقيتًا، وقال:

ـ ها، هل سيُشفى الملك «طاكين» على يد ابن رمانة؟ أم إن الموت أقرب إليك مني الآن؟

هتف إبراهيم كأنه يخلص رقبته من حبل غليظ ويقرأ نبوءة من كتاب الغيب:

ـ لكل حكاية نهاية يا مولاي، وأنا قد علمت أن حكايتك مُعلقة بقدمَي طائر لا ندري أهو طائر شؤم ونحس أم طائر حظ سعيد، قد تملك العالم وتكون سيده وقد تنهزم وتقع أسيرًا، ولعل عدوك يجد طريقة لقتلك فلا تأمن ولا تغفل، واعلم يا مولاي أنك إن كنت ترصد من حولك فهناك من يرصدك، وإن كانت لك عين فللقدر أعين، وربما كان للبلاد التي ترصدها رجال قادرون على محو راصدتك، ربما بعد شهر وربما بعد سنة، ولديك الحكَّاء في سجنك يمكنك أن تسأله.

كانت تلك الكلمات آخر ورقة يلقي بها إبراهيم ابن رمانة وهو يقامر بحياته، نهاية صنعها خياله، لعل الخوف يعيد لصاحب الصوت الشغف، ولعله يكون سببًا في اقتلاع رأسه من جسده.

حل الصمت وتسارعت دقات قلب إبراهيم حتى ظن أنها مسموعة في كل ركن من أركان الراصدة، ثم بدأت تدور ذرات حمراء مشتعلة حول إبراهيم بسرعة متزايدة، ولسعه لهيبها لكنه تحمل الألم، وتحولت الظلمة إلى ضوء أحمر وصرخ الملك «طاكين»:

ـ أيها الخبيث. ويلك. هكذا؟ تعيد إليَّ الشغف من باب الترقب والرصد؟ تدخل إليَّ من الباب الذي أهواه؟ تشعل نار شغفي من جمر القلق والانتظار؟ أنا الملك «طاكين» لا أخشى أحدًا حتى الموت، وها أنت تجعلني أكثر انتباهًا وترقبًا لعدوِّي. لقد صدقوا إذن حين قالوا لي: «لن يعيد لك الشغف إلا ابن الأُمَّين

رمانة ونجية». لتقعد إلى جوار صوتي الشغوف الذي ينتظر حتفه، ولتتخيل ماذا سيحدث للقاعد إلى جوار صوت الملك.
ساد الصمت الثقيل ومرت لحظات كأنها سنوات، قبل أن يعلو صوت الملك «طاكين»:
- لتجعلوا الطبيب والحكَّاء على لسان البحر حتى تكتمل المتعة.

* * *

على شاطئ البحر في المغرب تقعد صفا إلى جوار أخيها شبل، وتنظر في حزن إلى الموج الذي يتتابع على الشاطئ كدموعها على خديها، وتهمس:
- آه يا رماح، أين وعدك أيها الحكَّاء؟ هل صرت غنيًّا ومشهورًا ونسيت صفا؟ هل تزوجت بامرأة أخرى وتركتني؟
وشبل يلعب مع رمل الشاطئ ويُخرج الأصداف الصغيرة ويغسلها في ماء البحر ويضعها في حجر صفا، حتى يمتلئ حجرها بالأصداف المغسولة، ودموع صفا تهبط فوق الأصداف فتزيدها جمالًا وحزنًا.

* * *

يُساق رماح معصوب العينين إلى خارج سجنه ثم تُرفع عن عينيه العصابة، ليندفع النور المفاجئ إلى عينيه فيحميهما بيديه، ثم يعتاد النور بالتدريج وهو يحاول أن يستوعب ما يجري حوله، ليجد نفسه يقف على لسان حديدي يخرج من حائط الراصدة، وأمامه البحر بأمواجه المتلاطمة، وهناك على الناحية الأخرى يقف إبراهيم الطبيب على لسانٍ حديدي مقابلٍ يخرج من حائط للراصدة، كأن الراصدة كيان حديدي ضخم منقسم إلى جزأين كبيرين يغوص معظمه تحت

الماء، ولا يخرج منه إلا هذان اللسانان اللذان يقف على أحدهما رماح وعلى الثاني إبراهيم. كانت أول مرة يرى أحدهما الآخر، وخلف كل واحد منهما حائط معدني زلق.

أخذ كل واحد منهما ينظر إلى الآخر، ليأتي صوت «طاكين»:

ـ لقد عاد إليَّ شغفي. تعلم يا حكَّاء أنك محكوم عليك بالموت، لكنني أمنح فرصة وحيدة للنجاة المؤقتة بعد أن عاد إلينا الشغف، وهي أن تحكي لي حكاية عن حور ونور، فإن أعجبتني الحكاية منحتك وقتًا أطول للحياة، وكذلك للطبيب. لتحكِ لي حكاية أخرى فإن أعجبتني منحتك وإياه يومًا جديدًا، وهكذا حتى تأتي اللحظة التي لا تعجبنا فيها حكايتك أو تفقد أنت القدرة على الحكي فنأمر بقتلك، أما الطبيب فيظل حيًّا مكافأةً لشفائنا، على أن يصحب جثتك على ظهره ويعوم بك من هنا إلى بلاد تسكنها صفا. بالتأكيد لن تقوى ذراعاه على المقاومة كثيرًا، وهنا موضع جديد للشغف، فكلما تخلى عن جثتك وخذلته ذراعاه سيجد من يعينه من حراسنا الراصدين له، ويمنحه وقتًا قصيرًا لاسترداد جزء من قوته، ثم يواصل رحلته وهو يحمل جثتك، وهكذا حتى يصل بنا الشغف إلى السأم منكما فنتركه حتى تخور قوته، ونستمتع بالنظر إلى جثة تحمل جثة على ظهرها وسط أمواج البحر الهائج. ها؟ ليبدأ الحكي.

وظل رماح يحكي وعقب كل حكاية يأتي صوت «طاكين» سعيدًا:

ـ أحسنت يا حكَّاء، موعدنا غدًا.

ثلاثون ليلة وليلة ورماح يحكي، حتى وصل إلى آخر نقطة في

الحكي؛ وهي التي يقف عندها دائمًا، وهي اللحظة التي فرَّق فيها الحاكم أمجد بين حور ونور وأرسل نور سفيرًا إلى بلاد تونس، ليسود الصمت والوجوم، ويأمره صوت الملك «طاكين» في شغف وفضول:

ـ أكمل.

بلع رماح ريقه وقال:

ـ لا أعرف على وجه الدقة الباقي، هذا ما وصل إليَّ من حكاية أمي أروى لي، لكن بلغني أن للحكاية نهايات شتى يا مولاي، لا أحكيها لأنني أفقد الخيط الواصل بين ما سمعت من حكاية محكمة وبين تلك النهايات.

ويأتي صوت «طاكين» صارخًا آمرًا في حسم:

ـ أمرتك أن تحكي كل ما تعلم!

قال رماح مُرتبكًا:

ـ وددت لو كانت حكاياتي بلا نهاية يا مولاي حتى تمنحني فرصة أكبر للحياة، لكنني لا أملك الخيال الحاضر فأمهلني بعض الليالي.

حسم «طاكين» الأمر:

ـ احكِ لي تلك النهايات التي سمعت بها، فإن راقت لي نهاية منها منحتك وقتًا طيبًا للحياة، وبقدر إعجابي بنهاية حكاياتك يكون الوقت الممنوح.

قال رماح:

ـ قالت أمي وهي تحتضر: «لا بد لنور من أن يجتمع مع حور عند عش جدتها، وبعدها يتزوج الوسيم من الجميلة ويحكمان معًا

بلاد اللاجئين، ثم تكون الحرب الكبرى التي ينتصر فيها فريق على فريق، فقد ينتصر القصير وقد تنتصر دولة اللاجئين، وقد لا ينتصر أحد، وقد تحدث الأعاجيب».

صمت رماح وشعر أنه تورط، فجاءه صوت «طاكين» محذرًا:

ـ أكمل!

تعلقت عينا إبراهيم بشفتَي رماح الذي حاول أن يطيل فترة الحكي قدر الإمكان:

ـ كانت أمي تتوقف عن الحكي ولا تُكمل وتغيب في سكرات الموت، وحين تفيق تكمل الحكاية كأنها تراها رأي العين، فتقول: «ها هو نور يقتل الشرير ويضع قدمه على رقبته». ثم تغيب مرة أخرى عن الوعي فأشعر أنها قد ماتت، فأهزها بخوف وحزن وأُناديها: «لا تموتي يا أروى!». فتفيق مبتسمة وتقول: «قد لا تنتهي الحرب ولا ينتصر فريق على الآخر ولكن...»، ثم تغيب عن الوعي مرة أخرى وأصرخ فيها ولا ترد، فيدخل الطبيب ويطردني خارج غرفتها فأخرج، ويطول وقت الطبيب عندها ويخرج حزينًا ويقول لي: «ستموت أمك لا محالة فلا تُجهدها». وأقعد إلى جوارها وأحاول ألا أجعلها تحكي حتى لا أُعجِّل بساعة موتها...

يبدأ صوت «طاكين» في الزمجرة ونفاد الصبر، فيسرع رماح بالحكي في خوف:

ـ لكنها تعود للحكي من تلقاء نفسها كأن الحكاية تطيل عمرها.

ضحك إبراهيم ضحكة خارجة عن إرادته من طريقة رماح كأنه

يسأله ساخرًا: «الحكاية تطيل عمر من منكما يا رماح؟ عمرك أم عمرها؟».

ويبلع رماح ريقه ويكمل:

ـ وقالت أمي وهي تبتسم لي في حنان: «لكل إنسان سره الخاص يا رماح، لا يفارقه أبدًا، لكل إنسان سر كما أنه له عمر، ولقد كان الملك الذي يحارب حور ونور رجلًا قصير القامة طويل العمر، لكنه لم يكن خالدًا، كان عمره مرهونًا بشيء ما، إذا حدث ذلك الشيء مات الرجل من فوره».

توقف رماح عن الحكي وزاد توتر صوت «طاكين» وهو يأمره أن يكمل.

فقال رماح:

ـ سألتها: «وما ذلك السر يا أمي الذي تعلقت به حياة ذلك الملك؟». فأجابتني ساخرة: «ومن أين لي أن أعرف؟ ذلك أمر يعرفه الشيخ العجوز الذي يرافق حور ونور، كل ما أعرفه أنه إذا دخل الطبيب ابن الأُمَّين ذلك البيت الذي هو في الماء وقابل الملك القصير، ونجا الحكَّاء من البلاء وعرف نور سر موت المغرور، اقتربت الحكاية من النهاية، وكفانا الله شر البلايا».

صاح صوت «طاكين»:

ـ وأنا قد اكتفيت منك بذلك أيها الحكَّاء، هذه نهاية تَرُوقني يا رماح وأنا صدقت لسانك المعوج.

هتف رماح:

ـ هل ستمنحني وقتًا يا مولاي؟

جاءت ضحكة «طاكين» القصيرة المريبة تسبق كلامه وقال:

ـ سأمنحك كل الوقت يا رماح، وبما أن أمك قد ماتت وهي تقول لك نهاية الحكاية، فهكذا ستموت مثلها يا عزيزي أنت والطبيب ابن الأُمَّين هذا، وهكذا لن ينجو الحكَّاء من البلاء ولن يخرج الطبيب ابن الأُمَّين من البيت الذي هو في الماء، ونقطع من هنا خيوط الحكاية، فتكون كما يهوى «طاكين» وحده النهاية، إنني أجيد السجع أيضًا مثل أمك يا رماح. أمرنا نحن «طاكين» ملك الراصدة بقتل الحكَّاء أولًا، ثم يَحمل بعد ذلك ابن رمانة جثته ويعوم بها إلى بلاد المغرب، حيث يعيش الرجل الذي رباه العملاق المسمى بالحُر الواثق.

امتقع وجه إبراهيم وشعر بقرب النهاية، وأحس رماح بقوة تُجبر رأسه على الانحناء، وأغمض عينيه امتثالًا وانتظارًا للحظة خروج الروح.

* * *

على صخرة وقف العجوز الذي كان كفيفًا إلى جوار العجوز الذي كان أصمَّ إلى جوار العجوز الذي كان كسيحًا، وهم يراقبون راشد الذي ينهب الطريق نهبًا باتجاه الراصدة. وقال الذي كان كفيفًا:

ـ في البحر ترقد الراصدة تنتظر.

فأجابه من كان أصم:

ـ ربما كانت دموع صفا أكثر قوة من سلاحهم.

فضحك الذي كان كسيحًا وقال:

ـ ولعل الحكَّاء لا يستطيع أحد أن يقتل حكايته.

وغاب الثلاثة في ضباب كثيف، ضباب كان يقطعه راشد بكل ما أوتي من قوة حتى يصل إلى الراصدة.

الباب الثالث

الراصدة

الفصل الأول
في بطن الحوت

(١)

قبل سنوات طويلة، وفي الشمال البارد، ومع ظهور دولة اللاجئين تقريبًا، كان «طاكين» طفلًا يقعد إلى جوار المدفأة ويستمع لحكايات جدته «تاميدا»، نحيفة شقراء تُلقي بالخشب في المدفأة وتعود للقعود إلى جواره وتواصل الحكي:

ـ المخلوقات الخفية تصنع كل شيء، كانت أمك صغيرة حين رأت أحدها على الشبَّاك.

ليالٍ خلابة كانت تحكي فيها العجوز لحفيدها اليتيم «طاكين» قبل أن يروح في النوم تحت تأثير الدفء والحكايات، وفي الصباح كان يصحبه جده إلى الحوش، حيث الثلاث بقرات والثور تنتظر «جليدر» ذا الأيدي الخشنة، ليسحبها إلى جنتها الواسعة، وهي الحقل الذي يملكه «جليدر» زوج «تاميدا»، وفي الطريق يحكي له عن أيام الشباب حين كان مجندًا في جيش الشمال العظيم، الجيش

الذي كان يمكن أن يعيد أمجاد «نابليون بونابرت» و«جنكيز خان» والإسكندر الأكبر.

في الحقل يزداد حماس الجد وتأخذ الحكايات طابع المبالغة، لم يكن يؤمن بالمخلوقات الخفية مثل «تاميدا» لكنه كان يؤمن بتاريخ بلاده وأمجادها العسكرية، أصر على أن يشحن روح «طاكين» بتلك الأمجاد التي راحت، وقصص بطولات أبطال بلاد الشمال وقادتها، وبين خيال «تاميدا» وواقع «جليدر» نشأ «طاكين» الذي لم تمتد قامته مثل جده بل ظل قصيرًا شديد القصر، رغم محاولات الجد المستمرة أن يفرد قامة حفيده بالرياضات العنيفة وتدريبه الدائم، لم ينجح في جعل طول «طاكين» يتجاوز المتر ونصف المتر، لكن الرياضة أيضًا جعلته قصيرًا قوي البنية وعريض الصدر فولاذي الذراعين، طاف الجد كل ولايات بلاد الشمال ليحصل على واسطة تُدخل «طاكين» المدرسة العسكرية وتعفيه من شرط الطول، حتى نجح أخيرًا في الدخول عبر القائد «كاترينوس» صديق الجد القديم، وداخل مكتبة المدرسة العسكرية التي كان مسؤولًا مساعدًا بها المجند الجديد الشاب «طاكين»، الذي وجد نفسه غارقًا في بحر من الملذات، كل كتاب في المكتبة يُقدم له لذة مختلفة، التهم المجند الشاب مئات، بل آلاف الكتب في سنوات الدراسة الست، وتخرج برتبة ماهر أول، وهي أعلى رتبة يحصل عليها خريج جديد، وظل يترقى ويدرس العلوم العسكرية حتى صار قائدًا لمجموعة الوحوش الضارية، وهي المجموعة الأشرس عسكريًّا، وخاض عدة حروب مع جيش بلاده ضد بلاد الجبل الأبيض وبلاد الوادي القاحل، وماتت جدته وهي

تتحدث بجوار المدفأة إلى مخلوق خفي تشكو إليه غياب «جليدر» المفاجئ، من دون أن تتذكر أن «جليدر» مات في الحقل بجوار الثور والثلاث بقرات، مات قاعدًا في مكانه بعد أن داهمته أزمة قلبية. لم يتوقف «طاكين» للحظة عن متابعة القراءة في الروايات وقصص التاريخ واستبدل بـ«جليدر» الغائب حضور تلك الكتب التي تعوضه عن كل شيء. كان يضطر أحيانًا إلى أن ينغمس في مؤامرات ضرورية ساعدته في رحلة الوصول حتى صار القائد العام لبلاد الشمال والملقب بقاطع البلوط، وبدأ في تشجيع العلماء العسكريين حتى استطاعوا أخيرًا أن يصمموا له دواء الخلود؛ وهو الدواء الذي يسمح بإطالة العمر لسنوات عديدة ممتدة.

كان «داريس» هو الأقرب لـ«طاكين» وهو موضع سره ومُلهمه أيضًا، يكبر «داريس» «طاكين» بسبع سنوات وهو مُولع بالتاريخ والجغرافيا، ويقضيان ساعات طويلة يحكي له فيها عن خيرات العالم الموجودة في الشرق والجنوب، وعن قدرات العلم اللانهائية في علاج كل شيء، فهمس له «طاكين» في شغف وأمل كبير:

- هل يستطيع العلماء التغلب على الموت؟

هز «داريس» رأسه مؤكدًا:

- سيستطيعون، إنها مسألة وقت، في القريب جدًّا سيتمكنون من تحقيق ذلك.

جعل «طاكين» مخصصات الدولة وحصصها من ثروات البلاد التي تجاورهم واستطاعوا احتلالها بسرعة، موجهة كلها للبحث العلمي في مجالَي الطب والتسليح، حتى استطاع علماء بلاده التوصل

إلى دواء قادر على تثبيت سن الإنسان عند مرحلة معينة، كان ذلك كله قبل ظهور دولة اللاجئين وقبل ظهور حورة بسنوات.

ألم شديد يعتري جسم «طاكين» بعد حقنه بالدواء العجيب وصرخاته تهتز لها أرجاء مقر الحكم، وينصحه الطبيب بالتوقف عن الطعام والشراب لمدة خمسة أيام. كان الأمر كالانتحار، ولكن النتيجة كانت مذهلة، خمسة أيام وخمس ليالٍ رأى فيها «طاكين» كل المخلوقات الخفية التي كانت تراها «تاميدا»، وتكلم مع كل الأبطال المقاتلين الذين كان يحكي عنهم «جليدر»، وفي اليوم السادس شعر بالتغير الكبير، كانت أيامًا صعبة تُشبه أيام الحمى التي أصابته وهو طفل، حين أخبرهم الطبيب أنه يعاني سكرات الموت وعليهم الاستعداد لدفنه. تقول «تاميدا» إنه فقد القدرة حتى على التنفس، وبدأ «جليدر» تجهيزه، وقبل وضعه في التابوت بلحظات صرخ «طاكين»:

ـ سأحكم هذا العالم.

(٢)

امتقع وجها إبراهيم ورماح وشعرا بقرب النهاية، وأحس رماح بقوة تُجبر رأسه على الانحناء وأغمض عينيه امتثالًا وانتظارًا للحظة خروج الروح، ليخرج حوت ضخم ويقفز قفزة رشيقة ويلتقم رماح ويهبط به إلى عمق البحر، وسط ذهول «طاكين» الذي يراقب من قمرته. وقبل أن تمر لحظة واحدة على هذا الذهول يخرج حوت

آخر ويقفز نفس القفزة ويلتقم إبراهيم ويعود إلى عمق البحر. حاول «طاكين» أن يراقب الحوتين في عمق البحر من قمرته لكنهما غابا عن ناظريه كأن لم يكن لهما في الحياة وجود.

همس «طاكين»:

ـ الحكاية لم تنتهِ بعد وما زالت تحمل كثيرًا من الأسرار.

وابتسم رغم الذهول.

لم يصدق رماح نفسه وهو ينزلق في جوف الحوت، وظل مبهور الأنفاس وهو يتدحرج بين ضلوع الحوت مُتذكرًا ما مر به من أهوال من أول الحكاية إلى آخرها، وكيف ضُرب على رأسه وأُلقي في السجن وقفز من فوق سطح السجن إلى البحر لتلعب به الدلافين، ثم يوشك على الغرق فيرسل الله إليه حسن لينقذ جسده من الغرق، ويرسل إليه عينَي صفا لتنقذ روحه بالحب، ثم يذوق الشهرة والغنى، ويُقبض عليه في غرفته الوثيرة في الفندق ليُلقى به في السجن مرة أخرى، ثم يُنقل إلى سجن في الراصدة ثم يوقَف على لسان حديدي ويؤمر بقطع رأسه، ويرفع السيف في الهواء كي يهوي قاطفًا رقبته، ليخرج هذا الحوت من الماء ويلتقمه.

مرت تلك الرحلة سريعًا على رماح وهو يسمع أصوات حركة هائلة، قبل أن يُدرك أنها أصوات حركة أعضاء الحوت في الداخل. مع مرور الوقت صار يُميز رماح الأصوات بعضها عن بعض داخل تلك الظلمة التي يتخللها أحيانًا نور مفاجئ ـ إذا فتح الحوت فمه ـ فصار بإمكانه أن يميز بين صوت الطحن القادم من المعدة، وصوت الدقات القادم من القلب، وصوت الحركة اللزجة القادم من بقية

الأمعاء. كانت الأصوات كلها مجسمة، وتتصاعد أبخرة وروائح نفاذة داخل بطن الحوت. كل ذلك جعل رماح يغيب عن الوعي، وحين أفاق وأدرك ثانية أنه في ظلمة بطن الحوت امتلأ شعوره باليأس والكآبة والوحدة، وتمنى الموت في كل لحظة داخل هذا الكهف الحي المتنقل.

تمنى أن يأتي الموت سريعًا ويقضي عليه مباشرة من دون هذا العذاب والرعب، ولكن الموت كان يقترب بطريقته وكل شيء يشير إلى أنه قادم لا محالة، ولكن في أي لحظة؟ لا يدري رماح، هي ساعة واحدة ولعلها دقائق يا رماح، سيعيش وقتًا قصيرًا داخل قبره العجيب، تمنى أن يقصر أكثر لينتهي كل شيء، وهتف بصوت عالٍ وردد الصدى هتافه:

ـ كم عدد الأنفاس المتبقية لرماح من أنفاسه المقسومة والمكتوبة عندك يا الله؟ وكم يكفي بعدها من وقت ليتحلل جسد رماح داخل هذا الحوت؟

انهار رماح وخارت قواه واستسلم لموت وشيك للحظات، ثم بدأ يرى شيئًا عجيبًا في ظُلمة بطن الحوت، رأى عينَي صفا الخجولتين كما لو أنهما تُحدقان فيه، لم يستطع تحديد موقع هاتين العينين في هذه الظلمة الحالكة، لكنه رأى عينيها تنظران بحب وانتظار فبدأ يقاوم الموت بشدة، رغبة مفاجئة في الحياة جعلته يتكئ على أضلاع الحوت مانعًا نفسه من التجاوب مع الجاذبية التي تحاول سحبه إلى الداخل أكثر، حيث الأمعاء المتربصة كحيَّة ضخمة، كان يتشبث بالأضلاع وهو يقاوم حركة الحوت التي تدفعه للتدحرج، وحين انزلقت قدماه

وجد يديه تتمسكان بشدة بقطعة طرية في حجم المخدة كانت مبطنة بالدهن ودافئة، وكان كلما تشبث بها أكثر تألم الحوت وزاد تخبطه، لم يكن يدرك رماح في ظلمة بطن الحوت أنه يتشبث بالكبد بكلتا يديه، وأخذ يشد بكل قوته خشية الوقوع والتدحرج، ويبدأ الحوت في الحركة العصبية الشديدة ويضرب ذيله في الماء ويتلوى متخبطًا من الألم، فيزداد جسده اضطرابًا، ويزداد رماح تشبثًا بالكبد كأنه يتشبث بالرمق الأخير من الحياة، والحوت يزداد اضطرابًا.

بعد حين أدرك رماح اللعبة وربط بين حركة الحوت وشده لتلك المخدة الطرية الدائرة، ومرت الأيام الطويلة على رماح وهو في ليل بطن الحوت الدائم، لا يعد الأيام ولا يعرف كم مر عليه من الوقت هنا داخل هذا البطن المتسع، حيث الحياة موت مؤجَّل. وبدأ الجوع الشديد يفتك برماح وبدأ يروح في غيبوبات طويلة، يفيق بعدها أكثر جوعًا، جوع وتعب وإرهاق وحزن لا يتحمله بشر، وبالفعل تغير السلوك البشري وشعر رماح أنه وحش سجين يبحث عن شيء يفترسه، وبدأ في القضم والنهش في حيوانية شرسة، وقضم قضمة كبيرة من تلك المخدة الطرية الدافئة ونهشها، وبدأ يشرب الدم السائل منها، والحوت يفزع ويتلوى ويصرخ ليدخل النور المفاجئ بطن الحوت المتألم الجريح، نور يغشى عينَي رماح الذي فغر فاه يسيل على جانبيه الدم الغزير، وبدأ بطن الحوت في دفع ما بداخله ليخرج رماح طائرًا في الهواء ويقع على الرمل الناعم لشاطئ عريض، كان يقف عليه رجال ونساء صرخوا حين رأوا حوتًا يقذف رجلًا من فمه، فيطير في الهواء قبل أن يسقط على رمال الشاطئ، ثم يغيب الحوت

ويسقط مرة أخرى في عمق البحر جثة هامدة. التف الرجال والنساء حول هذا الرجل شبه الميت، المسكين المبتل، وأخذوا يحاولون إفاقته وهم يتحدثون بلغة أهل اليونان، وبعد محاولات متتابعة منهم أفاق رماح وهو يهتف باسم صفا ويقول:

ـ عيناكِ يا صفا أنقذتاني!

لم يكن حظ إبراهيم كحظ رماح، فما إن التقمه الحوت واتخذ طريقه في البحر، حتى صرخ إبراهيم وقد تراءت له أمه نجية تصرخ في لوعة: «دع طفلي أيها الحوت».

ثم ظهرت رمانة صارخة: «بل طفلي أنا أيها الحوت».

فأغمض إبراهيم عينيه على ألم لا يُتَصور، وغاص في بطن الحوت منقسمًا كأن شطرًا منه في حضن نجية والشطر الثاني في حضن رمانة، واختفى كل شيء، فقط ظلمة ولا شيء ووقت يمر، ودائمًا عند مرور الوقت تكون للقدر لحظات، وكانت تلك اللحظة من لحظات القدر، لحظة أتت بعد وقت طويل.

كانت هذه اللحظة عندما دخل الحوت شبكة الصيادين الذين ينتظرونه منذ أشهر طويلة حتى يمر بجوار شِبَاكهم في رحلته السنوية، ساعات طويلة من ألعاب الصيادين مرت قبل أن يستقر الحوت الضخم في شِبَاكهم ويجروه إلى الشاطئ، وتنهال مقامع الصيادين على الحوت حتى يلفظ أنفاسه الأخيرة، ثم يبدأون في تقطيعه، وحين تنهال سكاكينهم الضخمة وسواطيرهم وتبدأ في تقطيع بطن الحوت، يصرخ إبراهيم بأعلى صوته:

ـ النجدة والعون يا رب الكون!

يتراجع الصيادون في رعب وقد ظنوا وجود جِني في بطن الحوت، وبعد ساعات من الترقب والحذر والتربص، أخرج الصيادون إبراهيم من بطن الحوت في توجس، وظلوا يحدقون فيه طويلًا ويلمسون جلده قبل أن يخر على الأرض مغشيًّا عليه، والصيادون الأتراك يهزون رؤوسهم مُعلقين:

ـ في الغالب هذا إنسيٌّ.

(٢)

مرت على البشر فترة عصيبة حين كفر الناس بالطب، وذلك بعد إجبارهم على أخذ الفاكسين المضاد للفيروسات لتحقيق أكبر أرباح تجارية في العالم، كانت طوابير التطعيم في بعض البلاد تصل إلى مائة ألف في الطابور الواحد، ومرت أسابيع ثم بدأت تظهر على المطعَّمين أعراض عجيبة، من فقدان للوزن والاتزان ونوبات عصبية مفاجئة تحولهم إلى وحوش ضارية.

انتبه من لم يأخذوا التطعيم لذلك، وقامت مظاهرات تحولت إلى اشتباكات ثم حروب أهلية استمرت لسنوات حتى هدأت، ولكنها خلفت في النفوس كُفرًا بالعلم ورِدة قوية إلى العلاجات الشعبية، وصارت سمعة العلم لدى كثيرين في خطر، وظهرت جماعات قوية تدعو الناس للعودة للطبيعة والتداوي بها، وكان من العادي أن ترى جماعة بشرية تقعد على هيئة دائرة حول شجرة عتيقة، يُغمضون

أعينهم في صمت ويرفعون رؤوسهم إلى أعلى، ويستنشقون بقوة لمدة ساعة كاملة طلبًا للنجاة من أمراضهم من أمهم الطبيعة، وصار مُجرَّمًا قطع الأشجار أو قتل أي كائن حي. صارت الثعابين والعقارب تشارك الناس البيوت في مشاهد معتادة، ولم يعد مستغربًا أن يُقيم نمر في حوش أحدهم، وحين كان يموت أحد الأفراد لدغًا من عقرب أو افتراسًا من حيوان ضارٍ لا يحق له الانتقام، فقط يأخذ أهله تعويضًا بسيطًا وورقة توصيهم بالتعامل بحذر وكياسة مع إخوانهم من المخلوقات.

في تلك الأيام وُلد «طاكين» وفقدَ أمه وأباه على التوالي وهو ما زال طفلًا لم يتجاوز ثلاث سنوات، فتولى جده وجدته المخبولان «جليدر» و«تاميدا» تربيته. لم يكن «جليدر» جنديًّا عظيمًا كما كان يحكي لحفيده، ولم يخُض بالتأكيد حربًا واحدة ولم يغادر قريته، لكنه تلبس شخصية أخيه الذي كان مجندًا بالفعل وقتله ذئب في أحد المعسكرات، كان توأم «جليدر» ولا يستطيع الحاذق أن يفرق بينهما، وحين حملوه مبقورًا إلى أخيه جعلت الصدمة «جليدر» يتحدث بعد ذلك كما لو كان هو نفسه «سيكاتشون» المجند صاحب البطولات، أما «تاميدا» التي كانت تعتقد في وجود الكائنات الخفية أكثر من اقتناعها بوجودها نفسه فكانت تعاني من هلاوس سمعية وبصرية منذ الصغر، وقيل إن أباها التمس في علاجها طرائق عنيفة، حتى إنه ربطها في شجرة ليلة كاملة لتكف عن الصياح.

تزوجت «تاميدا» بـ«جليدر» في عُرس بسيط، وأنجبا «جرينلا» الفاتنة التي كانت أجمل فتيات القرية كما تصف «تاميدا»، وتزوجت

«جرينلا» بـ«كليبنج»؛ ذلك الفتى ساكن البحار، كان يعمل في سفينة كبيرة لصيد السمك، يقيم بها أشهر الصيف ويعود في أشهر الشتاء، وكان قصيرًا بوجه رفيع كأنه وجه سمكة، قَبِلَ به «جليدر» زوجًا لابنته نظير صندوقين كبيرين من الأسماك المجففة، وثلاث زجاجات من الخمر، وخمسة فساتين للعروس من المدينة، كان مهرًا هو الأكبر في تاريخ قرية النجم الخافت، ولم ترَ «جرينلا» زوجها إلا ليلة العرس، فصرخت صرخة اهتزت لها القرية، لم تتوقع أن وجهه بهذا الشكل، وتدخلت «تاميدا» لتهدئتها، وشعر «كليبنج» بالضغينة وظل يعاملها بقسوة وجفاء حتى مات بعد زواج استمر ثلاث سنوات أنجبا فيها «طاكين»، وكان «كليبنج» يقضي الصيف كله في السفينة ويعود في الشتاء، فارتبط الشتاء لدى «جرينلا» بالحزن والكآبة، كان حضوره كريهًا، كانت تتمتم: «لقد حضر وجه السمكة»، وفي الشتاء الثالث عاد «كليبنج» معلولًا برائحة تشبه السمك المملح، وظل يئن إلى جوارها وهي تحتضن «طاكين» في رعب حتى مات في ليلة شديدة البرودة ودُفن بصعوبة جدًّا، فقد كانت الثلوج تمنع الناس ليلتها من الخروج من بيوتهم ومن الحركة المعتادة في الشوارع، وكانت المقابر على أطراف القرية، فعانى كثيرًا الرجال الثلاثة الذين تولوا الأمر مع «جليدر»، وظلت بعدها «جرينلا» لا تخفي سعادتها بالحرية التي نالتها حتى رأت ذات ليلة في ردهة بيتها فهدًا مُرقطًا يشم رأس وحيدها «طاكين»، ويلعقه في صمت تمهيدًا لقضمة مفاجئة يقضي بها على الطفل الذي استسلم للمداعبة في صمت عجيب، لتحمل عصا غليظة وتصرخ صرخة عظيمة وتنهال بالعصا على الفهد الذي

تراجع من ردة فعلها إلى الخلف، ثم استشاط غضبًا من تلك المرأة النحيفة وحرك ذيله حركة متتابعة و«طاكين» يراقب، قبل أن يقفز الفهد في الهواء كأنه يطير ويهبط فوق جسد «جرينلا» ويبدأ في التهامها أمام عينَي «طاكين»، الذي بدأ يتراجع إلى الخلف في بُطء ويخرج من باب المنزل، ويجري في اتجاه بيت جده وجدته وهو يقول بصوت رفيع:

ـ القط... القط أكل «جرينلا».

(٤)

كان للراصدة في كل بلدة يرصدونها جاسوس من أهل تلك البلاد، وكان عبد الباعث أحد هؤلاء الجواسيس المكلفين بإحضار كل دليل على حكاية أبناء حورة، بداية من عقد الزواج الموجود في الصفحة الأولى داخل كتاب علاء الدين وبساطِهِ السحري في مكتبة عبد الرازق في بغداد، ومرورًا بكتاب تاريخ العمالقة في مصر الذي كتبه الخردواتي والسماك ورسمته كرمللة، وانتهاءً بإحضار رماح نفسه، وكانت ليلة حصول «طاكين» على الورقة المقطوعة من كتاب علاء الدين القابع في مكتبة عبد الرازق ليلة سعادة كبرى، قرأ «طاكين» فيها ذلك العقد مئات المرات.

كان «طاكين» يجيد العربية والعبرية والصينية والسريانية والفارسية، فضلًا عن لغات بلاده العشر، وقال وهو يضحك:

ـ وهكذا لم يتزوج ذلك الرجل بحورة، بل إن حورة نفسها لم يكن لها وجود.

وأمر بمكافأة الجاسوس عبد الباعث بثلاث قطع من ذهب الشمال المختوم، والحامل لصورة رأس «طاكين» المحفورة والمحفور تحتها:

«طاكين». ملك العالم. سيد كل حكاية.

كانت مع القِطَع الثلاث جملة مكتوبة بوضوح:

أحضر لي رماح الحكَّاء ولو قتلت ألف نفس.

(٥)

كانت الحمى تعاود «طاكين» كل عام في نفس الموعد الذي أكل فيه الفهد أمه أمام عينيه، وكانت حكايات جدته هي مَهربه من الحمى، ومهربه أيضًا من الكوابيس التي ظلت تهاجم لياليه وتقض مضجعه فيفيق صارخًا في حضن جدته «تاميدا» التي تُربِّت على ظهره، وتؤكد له أن المخلوقات الخفية لن تتركه أبدًا، ينجو من الحمى بأعجوبة لكنه أبدًا لا ينجو من تكرارها ولا من الكوابيس التي تصاحبه، وظلت تلازمه حتى صارت تتخِذ أعراضًا جديدة ومُخيفة، ما دفعه لطلب طبيب من بلد هو يرصده وينتظر الفرصة للانقضاض عليه.

جمعت رحلة «طاكين» الكثير من العجائب، التي جعلته حين استقر له المُلك على بلاد الشمال يحول أسماء أبطال كل القصص

المدرسية إلى اسم البطل «طاكين»، واستطاع أن ينتحل تاريخ كل الأبطال ويحول أسماءهم إلى اسمه، سواء أكان في الكتب الدراسية أم في كتب المكتبات في جميع بلاد الشمال، ولم يكتفِ بذلك فقط بل نسب قصصًا وحكايات حدثت في بلاد أخرى إلى بلاده، في عملية سطو كامل على التاريخ، كان مساعده الأول فيها وزيره «داريس»، ذلك الرجل العجيب الذي استطاع أن يوحي إلى «طاكين» أنه محور ذلك الوجود وسخَّر كل شيء لخدمته.

كان يوم «طاكين» مقسمًا بين علماء الطب نهارًا والمؤرخين ليلًا، وجعل من العلوم الطبية سره الخاص، فكانت المعامل تعمل ليلًا ونهارًا للوصول إلى دواء يطيل العمر ويمنع الأمراض، وحين حقن «داريس» سيده بذلك الدواء وثبتت فاعليته كانت أوامر «طاكين» بحقن عدد قليل من المقربين بنفس الحقنة، ولكن بفاعلية أقل، وصارت الطبقة الحاكمة المحيطة بـ«طاكين» طبقة طويلة العمر، نادرة الأمراض، لا تغادرها ملامح الشباب أبدًا، لكن ذلك كله لم يمنع الحمى أن تزور «طاكين» في موعدها السنوي الثابت، يصاب خلالها بالهلع وهو يرى ذلك الفهد الذي افترس أمه يقترب منه ويتشممه ويرفع رأسه ويفتح فمه استعدادًا لأن يلتهمه، فيصرخ في طفولة طالبًا النجدة من «داريس».

كان «داريس» يخشى على «طاكين» أن يقتله الخوف في تلك النوبات الحادة، فصنع له مخدعًا في سرداب سفلي لا يراه ـ في أيام الحمى ـ أحد من الحاشية أو الخدم، فقط «طاكين» و«داريس» وأدوية مهدئة. واستغلالًا من «داريس» لفورة الحماس التي تعتري

«طاكين» بعد الحمى، همس له بغزو البلاد البعيدة للحصول على ما تمتلك تلك البلاد من قوة وثروة.

يصمت «طاكين» طويلًا قبل أن يرد مُبتسمًا:

ـ والحصول على مزيد من حكاياتهم أيضًا.

لم يفهم «داريس» رد الملك «طاكين» فاكتفى بالابتسام المهذب ليعقب «طاكين»:

ـ الثروة والقوة ليست فقط في المعادن النفيسة المخبأة، ولا في مصادر الطاقة يا «داريس»، ولكن الحكاية أيضًا قوة وثروة.

يهز «داريس» رأسه موافقًا فيسأله «طاكين» بجدية:

ـ ولكنْ بيننا وبين تلك البلاد بحار ومحيطات وصحارٍ كبرى.

يبتسم «داريس» فتظهر أسنانه التي صُنعت من بلور بعد أن خلع أسنانه واستبدلها، فيبدو وجهه مع تلك الابتسامة آية من آيات الشر:

ـ هذا هو حلمنا القادم يا مولاي، الحلم الذي به نملك كل شيء.

لم يفهم «طاكين» سر هذه الابتسامة العجيبة، ولكن «داريس» استأذنه في أن يصحبه إلى دار السر.

ودار السر هي الدار التي لا يسمح بدخولها إلا لـ«داريس» وعلماء الحروب والملك «طاكين» فقط، سبعة عشر رجلًا لا غير، مسموح لهم بدخول ذلك المكان الخاص، ومن يمُت منهم لا يُستبدل به غيره، وعلى حائط دار السر رأى «طاكين» المخطط العجيب للراصدة.

كانت شيئًا لا يتصوره عقل كما هتف «طاكين»، إنها مدينة صغيرة مظلمة تسير تحت الماء بسرعة مذهلة، كل طاقتها ذاتية، تختزن الطاقة مما حولها وتحولها إلى قدرة على الإضاءة والإحراق والتفجير في

لحظة، تبدو كأنها فندق مريح يسير تحت الماء ويملك كل أسباب الرفاهية والنعيم، لكنها آلة مدمرة عند صدور الأمر، وقادرة على تفكيك نفسها وتحويل أجزاء كاملة منها إلى مقذوفات عالية التدمير، قادرة على تدمير آلاف الكيلومترات في بضع ثوانٍ، كل غرفة فيها تستطيع في لحظة أن تنفصل عن الراصدة وتحيط نفسها بدائرة من طاقة تحميها من أي هجوم مضاد.

أتم «داريس» شرحه لذلك الكيان العجيب قائلًا:

ـ وما إن تقبع الراصدة تحت الماء قرب بلد ما حتى تتحول من الخارج إلى كتلة مظلمة مخيفة، لا يظهر منها سوى رأس مخيف مظلم وصامت، وأمام سريرك المريح ترى كل تفصيلة وكل ركن وكل موطن قوة وموطن ضعف في تلك البلاد.

ابتسم «طاكين» في رضا وقال:

ـ ومتى يتحول هذا الرسم إلى حقيقة؟

أغمض «داريس» عينيه كأنه يحسب حسبة معقدة ثم فتحهما وقال:

ـ عشر سنوات.

هز «طاكين» رأسه موافقًا وأعطى إشارة البدء.

ومرت عشر سنوات وعشرة شتاءات وعشر مرات من نوبات الحمى، و«طاكين» مشغول بالمتابعة وقراءة حكايات البلاد البعيدة في سردابه، يقضي الليل الطويل يقرأ بصوت خافت قصص المصريين القدماء مدهوشًا من إيزيس وما فعلته مع حورس لاسترداد حق الملك من ست، لينتقل إلى قصص بابل وملحمة جلجامش وأبطال الفرس، وأساطير اليونان وفلسفاتهم، وحروب الرومان ونظام الحكم عندهم،

وتاريخ العرب وحروبهم في الشرق والغرب، حتى يصل إلى الماضي القريب وتلك الحروب المسماة بالعالمية الأولى والثانية وكم أهلكت من البشر، ثم الأوبئة التي اجتاحت العالم وحولته إلى عالم جديد، ويصل إلى قصة عجيبة لم تكتمل، قرأها في بضع صفحات من كتاب «حكايات التاريخ والبلدان»، عن ظهور مخلوقة تدعى حورة، هي نصف طائر ونصف امرأة، وضعت بيضاتها الأربع عشرة في عدة بلاد، وخرج من تلك البيضات عمالقة حكموا بلادهم بطريقة عجيبة، تقوم على العدل الذاتي، ويلاقي كل مواطن جزاء فعلته حاضرًا أمام عينيه، وكيف ماتت حورة وأبناؤها الأربعة عشر ولم يبقَ من ذلك النسل سوى فتاة تدعى حور تسكن في دولة اللاجئين، وعند تلك اللحظة تنتهي القصة من دون أن ينتهي شغفه بها، ويفيق «طاكين» على وزيره «داريس» يطلب الإذن، فيبتسم له «طاكين» بعينين مُرهقتين حمراوين ويقول:

- هل وقفت كثيرًا يا وزيري تنتظر؟ أنا لا أشعر بالوقت.

ليجيبه «داريس» مُبتسمًا بأسنانه البلورية المخيفة:

- خمس ساعات يا مولاي. أُقدر شغفك وولعك بالحكايات والتاريخ، لكنني أشفق على عينيك.

هتف «طاكين»:

- هل هو صادق هذا التاريخ في كل حكاياته يا «داريس»؟

يهز رأسه في تفكير ويرد:

- ليس كل الصدق وليس كل الكذب، هو لا يخلق شيئًا من عدم لكنه يميل وفق هوى من يكتبه.

فيضحك «طاكين» ويقول:

ـ لم تكن لدى الخردواتي والسماك فرصة للميل!

يقف «طاكين» وينظر بحب إلى «داريس» ويسأله:

ـ هل تراني عادلًا يا «داريس»؟

يرد «داريس» بصدق:

ـ أراك عادلًا يا سيدي حين تُحب العدل، وقاسيًا حين ترى في القسوة عدلًا، ومتسامحًا حين يكون مزاجك رائقًا.

يضحك «طاكين» ويُكمل لعبته:

ـ وأي شيء أنسب للرعية يا «داريس»؟

يرد «داريس» من دون تفكير:

ـ العطف إذا رضخوا والعنف إذا سخطوا.

يسأله «طاكين» من دون أن تغادر الابتسامة وجهه:

ـ والعدل؟

فيجيبه «داريس»:

ـ نسبي جدًّا، أحيانًا رحمتك لأعدائك ظلم، وترددك في صنع طريق بين القصر وبين البحر من أجل بيوت واطئة للفقراء ظلم للمملكة وهيبتها.

يقعد «طاكين» ويُغمض عينيه ويهمس:

ـ يبدو أنك تحمل خبرًا سارًّا.

يهز «داريس» رأسه ويقول:

ـ الراصدة تقبع تحت مياه البحر تنتظر أن تُنير ظلامها يا مولاي.

(٦)

على جزيرة قبرص اليونانية كان رماح يحاول أن يستعيد وعيه وعافيته، وأمامه الطعام والشراب، وإلى جواره رجل يوناني يحاول أن يقاوم فضوله فيفشل، ويسأله أسئلة عديدة لا يفهم منها رماح شيئًا.

وعلى جزيرة قبرص التركية كان إبراهيم يستعيد وعيه، ويجيب عن سؤال سأله له بلغة عربية ركيكة رجل تركي عجوز تجاوره زوجته التي تُحملق في إبراهيم.

ويرد الشاب:

ـ أنا إبراهيم المصري.

فتبتسم العجوز له وتسأل:

ـ ومَن نجية؟ ومَن رمانة؟ هل هما زوجتاك؟

فيجيب:

ـ بل أُماي يا سيدتي.

وحين ملأت الدهشة وجه السيدة حكى إبراهيم حكايته، وسالت دموع الرجل وزوجته وقال الرجل:

ـ ننتظر صيد هذا الحوت من العام إلى العام، وقد مرت سبعة أعوام من دون أن ننجح في اصطياده، حتى جاء النهار الذي خرجت لنا فيه من بطن الحوت لتحكي لنا هذه القصة العجيبة يا إبراهيم، لا بد والله أن لمجيئك الغريب هذا إلينا حكمة، فأنا أيها الطبيب أعاني من ألم في الساقين وزوجتي هذه تصرخ من بطنها.

ولأن إبراهيم كان مُمتنًّا لهما ومدينًا لأولئك الصيادين بحياته فقد عالجهما، وذاع صيته كطبيب بارع، وظل عامًا كاملًا يعالج المرضى حتى صار له بيت وعيادة ودرجة من الثراء، ووقف أمام الشاطئ ذات صباح يُحدث نفسه:

ـ لعل من جعل حوتًا يحملني إلى هنا قادر على أن يعيدني إلى وطني.

* * *

هز أبو شوال رأسه ضاحكًا وقال:

ـ صاحب المدد موصول ولو كان في جوف الحوت.

لم يفهم زيان قصده ولم يسأل، وفي الغرفة المجاورة فرح جابر بنجفة فرحًا عظيمًا بعد أن جمع بينهما أبو شوال وصار الحبيبان زوجين، ونظر إلى زيان وقال أبو شوال:

ـ لعل نجفة وجابر يأتي من نسلهما من يُنقذ البلاد والعباد.

لم يفهم جابر كيف أتت إليه نجفة، ولم يفهم أيضًا ذلك الرجل الذي يرتدي جوالًا ولا ذلك الصامت زيان، لكنه شعر بأنهما طيبا القلب، وحين كاشفه أبو شوال بقصة الكتاب ذُهل جابر وقال:

ـ وما أدراك بقصة الكتاب تلك يا شيخ؟ هل تعلم الغيب؟

هز أبو شوال رأسه وقال:

ـ وهل معرفة أن الكتاب عندك من علوم الغيب يا جابر؟ إن هو إلا حدس.

هز جابر رأسه وقال:

ـ لقد غيَّر هذا الكتاب حياتي.

سأله أبو شوال:

ـ ولماذا لم تُعطِه لمن طلب منك سرقته لحسابه؟

مط جابر شفتيه وقال:

ـ لا أدري، وجدتني أجري هاربًا بالكتاب.

نظر أبو شوال إلى الكتاب بحب وشيء من التقديس وقبَّل غلافه وقال:

ـ هذا الكتاب سر من أسرار البلد الكبرى.

(٧)

كان الليل مُذهلًا في ظلمته تلك الليلة، كل شيء خارج قصر «طاكين» مظلم وبارد. خرجا معًا من باب خلفي سري صغير، وتحركا نحو البحر كأنهما شبحان حقيقيان، شبح طويل وآخر قصير، تُغطي رأس كل منهما قلنسوة فزادت ظلالهما المشهد رعبًا.

على الشاطئ أمسكت يد «طاكين» الباردة يد «داريس» وهمس:

ـ هذا يوم لا يُنسى يا «داريس»!

انحنى «داريس» في أدب وقال:

ـ ليصعد مولاي على كتفي حتى أهبط به سلمًا إلى عُمق البحر.

كادت جبهة «داريس» تلمس الأرض وركبتا «طاكين» فوقه، وسار «داريس» بحمله الملكي وهبط به منحدرًا، ومد «داريس» قدمه في الظلام يتحسس موضع سلم حديدي، وبدأ يغطس في الظلام ووصل الماء إلى رقبته وقدمَي «طاكين»، ثم سار على لسان حديدي انتهى بباب حديدي أسود مغلق، ورفع «داريس» رأسه وقال:

ـ ما إن تلمس هذا الباب وبالطاقة المنبعثة من يدك وجسدك سيُفتح باب الراصدة.

لمس «طاكين» الباب الحديدي ففُتح الباب، ودخل «داريس» حاملًا «طاكين» ثم انحنى مرة أخرى حتى لامست جبهته الأرض، وهبط «طاكين» وبدأ يتحرك في مدخل الراصدة، وكان ينبعث من جسده نور يحيط به ويجعله يرى ما حوله، نور شحيح يكفي له أن يمر ويرى تفاصيل الراصدة العجيبة.

رفع «داريس» صوته وقال:

ـ باسم «طاكين» ملك بلاد الشمال وسيد الدنيا.

ثم أشار إلى قرص أحمر معلق فوق تمثال دقيق لـ«طاكين» وقال:

ـ ليضغط سيدي على القرص الآمر.

وما إن ضغط «طاكين» على القرص الآمر حتى انطلقت الراصدة بسرعة مذهلة غير محسوسة، و«طاكين» ينظر عبر قمرة صغيرة إلى الجُزر والبلاد وأنواع السمك وسباع البحر وهي تجري من حوله.

التفت «طاكين» إلى «داريس» الذي فهم ما في عينَي ملكه وقال:

ـ ليست للمتعة والترفيه بالتأكيد.

وأشار له «داريس» إلى قرص صغير أسود، فضغط عليه ونظر من القمرة فرأى جبلًا ضخمًا ينفجر، وحيتانًا بحرية تسبح محترقة ممزقة.

كان يومًا مثيرًا، امتد من الليل إلى الليل، رأى فيه «طاكين» الإمكانيات الرهيبة للكيان الجديد، وحين عاد إلى قصره ليلًا كانت السعادة تملأ وجهه، حتى إنه نظر إلى «داريس» في حب حقيقي وقال:

ـ «داريس» المخلص لا أجد شيئًا أكافئك به.

انحنى «داريس» في تواضع:

ـ يكفي رضا مولاي!

هز «طاكين» رأسه وقال:

ـ لا، لا يفي رضاي حقك أبدًا، خمسون عامًا من الإخلاص والخدمة الدؤوب والطاعة التامة. اقترب يا «داريس» المخلص.

واقترب «داريس» في سعادة وامتنان وانحنى في أدب وإجلال، فرفع «طاكين» رأس «داريس» بلمسة من يده لذقنه، وفتح له ذراعيه واحتضنه في حب نام وهمس في أذنه بصدق:

ـ أنا أحبك يا «داريس»، أنت لست مجرد وزير، أنت أيضًا مخزن أسراري وأنت من يعلم حكاية «طاكين».

كان نصل خنجر «طاكين» قد استقر بين ضلوع «داريس»، ولمعت عيناه لمعة أخيرة وهو ينظر إلى «طاكين» في دهشة وذهول، وقبَّل «طاكين» جبينه قبل أن يترك جثته تقع على الأرض وقال:

ـ وداعًا يا «داريسي» الطيب، وداعًا وزيري ومعلمي وصديقي، احتفظ بسري يا «داريس» للأبد. والآن يستطيع أن يبدأ «طاكين» حكايته الجديدة.

سحب «طاكين» جثة «داريس» وظل يدفعها حتى وقعت داخل المدفأة الضخمة وأخذت تلتهمها النيران، و«طاكين» قاعد يتأمل النار في هدوء والدموع تملأ عينيه، والدفء يحيط به مصحوبًا برائحة الشواء.

الفصل الثاني

د. م. ش. ق.

(١)

قال راشد في سره وهو يسبح نحو الراصدة: «إن كنتِ أنتِ الراصدة فأنا الراصد لك، تسعون يومًا وأنا أسبح، ساعة أمسك بذيل دلفين، وساعة أتعلق فوق ظهر كلب من كلاب البحر، وساعة تُلقي بي الأمواج فوق جزيرة، فأنجو من الوحوش والغيلان ثم أعاود العوم، وتمر بجواري سفينة فأتشبث بها وأكشف لأصحابها حالي فيلقي بعضهم بي إلى البحر ثانية، أو يشفق البعض عليَّ فيحملني في السفينة فتقربني قليلًا من الراصدة، كما فعلت سفينة الصياد ربيب الصبر، كان اسمه هكذا. ابتسم لي وقال:

ـ إلى أين؟

قلت:

ـ الراصدة.

قال:

ـ سأصحبك حتى تصير بينك وبينها سباحة يومين ثم ألقي بك إلى البحر.

كانا يومين غاية في الجمال والود حتى أيقنت أنني ميت بعدهما لا محالة، فليس بعد هذا الجمال إلا الموت. حدثني ربيب الصبر فيهما عن وحيدته منحة المنان، وكيف أنه فارقها منذ ثلاث سنوات وأنه ما زالت أمامه سنة أخرى كاملة ليعود بعدها إلى دمشق، ويحتضن ابنته منحة المنان حتى يموت داخل حضنها الحنون، وكيف أنها طيبة جميلة مطيعة.

كان يصفها ودموعه تسيل، وراشد على حاله من الصمت والاستماع، ولما جاءت اللحظة المنتظرة أشار ربيب الصبر باتجاه الشرق وقال مودعًا:

ـ اقفز في البحر واسبح وثابر وعافر وقاوم، فإذا بدت لك الراصدة القابعة فالتمس لنفسك مكانًا في البحر آمنًا، فإن لها أعينًا دوَّارة ترى بها كل غريب.

قفز راشد في البحر وأكملت سفينة ربيب الصبر طريقها، وواصل راشد السباحة حتى اقترب من الراصدة، ورفع رأسه والتقط أنفاسه ونظر إليها وهي قابعة مظلمة كشيطان، وبدأ يسبح سباحة مكتومة الصوت حتى اقترب جدًّا، ومد يده كي يلمس حديدها ويتشبث بها، وإذا بيد مشعرة ضخمة تقبض على ذراعه وتسحبه بعيدًا عن الراصدة. تَملَّكه الرعب ونظر باتجاه صاحب الذراع، فإذا به أمام رجل وحشي ضخم مشعر، ورأسه ضخم وشعره منكوش، لا يكاد يظهر من شعر وجهه سوى العينين والفم الذي انفتح وقال:

ـ اتبعني ولا تنطق.

وشد الرجل الضخم راشد بقوة، فكاد راشد يصير ورقة خفيفة في يد الغول، الذي لاحظ راشد أن له ذيل سمكة ضخمًا، وقبل أن يسأل ذلك الغول من أنت، كان الغول يحمله بيديه القويتين على ظهره ويسبح به سباحة سريعة جدًّا مبتعدًا عن الراصدة، حتى ألقى براشد على شاطئ بعيد ونام إلى جواره يلهث. كانت المرة الأولى التي يرى فيها هذا الكائن العجيب كاملًا، له وجه رجل مُشعر وصدر رجل، وبقية الجسد لسمكة ضخمة وذيل عريض متعدد الألوان. هتف راشد بصوت مبحوح:

ـ من أنت؟

أجابه الضخم:

ـ أنا «طاش لاهوب»، من سكان البحر، وشممت فيك رائحة من له في الراصدة غرض فسحبتك معي إلى هنا، لعل القدر ساقك إليَّ لأساعدك أو ساقني إليك لتساعدني.

قال راشد:

ـ كيف أساعدك أنا؟

ابتسم «طاش لاهوب» ابتسامة أظهرت ملمحًا طفوليًّا في وجهه وقال:

ـ أختي أسيرة في الداخل منذ سنوات، وتدعى «سيرانا»، اصطادها «أكتوم» وأهداها إلى الملك «طاكين»، وأنا أتيت إلى هنا لتخليصها منهم، ولي سنة قابع تحت الراصدة حتى رأيتك اليوم وأمسكت يدك فعرفت قصتك ـ وهذه ميزة حبانا بها الخالق

من دون سائر المخلوقات ـ وقلت هذا أخ أرضيٌّ أرسله الله إليَّ لأنقذ أختي «سيرانا» وتنقذ أنت دولة اللاجئين، ومَن يعلم لعلِّي أحضر فرحة زفافك إلى منحة المنان ابنة ربيب الصبر.

تَعجَّب راشد وصمت ثم قال:

ـ وكيف يكون ذلك؟

أجابه «طاش»:

ـ لا يستطيع «طاكين» أن يرصد وجود وحركة أبناء البحر إذا اتخذوا حيطتهم ودهنوا أجسامهم بزيت المرجان، وهذا ما سأدهن به جسمك مثلي، وبهذا يستطيع أحدنا أن يدخل الراصدة وينتظره الثاني من دون أن تراهما عينا «طاكين»، فأكون عينك في الداخل وأنت حارسي في الخارج أو العكس، حتى ينجينا الله بمكره من مكرهم».

(٢)

تفقد «طاكين» رجاله داخل الراصدة وهي تستعد لرحلتها التاريخية من الشمال إلى الشرق والجنوب، وحين لاحظ ذلك الشاب الصموت «أكتوم» لفت نظره بشدة، كان هو المسؤول عن توجيه الراصدة، طلب تقريرًا عنه وعرف منه أنه «أكتوم بن هتياش»، والده صياد يصطاد الدببة البيضاء، وأمه «ليجا» صانعة سجاد، كان الأفضل بين أقرانه وحاصلًا على شهادات تقدير عالية في السلاح البحري، جعلته يصل إلى موقعه

الحالي وهو في الثلاثين من عمره، لم يتلقَّ حتى الآن التطعيم الخاص بإطالة العمر، أي إن سنه الحقيقية هي فقط ثلاثون عامًا.

في الصباح التالي كان «أكتوم» في اجتماع خاص مع «طاكين» في غرفة الإدارة المركزية. سأله «طاكين» سؤالًا مباشرًا:

ـ هل تحب الحكايات يا «أكتوم»؟

هز الرجل رأسه بإيماءة الموافقة.

ابتسم له «طاكين» وقال:

ـ وهل تعلم حكاية أبناء حورة؟

قال «أكتوم»:

ـ نعم.

اقترب منه «طاكين» هامسًا وهو يضع يده الباردة على كتف «أكتوم»:

ـ أربعة بلاد حكمها أبناء حورة يا «أكتوم»، مصر وتونس والمغرب ودولة اللاجئين، وبلد خرج منه زوج حورة الحالم ليلتقي حبيبته على العش الغامض في الغابة، فما هو؟

رد «أكتوم»:

ـ بغداد العراق.

هتف «طاكين»:

ـ مصر وتونس والمغرب ودولة اللاجئين والعراق، بلاد فيها الكثير يا «أكتوم»، وتلك هي غاية الراصدة.

لمعت عينا «أكتوم»:

ـ الرصد قرب السواحل.

تابع «طاكين»:

ـ ثم سلْبهم حكاياتهم ثم الهجوم والمحو.

سأله «أكتوم»:

ـ وكيف تسلب حكايات الناس؟

أجابه «طاكين»:

ـ سرقة أصل الحكاية الأصلية، وخلق حكاية بديلة كاذبة، ونسب كل حقيقي في حكايتهم إلى حكايتك!

قال «أكتوم»:

ـ ليست في بلاد الشمال حكايات إلا عن الصيد.

ضحك «طاكين»:

ـ سيكون كل مستحيل وخيالي ومقدس هو حكايتنا، وما دون ذلك من حكي فارغ هو حكايتهم.

هز «أكتوم» رأسه موافقًا.

وقال «طاكين»:

ـ وحينما تنتهي تلك القصة تبدأ المعركة.

سأل «أكتوم»:

ـ ومتى تنتهي؟

رد «طاكين»:

ـ لا أعرف على وجه الدقة، لذلك كان السعي لتلك الحقنة التي تطيل العمر حتى يشهد «طاكين» المعركة.

صمت «أكتوم» ولم يسأل.

فابتهج «طاكين» وقال:

- ليس لديك فضول للسؤال عن المعركة، وهذا يزيدني إعجابًا بك يا «أكتوم»، سلِّم مهمتك إلى «مكيالين» النحيف.

تعجب «أكتوم» لكنه رضخ وقال:

- أمرك سيدي.

وأكمل «طاكين»:

- واذهب بهذا المفتاح إلى الغرفة «م. ك. ر» واطلب بأمري أن يحقنوك، فأنت رفيقي في المعركة الكبرى ولو بعد مائة عام.

لم تتغير ملامح «أكتوم» كثيرًا، بل أخذ المفتاح وتحرك في طاعة إلى الغرفة «م. ك. ر»، ثم توقف مُتذكرًا ترتيب الأوامر التي أُصدرت إليه، فغير مساره متجهًا إلى غرفة التحكم والقيادة في الراصدة حيث يوجد «مكيالين»؛ ذلك الشاب الدنيوي النحيف، عاشق الملذات محدود الأحلام وإن كان فائق الذكاء أيضًا، وما إن رأى رئيسه المباشر «أكتوم» يدخل حتى وقف في تبجيل وبدأ «أكتوم» في إلقاء الأمر:

- من هذه اللحظة أنت المكلف بقيادة الراصدة يا «مكيالين».

امتلأ وجه «مكيالين» بالدهشة والفرحة وألقى التحية في طاعة، وخرج «أكتوم» متوجهًا إلى غرفة «م. ك. ر» التي لم يكن مسموحًا بدخولها إلا لـ«طاكين» وثلاثة من رجال الحكمة.

في الغرفة العجيبة أغمض «أكتوم» عينيه مستسلمًا لألم الوخز المرعب، ومر عمره السابق في لحظة، وأفاق على وجه «طاكين» يبتسم كأنه شيطان حنون وهو يهمس:

- استعِد للمعركة، فلن يكون من هذا العصر حيٌّ سوانا أنا وأنت.

همس «أكتوم» تحت تأثير الخدر:

ـ ومتى المعركة، وأين؟
ابتسم «طاكين» وقال:
ـ ليست قريبة، وقرب دمشق ستكون.
تمتم «أكتوم» في إرهاق شديد:
ـ د. م. ش. ق.

(٣)

قال أبو شوال:
ـ لم تنتهِ الرحلة بعد، وعلينا أن نواصل ما بدأنا.
قالت نجفة:
ـ أنا زوجة الآن وأريد أن أستقر في بيت زوجي.
قال زيان:
ـ المرأة مع زوجها حيث كان.
علق جابر:
ـ ما زلت حيًّا، ولن يتخذ أحد قرارًا لي بالنيابة عني.
صمت الجميع وقطع أبو شوال الصمت:
ـ سنذهب إلى قصر الحاكم ومنه تبدأ رحلةٌ مكتوب من هم أصحابها، تناقشوا في أموركم كيفما شئتم وأنا سأواصل طريقي، ومن شاء أن يتبعني فليتبعني ومن لم يشأ فهو وشأنه.

* * *

زاد الحديث في جزيرة قبرص عن الرجلين اللذين خرجا من بطن حوتين، أحدهما على الشاطئ التركي والآخر على الشاطئ اليوناني، وحين بلغ الأمر رماح عرف أنهم يتحدثون عن إبراهيم، وحين بلغ الأمر إبراهيم عرف أنهم يتحدثون عن رماح، وشرع كل واحد منهما في التخطيط للقاء الآخر.

(٤)

وللنساء في حياة «طاكين» نصيب، طفل يتيم رأى نهاية أمه على يد فهد شرس، وعاش في حضن جدة تحكي عن المخلوقات غير المرئية وتطاردها أيضًا من مكان إلى مكان، كانت البنات في الطفولة يرين أن «طاكين» غريب الأطوار صموت، فضلًا عن قِصره، ما جعل فرصة الاقتراب منه ضئيلة، كان الصبية الآخرون أكثر جاذبية، وكان أكثرهم جاذبية على الإطلاق «طيبوم» ذا القوام النحيل والطول الفارع، والشعر الأسود الناعم، والعينين الواسعتين، عشقته كل البنات، ولكن كل ذلك لم يُثِر غيرة ولا حفيظة «طاكين» إلا حين أحبت «جارودا» «طيبوم»، كان يومًا كارثيًّا في حياة الصبي المراهق «طاكين» ذي الأربعة عشر ربيعًا، لقد كان يعشق «جارودا» ويسهر الليالي يبكي ويكتب خطابات لم يرسلها إليها قَطُّ، يصف فيها حالته الخطيرة في الحب، وكيف أنه حين تنام المدينة بكاملها يسهر هو ينظر إلى شبَّاك بيتها المُضاء لينتظر تلك اللحظة المكررة كل يوم،

التي تطل فيها «جارودا» من شبَّاكها عدة دقائق، ثم تعود إلى الداخل وتطفئ الأنوار، ويسألها في الخطاب متوسلًا:

> أريد أن أخطر ببالكِ ولو مرة واحدة، أن تنظري إلى ذلك القابع في الظلام ينتظرك، يا من ملكتِ عليَّ روحي وعقلي وقلبي.

كانت الأيام المشمسة نادرة جدًّا في بلاد الشمال تلك، وفي تلك الأيام النادرة تختار الفتيات والصبية يوم السبت الأول من شهر مايو لإعلان كل صبي حبه للفتاة التي اختارها قلبه عند الجسر. الجسر الذي يعبر نهرًا صغيرًا دائم التجمد طوال العام، يرتدي الصبية الجواكت الكحلية والبنطلونات البيضاء والقبعات الكحلية المستديرة، ويمسك كل منهم في يده زهرة زرقاء، ويقفون في صف يقابلهم صف من البنات في تنانير بيضاء وقمصان حمراء مزركشة، وشعورهن تتدلى على أكتافهن على هيئة ذيل حصان. كان «طاكين» يُمسك زهرته وقد قرر أن يتجه إلى «جارودا»، وبالفعل اتجه إليها ومد زهرته الزرقاء لكن يدها هي امتدت إلى زهرة «طيبوم». ابتسم «طاكين» ابتسامة زائفة، واختارته «كرياسونا» الثرثارة، وظل اليوم كله ينظر إلى فمها الذي لا يتوقف عن الثرثرة، حتى إنه اضطر إلى تقبيلها في آخر اليوم لتتوقف عن الكلام في المساء.

شهد الجسر فعلًا شنيعًا لم يجد له الناس تفسيرًا في الصباح، حين وجدوا «طيبوم» متجمدًا تحت الجسر وقد غُرِس في الثلج مقلوبًا، رأسه لأسفل وقدماه لأعلى، والثلج في الأسفل يغطي الوجه الذي برز فيه الأنف وجحظت العينان. كان منظرًا مرعبًا، ظلت تتحدث

به المدينة طويلًا، ومنعت الأُسر أطفالها من الذهاب إلى الجسر في المساء لما أُثير عن شبح «طيبوم» الذي يطارد كل صبي ويحاول سحبه إلى النهر المتجمد.

كانت «جارودا» حزينة على حبيبها الذي لم تفرح به إلا نهارًا واحدًا، وهنا اقترب «طاكين» مواسيًا ونجح في جعلها تقترب منه، وحين باح لها بحبه ابتسمت في قبول ورضا، لكنه رأى خلف ابتسامتها «طيبوم» ينظر إليه بوجه دامع.

استمرت قصة الحب بين «طاكين» و«جارودا» حتى التحق «طاكين» بالدراسة العسكرية، وطلب من جده أن يخطب له «جارودا»، وتزوج بها عند التخرج لكنهما لم ينجبا، وظل «طاكين» يحمل لها مشاعر مختلطة بين العشق والكراهية، لم ينسَ حتى بعد مرور السنوات اللحظة التي مدت يدها فيها إلى زهرة «طيبوم»، وحين تعرف إلى «داريس» بدآ يمضيان في مخططهما.

كانت معلومة «داريس» الهامة أن الحقن بحقنة إطالة العمر من شروطها عدم الإنجاب، وحين بدا الغضب على وجه «طاكين» ابتسم «داريس» له وقال:

ـ ماذا تريد من الذرية؟ أن تكون امتدادًا لك مثلًا؟ وماذا من وراء ذلك وأنت ستعيش مئات السنين؟

واقتنع «طاكين»، ولم تعلم «جارودا» بالأمر، وشعر «طاكين» بعد أخذ الحقنة أن شهوته ما زالت موجودة ولكن قدرته اختفت تمامًا، وهنا ثار على «داريس» الذي بدا مرتبكًا وهو يغمغم:

ـ لم أكن أعلم بأن ذلك عرض من أعراض الأمر، وما زالت الشهوة

موجودة فليعبث مولانا كيفما شاء له العبث مع من تطيب لها نفسه من النساء بلا قدرة، ويكفيه اللعب والعبث حتى يرضى.

أسرَّها «طاكين» في نفسه، وبدأ في مرحلة جنونية، عاش فيها الشهوة بلا قدرة، وبدأ الاستياء يظهر على وجه «جارودا»، فهي تظن أنه منصرف عنها لانغماسه مع الأُخريات، وشكَت ذات ليلة إهماله لها فصمت وطلب من «داريس» أن يحقق له حلمه بالقدرة ولو لليلة واحدة، واجتمع الأطباء وسهروا ومرت الأيام من دون جدوى، حتى توصلوا إلى عقار لا يُستخدم إلا مرة واحدة وإلا فقد «طاكين» أثر حقنة إطالة العمر للأبد. وتهيأ «طاكين» لتلك الليلة، وظل محتارًا هل يقضيها مع «جارودا» أم أنثى أخرى أكثر جمالًا. زادت حيرته ومر الوقت، وحين وقع اختياره على «جارودا» في النهاية لم يكن يعلم أن الوقت الذي مر كان قد تجاوز الوقت المتاح ليؤتي ذلك العقار مفعوله، وفشل في أن يأتي زوجته، وحاول وحاول وحين أصابها الملل والسأم والإرهاق همست في ضيق:

ـ لا ترهق نفسك أكثر من هذا، فأنا لا أريد وأنت لن تستطيع أبدًا.

كانت هي آخر جملة سمعها «طاكين» من «جارودا»، وتحدث الخدم طويلًا بعد تلك الليلة عن «جارودا» سيدة القصر التي ألقت بنفسها من أعلى شرفة في القصر، لتقع على أرض حديقة القصر الصلبة ويتهشم رأسها. ثلاث ليالٍ من الحداد مرت على القصر المظلم لم تجرؤ فيه طوبة واحدة على النطق بالحقيقة، ولم يلحظ سوى جدران الغرفة والشرفة يد «طاكين» حين امتدت ودفعت بكل قوتها جسد «جارودا» النحيل.

مرت السنون على «طاكين» وهو في حالته المركبة تلك، يشتهي النساء ولا يقدر على إتيانهن، حتى إنه في السنوات الأخيرة كان ينتقي الفتيات اللاتي لديهن فقط قدرة على سرد الحكايات، يختلي بالفتاة في غرفته في الراصدة ويقول لها مبتسمًا حين تقترب منه في طاعة: «هل تستطيعين أن تحكي الحكايات؟»، فإن أجابت بنعم ظلت معه حتى الصباح، وإن أجابت بلا أخرجها فورًا من غرفته، حتى أتى له ذات ليلة «أكتوم» بـ«سيرانا»، تلك الفتاة العجيبة التي سلبت عقله.

(٥)

سار أبو شوال بهمته المعهودة وخلفه زيان المشغول ذهنه بشيء ما، وكان جابر يهمس إلى عروسه نجفة:

ـ ماذا بكِ يا حبيبتي؟ لماذا تسيرين ببطء؟ هل يوجد ما يؤلمك؟

فتهمس في أذنه بفرحة دافئة:

ـ هكذا تمشي الحبلى يا جابر!

كاد جابر يقفز من الفرحة، ولكن نجفة جذبته إليها وقالت:

ـ هذا سر!

زعَقَ أبو شوال:

ـ أسرِع يا أبا ياسر ولا تخشَ على أم ياسر من شيء.

هتفت نجفة:

ـ ليس مع هذا الدرويش سر.

قال زيان فجأة وهو يحاول أن يلحق بأبو شوال:

ـ لقد رأيت منامًا يا سيدي.

رد أبو شوال من دون أن يلتفت إليه:

ـ خيرًا.

قال زيان:

ـ رأيتني أنام على التراب والحصى وأنت تقف فوق رأسي وتمد لي يدك وتقول: «قم من مكانك هذا واجلس على ذلك الحجر الكبير». ورأيت خلفك حجرًا ضخمًا كأنه مصطبة، فقلتُ معتذرًا: «لا أريد أن أعلو على الأرض، ذلك شيء يورِث الكِبر». فسحبتَني من يدي، وكنت خفيفًا في يدك كأنني بلا وزن، وأجلستني فوق الحجر وقلتَ: «بل هو مكانك الذي ستُسأل عنه، فإن أسأت إليه عوقبت وإن أحسنت نجوت». واستيقظت.

لم يعلق أبو شوال على كلام زيان، ما زاد من ضيقه، وظل ينتظر منه أن ينطق والرجل على حاله يواصل السير وزيان يتبعه، ثم توقف والتفت إلى زيان وقال:

ـ علينا أن نلحق بباب قصر الحاكم قبل الغروب.

على باب قصر الحاكم طلب أبو شوال من الحارس الإذن لهم في الدخول فورًا، فأجابه الحارس ساخرًا:

ـ ومن أنتم حتى تلتقوا سيدنا الحاكم وفورًا؟ ما أنتم إلا رعاع!

ابتسم أبو شوال وقال:

ـ صدقت، ولكن عليك أن تخبره بأن أربعة رعاع ببابه ينتظرون

الإذن ومعهم الكتاب الذي يبحث عنه، فإن قصَّرت ولم تفعل فأنا أُبشرك بالذبح.

انطلق الحارس إلى كبير الحراس الذي انطلق إلى الحاجب الذي امتقع لونه وقال:

- سأخبر سيدنا، ولكنه في حالة شديدة من المرض، والأطباء يتوافدون على مخدعه من الأمس.

وحين همس الحاجب في أذن الحاكم المريض بالخبر، أمره بإدخالهم على الفور.

كانت نجفة مبهورة بفخامة القاعة، أما جابر فكان في حالة من الرعب لا مثيل لها، فهو لا يعرف ماذا سيكون مصيره بعد أن يعرف الحاكم أنه هو من سرق الكتاب من المتحف. أمسك الحاكم المريض الكتاب بفرحة كبيرة وقال في إعياء:

- الحمد لله أن عاد هذا الكتاب إلينا، ولكن كيف وصلتم إلى الكتاب؟ من أنتم ومِمَّن أعدتموه؟

رد أبو شوال:

- لكل بلد حُراسه المجهولون يا سيدنا، وأنا خادمكم أبو شوال، سرت خلف خيط من نور جمع بين عاشقين حتى وصلت إلى جابر، خادمكم الذي كان حارسًا لمتحف البلاد، وأراد الأعداء رشوته ليسرق لهم الكتاب، فسرقه من المتحف لكنه لم يُعطِه لهم وفضَّل أن يعيد الكتاب إلى حاكم البلاد، ولولا رفقتنا لذلك الرجل المخلص (وأشار إلى زيان) لما استطعنا أن نصل بالكتاب إلى سيادتكم.

مد الحاكم يده وقال في رجاء:
ـ دعني أُقبِّل يدك.
قبَّل أبو شوال رأسه وهمس:
ـ الراصدة يا سيدنا تنتظر، وهم يريدون شعبنا عبيدًا لهم مسلوبي الحكاية والإرادة.
هز الحاكم رأسه وأجاب:
ـ أعلم، أرسلت طبيبًا إلى حاكمهم ليعود لي بأخبارهم ولم يعُد، أعرف الشر الذي يملأهم لكن العمر انقضى، ولا أريد لهذه البلاد أن تكون بلا حاكم، وزيرنا ضعيف ولا يصلح، والمتبقي في العمر أنفاس لا تدفئ الصدر، فأوصني!
أجابه أبو شوال:
ـ أتيت إليك بالكتاب وبالحاكم من بعدك.
فتح الحاكم عينيه وسأل:
ـ مَن؟ هل تقصد نفسك؟
ضحك أبو شوال ساخرًا:
ـ لا يصلح أبو شوال إلا للدعاء، ولا يصلح للحكم، ولا أظن أن نجفة أو جابر يصلحان للأمر.
ابتسم الحاكم ونظر إلى زيان وقال:
ـ إذن هو الصموت الشارد، ابسط كفك يا رجل لأعهد إليك بأمر العباد والبلاد، فقد جئت على قدر وجئت في موعدك.
انتبه زيان للكلام وأدرك معناه وانتفض معتذرًا:
ـ أنا؟ لا يا سيدي، ما أنا إلا رجل عامي لا يصلح لشيء.

زجره أبو شوال بنظرة وقال:

ـ بل ابسط يدك وقل السمع والطاعة لك يا سيدنا!

وأمسك أبو شوال بيد زيان ووضعها في يد الحاكم وقال مُذكِّرًا زيان:

ـ هذا هو مكانك الذي ستُسأل عنه، فإن أسأت عوقبت وإن أحسنت نجوت.

أصاب الذهول زيان، وترك يده في يد الحاكم، وقال أبو شوال بسرعة وتعجل:

ـ لتدعُ وزيرك وكبير حرسك وتخبرهم بالأمر يا سيدنا.

وما إن أعلن الحاكم قراره بحضور الوزير وكبير الحرس حتى فاضت روحه، وناول أبو شوال الكتاب لزيان في حركة طقسية تشير إلى أن من يملك الكتاب هو الحاكم الشرعي للبلاد، وقال بصوت عالٍ:

ـ رحم الله سيدنا، وأعز الله سيدي زيان حاكم البلاد رحيم القلب قوي العقل نظيف النفس.

وانحنى وقبَّل يده، وكذلك فعل الوزير وكبير الحرس وجابر ونجفة، وأعلن زيان الحداد في عموم البلاد.

(٦)

ليالٍ طويلة سهرها راشد و«طاش لاهوب»، يتبادلان في كل ليلة الأمر، فيدخل راشد الراصدة خلسة لمدة ساعة ويعود، وفي الليلة التالية يدخل «طاش لاهوب»، ويخرج واحد يبحث عن معلومات

تقربه من فهم الراصدة، والآخر يبحث عن أخته «سيرانا». وخلال تلك الليالي كان «طاش لاهوب» يحكي لراشد ما عرفه عن «طاكين» وعن أحواله وعن عالم البحر العجيب، وعن الرجلين اللذين التقم كلَّ واحد منهما حوتٌ قبل أن يقطع «طاكين» رأسيهما بلحظات، وكيف ألقى حوت منهما بصاحبه على شاطئ قبرص اليوناني، وألقى الحوت الثاني بصاحبه على شاطئ قبرص التركي، وكيف التقيا معًا بعد مرور وقت، وكيف ساعدهما «طاش لاهوب» وحملهما على ظهره وأوصلهما إلى شاطئ الإسكندرية، ولا يعرف ماذا حدث لهما بعد ذلك. وحين سأله راشد عن نية «طاكين»، قال له «طاش لاهوب» إنه ملك عجيب قصير ماكر، أقام مكتبة في الراصدة تضم كل حكايات الدنيا بعد أن جعلهم يغيرون ويبدلون فيها، وينقلون أحداث ومكان كل حكاية وكل أسطورة إلى بلاد الشمال، فصارت بلاد «طاكين» وحدها هي بلاد غالب الحكايات وصار «طاكين» نفسه هو البطل المكرر في كل حكاية، وكان في رحلته الطويلة تلك التي بدأت من بلاد الشمال إلى هنا يُدمر الكثير من البلاد، ويترك على كل بلد دمره حاكمًا من بلاد الشمال ويسميه باسمه وباسم البلد الذي دخله، فصار هناك «طاكين» فارس، و«طاكين» روسيا، و«طاكين» الهند، وينتظر أن يكون هو «طاكين» الشرق الذي يشمل مصر والشام والعراق والحجاز واللاجئين، بعد أن تصل إليه حكاياتهم ويسلبهم ما يملكون.

ظل وجه راشد على حاله من الجمود كأن الكلام لم يفاجئه، وسأل في هدوء:

ـ ولكن ماذا يخشى «طاكين»؟ ما هو فخه؟

ابتسم «طاش لاهوب» وقال:

ـ «طاكين» لا يخشى إلا الزمن، صراعه ليس مع بلاد ولا مع أشخاص، هو يعلم أن لكل بلد حكاية ولكل حكاية بطلًا، وحين قرأ حكايات البلدان أدرك اللعبة والسر، وأنه في البلاد ذات الحكايات القديمة لا بد من أن ينتصر في كل مرة رجل من أولاد ذلك البلد ولو بعد حين، فكان «طاكين» يُسابق الزمن من أجل أن يسبق ذلك القادم في نهاية كل حكاية، ولعله نجح في كل البلاد التي سلب أهلها حكاياتهم ولم تتبقَّ أمامه إلا بلاد أبناء حورة الأربعة.

* * *

ظلت رائحة الشواء تطارد «طاكين» من حين إلى آخر منذ أن ألقى بـ«داريس» داخل المدفأة، رائحة جعلته لا يتذوق اللحوم المشوية أبدًا، وها هو الآن بعد مرور الكثير من السنوات وبعد أن التقم الحوتان كلًّا من إبراهيم ورماح، يقعد إلى جوار مدفأته في الراصدة ويشم رائحة الشواء، كان فألًا ليس حسنًا لكن حاول أن يتجاهله وذهب إلى القمرة ليسلي نفسه بالفرجة على البلاد.

* * *

كان كل شيء ساكنًا هناك، القاهرة يسير الناس في أسواقها على عادتهم من المزاح والضحك العالي، والشجار الذي سرعان ما ينفَض، والمتحف هادئ ومظلم، وقصر الحاكم كئيب وخافت ضوءُه، وجبل المقطم مُتلألئ بأربعة أنوار تطل على الجهات الأربع، لا يعرف أحد مصدر هذه الأنوار الأربعة ويسأل «طاكين» نفسه في

حيرة السؤال المكرر كل ليلة: «من أي مصدر للطاقة يحصلون على هذا النور الصَافي؟ بلاد عجيبة! تُرى إن سرت على قدميَّ ذات ليلة في أسواق القاهرة ماذا يحدث؟».

أغمض «طاكين» عينيه وراح في سِنَة من النوم وأخذت الكوابيس المزعجة تعاود الهجوم، كان «داريس» ينظر إليه مبتسمًا بأسنانه البلورية ويهمس:

ـ هل تريد طبقًا من لحم «داريس» المشوي يا مولاي «طاكين»؟

فيشيح بوجهه ليجد الفهد الذي التهم أمه يُكشر عن أنيابه ويقول:

ـ كنت أريد أن أبدأ بك، رائحتك كانت أشهى في أنفي من رائحة والدتك.

ويبدأ الفهد يجري نحوه، و«طاكين» يجري ويجد شبحًا يناديه:

ـ لتهرب منه هنا يا «طاكين».

فيجري «طاكين» باتجاه الشبح ويجد حائطًا يستند إليه لاهثًا، وينظر إلى الشبح ليشكره فيجده «طيبوم» واقفًا داخل لوح من ثلج، ويسأله:

ـ ألا تشعر بالبرودة يا «طاكين»؟

فيواصل الجري اللاهث ليجد نفسه فوق قمة جبل وخلفه «جارودا» تدفعه بيدها وهي تضحك وتقول:

ـ لتجرب القفز يا «طاكين» لعلك تنجو.

فيهوي في أعماق سحيقة يفيق منها صارخًا:

ـ «أكتوووووم»!

الفصل الثالث
سرُّ ليلى

(١)

كان مخدع الحاكم كئيبًا وكان زيان يتحرك داخله كسَجين، وحين دخل عليه أبو شوال أمسك به زيان في غل وقال:

ـ أوقعتني في فخ يا أبو شوال وأنا لا أطيق ذلك.

ابتسم أبو شوال في هدوء وقال:

ـ هذا حكم القدَر يا زيان، وما كان لنا أن نرفضه، لكل وقت رجل، وهذا هو وقتك يا زيان.

انهار زيان على كرسي مريح يجاور سرير الحاكم وقال:

ـ زيان لا يصلح لشيء، فكيف لي أن أصير حاكمًا لتلك البلاد؟

ربت أبو شوال بحنان على كتفه وقال:

ـ بل تصلح يا زيان، هذا الصدر داخله قلب نظيف، وما كانت رحلتنا إلا دليلًا على هذا، فاصبر واستعد، فأمامك أمور جسام تنتظرك.

هتف زيان:

ـ لا تحدثني بالألغاز يا رجل، واكشف لي مكنون أقوالك وأفعالك.

فاقترب أبو شوال وقال هامسًا:

ـ حين تصير هذه البلاد على قلب رجل واحد يعتدل ميزان الكون.

* * *

نظرت صفا إلى البحر وبكت، فلمع في عينيها ضوء القمر، فمسحت دموعها بكفها وقالت:

ـ غاب رماح يا قمر، لعلك الآن تراه كما تراني في بقعة أخرى من الأرض، فأرسل إليه سلامي. يا قمر لم يهتز قلبي إلا لذاك الحكَّاء الغريب. يا قمر ما احمرت وجنتاي خجلًا إلا من نظرته. يا قمر لم تعد صفا كما كانت، وأبي يلح عليَّ لقبول أحد الخطاب الذين يطلبونني كل يوم وأنا التي لم يطلب قلبها سوى رماح. يا قمر إن كنت تسمع ولك أذنان فاسمعني، وإن كان لك لسان فخبِّره، قُل له إن صفا إليك تشتاق. يا قمر أنا لم أصدق أنك تسمع وترى وتتكلم إلا حين قابلت رماح الحكَّاء الماكر، الذي جعلني أصدق أن كل شيء في الوجود مثلنا، كل حجر كان في القديم عاشقًا حتى أحاله الشوق إلى حجر، وأنت يا قمر ربما كنت يومًا من الأيام مثلي مُلتاعًا، فرفعك العشق إلى السماء وأنار وجهك الإخلاص لمحبوبك. يا قمر إن كان لك محبوب ترجوه فأرسل سلامي إلى محبوبي.

وزفرت صفا زفرة طويلة، وقامت من مكانها صوب البحر، المكان الذي خرج منه رماح ذات يوم بصحبة أبيها الذي أنقذه من الغرق.

كان رماح نائمًا على العشب، وظل إبراهيم مستيقظًا حين رأى رماح يبتسم وهو نائم ويردد كلامًا غير مفهوم، كان يقول: «يا صفا، كلامكِ يسكر القلب، ومرسالكِ المضيء أثخن جراحي، يا صفا، دموعكِ تكوي ضلوعي فاصبري واعلمي أن اللقاء قريب».

هز إبراهيم رأسه مدهوشًا من هذا العاشق الحالم، ونظر إلى السماء فإذا القمر في تمام نوره، وقال:

ـ وأنت يا إبراهيم يا ابن رمانة ونجية، هل مضى عمرك بلا حبيبة تشتاق إليها؟ سنوات مرت من دون أن يخطف قلبك عشق، كل حكايات رماح بها عشاق وأنت حكايتك خالية كلَيلة بلا قمر.

أغلق عينيه في حزن غريب، وفتحهما ليجد طيف فتاة تبتسم له ثم تسرع الخُطى، فما كان منه إلا أن ترك رماح ونسي رحلتهما باتجاه قصر الحاكم وجرى خلفها.

(٢)

كان إبراهيم يجري لاهثًا لا يدري ماذا يفعل، فقط يجري خلف طرف شال أحمر وصوت قدمين تسحقان الحشائش ولهاث. أي جنون يقوده إلى هذه المطاردة؟ يجري من دون تفكير، يجري كأنه يجري وراء كل ما يملك في الحياة، ظل يجري حتى سمع صوت سقوط الجسد النحيل وأنَّة خافتة مكتومة، فهدَّأ من جريه وتقدم خطوات بضربات قلب متسارعة ونفس متقطع لاهث، وأخذ يقترب. رآها بين

الحشائش تُمسك بساقها في ألم، وتنظر إليه في خجل وارتباك شديد، وتداري ساقها المتألمة بيدها، والشال الأحمر على بُعد خطوات منها بعد أن طاح من يدها عند السقوط، وصار أقرب إلى قدمَي إبراهيم الذي يقف مدهوشًا من جمالها، وما كان منه إلا أن مال والتقط الشال الأحمر وألقاه على كتفيها واقترب هامسًا:

ـ استندي إليَّ، فإذا استطعتِ الوقوف والحركة، وتحملت ساقكِ الألم، فأنتِ بخير.

مد يده، لكنها لم تمد يدها فابتسم لها في إصرار:

ـ لا بد من أن تفعلي هذا، أنا طبيب وأريد أن أطمئن بأن هذه الساق لم تُكسر، وذلك لن يكون إلا بمحاولة النهوض والمشي.

مدت يدها في توتر وحاول أن يُنهضها، وامتدت يده الأخرى من تحت إبطها ورفعها إلى أعلى، فسرت فيهما رعدة قوية وتعمد كل منهما أن ينظر بعيدًا حتى لا تتلاقى الأعين في لحظة التقارب الجسدي هذه، وبدأت تحاول المشي وقد ابتعدت عنه بجسمها قليلًا وظلت كفها فقط تستند إلى كفه، ومشت خطوة ثم كتمت أَنَّاتها وتركت يده ومشت خطوات متتابعة في ألم وصبر، فابتسم إبراهيم مبتهجًا وقال:

ـ ليس في الساق الجميلة كسر.

احمر وجهها، وواصلت طريقها تسير بعرج خفيف وهو إلى جوارها يسألها بصوت حنون:

ـ لماذا كنتِ تجرين مني يا...؟

ردت من دون أن تنظر إليه:

ـ ليلى.

ابتسم سعيدًا باسمها الذي وافق في نظره ملامحها، وقال:

ـ لماذا يا ليلى؟

قالت في صدق:

ـ كنت أسير كعادتي كل صباح من بيتنا البعيد إلى هنا لا غير، فأنا أحب في الصباح أن أسير في تلك المساحات الخضراء، في الصباح يكون كل شيء جميلًا ونقيًّا ورائحته ذكية، الحشائش والأشجار والورد والسماء الزرقاء التي تحمل الكثير من الألعاب القطنية.

استنتج إبراهيم مقصودها وقال:

ـ تقصدين السُّحُب؟

هزت رأسها موافقة مبتسمة:

ـ أرانب بيضاء وأطفال وملائكة، وقطط تجري، وخراف تلعب، وأحيانًا حروف، كل شيء من الممكن أن تراه مُصورًا في السحب في الصباح، قصص وحكايات. هل أنا ساذجة؟

وتضحك ويضحك إبراهيم ويهز رأسه بالنفي:

ـ لا، ولكن لماذا الجري مني؟ هل أخفتك؟

ردت بصوت بسيط ساحر:

ـ كنت أسير ولا أبالي حتى التفتُّ إلى صوت رجل يتكلم فارتبكت، لم أعتد أن أسمع صوت أحد في هذا الوقت وفي ذلك المكان سوى صوت طائر يغرد، أو صوت الهواء المنعش البارد القادم من البحر البعيد، فأخذت أبحث عن مصدر الصوت حتى رأيت

صاحبك الذي يتكلم وهو نائم وأنت الى جواره بوجه شارد حزين، فأطلت النظر إليك لأنني...

عادت للصمت، وملأ قلب إبراهيم الفضول، وقال بعينيه لها من دون أن ينطق لسانه: «أكملي»!

فنظرت إلى الأرض في خجل وهمست:

ـ لأنني أردت أن أعرف ما سر حزن هذا الوجه، وقُلت في سري: «إن حزنه يجعلني أنا أيضًا حزينة». لأفاجأ بك تنظر إليَّ مباشرة كأنك تسمعني، فجريت منك في خوف شديد حتى وقعت على ساقي.

ابتسم إبراهيم في حنان وود:

ـ وهل أنا أخيف إلى هذه الدرجة؟

ابتسمت وهزت رأسها بالنفي في محاولة منها لتقريب معنى كلامها:

ـ لا. المُخيف هو أن تنظر إليَّ فجأة كأنك تسمعني.

هز إبراهيم رأسه بعد أن سكر من فتنة وجهها ورقة منطقها، وهمس:

ـ إبراهيم.

قالت في مشاكسة:

ـ اذهب إلى صديقك حتى لا يستيقظ ولا يجدك فيصيبه القلق، خصوصًا أنه مسكين يتحدث وهو نائم ويبدو أن العشق أصابه.

ضحك إبراهيم وسأل:

ـ وماذا أدراكِ؟

قالت:

ـ سمعت أمي تقول: «لا يُذهب عقل الرجل إلا الحب، فيفعل أشياء لا يفعلها عاقل».

ذاب إبراهيم في عينيها اللوزيتين وقال:

ـ لا بد من أن أباكِ عشقها!

ضحكت في سخرية وقالت:

ـ بل تركها من أجل العشق.

دُهِش إبراهيم من إجابتها التي لم تَكُن متوقعة وقال:

ـ أحَبَّ غيرها؟

هزت ليلى رأسها بالنفي وقالت:

ـ لا. جذبه عشق أكبر، خلع حلته وارتدى جوالًا، كنت صغيرة جدًّا، قالت أمي إنه قبَّلني وقبَّل إخوتي وودع أمي وترك لها ما يملك من مال وقطعة أرض، وقال لها على باب البيت بدمع صادق: «سامحيني يا حبيبتي، لا أملك من أمري شيئًا». وكلما رأيت أمي شاردة أو حزينة سألتُها: «أما زلتِ تحبينه؟». فتهز رأسها في أسى وتقول: «لا أملك إلا أن أحبه، وأنا أعلم أنه فعل ذلك لشيء غلبه حقًّا، وإرادة فوق إرادته». هذه هي قصتي وقصة أمي وأبي. هل تريد شيئًا آخر؟ لقد أخبرتك كل أسراري.

ثم ضحكت ضحكة أطارت ما تبقى من عقل إبراهيم، وأردفت في جدية مؤنثة:

ـ يجب أن أعود إلى بيتي ويجب أن تلحق أنت بصاحبك.

سأل إبراهيم:

- وأين بيتك؟
أشارت بيدها بطفولة نحو بيت بعيد جميل محاط بالأشجار، وقالت برنة صوت حزينة:
- كنا في القاهرة، ثم انتقلنا إلى هنا بعيدًا عن نظرات الجيران وهمساتهم السخيفة. هيا فلتلحق بصاحبك ودَعْني لأعود.
قال إبراهيم في لوعة كطفل:
- ولكن كيف أتركك؟
ضحكت في براءة وسألته:
- وهل تملك سوى ذلك؟
أطرق في صمت وحزن، فهمست:
- لا تحزن، قل لي أين ستذهب أنت وصاحبك يا إبراهيم.
رد إبراهيم من دون أن تُفارق صوتَه رنة الحزن:
- إلى قلعة الحاكم لأمر هام.
مدت يدها وصافحته وقالت بعينين ضاحكتين:
- لعلنا نلتقي ثانية يا إبراهيم. إذا دخلت قلعة الحاكم ورأيته فقل له: «يا مولانا الحاكم اشتاقت ليلى إلى أبيها». فإن فعلتَ ذلك وكنتَ سببًا في رؤية ليلى لأبيها فأنا لك يا إبراهيم.
باغتت ليلى إبراهيم بجملتها الأخيرة، وامتلأ وجهه بالفرحة والارتباك معًا، وراح يودعها بنظره وهي تصعد مبتعدة إلى بيتها إلى أن توارت كغزال أخفته الأشجار، فزفر زفرة طويلة محاولًا أن يتمالك نفسه أو أن يهدِّئ من دقات قلبه وقال:
- يا الله. تمنح الحب من تشاء وتمنع الحب عمن تشاء، بيدك الخير!

(٣)

شرد «طاكين» وهو يتابع من قمرته، و«أكتوم» يقف إلى جواره في امتثال وأدب، وقال «طاكين» كأنه يحادث نفسه:

ـ تُرى يا «أكتوم» هل يستطيع الإنسان أن يغير الأقدار؟ أن يمحو ويثبت ما يشاء في ذلك الكتاب الذي قيل إنه حسم مصائر البشر؟

نظر «أكتوم» في صمت محاولًا أن يصل إلى إجابة صادقة ثم قال:

ـ إنما نحن جزء من إرادة هذا الكون، لكننا لسنا كل الإرادة.

هز «طاكين» رأسه بالنفي:

ـ كلا. لقد دربت نفسي طوال هذا العمر على أنني أستطيع، لكنني حين أنام...

توقف عن الكلام لبرهة والتقط أنفاسه كأنما يعطي نفسه فرصة للتراجع عن البوح، لكن حاجته إلى ذلك كانت أكبر من حاجته إلى الحيطة والحذر، وأكمل كأنه مضطر:

ـ لكنني حين أنام أرى أنني لا أملك شيئًا، أكون مجرد هارب أبدِي من مصير لا بد منه. كأنني لا إرادة لي على الإطلاق.

ابتسم «أكتوم» مواسيًا وقال:

ـ هناك أيضًا أدوية تسمح بالنوم العميق من دون أحلام يا مولاي ولا كوابيس.

التفت «طاكين» بعينين حزينتين وضعف لم يرَه مخلوق قبل ذلك على وجه ذلك الرجل، وقال:

ـ نوم بلا أحلام ولا كوابيس! أليس ذلك هو الموت يا «أكتوم»؟

هز «أكتوم» رأسه نافيًا بذكاء وقال:

- لا يا سيدي، بل هو هُدنة لا بد منها حتى نستيقظ ونواصل الحرب.

ربت «طاكين» على كتف «أكتوم» مشجعًا وقال:

- أحسنت يا «أكتوم»، ولكن هل قُدِّر لنا أن نواصل هذه الحياة في حرب عند اليقظة وموت عند النوم؟

رد «أكتوم» بلا تفكير:

- هذا هو قدَرُ الرجال، وإلا لكنا مثل الجميع، ننام ونحلم ثم نستيقظ لنكمل حياتنا بلا معنى، الحرب تعطي للرجل كل شيء، والنوم طاقة تمنحه القدرة على أن يواصل.

«طاكين» ينظر إليه في توتر كبير وتلعثم ويقول:

- لكن الأحلام والكوابيس تُذكرنا بمن رحلوا عنا يا «أكتوم»، بأحباب وأعداء، ترهقنا وتكاد تقضي علينا، لكنها في النهاية تذكرنا بأننا كُنا بشرًا يومًا من الأيام، كان لنا صديق وحبيبة وغرام وغريم، أنا لا أستطيع الاستغناء عن أحلام النوم وكوابيسه يا «أكتوم»، هناك أدفع الثمن، ودفع الثمن لا يخلو من نشوة.

صمت «أكتوم» ولم يجد إجابة مناسبة تُهدئ من روع سيده.

قال «طاكين» في حسم:

- لن أنتظر أكثر من هذا يا «أكتوم»، علينا أن نتحرك ونهاجم في قسوة وضراوة، علينا أن نمسك قلم القدر بيد من حديد ونخط به ما نشاء. على «طاكين» أن يهزم شياطين النوم، أن يقتل الأحلام والكوابيس بالحرب وليس بالدواء.

هتف «أكتوم»:

- وأنا رهن إشارة مولاي.

أردف «طاكين» كأنه يريد أن يُسكِت كل شيء داخله:

- لن ينتظر «طاكين» كتابًا ولا حكَّاء، سنهاجم ونقتل وندمر ونجلس عنوة على عروش تلك البلاد ونكتب بأيدينا تاريخها الجديد، تاريخًا لن يعرف أطفالهم تاريخًا سواه، تاريخًا يحكي عن الفاتح «طاكين» العظيم الذي صنع كل مجد.

قال «أكتوم»:

- إن كان الأمر كذلك فأنا لديَّ خطة عجيبة لعلها تُرضي مولاي.

نظر «طاكين» بشغف واستعاد قوته وهيبته، وأمسك بكتفَي «أكتوم» وهمس بفحيح مخيف:

- وأنا أنتظر سماع خطتك يا «أكتوم» العزيز.

(٤)

استيقظ رماح مبتسمًا على أثر حلم جميل ناجى فيه صفا طويلًا، وتلفت حوله فلم يجد إبراهيم، لكن أثر الحلم اللطيف الذي لم يغادره بعد لم يجعل القلق يتملكه على غياب صاحبه، فانتظر في مكانه، ثم بدأ يمشي كأنه يرى كل شيء بعينين جديدتين، وأحس طاقة كبيرة تتملكه، طاقة تجعله مستعدًّا للسباحة في البحر من هنا إلى بلاد المغرب حيث صفا، وابتسم أكثر وهو يجد إبراهيم مقبلًا نحوه بوجه

غير الوجه الذي يعرفه عنه، كان وجه إبراهيم حزينًا رائقًا، كأن ملاكًا قد مسح على وجهه مسحة حنان مقدس فبدل بقلقه طمأنينة حزينة.

قال رماح بسعادة لصاحبه:

- أين كنت يا إبراهيم؟ وما الذي بدل حالك هكذا؟ كأني أراك بوجه جديد.

ابتسم إبراهيم في خجل وقال:

- لا شيء. رأيت غزالة وطاردتها حتى كدت أفقد أثرها، وحين شعرت أنني قد بلغ بي التعب مبلغه وتقطعت أنفاسي توقفتْ عن الجري، والتفتتْ نحوي التفاتة سلبت مني العقل، لم أرَ جمالًا مثل هذا الجمال، فاقتربت منها أكثر فسمعتها بصوت فصيح هامس تقول: «دعني أذهب إلى أهلي»، فقلت لها: «لا أستطيع»، فقالت: «دعني وسأحكي لك حكاية تدهشك»، فوافقت، فحكت لي حكاية عجيبة وما إن أنهتها وبدت الدهشة على وجهي، حتى فرت مني هاربة واختفت وسط الأشجار.

ضرب رماح كفًّا بكف:

- لا أدري أيُّنا صار الحكَّاء يا إبراهيم، هذه والله حكاية عجيبة، سأسرقها منك وأضيفها إلى حكاياتي، أنت ثروة حقيقية أيها الطبيب العجيب.

وواصل الصاحبان طريقهما باتجاه قلعة الحاكم، وقد أغلق كل واحد قلبه على صورة محبوبته، وصار كلما شعر أحدهما بالتعب أو الإرهاق همس في سره باسم حبيبته فعاوده النشاط والأمل،

فكان رماح يهمس باسم صفا وإبراهيم يهمس باسم ليلى حتى بلغا مشارف القلعة.

* * *

قال نور لحور في حديقة قصرهما وقت الظهيرة، حين كانت الشمس تصنع مع أوراق أشجار الحديقة وأغاريد الطيور لوحة باهرة الجمال:

ـ أشعر أن الأمر جاد، وليس من الحكمة أن يقتصر الأمر فيه على دولة اللاجئين فقط، بل لا بد من أن نواجه تلك الراصدة بكل ما نملك.

ابتسمت حور فازداد وجهها جمالًا:

ـ ماذا تقصد بجملة «بكل ما نملك»؟

أجابها بلهجة واثقة زادته حُسنًا في عينيها:

ـ أقصد جيراننا والموالين لنا، ومَن بيننا وبينهم مودة وصداقة، فأنا مثلًا أخي في بلاد تونس، وإن كانت نيرة لن تطيق أن أذكر اسمه أمامها.

ضحكت حور وأكمل نور فكرته في حماس وهي تتطلع إليه في عشق:

ـ وأهل أبي هناك، وأنتِ كان يحكم أخوالُكِ يومًا تونس ومصر والمغرب، ليس هذا وفقط فنحن دولة اللاجئين، ولكل لاجئ في هذه الدولة أصل وبلد أتى منه، فلنعمل على تقوية تلك الروابط والتشاور والتباحث بيننا وبين كل من بيننا وبينه ولو خيط واهٍ، لتكون الصورة واضحة في مواجهة ذلك المجهول الغامض.

همست حور:

ـ أحبك!

ارتبك نور من رد فعلها وقال:

ـ إنني أحدثكِ في أمور الحرب والقتال!

أجابت وهي تحيطه بذراعيها في حب:

ـ وهل يوجد أكثر فتنة من الرجل الذي يتحدث بقوة في أمور الحرب والقتال؟!

دخلت الخادمة تخبرهما بدخول السيدة نيرة، فتباعدت حور عن زوجها خجلًا من عمتها واعتدل نور، وابتسما في ترحاب للسيدة نيرة التي دخلت وقد بدت في سن أكبر من سنها، لم تعد منتصبة القامة قوية المشية، بل انحنى ظهرها وصارت تسير ببطء، حتى إن نور سارع باحتضانها في حنان وقال:

ـ أنرتِ القصر يا نيرة بلادنا.

وكذلك قبلتها حور بحب، وأقعداها على الأريكة المريحة الوثيرة، وقرَّبا منها المساند والوسائد الحريرية، كأنها ملكة وهما في خدمتها، وقالت لهما بوجه مجهد:

ـ هل أبدو أمامكما عجوزًا؟

رد نور بسرعة:

ـ بل شابة جمعت بين جمال الشباب ونور الحنكة فصارت فتنة خالصة.

وربتت حور على كتف عمتها وقالت:

ـ كأنكِ أختي ولستِ عمتي.

غمغمت نيرة:

ـ كاذبان. كاذبان، ولكن لا بأس. لكنني أشعر بنفسي وأعلم أنني لم أعد كما أنا، لم يكن هينًا ما مر بي، وكان على نيرة أن ينحني ظهرها وتثقل خطواتها وتبرحها الآلام الشديدة كل ليلة، لا بأس، ما زال بي لسان أستطيع أن أعبر به عما أشعر به.

لم يجدا ما يردَّان به فابتسمت لهما وسألت:

ـ ماذا أعدَّ حاكما دولتنا لمواجهة الأعداء؟

قالت حور:

ـ كان سيدي نور قبل دخولكِ يخبرني بضرورة تحالف دولة اللاجئين مع بلاد أخرى حليفة لمواجهة الراصدة.

نظرت نيرة بإعجاب إلى نور:

ـ ها قد صرت مُحنكًا أيضًا، عقل نيرة وقلب الرياحي.

صمتت قليلًا ثم همهمت بصوت سمعه نور وحور:

ـ الرياحي المُخادع.

ثم أردفت بصوت أعلى:

ـ نِعْمَ الرأي يا نور، نِعْمَ الرأي يا مولاي، ولا تنسَ استشارة صفي الدين فهو يرى ما لا نرى، وأرسل إلى أخيك في تونس واجعله على رأس رجالنا هناك، فدم رجل واحد يسير في عروقكما.

تبادل نور وحور ابتسامة ونظرة سريعة، وقامت نيرة واستندت في خروجها إلى كتفَي نور وحور، وعلى باب حديقة القصر همست في أذن نور وقالت وهي تشير إلى شجرة مثمرة مثقلة:

ـ إذا طال عمر الثمرة على شجرتها وقعت على الأرض يا بني،

فأرسل إلى الشيخ صفي الدين فهو يجيد التعامل مع الشجر والثمار.

وسقطت نيرة على الأرض وانحنى نور عليها باكيًا، وأدركت حور وهي تمسك يد عمتها وتربت على صدرها أن عمتها قد غادرت الدنيا.

(٥)

على كرسي الحاكم في قاعة الحكم كان زيان يقعد في شرود، وعن يمينه يقف أبو شوال وجابر الذي أخذ يضحك فجأة، فحدجه أبو شوال بنظرة موبخة فكتم جابر ضحكته معتذرًا وقال:

ـ عذرًا سيدي أبو شوال، وعذرًا سيدي الحاكم، لكن أحوال الدنيا حقًّا مضحكة.

لم يعلق زيان ولا أبو شوال على كلامه، فأكمل في حماس:

ـ كنت بالأمس القريب مجرد حارس في المتحف، ثم تحولت إلى لص هارب بكتاب يطلبه الجميع، وها أنا الآن صديق للحاكم، أقف في بلاط الحكم كعلية القوم. حقًّا إنها دنيا لا تستحق إلا الضحك!

رد أبو شوال في حسم:

ـ وهل جابر الذي سرق الكتاب هو جابر الذي قرأ الكتاب؟

فهم جابر المعنى وأطرق في صمت وتفكُّر ثم هز رأسه نافيًا:

ـ لا والله. لقد غير هذا الكتاب حياتي وجعلني أستشعر أنني إنسان

له قيمة لأنني أنتمي إلى هذه البلاد، ولكن أيضًا لم يتوقف الأمر عند تلك النقطة، فكلما قرأت في الكتاب زاد أيضًا همي وحزني.

بدأ زيان الشارد ينتبه لكلام جابر الذي صارت نبرته أكثر جدية وصدقًا وهو يقول:

ـ هل ذلك البلد الذي يتحدث عنه الكتاب هو نفسه البلد الذي نعيش فيه الآن؟ هؤلاء الناس الذين نراهم كل يوم يسيرون في الشوارع ويتحدثون إلينا بلهجتنا ويرتدون مثل ما نرتدي، هل هم وأنا أحفاد نفس الجدود الذين يحكي عنهم الكتاب؟ شيء عجيب، كأن هناك من بدَّل في نفوس الناس عندنا وغيَّر حتى صاروا هؤلاء.

اعتدل زيان ونظر إلى جابر وأبو شوال طويلًا وقال:

ـ أريد أن تقرأ لي هذا الكتاب صفحة صفحة يا جابر، سأخصص لك ثلاث ساعات من يومي تقرأ لي فيها هذا الكتاب من أوله إلى آخره.

ابتسم أبو شوال وقال بصوت هامس:

ـ إذا صَلُح المعنى ظهر جمال المبنى.

دخل الحاجب وانحنى في أدب وقال:

ـ الحكَّاء رماح والطبيب إبراهيم يطلبان الإذن في الدخول.

هز زيان رأسه مُعطيًا إذنه بالموافقة، ودخل إبراهيم وخلفه دخل رماح، وانحنى إبراهيم محييًا الحاكم ثم رفع رأسه وأدرك أن الحاكم قد تغير فأصابه ارتباك بسيط، وقال:

ـ هل مات مولانا الحاكم؟

نهره جابر قائلًا:

ـ أعوذ بالله من فألك السيئ، لقد مات الحاكم وتولى أمرنا الحاكم الجديد مولانا زيان، فهلا قدمت له فروض الطاعة وآداب التهنئة؟

اعتذر إبراهيم وانحنى في أدب:

ـ مبارك يا سيدي الحاكم، أنا إبراهيم طبيب سيدي الحاكم السابق، ولقد أرسلني الحاكم السابق رحمه الله في مهمة خاصة، وها قد عدت بعد أن رأيت الموت بعينيَّ لأخبره بما رأيت.

ابتسم أبو شوال وربت على كتفه وقال:

ـ هون عليك، وأنبئ مولانا بما رأيت وماذا كانت مهمتك بعد أن نرحب بصديقك.

هتف رماح:

ـ أنا رماح الحكَّاء يا مولاي، خطفني جنود الراصدة وألقوا بي في سجونهم، وكادوا يقطعون رأسي لولا أن أرسل الله حوتًا فالتقمني وألقى بي على شاطئ جزيرة، وعلى الجزيرة بعد مرور الوقت قيض الله لي كائنًا عجيبًا، نصفه إنسي ونصفه الآخر بحري، حملني إلى شاطئ بحر بلادكم، وها أنا أرجو مولاي أن يعيدني إلى بلاد المغرب ويكون سببًا في جمع شمل حبيبين لا يطلبان من الدنيا سوى ذلك اللقاء.

هز أبو شوال رأسه ودندن:

آااه الحب

الحب يحيي ويميت!

قال زيان لرماح:

- استرِح قليلًا أيها الحكّاء الآن، ودعنا نسمع ماذا كانت مهمة إبراهيم التي كلفه بها سلفنا.

(٦)

في هدوء تام وتركيز شديد كان «طاكين» يستمع لخطة «أكتوم» من دون أن يقاطعه.

قال «أكتوم»:

- لا يوجد أقوى من اجتثاث الحكاية من جذورها، فليستيقظ العالم قبل هجومنا الأكبر على غياب قبر حورة وقبور أبنائها الأربعة عشر التي تحيط بها، ولْنُزِل تلك الشجرة التي يرقد فوقها عش حورة، لتكن تلك هي البداية فيجن جنون من يعلمون بالقصة أو من هم بينهم وبين القصة أواصر، كحور ابنة الحُسن الساري حفيدة حورة وحاكمة دولة اللاجئين، فيحركوا جيوشهم نحو غابة المنى المختبئة خلف غوطات دمشق، وهأنذا أضع أمامكم يا مولاي الخريطة وكيف سنستدرجهم نحو غابة المنى، والراصدة تتحرك نحوهم من ساحل إلى ساحل وتمر من مصر إلى تونس ثم المغرب، ومن هناك تنقض على دولة اللاجئين بعد عبورها المضيق، وتدين لك أرض الحضارات القديمة وتنمحي قصة حورة وأبناء حورة، وتُخلَّد قصة «طاكين» سيد الأرض وبطل كل الحكايات.

نظر «طاكين» بعينين متسعتين إلى الرقعة الخضراء المحاطة بخط أحمر، حيث غابة المنى ومرقد حورة ومراقد أبنائها وشجرتها العتيقة الضخمة التي تحمل عشها العظيم، ثم نقل بصره إلى «أكتوم» وابتسم وقال:

ـ لتكن خطة «أكتوم» هي الخطة الحربية الرائعة التي ستذكرها كتب التاريخ مُزينة في مقدمتها بصورة واضحة لك، وتحتها يحكي التاريخ كيف قضى هذا القائد المُلهم «أكتوم» وبتوجيهات من الملك «طاكين» صاحب الروح الخالدة الوثابة على خرافات أهل الشرق، وخلَّص التاريخ من أكاذيبه وأعاد الحقائق إلى موضعها، ولتبدأ من الآن تقسيم جيوشنا إلى فِرَق كبرى؛ تنطلق فرقة منهم بقيادتك إلى غابة المنى وتزيل آثار حورة. تظل الفرقة المركزية هنا وتنطلق بقية الفِرَق منفصلة عن الراصدة وتغوص سريعًا تحت سطح البحر، حتى يصير الساحل بطوله تحت حكم نيراننا.

شد «أكتوم» قامته ثم انحنى انحناءة كبيرة، وقبَّل يد سيده «طاكين» وقال في رجاء:

ـ ما كان لخادم أن يطلب من سيده، ولكني أرجو سيدي وأتمنى عليه أن يمنحني حور بعد انتهاء المعارك وتحقيق النصر الساحق.

ابتسم «طاكين» في مكر:

ـ ألم تأخذ حقنة إطالة العمر يا «أكتوم»؟

هز «أكتوم» رأسه موافقًا وقال:

ـ بلى.

فأجابه «طاكين» ساخرًا:

ـ فما حاجتك إلى النساء إذن؟ إنها مقايضة معروفة، ذكورتك في مقابل العمر الطويل.

ابتسم «أكتوم» في خضوع وقال:

ـ ليست المتعة في الأجساد فقط يا مولاي، ولكن متعة اقتناء آخر نسل من تلك العائلة العجيبة لا توازيها متعة.

نظر «طاكين» إليه طويلًا ثم هز رأسه موافقًا:

ـ هي لك، ولكن بشرط ألا يبقى إنسان حيًا في دولة اللاجئين إلا الأطفال دون الخامسة، فأولئك لا ذاكرة لهم وسيكونون عبيدًا مخلصين.

لم ينجح «أكتوم» في إخفاء فرحته وقبّل يد «طاكين» مرة أخرى، وطلب الإذن في الخروج للاجتماع مع جنوده وتحديد التوقيتات قبل عرضها على سيده، وأذن له «طاكين» مبتسمًا، وحين غادر «أكتوم» القاعة وصار «طاكين» بمفرده اتسعت ابتسامته أكثر وهمس لنفسه: «متعة اقتناء آخر نسل تلك العائلة العجيبة. مخلص أنت يا «أكتوم»، لكن ما زالت لديك رغبات عجيبة، والرغبات العجيبة تقلل من الإخلاص، لكن القدر صديقي يهمس لي الآن كأنه يتحدث بلسان المستقبل القريب ويقول: «لا عليك يا «طاكين»»، كان خطأ «أكتوم» ولم يكن خطأك، فلتهدأ ولتستعد إلى إضافته إلى قائمة المطارِدين لك في الكوابيس ولا عليك».

(٧)

ما إن أنهى إبراهيم شهادته عن الراصدة و«طاكين» أمام الحاكم زيان، حتى انتفض زيان وقال:

ـ إننا نواجه عدوًّا عجيبًا يملك ما لا نملك وتحركه دوافع خفية، فماذا نفعل يا سيدي أبو شوال؟ يا من كنت السبب في قعودي هنا.

قال أبو شوال:

ـ إنما نحن يا مولاي خيوط في نسيج كبير، ولنسجه حكمة في علم خالقنا، فما التقينا وما حملَنا جناح القدَر إلى قلعة الحاكم في هذا التوقيت بالذات إلا لتتولى أنت الأمر، وما سمح الخالق بتوليك الأمر إلا لعلمه السابق بأنك وحدك القادر على حماية هذه البلاد، فليست في هذا الوجود صدفة يا مولاي، بل كل لحظة مقصودة، وكل مولود مقصود، وما ظهر في الوجود شيء إلا لقصد مقصود، فسبحان من كان عليه قصد السبيل، فإذا جاء إليك رسول من دولة اللاجئين فاستمع إليه جيدًا، فدولته لنا مدد ونحن لهم سند.

ساد الصمت المكان وقطعه رماح في أدب واستئذان:

ـ وأنا يا مولاي؟ هل أعود إلى حبيبتي صفا في بلاد المغرب تحت حمايتكم؟

قال أبو شوال قبل أن يرد زيان:

ـ مُخيَّر أنت يا رماح، إما أن تتركنا وتلحق بمحبوبتك في المغرب

تحت حماية مولانا ولا أضمن لك بعد ذلك هل يصل إليك رجال «طاكين» أم لا، وإما أن تنضم إلينا وتدافع معنا عن كل أحبابنا فتنتصر بشرف أو تموت بشرف.

سكت رماح ولم يرد، ووقع في حيرة طويلة حسمها بعد عذاب من الصمت والتوتر والتفكير وقال في وضوح:

ـ بل أنتظر معكم وأقاتل، فإما أن أعود إلى صفا مرفوعًا على الأكتاف بطلًا، وإما أن أعود لها ميتًا مرفوعًا في نعشي على الأكتاف في شرف.

ربت أبو شوال على كتفه مشجعًا وقال:

ـ أحسنت يا رماح.

قال زيان:

ـ وهل يجيد الحكَّاء فنون القتال؟

رد رماح في صدق:

ـ كلا بالطبع، لكنني أستطيع أن ألهب حماس الجنود بقصص البطولة، فأجعل الدماء تسري في عروقهم، حتى يكونوا قادرين عندها على الفتك بأي عدو.

ابتسم زيان لرماح، ودخل الحاجب مُعلنًا قدوم رسول من دولة اللاجئين طالبًا مقابلة مولاه.

فيبتسم زيان لأبو شوال ويشير بيده للخادم آذنًا للقادم في الدخول، ويهمس إبراهيم بصوت خافت في أذن أبو شوال:

ـ يا سيدي الدرويش، ألك فتاة تشبه القمر تسمى ليلى؟

* * *

عاد راشد ليغوص تحت الماء قليلًا، قبل أن يجد صخرة بارزة يستريح عليها ويلتقط أنفاسه، ويقول لصديقه نصف البشري ونصف البحري «طاش لاهوب»:

ـ لقد آنَ يا صاحبي أوان أن أعود إلى بلادي.

ابتسم له «طاش لاهوب» في حنان:

ـ ليكن يا صديقي، سأعينك على ذلك حتى تصل إلى النقطة التي تستطيع أن تكمل منها طريقك سباحة، بلا خوف من وحش بحري ضارٍ أو عين من أعين الراصدة التي تراقب.

ربت راشد على كتفه وقال في ود:

ـ وأريد منك أن تعطيني أكبر قدر من زيت المرجان.

في إخلاص تام غاب «طاش لاهوب» ساعات غاطسًا في عمق البحر، وعاد بعدها للظهور فوق سطح الماء وهو يحمل على كتفه صندوقًا معدنيًّا ضخمًا، وضعه أمام راشد وهو يقول في صدق ومحبة:

ـ سأحملك أنت والصندوق هذا، وعند نقطة الفراق سأتركك تعود إلى بلادك حاملًا أنت الصندوق، وأدعو الله لك بالعون.

وبدأ «طاش لاهوب» في حمل راشد والصندوق معًا والغوص بهما، وهو يمسح دموعه التي تسيل عند وداع كل إنسان أحبه. وشعر راشد بحنان «طاش لاهوب» وسأله:

ـ هل وصلت إلى معلومات تخص أختك يا «طاش»؟

مسح «طاش لاهوب» دموعه وقال:

ـ لا. لا بد من أنه يخفيها في مكان ما، ولن أبرح أبدًا حتى أعثر على أثر لها يا راشد مهما كلفني الأمر، إنني عاهدت ربي أن

أساعد كل من يحتاج إلى المساعدة حتى يساعدني الله على أن أجدها.

قال راشد:

ـ ماذا لو...؟

لكنه أشفق على «طاش لاهوب» ولم يُكمل جملته.

فهم «طاش» قصد راشد وأكمل له جملته وقال:

ـ ماذا لو كان «طاكين» قتل أختي؟ أليس ذلك هو قصدك؟ إن تيقنت من ذلك فسأقتله يا راشد حتى لو كان مُحاطًا بألف جندي مسلح، حتى لو تحولت بعد قتله إلى أشلاء صغيرة.

ساد الصمت وواصل «طاش لاهوب» الغوص والسباحة حاملًا راشد والصندوق، حتى وصل به إلى نقطة معينة وقال له:

ـ من هنا تُكمل سباحتك غربًا، لا تلتفت حتى تصل إلى بلدك، فإن ثقُل عليك حمل الصندوق قل: «اللهم بحق دموع «طاش لاهوب» الصادقة اجعل حملي خفيفًا».

وودع «طاش» صاحبه، وسبح كل واحد منهما في طريقه. كان راشد يسبح حاملًا صندوقه في إصرار وعزيمة وبوجه خالٍ من كل تعبير، وكان «طاش» يسبح باكيًا بدموع حارة ووجه حزين.

الفصل الرابع
«مزلاع» والقرد

(١)

كانت «سيرانا» غير كل الإناث اللاتي عرفهن «طاكين»، فقد كانت مثل «طاش لاهوب»، نصف إنسية ونصف بحرية، من ذلك النوع الذي يطلق عليه البحارة وكاتبو القصص الخيالية اسم عروس البحر.

كانت فرحة «طاكين» بها فرحة طفل حين اصطادها «أكتوم» وأحضرها إليه هدية، وجد صورة من صور أحلامه تتحقق أمام عينيه. قال «أكتوم» يومها:

ـ كانت تلعب سابحة لاهية بجوار الراصدة فألقيت عليها شبكة، وحين نظرت إلى وجهها الفاتن عن قرب قلت هذه الجميلة لا تليق إلا بمولاي.

لم يخشَ «طاكين» من هذه المخلوقة العجيبة الجميلة، وأمر «أكتوم» أن يفك قيود يديها وأن يتركها حرة في مخدعه.

امتثل «التوم» للأمر من دون حتى أن يجرؤ على تحذير «طاكين» من شراستها، وحين دخل «طاكين» مخدعه وجدها تنظر في غضب وشراسة، وباله أن تنطق.

كانت نبرة صوتها رفيعة وحادة ومؤثرة، لكن «طاكين» قعد على فراشه يتأملها وابتسم لها في هدوء وثقة وقال:

ـ أنتِ الآن عند الملك «طاكين» ملك الأرض، وما كان لكِ أن تأمري سيدك، فامتثلي لأمري أنا، فإن لمست فيكِ السمع والطاعة كانت لكِ مكانة في الراصدة لا تكون لغيرك، وإن لمست العناد فسأجعلكِ عَشاء لطاقم صيانة الراصدة.

صمتت «سيرانا» وأطرقت إلى الأرض، ثم نظرت إليه وقالت في حسم:

ـ دعني أعرف من أنت.

ومدت يدها نحوه ولم يفهم قصدها، لكنها أردفت:

ـ صافحني.

صافحها «طاكين» فسرت رعدة بجسده، لكنه تماسك حتى سحبت «سيرانا» يدها في خوف وارتباك وتمتمت:

ـ ما هذا القلب؟ أنت رجل عجيب، عشت عمرًا مديدًا، مطارَدًا في الليل من الأشباح، وبالنهار تسعى لامتلاك كل شيء. مسكين «طاكين»، يحارِب من لا يحارَب ويقاتِل من لا يقاتَل.

ارتبك «طاكين» بشدة وهمس بصوت طفل مذعور:

ـ مَن؟

ردت «سيرانا»:

ـ الزمن والقدر. تحارب الزمن وتقاتل القدر، ترجو خلاصك من المستحيل.

اقترب منها «طاكين»، كأنه يقترب من أمه التي ماتت منذ زمن بعيد وفتك بها فهد جائع، وسأل:

ـ وما المصير يا «سيرانا»؟

قالت «سيرانا»:

ـ المصائر معلقة بجناح طائر، ولا يعلمها أحد.

قال:

ـ أعلم، وهذا ما يؤلمني.

قالت «سيرانا»:

ـ خلاصك من الحمى السنوية والكوابيس اليومية ووخز إبر الحنين اللحظية مرهون بالمستحيل يا مولاي «طاكين»، فإن كان وقدرت على تغيير نهاية هذا العصر وهذه الدورة وصرت أنت سيد الحكاية وانمحت قصة حورة وأولادها، وصار لك ملك الدنيا وسُلِّمت قيادتها، أكملت حياتك بلا ألم.

ابتسم «طاكين» وضمها إلى صدره وتأمل وجهها الساحر عن قرب، كأن وجهها يضيء بنور عجيب، ومد يديه ليطوق خصرها فانغرزت من شوك زعانفها في يده شوكة فصرخ وابتعد، وقالت هي ضاحكة:

ـ خبرني يا سيدي قبل القرب فأتهيأ لك وأجعل شوك زعانفي يختفي ويذوب.

كتم «طاكين» آلام يده وقال:

ـ أنا لا أستأذن يا...

هتفت:

ـ «سيرانا»، اسمي «سيرانا».

فأكمل في غرور:

ـ أنا لا أستأذن في القرب، فلتأمري زعانفكِ أن تنطوي ما دمتِ في حضرتي.

ومد يديه في عناد مرة أخرى ليختبر أثر أوامره فيها، وأحاط بخصرها فوجده حريرًا ناعمًا، وسرح في جمال وجهها وهمس في أذنها:

ـ وماذا لو فشل «طاكين» في حربه مع الزمن وقتاله مع القدَر يا «سيرانا»؟

همست بدورها في أذنه بصوت ناعم رقيق ساحر:

ـ سيطوي القدَر صفحتك وتنتهي قصتك، ويكمل القدَر قصته الخالدة، وتحت حذاء البطل الحقيقي تموت ويكون احتضارك مريعًا، يجتمع فيه كل من قتلتهم غدرًا وينهشون روحك نهشًا، وأنت تصرخ في ألم كأنه أبدي وتستجدي الموت أن يُريحك.

ضغط «طاكين» بكلتا يديه على خصر «سيرانا» كأنه يريد أن يقصمها نصفين، وظلت هي على ابتسامتها ثابتة، فتراجع وقعد على فراشه وقال في طفولة كأن شيئًا لم يحدث:

ـ يا ابنة البحر يا نصف إنسية، هل تجيدين سرد الحكايات؟

اتكأت «سيرانا» على أريكة تجاور سرير «طاكين»، وأراحت ذيلها على الأرض وقالت:

- ستسمع مني ما لم تقرأه في كتاب، حكايات لم تخطر لك ببال، دارت بين البحر والأرض في أزمنة عدة، وستعلم أن واقعنا أكثر خيالًا من أحلامك يا مولاي.

فرح «طاكين» فرحة حقيقية:

- ستكون لكِ كل ليلة في مخدعي ثلاث ساعات تحكين فيها ما تشائين.

قالت «سيرانا»:

- كان يا ما كان، في بحر الغيلان والطيبين غول يسمى «مزلاع»...

(٢)

وصل راشد إلى دولة اللاجئين، ووجدها غارقة في الحداد على السيدة نيرة، فقرر أن يتجه أولًا إلى الشيخ صفي الدين الذي وجده على باب حديقته يبتسم مرحبًا:

- ها هو ذا الفتى العبوس قد عاد من رحلة لا يعود منها أحد.

قال راشد في أدب:

- عظم الله أجركم في السيدة نيرة!

هز صفي الدين رأسه في إيمان حقيقي وقال:

- أنهت رحلتها بسلام رحمها الله. والآن خبرني يا راشد بما علمت عن الراصدة.

قال راشد:

- علمت عنها ما تقشعر له الأبدان يا سيدي.

أصاخ الشيخ صفي الدين السمع، وانطلق راشد في الحكي كأنه يواصل السباحة لاهثًا محاولًا ألا ينسى تفصيلة واحدة مما حدث له، وحين انتهى من كلامه ابتسم صفي الدين وقال:

- هذا ما كنا نبغي ونود سماعه، ذلك الشيطان القصير يظن أنه قادر على فعل كل شيء، عد إلى بيتك ونَم واسترِح يا راشد، وكُل ثمارًا طازجة حين تستيقظ، وأحضر معك صندوق زيت المرجان وتعالَ إلى قصر نور وحور ستجدني هناك، فيبدو أن ذلك «الطاكين» يستعد سريعًا لحركة مباغتة.

(٣)

- انقسم بحر الضباب الكاذب، في برزخ بين جبل قاف، بين المتوحشين الأجلاف إلى قسمين يفصل بينهما سور من لؤلؤ ومرجان، قسم عاشت فيه الغيلان البحرية، وقسم عاش فيه الطيبون من كائنات البحر، ولا يبغي قسم على آخر وفق عهد وميثاق أقره أشراف البحر وكباره بعد قرون من الحروب، والتزم سكان بحر الضباب بالميثاق. وكانت على شاطئ ذلك البحر غابة مليئة بالقردة والغزلان والأرانب والطيور وتخلو من الحيوانات الضارية، فكانت جنة مزدحمة الألوان من شجر أخضر وثمار ملونة وغزلان ذهبية، وقردة شقية رمادية مرحة

دائمة القفز واللعب، وأرانب جمعت ألوان الطيف السبعة، وطيور تغرد فتجعل الغابة في النهار غابة من الموسيقى والألوان، والجميع في حالة ود ومحبة، حتى جاء اليوم الذي كان فيه الغول «مزلاع» قد قرر الصعود إلى السطح من القاع، وكان في حالة من الجوع والضجر والهياج، وأخرج رأسه الضخم قبيح المنظر من الماء، لينظر إلى تلك الغابة العجيبة للمرة الأولى في حياته الممتدة لأكثر من سبعمائة عام، كان رأس «مزلاع» يوازي حجم كوخ صغير، رأس غطاه الشعر الخشن الكثيف، وظلت عيناه تدوران وتدوران مدهوشتين بالمخلوقات التي تمرح وتلعب وترقص وتغني، وأخذه المنظر الخلاب حتى نسي الجوع والغضب، وتعلق قلبه بهذه التسلية الجديدة والمراقبة، فظل يراقب القردة خفيفة الظل المشاكسة التي تصعد فروع الشجر العالية وتهبط في خفة من دون أن تقع، وتعلق قلبه بقرد منها هو القرد المسمى «كولان»، كما كانت تناديه أمه إذا غاب وابتعد...

توقفت «سيرانا» عن الحكي لالتقاط الأنفاس ولترى أثر ما تحكي في وجه «طاكين»، فوجدته مشدودًا لحكايتها ومنجذبًا أكثر من انجذاب «مزلاع» إلى القرد «كولان»، فزادت إيمانًا بحكايتها وارتشفت من كأس حلوة المذاق وضعها «طاكين» أمامها، واستمتعت بالشغف اللامع في عينيه، وانتظرت حتى سمعت بأذنيها صوته الطفولي الملهوف وهو يهتف بها:

ـ أكملي!

فمالت برأسها إلى الخلف وأراحت يديها فوق نهديها، وجعلت يده الأخرى خلف شعرها وقالت:

ـ تعلق قلب الغول «مزلاع» بذلك القرد الشقي «كولان» وقرر أن يظهر له نفسه، وما إن اقترب «كولان» من شاطئ البحر ليلهو ببعض الأصداف حتى رفع «مزلاع» رأسه وأظهر نفسه لـ«كولان»، ففزع القرد وأوشك أن يجري.

فهمس «مزلاع» في صداقة ومحبة: «لا تخَف فأنا أحببتك وأريد أن أكون لك صديقًا».

ومد «مزلاع» يديه المشعرتين إلى القرد الذي سكن روعه، وبدأ يتأمل ذلك العملاق الرهيب الذي خرج من الماء كأنه مدينة كاملة تخرج من بحر، وقعد خلف الصخرة الكبرى حتى لا تراه بقية القردة فتفزع، وقعد إلى جواره «كولان» مدهوشًا وهو يقول له: «تبدو طيبًا أيها الضخم!».

فهز الغول «مزلاع» رأسه يمنة ويسرة وقال: «لا أعلم يا «كولان» إن كنت طيبًا أم لا». سأله «كولان»: «وكيف عرفت اسمي أيها الضخم العجيب؟». رد «مزلاع»: «أراقبك منذ وقت طويل، وسمعت أمك تناديك «كولان». وأنا اسمي «مزلاع»، غول من غيلان البحر، وهذه هي المرة الأولى التي أخرج فيها إلى البر وأتحدث إلى أحد من سكانه. أنت لطيف جدًّا يا «كولان» وأريد أن أصادقك».

مد «كولان» يده إلى «مزلاع» بجوزة هند كان يخبئها، فاعتذر «مزلاع» إليه بأنه لا يأكل هذه الأشياء. وامتدت صداقة «كولان» و«مزلاع» أيامًا وليالي وشهورًا لا يعكر صفوها شيء، وكانت

لـ«مزلاع» في البحر زوجة غولة تسمى «شاطولة»، كانت قبيحة المنظر قبيحة القلب، لاحظت أن زوجها «مزلاع» يغيب كل يوم بالساعات الطويلة ولا يشاركها افتراس الوحوش والغيلان الأصغر وافتراسها كعادتهما، وقررت أن تعرف سر ذلك الغياب، فسألته في ظلام البحر ذات ليلة: «ما خطبك يا «مزلاع»؟ تغيب نهارًا بالساعات ولا تشاركني الافتراس. هل تشعر بالمرض أم أن غولة أخرى جذبتك إليها؟».

فصارحها «مزلاع» بسره، وحدثها بسعادة عن صديقه الجديد القرد وبالغ في وصف رشاقته وطيبته وخفة ظله، فأسرَّت «شاطولة» غضبها في نفسها وأظهرت لـ«مزلاع» الفرح والسرور، ومرت الليلة من دون أن تمنع «مزلاع» من النوم إلى جوارها كعادته ملتقمًا صدرها، فقد كانت هذه هي إشارة رضاها وسر طمأنينة نفسه، وفي الليلة التالية وعند عودة «مزلاع» من البر إلى البحر وجد «شاطولة» تئن وتتوجع كأنها تحتضر، فسألها: «ماذا جرى لك؟». بكت «شاطولة» وهي تحتضر وقالت: «ألم رهيب في الصدر لا يشفيه طعام البحر». قال «مزلاع» في هلع: «سأحضر الغول الطبيب». فقاطعته «شاطولة»: «كان هنا وغادر». سألها «مزلاع» في توتر: «وماذا قال؟». بكت «شاطولة» وقالت: «يجب أن آكل قلب قرد بري، وإلا تقطعت أنفاسي وانحلت أوصالي وأكلني المرض وصرت جثة في ليلة الغد». غرق «مزلاع» في بئر من حيرة ولم يدرِ ماذا يفعل، فهل يحضر قلب صديقه لينقذ به حياة زوجته؟

أرخت «سيرانا» جفنيها وتوقفت عن الحكي تمامًا، وجُن جنون «طاكين» فاقتربت بشفتيها من شفتيه وهمست:

ـ الحكايات مثل الحب، إذا وصلت إلى ذروتها فقد المستمع حماسه، فلنكمل في الغد يا سيد الراصدة وسيدي حتى تتجدد الأشواق وتعلو الإثارة وتكون رغبتك في أوجها.

ملك «طاكين» زمام نفسه وشعر أن في قولها وجاهة واستمرأ فكرة الانتظار، وابتسم لها بعينين لامعتين وقال:

ـ أوافق، بشرط أن أنام كما كان ينام «مزلاع» إلى جوار «شاطولة».

فأغمضت «سيرانا» عينيها في قبول، والتقم «طاكين» صدرها وراح في نوم عميق هادئ في أوله بلا أحلام، وسرعان ما بدأت الكوابيس وظهرت أشباح من قتلهم تجري نحوه وهو يحاول الهرب، وكانت نفسه غارقة في الكابوس الرهيب وجسده يهتز بشدة بجوار جسد «سيرانا»، وبدأت أسنانه تنهش في صدرها فصرخت من الألم ودفعته بعيدًا، فاستيقظ مُتعرقًا لاهثًا ينظر إليها في ذهول، وهي تمسك صدرها في ألم وتصرخ:

ـ ماذا تفعل بي؟

فاعتذر مُغمغمًا:

ـ كابوس متكرر يا «سيرانا»، كابوس متكرر.

ثم ابتعد عنها ووقف يلتقط أنفاسه، واقترب من ستارة وفتحها وأخذ ينظر من النافذة التي خلفها على البحر وهو يقول:

ـ كابوس أشرس من «مزلاع» وأقبح من زوجته، ينهش قلبي كل ليلة من دون فائدة.

همست «سيرانا» وهي تتحسس صدرها:

ـ أرواح قلقة انتُزِعَت من أجسادها انتزاعًا قبل أوانها، ولا تملك سوى أن تناوشك ليلًا منفردة بنفسك البائسة، وما عليك سوى الصبر والتحمل حتى تنتهي معركتك مع القدر.

همس «طاكين» وهو يراقب البحر من نافذته:

ـ إلى متى؟

سألت «سيرانا» وهي تقترب منه:

ـ هذا سؤالي لك أيضًا يا مولاي؛ إلى متى ستظل «سيرانا» هنا؟

ابتسم «طاكين»:

ـ إلى أن تنتهي حكاياتكِ يا «سيرانا».

ضحكت «سيرانا» في ذكاء وقالت:

ـ كلا، إذا انتهت حكاياتي قتلتني. أريد موعدًا آخر فأنا لي في البحر أهل وإخوة.

سألها «طاكين» بسرعة:

ـ وحبيب؟ هل لكِ في البحر حبيب يا «سيرانا»؟

قالت بحسم:

ـ لا، ولكن إذا انتصرت أنت على قدرك واستطعت أن تقهر زمنك فسيختفي ذيل «سيرانا» البحري وتصير إنسية، وتعود لـ«طاكين» قوته الجسدية، فيكون «طاكين» و«سيرانا» زوجًا وزوجة، ملكًا وملكة، هكذا ربط بيننا المصير.

التفت «طاكين» إليها في ذهول، وأدرك أنه أمام كائن مختلف عن كل ما رأى في حياته الطويلة.

(٤)

قال الحاكم زيان لرسول دولة اللاجئين:

ـ أهلًا بك في وطنك أيضًا، لك منا كل الترحاب والود، ولتبلغ السيد نور المبجل وزوجته المحترمة السيدة حور أننا معهما يجمعنا المصير وتجمعنا قبله المحبة، وسنكثف بيننا وبينكم الرسل والمراسلات ونجعل خططنا مقروءة لديكم، ولتجعلوا خططكم مقروءة لدينا، حتى يسهل التعديل والتغيير والتبديل وفق مقتضيات وطبيعة بلادنا وبلادكم.

وأرسل زيان رسول دولة اللاجئين ليقيم ثلاث ليالٍ في مكان مريح راقٍ، وأهداه هدية يحملها إلى نور وحور، وهي بساط من حرير وزجاجة من عطر وصورة من صور العمالقة التي رسمتها كرمللة.

ربت نور على كتف راشد وقال:

ـ أحسنت يا راشد، نِعْم الرجال أنت، ويحق لك أن تكون على جيوشنا أميرًا.

ابتسمت حور وقالت:

ـ أحسن مولاي الاختيار، فلن نجد خيرًا منك في حربنا القادمة نأمنه على أرواح جنودنا.

قال نور:

ـ كل ما نريد معرفته الآن هو إلى أين ستكون خطوتهم التالية، وأين يرمون سهمهم.

قال صفي الدين:

- في غابة المنى حيث عش حورة وقبرها وقبور أولادها الأربعة عشر، يسكن نوع من الطير يستشعر الخطر قبل حدوثه بأسابيع دون الشهر وفوق الأسبوع، يسمى الطير المنقذ. بلغني أنه منذ الأمس على حالة عظمى من الصياح والرفرفة من دون طيران؛ وهذا نذير عظيم.

قالت حور:

- لنحمِ قبر جدتي وقبور أمي وأخوالي.

قال نور:

- ليذهب فريق من جيشنا تحت إمرة راشد إلى هناك، وليصحبه سيدي الشيخ صفي الدين.

قال صفي الدين:

- «وَيَمْكُرُونَ وَيَمْكُرُ ٱللَّهُ وَٱللَّهُ خَيْرُ ٱلْمَٰكِرِينَ».

(٥)

أكملت «سيرانا» حكيها وقالت:

- غرق «مزلاع» في بئر من حيرة بين زوجته التي تحتضر وصاحبه الذي لا ذنب له، وزادت أنَّات زوجته «شاطولة» حتى حسم أمره وقال: «لن أدع زوجتي تموت».

أخرج «مزلاع» رأسه وظل طويلًا يراقب صاحبه القرد «كولان»

وهو يمسح دموعه، ثم أظهر نفسه لـ«كولان» الذي ترك اللعب وأتى إليه في فرحة وفتح له ذراعيه ليحمله الغول كعادته فوق رقبته، وكذلك فعل «مزلاع» وحمله وسار به حتى وصلا إلى صخرتهما، وهناك ابتسم «مزلاع» لـ«كولان» وقال له: «عندي لك مفاجأة كبرى ستسعدك يا «كولان»».

قفز «كولان» في سعادة وهو يقول: «وما هي يا «مزلاع» الضخم؟». قال «مزلاع»: «نزهة في البحر وطعام غداء فاخر تصنعه لك زوجتي بنفسها». نظر إليه «كولان» طويلًا وقال: «دعني ألمس جبهتك حتى أصدق كلامك». ولمس «كولان» جبهته فارتبك «مزلاع» جدًّا ورفع «كولان» يده وقال ضاحكًا: «هذا حقيقي جدًّا، أنت موجود وتريد أن تأخذني في رحلة وتطعمني غداء من يد زوجتك، أنا ممتن وجاهز يا صديقي».

وحمل الغول «مزلاع» القرد «كولان» فوق ظهره، وبدأ في السباحة حتى وصل إلى منتصف الطريق وهو يغالب دموعه التي غلبته، ولا يملك أن يتحكم في جسده الذي بدأ يهتز، وشعر «كولان» بذلك فأمسك بشعر الغول وشده إلى أعلى ليرفع الغول وجهه الباكي نحو «كولان» الضاحك المتسائل: «ماذا بك يا صديقي الضخم «مزلاع»؟ وما هذه الدموع التي تملأ وجهك؟ ولماذا يهتز جسمك هكذا؟».

نظر «مزلاع» إلى القرد «كولان» بحنان بالغ وقال...

هنا أغمضت «سيرانا» عينيها وقالت:

ـ تُرى يا «طاكين» يا سيدي ومولاي ماذا قال «مزلاع» لـ«كولان»؟

مط «طاكين» شفتيه وقال:

ـ لا أعلم.

قالت «سيرانا»:

ـ غدًا تعلم.

هز «طاكين» رأسه وقال:

ـ وأنا موافق، هل تعلمين شيئًا عن غابة المنى يا «سيرانا»؟

هتفت «سيرانا»:

ـ ما من مخلوق على سطح الأرض لا يعرف غابة المنى، ما عدا بني آدم، يعلم القليلُ منهم مكانها.

قال «طاكين»:

ـ وهل تعلمين كل شيء عنها؟

سألت «سيرانا»:

ـ ألا تشغلك قصة الغول البحري والقرد؟ هل زهدت في سماع بقيتها؟

رد معترضًا:

ـ لا، بالعكس، كلي شوق وشغف، وبعدها تحكين لي عن غابة المنى تلك.

قالت بذكاء وهي تقترب هامسة في إغواء:

ـ كلٌّ في وقته يا مولاي، فحينما تقترب أنت بجيوشك من غابة المنى سأحكي لك ما أعرف عنها من حكايات.

قال «طاكين»:

ـ اتفقنا، والآن دعيني أخلد إلى النوم ولا تَفزعي ولا توقظيني

مهما حدث لي، دعيني أواجه كابوسي حتى آخره ولا تتدخلي مهما تحملتِ من ألم.

قالت في طاعة:

ـ سأفعل.

وألقمته صدرها، وراح في نومه، وتحملت هي كابوسه حتى نهايته.

(٦)

ابتلَّت عينا أبو شوال بالدموع وهو يسمع من إبراهيم الطبيب ما دار بينه وبين ابنته ليلى، وقال:

ـ يا الله. صدق مجنون ليلى حين قال: «شُغلت بليلى عن حب ليلى».

رد إبراهيم في حب:

ـ إن كتب لنا الله النصر والحياة، أتعدني أن تعود معي إلى بيتك وتبارك زواجي بها؟

قال أبو شوال:

ـ أعدك يا ابن الأُمَّين بذلك.

ونظر إلى إبراهيم وسأله في طفولة:

ـ هل تشبهني؟ لقد غادرتها طفلة.

قال إبراهيم كأنه يرى وجهها الضاحك:

ـ لها عينان باسمتان جميلتان كأنك ترى الله فيهما، وحين نظرتُ إلى عينيك أدركت أنها ابنتك.

بكى أبو شوال في شوق وقال:

ـ سرتُ بين خيوط المحبة أَصِلُ المحبين بعضهم ببعض طوال عمري، وها أنا أشتهي رؤية الخط الواصل بيني وبين ابنتي يا إبراهيم.

اقتحم رماح حوارهما الخاص وهتف:

ـ وأنا متى أعود إلى صفا يا سيدي؟

وأدرك رماح من أعين أبو شوال وإبراهيم المبتلَيْن بالشوق أنهما يعانيان ما يعانيه، فخجل وابتعد عنهما في أدب.

(٧)

قالت «سيرانا»:

ـ رد الغول «مزلاع» على سؤال القرد «كولان» بعد طول سكوت وقال: «اسمع يا «كولان»، لا أستطيع أن أكذب عليك أكثر من هذا وقد صار بينك وبين كهوفنا ما هو أقصر مما بينك وبين غابتك، اعلم أيها القرد الطيب أن زوجتي تحتَضر، وأنه لا دواء لها إلا قلب قرد، وأنا كذبت عليك حتى أسحبك إلى هناك وأطعمها قلبك ليكون لها شفاء».

وهنا بكى القرد بكاءً مريرًا فقال له «مزلاع»: «إننا غيلان يا «كولان»، وقد التهمت في حياتي مئات الكائنات التي تفوق حجمك، ولكن

لم يكن بيني وبينهم ما بيني وبينك من صداقة، لهذا كنت أبكي فلا تزِد مهمتي صعوبة بخوفك وبكائك». رد القرد وسط دموعه الهاطلة: «ليس هذا ما يبكيني يا «مزلاع»، فلست أنا الذي يبخل بقلبه على زوجة صديقه، يبكيني شيء آخر لا تعلمه، فنحن معشر القرود في غابتنا اعتدنا أن نعلق نهارًا قلوبنا في الأشجار ونهبط للعب من دونها حتى لا تنهكها كثرة اللعب وتتوقف عن النبض، وأنا الآن بلا قلب، قلبي معلق على شجرتنا هناك، وبالتالي لن تستفيد زوجتك مني في شيء. ليتك قلت لي من أول الأمر ماذا تريد مني، كنت سأحمل قلبي معي في صدري وأذهب معك بلا تردد». وقع الغول «مزلاع» في حيرة أكبر وسأل القرد «كولان»: «وما العمل يا صديقي؟». قال «كولان»: «ليس أمامنا إلا العودة فأصعد إلى شجرتي وأحضر قلبي ونعود».

ضحك «طاكين» ضحكة مدوية من ذكاء القرد وقال لـ«سيرانا»:

ـ قرد ملعون.

وضحكت «سيرانا» وأكملت:

ـ فلما عادا إلى الغابة صعد «كولان» فوق شجرته وصرخ بأعلى صوته: «يا أهل الغابة، هذا الذي تحت الشجرة غول ضخم من غيلان البحر أتى إلى غابتكم ليفترس قلوبكم».

فتجمعت آلاف الكائنات فوق الشجر في ذعر، وأخذت تلقي بالثمار الضخمة فوق رأس الغول الذي ولى هاربًا إلى البحر. وعاد «مزلاع» مبطوح الرأس إلى زوجته «شاطولة» ليجدها على حالها تئن وتتوجع، وما إن رأت رأسه وأدركت أنه لم

يُحضر القرد المطلوب حتى قامت في غضب وضيق وقد نسيت تظاهرها بالمرض والألم، وأخذت تحملق في غولها وتقول: «وأين القرد يا «مزلاع»؟ ومن الذي فعل برأسك هذا؟».

صارحها «مزلاع» بما حدث مع القرد «كولان»، فضحكت «شاطولة» بكل كيانها ضحكة فزعت لها كائنات البحر ودُهِش لها «مزلاع»، وقالت: «لا يهم. لا حاجة بي إلى قلبه، المهم أنه لم يعد لك صديقًا، هذا كان غرضي».

وهذا يا سيدي «طاكين» طبع النساء مع أصدقاء أزواجهن.

ابتسم «طاكين» في سعادة طفولية وقال:

ـ يا لها من قصة خبيثة!

فأردفت وهي تتمطى أمامه في فتنة:

ـ وكذلك حالي مع صديقك «أكتوم» الذي يشغلك نهارًا عني يا «طاكين».

الفصل الخامس
مكر الليل والنهار

على أطراف غابة المنى كانت جيوش «أكتوم» تتستر بالليل حين وصلت بجزء من الراصدة إلى هناك، وداخل الغابة كان راشد وجيشه يختبئون خلف الأشجار، واتخذ صفي الدين من عش السيدة حورة مقرًّا له يراقب منه سير الأمور.

قُرب الفجر كان راشد وصفي الدين يتهامسان، قال صفي الدين ناصحًا:

ـ دعهم يقعون في حبائل مكر الليل والنهار، ولا تهاجم أبدًا يا راشد ولا حتى تدافع، دعهم يظنون أنهم انتصروا علينا وأنت وجنودك على حالتكم من الاختباء، حتى يظن أنه قد امتلك كل شيء وتبدأ نفسه تدفعه للرقص زهوًا وغرورًا، فستكون تلك هي لحظة التحرك يا راشد.

قال راشد في توتر:

ـ حتى لو اجتثوا الشجرة التي عليها عش حورة وهدموا قبور حورة وأولادها الأربعة عشر؟

طمأنه صفي الدين:

ـ لن يقدم على ذلك الفعل إلا إذا تأكد من أن الأمر صار له من دون مقاومة، فاضبط نفسك ونفوس جنودك واسكن، وكلما زاد سكونك زاد أملك يا راشد، لعل الله يمنحك من فضله منحة، ولا توجد أجمل من منحة المنان.

اهتز جسد راشد حين ذكر صفي الدين اسم محبوبته التي لم يرَها صدفة، ونظر إلى الشيخ في ذهول فابتسم الشيخ ولم يعقب.

* * *

همست «سيرانا» في أذن «طاكين» قبل أن يقع في بئر النوم وهو يلتقم صدرها بعد الحكي كعادته الليلية:

ـ لا تدع صاحبك يفرح بالنصر مُنفردًا، فإن تحقق له النصر في غابة المنى في غيابك ربما قاده غروره أن يكون «طاكين» جديدًا ويمحو «طاكين» القديم.

انتبه «طاكين» لقولها المقصود، وصمتت بعد ذلك «سيرانا» وتركته يواجه كوابيس النوم وقلق اليقظة، وفي الصباح كانت الأخبار تأتي من «أكتوم» عبر الغواصين الذين يغوصون في غرفات صغيرة منفصلة سريعة، وتعود لـ«طاكين» في سرعة مذهلة، كانت أخبارًا سارة مبشرة تُخبر «طاكين» بأن القائد «أكتوم» قد أحاط بغابة المنى ولم يجد بها مقاوِمًا واحدًا، وها هو يستعد لاجتثاث شجرة حورة وبعثرة قبرها وقبور أبنائها في أسرع وقت، وتتحرك نفس «طاكين» بعد أن ألقت في نهرها «سيرانا» بالحجر المسموم، ويصدر قراره

بتحرك الجزء الأوسط المسمى بالحاقدة من الراصدة باتجاه غابة المنى، وقبل أن تتحرك...

كانت «سيرانا» للمرة الأولى منذ أن اصطادها «أكتوم» تتجرأ وتصعد خارج غرفة «طاكين»، وتصعد إلى السطح وتقترب من «طاكين» الناظر شاردًا بكل كيانه في موج البحر، وأخذت ترجوه أن يصحبها معه إلى تلك المعركة التي لن ينسخها التاريخ ثانية، فيُقبل عليها بوجهه بعد طول شرود وينظر إليها مبتسمًا لها وقد أدرك أنه لن يستطيع النوم ثانية بعيدًا عنها بعد أن اعتاد عليها، ويهز رأسه لها بالموافقة فتحتضنه في فرحة وتهمس له:

ـ وعند النصر سيصير «طاكين» سيدًا لا نظير له، ورجلًا لا يساويه رجل، وستكون «سيرانا» الجميلة تحته امرأة لا مثيل لأنوثتها.

كان «طاش لاهوب» تحت الماء يراقب أخته التي افتقدها لسنوات وهي تطوق «طاكين» بذراعيها، فمسح دموعه في شوق وفرحة. وانطلق الجزء الأوسط المسمى بالحاقدة منفصلًا عن الراصدة، وخلفها كان «طاش لاهوب» يسبح بكل قوته ليلحق بها.

* * *

نظرت حور إلى نور نظرة لم يستطع أن يفهمها، فسألها معاتبًا:

ـ كيف لي بعد كل هذا الحب يا حور ألا أفهم معنى نظرتكِ يا حبيبتي؟

فترد حور:

ـ أنت معناي يا نور، فأنا أنظر إليك لأعرف ذلك المعنى، وأنا الآن

في حيرة كبيرة، كيف أقعد هنا إلى جوارك وهناك من يحاول أن يعبث بقبر أمي وجدتي وأخوالي؟

رد نور وهو يربت على كتفها في حنان:

ـ إننا هنا من أجل حماية دولة اللاجئين.

هتفت:

ـ كيف نحميها إذا لم نستطع حماية قبور أحبابنا؟

بدا الضيق على وجه نور وغمغم:

ـ هناك راشد والشيخ صفي الدين وجيش كبير.

بكت حور:

ـ لكنها جدتي أنا، وأمي وأخوالي أنا.

قال نور في حب:

ـ أتريدين أن تعودي إلى غابة المنى؟

قالت في شوق:

ـ حقق لي رجائي يا نور ولا تُخيِّبه.

* * *

انحنى «أكتوم» أمام سيده «طاكين» في توتر وقلق كبير وقال:

ـ يا لها من مفاجأة يا سيدي!

ابتسم «طاكين» وقال:

ـ سارَّة هي أم غير ذلك؟

قال «أكتوم» في ذكاء:

ـ هكذا اكتمل سروري بحضوركم يا سيدي، ولتشهد نصرًا أقرب إلى الحلم.

قال «طاكين»:

ـ أريد خيمة قرب شجرة تلك الحورة، أريد أن أرى نهاية تلك القصة من قرب يا «أكتوم».

نصب الجنود لـ«طاكين» خيمة عظيمة كأنها قصر، وداخلها ومنها كان «طاكين» و«سيرانا» يتابعان كل شيء، و«طاش لاهوب» يواصل السباحة على أمل اللحاق بأخته، وما إن دخل «طاكين» خيمته حتى شعر بشيء عجيب لم يسبق أن شعر به من قبل، صارت كوابيس النوم تهاجمه في اليقظة وصار لا يستطيع التفرقة بين النوم واليقظة، فتراه يجري فجأة وهو مستيقظ من «داريس» الذي يجري خلفه، أو يخرج من الخيمة ليختبئ من «طيبوم» المجمد الذي يهاجمه. صارت أشباح النوم حاضرة في اليقظة، وصار من العادي أن يراه الجنود خارج الخيمة صارخًا أو جاريًا أو مختبئًا، من دون أن يفهموا ماذا حدث لسيدهم.

خارت قوى «طاش لاهوب» وهو يحاول أن يلحق بالحاقدة، وكاد يفقد وعيه في سباحته خلف «سيرانا» قبل أن تلتقطه سفينة ربيب الصبر وتوصله إلى شاطئ غابة المنى.

وفي ركن من أركان غابة المنى كان اللقاء الحار بين «سيرانا» و«طاش لاهوب»، وبعد الشوق والدموع قالت «سيرانا» لأخيها:

ـ تركته يلتقم صدري كل ليلة ليرضع منه السحر من دون أن يشعر يا «طاش»، وها هو يجري الآن كالمخبول بعد أن رُفِع الحجاب عنده بين النوم واليقظة، وصار لا يعرف في أي عالم هو، وهذا جزاء من يأسر «سيرانا» الحرة؛ ملكة البحر، أخت أمير البحر

«طاش لاهوب»، وحفيدة «مزلاع» و«شاطولة» أعظم ملوك البحر على الإطلاق، واللذَيْن لم يكونا يومًا غولًا ولا غولة كما صورتهما لـ«طاكين» في حكاياتي.

احتضن «طاش» «سيرانا» وهي تودعه وتهمس في أذنه:

ـ لا بد من أن أعود لـ«طاكين» لأدفعه إلى القدَر المقدور.

كانت سفينة كبيرة تتهادى في البحر قادمة من مصر، تحمل على ركن صغير من سطحها أبو شوال ورماح وإبراهيم وجابر، وقد انتشر الجنود في كل ركن من أركانها، وأخذ أبو شوال ينظر في البحر الذي يحيط بهم من كل جانب متمتمًا:

ـ قدوس قدوس يا باعث النفوس.

وقعد الحاكم زيان يحدق في منظاره باحثًا عن الشاطئ، حين صرخت نجفة صرختها من آلام الطلق والمخاض، ورن صوت صريخ مولودها ياسر في الفضاء، وقال أبو شوال لجابر اللاهث نحو قمرتها في فرح:

ـ لقد أتى ياسر، وهذه هي البشارة والعلامة، لا بد من أن سفينتنا قد اقتربت.

هز زيان رأسه وقال:

ـ نعم، كأن الشاطئ مرهون في اقترابه بصرخة هذا المولود.

* * *

قالت «سيرانا» ضاحكة لـ«طاكين»:

ـ أمستيقظ أنت أم نائم يا سيدي؟

رد عليها في إرهاق وألم:

- لا أدري، إنني أراهم يجرون نحوي يريدون الانتقام، ولكنني أراكِ أيضًا وأحدثك، هل هو الجنون أم إنني ما زلت في نومي وأنتِ داخل الحلم؟

قالت «سيرانا» في لؤم:

- المهم هو «أكتوم»؛ متى يجتث الشجرة؟

قال «طاكين» في حيرة:

- إن كنت مستيقظًا فسيحدث ذلك اليوم، وإن كنت نائمًا فلا أدري متى!

قالت «سيرانا»:

- وهل ترى «أكتوم» يجري خلفك يريد الانتقام منك مثل الباقين؟

قال «طاكين» في محاولة يائسة لجمع تركيزه:

- كلا، لا أراه!

قالت «سيرانا»:

- إذن فهو ما زال حيًّا، عليك به لينضم إلى أشباحك الخائبين الذين يطاردونك.

خرج «طاكين» من الخيمة، وكان الجنود يحيطون بالشجرة و«أكتوم» يأمر رجاله الذين يحملون منشارًا ضخمًا ببدء نشر جذع الشجرة، حين انقض عليه «طاكين» متوترًا، وطعنه طعنات مباغتة متتالية قضت عليه وتركته جثة دامية بعينين ثابتتَي الذهول. ثم أصدر «طاكين» أوامره في هدوء بعدها:

- ألقوا جثته في البحر وأكملوا نشر هذه الشجرة.

وما إن اقترب المنشار ليقطع جذع الشجرة حتى ظهر صفي الدين

وأبو شوال وحور ونور و«سيرانا» وإبراهيم ورماح وجابر وراشد و«طاش لاهوب»، وأمسك كل واحد منهم بيد الآخر على هيئة دائرة أحاطت بالشجرة وأخذوا يدورون حولها وهم يهمسون بهمس متناغم:

ـ يا رب الشجرة. إن كانت هذه الشجرة نبتت من أصل طيب فاصرف عنها السوء، واقطع عنها اليد. باسم الخير الساكن في هذه الشجرة امنع عنها الشر.

وظلوا يرددون هذه الجملة بلا كلل ولا ملل، وأيدي حمَلة المنشار تسقط مقطوعة على الأرض، وسقط المنشار، وتراجع جنود «طاكين» في رعب، وجرى «طاكين» فزعًا وخلفه كان «داريس» و«طيبوم» وزوجته يطاردونه بشراسة وانضم إليهم «أكتوم»، حتى صرخ «طاكين»:

ـ إلى قبور حورة وأولادها. أنقذوني من هؤلاء بمحو أثر حورة!

كان الجميع يتحرك نحو قبر حورة، ورفع «طاكين» يده إشارة لجنوده بتدمير القبور، فخرج أمام القبر العجوز الذي كان كفيفًا والعجوز الذي كان كسيحًا والعجوز الذي كان أصمًّ، ووقفوا أمام القبور في تحدٍّ وخلفهم ظهرت في صفوف كائنات غابة المنى كلها، من حيوانات وطيور وزواحف على كل هيئة ولون وصوت، وتراجع «طاكين» وجنوده، واختبأ «طاكين» في خيمته لاهثًا مغمض العينين حتى شعر أن أحدهم قد دخل خيمته، ففتح عينيه وارتفع وجهه وهو ينظر إلى نور الواقف أمامه في ثبات وتحدٍّ، وقال:

ـ لا تبدو في هيئة من قتلتهم يا رجل.

قال نور في حسم تام:

ـ لأنني أنا قاتلك ولست من قتلاك.

هتف «طاكين»:

ـ أنت؟ أنت؟ أنت ابن نيرة والرياحي. تحت حذائك يُسحَق «طاكين»، كأن العمر الذي مضى كانت روحي تنتظر فيه مجيئك حتى تقطفها.

خارج خيمة «طاكين» المقتول، قال صفي الدين:

ـ يا أبو شوال، هل لم يكن بد من معركة كبرى حتى نلتقي؟

رد أبو شوال:

ـ أوقات معلومة وأنفاس معدودة.

قال صفي الدين:

ـ كيف حال أهل النوبة وكيف حال النيل وكيف حال جبل المقطم؟

رد أبو شوال ضاحكًا:

ـ بخير يا صفي الدين، أما آن الأوان للزيارة؟

قال صفي الدين:

ـ كنت أرسل إليك سلامي كل ليلة معهم.

قال أبو شوال:

ـ ما غاب سلامك عني قَطُّ.

قال صفي الدين:

ـ نظرة من ليلى أجمل أم رشفة من عسل الجنة؟

قال أبو شوال:

ـ نظرات الأحباب رشفات من عسل الجنة. وما الجنة إلا كل مكان كان فيه الأحباب.

قال صفي الدين:

ـ زرني في حديقتي أُهدِ إليك ثمارًا تُشبه قلبك.

* * *

وفي بلاد المغرب، وبعد سنوات عدة، كان رماح على أريكته في قاعة الفندق الفخم بملابسه الزاهية المزركشة، وإلى جواره ابنته حكاية، ذات السنوات الخمس، التي جمعت بين حضور رماح وجمال صفا، تقعد بملابس تشبه تمامًا ملابسه وهي تهمس مع كل كلمة يقولها وتردد معه الحكاية التي صارت تحفظها عن ظهر قلب وهو يقول:

ـ لأن لكل حكاية نهاية، ولأن في كل نهاية أملًا وسعادة، كان لا بد من أن يلتقي راشد منحة المنان ابنة ربيب الصبر، ويتزوج إبراهيم بليلى بنت أبو شوال، ويعود رماح إلى صفا وينجب منها قمرًا يُسميها حكاية لعل بها تستمر الحكاية. وما دام يوجد ليل، وما دام يوجد نهار، ستظل الحكاية تغزل أعمار الناس وأطماعهم وأحلامهم وآمالهم، بمغزل عجيب يصوغ لنا القصص والأخبار، يسمى مكر الليل والنهار.

صفق الجمهور لرماح الحكَّاء، وانهالت عليه العملات الذهبية في الصندوق المفتوح، وانحنى رماح لهم يرد التحية، وانحنى أكثر ليغلق الصندوق على حصيلته ليلمح عملة على السطح تلمع أكثر من

كل العملات، محفورًا على وجهها رأس «طاكين» ومكتوبًا حولها بخط واضح:

«طاكين» سيد الأرض وبطل كل الحكايات

أغلق رماح الصندوق وأمسك يد ابنته حكاية بيد مرتعشة، وسرت في أذنه همسة حارة لصوت يعرفه جيدًا:

ـ هل تظن أن الحكاية قد انتهت يا رماح؟

ومر من أمامه ظِلٌّ لرجل قصير.